KB132385

소송

세계문학전집
0 2 3

Kafka : Der Prozess

소송

프란츠 카프카 장편소설

권혁준 옮김

문학동네

소
송

체포

    누군가 요제프 K를 중상모략한 것이 틀림없다. 그가 무슨 특별한 나쁜 짓을 하지도 않은 것 같은데 어느 날 아침 느닷없이 체포되었기 때문이다. 하숙집 주인 그루바흐 부인의 가정부가 매일 아침 여덟시경에 그의 아침식사를 가져오는데, 그날은 아예 나타나지도 않았다. 지금까지 이런 일은 한 번도 없었다. K는 조금 더 기다려보기로 하고, 베개를 베고 누운 채 고개를 돌려 길 건너편에 사는 노파를 바라보았다. 노파는 평소와는 매우 다른 호기심을 보이며 그를 관찰하고 있었다. 그러자 그는 기분이 언짢기도 하고 배가 고프기도 해서 벨을 눌렀다. 즉시 노크 소리가 나더니, 이 집에서 한 번도 본 적이 없는 남자가 들어왔다. 남자는 호리호리하면서도 건장한 체격이었고 몸에 꼭 맞는 검은 재킷을 입고 있었는데, 재킷은 여행복처럼 여기저기 주름이

잡혀 있고 다양한 주머니와 버클과 단추에 벨트까지 달린 것이, 어떤 용도로 입는 옷인지는 분명치 않았지만 매우 실용적으로 보였다. "누구시죠?" K는 이렇게 물으면서 얼른 침대에서 몸을 반쯤 일으켜 앉았다. 남자는 자신의 출현을 순순히 받아들여야 한다는 듯 그의 질문을 무시한 채 이렇게 되물었다 "벨을 울렸소?" "안나에게 아침식사를 가져오라고 울린 것이오." K는 이렇게 말하고는 입을 다문 채 상대방을 주의 깊게 살피면서 도대체 남자의 정체가 무엇인지 알아내려 애썼다. 하지만 남자는 그의 시선을 잠시 받아주는가 싶더니 이내 외면하고는 문 쪽으로 몸을 향했다. 그러고는 문을 조금 열고 문 바로 뒤에 있는 것이 분명한 누군가에게 말했다. "안나가 아침식사를 가져다줬으면 한다는군." 그러자 옆방에서 잠깐 웃음소리가 들렸는데, 몇 사람이 있는지는 분명치 않았다. 낯선 남자는 그 웃음소리를 듣고서 무슨 새로운 소식을 알게 된 것도 아닌 것 같은데, 마치 뭔가를 전해주기라도 하는 투로 K에게 말했다. "그건 안 될 것 같소." "그것 참 별일이군요." K는 이렇게 말하고는 침대에서 뛰쳐나와 서둘러 바지를 입었다. "옆방에 도대체 어떤 사람들이 와 있는지 봐야겠소. 그리고 이런 소란에 대해 그루바흐 부인이 뭐라고 해명하는지도 좀 들어봐야겠소." 그러면서 그는 곧 이렇게 드러내놓고 소리 내어 말하지 말았어야 했고, 오히려 그 때문에 자신이 이 낯선 남자의 감시하에 있음을 인정하는 꼴이 되어버렸다는 걸 깨달았지만, 지금은 그게 문제가 아니었다. 어쨌든 낯선 남자는 그의 말을 그런 식으로 알아들었다. 남자가 이렇게 말했기 때문이다. "그냥 여기 있는 편이 낫지 않겠소?" "난 여기에 있고 싶지도 않고, 또 당신이 누군지 밝히지 않는 한 당신 말은 듣고 싶지도 않소.""나는 좋은 뜻에서 한 말이오." 남자는 이렇게 말하고는 자진해서 문을 열었다. K는 의도했던 것보다는 천천히 옆방으로 들어갔는데, 첫눈에 보기에는 전날 저녁과 달라진 게 거의 없어 보였다. 그곳은 그루바흐 부인의 거실이었다. 가구, 침대보, 도자기, 사진 등으로 가득 차 있는 거실은 어쩐지 평소보다 좀 더 넓어 보였는데, 그 점을 금방 눈치채지 못한 것은 그곳에 웬 낯선 남자가 앉아 있다는 중요한 변화 때문이었다. 남자는 열린 창문 앞에 앉아 책을 읽고 있다가 고개를 들었다. "당신은 당신 방에 그대로 있었어야 합니다! 프란츠가 말해주지 않았습니까?""말했소. 그런데 당신들은 도대체 뭘 원하는 거요?" K는 이렇게 대꾸하면서 이 새로운 남자에게서 고개를 돌려 문에 서 있는 프란츠라는 남자를 쳐다보고는 다시 시선을 돌렸다. 열린 창문을 통해 다시 길 건너편의 노파가 눈에 들어왔다. 노파는 노인 특유의 호기심을 보이며 바로 맞은편 창가로 자리를 옮겨 계속해서 모든 것을 지켜볼 태세였다. "그루바흐 부인을 좀 만나야겠소." K는 이렇게 말하고는, 멀찍이 떨어져 있는 두 남자에게서 몸을 빼내는 듯한 제스처를 취하며 그곳을 빠져나가려고 했다. "그건 곤란하오." 창가의 남자가 책을 탁자 위로 던지며 일어섰다. "여기서 나갈 수 없소. 당신은 체포되었소.""그런 것 같군요. 그런데 도대체 이유가 뭐죠?" K가 물었다. "우리는 그런 걸 말해줄 입장이 아니오. 방으로 돌아가 기다리시오. 이제 소송 절차가 시작되었으니, 때가 되면 모든 걸 알게 될 겁니다. 당신에게 이렇게 친절하게 충고해주는 것도 내 임무를 벗어나는 거요. 프란츠 말고는 듣는 사람이 없기를 바라지만 말이오. 사실 저 친구도 규정에 위배되는 걸 알면서도 당신에게 친절을 베풀고 있는 것이오. 우리 같은 사람이 감시인으로 배정된 것처럼 앞으로도 계속 행운이 따라준다면 당신은 안심해도 좋을 거요." K는 좀 앉고 싶었지만, 창가에 있는 의자 말고는 방 안 어디에도 앉을 만한 자리가 없었다. "이 모든 것이 사실임을 곧 알게 될 거요." 프란츠가 이렇게 말하면서 창가의 남자와 함께 K에게 다가왔다. 창가의 남자는 키가 유난히 커서 K 앞에 서자 우뚝 솟아 보일 정도였다. 그가 K의 어깨를 몇 차례 툭툭 두드렸다. 두 사람은 K의 잠옷을 찬찬히 살펴보았다. 그러더니 앞으로는 훨씬 나쁜 옷을 입게 될 텐데 자기들이 그 잠옷을 다른 내의들과 함께 보관해두었다가 사건이 잘 해결되고 나면 돌려주겠다고 말했다. "보관소에 두는 것보다는 우리한테 맡기는 게 나을 거요." 그들이 말했다. "그쪽은 슬쩍 빼돌리는 경우도 많고, 또 일정 기간이 지나면 해당 소송이 끝나든 말든 물건을 모두 팔아버리거든. 그런데 이런 종류의 소송은 아주 오래 걸리는 법이고, 더구나 요즘엔 특히 더 그렇소! 물론 언젠가는 보관소로부터 매각 대금을 돌려받게 되겠지만, 그게 또 형편없는 수준이거든. 가격이라는 게 부르는 대로 매겨지는 게 아니라 뇌물 액수에 따라 결정되니 말이오. 그리고 경험상 보니 그런 물건들 값은 해가 바뀌고 이 손 저 손을 거치면서 점점 낮아지기 마련이더란 말이오." K는 이들의 말에 거의 귀를 기울이지 않았다. 물건들에 대해서라면 아직 자신이 처분권을 갖고 있겠지만, 문제는 그게 아니었다. 그에게 훨씬 더 중요한 것은, 자신이 지금 어떤 상황에 처해 있는지를 좀 더 분명하게 파악하는 것이었다. 그런데 이들 앞에서는 생각조차 제대로 할 수가 없었다. 두번째 감시인—이들은 물론 감시인에 불과한 게 틀림없었다—의 배가 제

법 정답게 그에게 부딪쳐왔지만, 고개를 들고 올려다보니 그 뚱뚱한 몸집과는 전혀 어울리지 않는 메마르고 앙상한 얼굴에 옆으로 비뚤어진 두툼한 코가 보였다. 이런 얼굴의 남자가 K의 머리 너머로 다른 감시인과 의논을 하고 있었다. 이들은 도대체 누굴까? 무슨 이야기를 나누고 있는 것일까? 어느 기관에 속한 자들일까? K는 엄연히 법치국가에 살고 있었다. 어디든지 평온이 지배하고, 모든 법률이 엄존하는 상황이다. 그런데 누가 감히 거처까지 쳐들어와 그를 급습할 수 있단 말인가? 그는 항상 매사를 편하게 생각하고, 최악의 일도 닥쳐온 후에야 믿으며, 사태가 좋아 보이지 않아도 미리 별다른 대비를 하지 않는 성격이었다. 그러나 지금은 그렇게 해서 될 상황이 아니었다. 물론 그는 이 모든 것을 일종의 장난, 그러니까 어떤 알 수 없는 이유에서, 어쩌면 오늘 그의 서른번째 생일을 맞아 은행 동료들이 꾸민 심한 장난으로 여길 수도 있었다. 충분히 가능한 일이었다. 어쩌면 감시인들의 얼굴을 향해 웃음을 터뜨리기만 하면 그들도 따라 웃어버릴지도 모른다. 어쩌면 저들은 길모퉁이에 있던 짐꾼들일지도 모른다. 어쩐지 생김새가 비슷한 것도 같다. 그렇지만 K는 프란츠라는 감시인을 처음 본 순간부터, 이들에 대해 자신이 지닐 수 있는 이점이 있다면 아무리 사소한 것이라도 결코 놓치지 않겠다고 굳게 마음먹었다. 혹시 나중에, 장난에 장단도 못 맞추느냐는 핀잔을 듣게 될 위험이 좀 있다는 것도 알고 있었다. 그렇지만—그는 경험에서 뭔가를 배우는 쪽은 아니면서도—지각 있는 친구들과는 달리 어떤 일이 닥칠지 전혀 예측하지 못하고 경솔하게 행동했다가 곤욕을 치렀던 몇 가지 일이 떠올랐다. 물론 그 자체로는 별 대수롭지 않은 일이기는 했다. 그러나 그런 일이 다시 일어나서는 곤란하다. 이번에는 절대로 안 된다. 지금 벌어지는 것이 희극이라면 함께 연기해주리라고 그는 마음먹었다.

아직은 자유로운 몸이었다. "실례합니다." 그는 이렇게 말하고 두 감시인 사이를 지나 서둘러 자기 방으로 들어갔다. "사리 분별은 하는 것 같군." 등 뒤에서 이렇게 말하는 소리가 들려왔다. 방에 들어서자 그는 곧바로 책상 서랍들을 열어젖혔다. 모든 것이 완벽하게 정돈되어 있었지만 흥분한 탓인지 찾고 있는 신분증명서는 금방 나타나지 않았다. 결국 자전거 면허증을 찾아내 감시인들에게 가져가려 했지만 너무 빈약한 증명서인 것 같아서 다른 것을 더 찾아보다가 마침내 출생증명서를 발견했다. 그가 다시 옆방으로 들어서는데, 마침 맞은편 문이 열리면서 그루바흐 부인이 막 방으로 들어오고 있었다. 그러나 그녀를 본 것은 한순간이었다. 그녀가 K를 보자마자 몹시 당황하여 실례한다는 말만 하고는 어느새 조심스럽게 문을 닫고 모습을 감추었기 때문이다. "이리 좀 들어와봐요." K가 제대로 말을 꺼낼 사이도 없었다. 증명서를 들고 방 한가운데 서서 계속 문 쪽을 바라보았지만 문은 다시 열리지 않았다. 그러다가 그는 감시인들이 부르는 소리에 흠칫 놀라 정신을 차렸다. 그들은 창가의 작은 탁자에 앉아 있었는데, 이제 보니 그의 아침식사를 먹어치우는 중이었다. "저 부인은 왜 들어오지 않습니까?" K가 물었다. "들어오면 안 됩니다." 키 큰 감시인이 말했다. "당신은 체포되었다니까요." "어째서 내가 체포되었다고 하는 겁니까? 더구나 이런 식으로 말이오." "또 시작이군." 감시인이 조그만 꿀단지에 버터빵을 담그면서 말했다. "우리는 그런 질문에는 대답하지 않소." "아마 해야 할 겁니다." K가 말했다. "여기 내 신분 증명서들이 있어요. 이제 당신들 것을 보여주시오. 우선 체포영장을 좀 봅시다." "맙소사!" 감시인이 말했다. "당신은 자신의 처지를 받아들일 줄을 모르는군. 지금 누구보다도 가깝다고 할 수 있는 우리를 쓸데없이 화나게 할 작정이군요." "이 사람 말이 맞아요. 그렇게 믿는 게 좋을 거요." 프란츠가 말했다. 그러고는 손에 든 커피 잔을 입으로 가져가지 않고 뭔가 의미심장하면서도 이해할 수 없는 시선으로 한참 동안 K를 바라보았다. 뜻하지 않게 프란츠와 서로 쏘아보는 상황이 되었지만 K는 곧 증명서들을 탁 치면서 말했다. "여기 내 신분증명서들이 있어요." "그래서요?" 키 큰 감시인이 바로 소리쳤다. "어린애보다 더 고약하게 구는군. 도대체 당신이 원하는 게 뭐요? 신분증명서니 체포영장 같은 문제로 감시인들과 언쟁을 벌인다고 당신의 그 빌어먹을 거대한 소송 사건을 조속히 결말지을 수 있을 것 같소? 우리는 신분증명서 같은 건 알지도 못하고, 하루 열 시간씩 당신을 감시하고 그 대가로 보수를 받는 것 외에는 당신 일과 아무 관계도 없는 말단 직원에 지나지 않아요. 우리 신분에 관해 말할 수 있는 건 그게 전부지만, 그래도 우리를 고용한 상급 관청이 이런 체포 명령을 내리기에 앞서 체포 대상자의 신원과 체포 사유에 대해 상세하게 파악을 하고 있다는 것쯤은 우리도 알고 있소. 거기에는 착오가 있을 수 없지. 나는 말단 부서의 일밖에 모르지만 그래도 내가 아는 바로는, 우리 관청은 주민들에게서 죄를 찾아내는 것이 아니고, 법에 쓰여 있듯이 죄에 이끌려서 감시인들을 보낼 수밖에 없는 것이오. 그것이 법이라는 거요. 거기에 무슨 착오가 있겠소?" "난 그런 법은 모릅니다." K가 말했다. "그렇다면 당신은 더 불리하군." 감시인이 말했다. "그런 법은 아마 당신들 머릿속에나 있을 뿐이겠죠." K가 말했다. 그는 어떻게 해서든 감시인의 생각 속으로 몰래 파고들어가 그들의 생각을 자신에게 유리한 방향으로 돌려놓거나, 아니면 차라리 그들의 생각에 익숙해지고 싶었다. 그러나 감시인은 거부하는 투로 말했다. "당신도 차차 그걸 느끼게 될 거요." 그때 프란츠가 끼어들며 말했다. "이봐, 빌렘, 저자는 법을 모른다면서도 자신에게는 죄가 없다고 주장하는군." "자네 말이 맞아. 이 친구는 전혀 이해를 못 하는 것 같아." 다른 감시인이 말했다. K는 더 이상 대꾸하지 않고 생각에 잠겼다. 스스로 자신들이 말단이라는데, 내가 왜 이런 말단들이 지껄이는 잡담 때문에 마음이 더 혼란스러워져야 하는 거지? 저들은 자신들조차 이해하지도 못하는 걸 떠들어대고 있어. 저들이 가진 확신은 그저 무지에서 비롯된 것이니, 내게 걸맞은 사람과 몇 마디만 나눠보면 저런 자들과 장황한 대화를 하는 것과는 비교할 수 없을 정도로 모든 게 분명해질 거야. 그는 방 안을 몇 차례씩 왔다 갔다 했다. 길 건너편 노파의 모습이 다시 눈에 들어왔다. 노파는 자기보다 훨씬 더 늙은 노인을 창가로 끌고 와서 끌어안고 있었다. K는 자신이 구경거리가 되고 있는 이런 상황을 끝내야 했다. "당신들 상관을 만나게 해주시오." 그가 말했다. "그쪽에서 원한다면 몰라도 그 전에는 안 됩니다." 빌렘이라는 감시인이 말했다. "그리고 이제 당신에게 충고하겠소." 그가 덧붙였다. "방으로 돌아가 잠자코 당신에게 닥쳐올 일을 기다리는 게 좋을 거요. 공연한 생각으로 시간을 허비하지 말고 마음을 차분히 진정시키도록 해요. 앞으로 당신에게 커다란 요구 사항들이 내려올 거요. 당신은 우리가 베푼 친절에 걸맞게 우리를 대해주지 않았소. 우리가 아무리 말단이라 해도 적어도 현재의 당신에 비해서는 자유로운 몸이라는 걸 잊은 것 같은데, 그건 결코 사소한 차이가 아니지. 하지만 당신이 돈을 갖고 있다면 건너편 카페에서 간단한 아침식사 정도는 사다줄 용의가 있소."

K는 이 제안에 별다른 반응 없이 잠시 가만히 서 있었다. 옆방 문이나 심지어 응접실 문을 연다 해도 저들이 막아서지는 못할 것이다. 어쩌면 사태 전체를 극단으로 몰고 가는 것이 최상의 해결책이 될 수도 있다. 그러나 자칫 저들에게 붙잡혀 꼼짝 못하게 될지도 모른다. 그리고 일단 굴복을 당하게 되면 그래도 아직은 저들에 비해 우월하다고 할 수 있는 것들을 모두 잃게 될 것이다. 그래서 그는 일의 순리를 따라 안전한 해결책을 선택한 후, 자신의 방으로 돌아갔다. 그도 감시인들도 더 이상 말이 없었다.

그는 침대에 몸을 던지고는 아침식사 때 함께 먹으려고 전날 저녁에 챙겨둔 예쁜 사과 하나를 침대 옆 탁자에서 집어 들었다. 지금으로서는 그것이 유일한 아침식사였다. 그러나 어쨌든 사과를 한입 크게 베어 물자마자, 감시인들의 선심 덕분에 먹을 수도 있었던 그 지저분한 철야 카페의 식사보다는 훨씬 낫다는 것이 확인되었다. 한결 마음이 편해졌고 자신감도 생겨났다. 오늘 오전에는 은행 업무를 못 하게 되었지만, 직장에서의 비교적 높은 지위를 감안한다면 그런 것쯤은 쉽게 변명할 수 있을 것이다. 사실대로 말해야 할까? 그렇게 한다고 가정하자, 이런 상황이라면 사람들이 그의 말을 믿지 않을 수도 있겠다는 생각이 들었다. 그럴 경우 그루바흐 부인이나 지금쯤 맞은편 창문 쪽으로 자리를 옮기고 있을 건너편의 두 노인을 증인으로 내세울 수도 있을 것이다. 그런데 K는, 적어도 감시인들의 입장에서 볼 때, 자기들이 방으로 몰아넣은 그가 방 안에서 자살할 가능성이 얼마든지 있는데도 이렇게 혼자 내버려둔다는 게 놀라울 따름이었다. 그러면서 이번에는 자신의 입장에서 자살을 할 만한 어떤 이유가 있을지 자문해보았다. 저 두 사람이 옆방에 앉아 그의 아침식사를 가로챘기 때문에? 자살을 감행한다는 것은 워낙 불합리한 짓이어서, 설사 그럴 마음이 있다고 해도 그 불합리성이 자살의 실행을 막았을 것이다. 감시인들의 머리가 그렇게 나쁘지만 않다면, 그들 역시 똑같은 확신에서 그를 혼자 버려두는 것이 위험하지 않다고 판단했을 것이다. 그들은 지금 마음만 먹는다면, 그가 품질 좋은 독주를 보관해둔 벽걸이 장식장으로 가서 아침 대신 작은 잔을 비우고, 스스로 용기를 북돋우기 위해 한 잔을 더 마시는 모습도 지켜볼 수 있을 것이다. 두번째 잔은, 사실 별로 일어날 것 같지는 않지만 만일의 경우에 신중하게 대비하기 위한 것이었다.

그때 옆방에서 나는 소리에 깜짝 놀라 그는 술잔에 이를 부딪쳤다. "감독관님이 부르십니다!" 그를 놀라게 한 것은 그 외치는 소리였다. 짧고 토막토막 끊어서 내는 그 군대식 외침은 감시인 프란츠가 낸 소리라고는 도무지 생각하기 어려운 것이었다. 지시 자체는 매우 반가웠다. "때가 되었군요." 그는 소리쳐 응답하고는 벽걸이 장식장을 닫고 서둘러 옆방으로 갔다. 그러나 옆방에 서 있던 감시인들은 마치 당연한 일이라는 듯 그를 다시 방 안으로 몰아넣었다. "도대체 생각이 있는 거요?" 그들이 소리쳤다. "잠옷 차림으로 감독관님 앞에 나서겠다고요? 당신뿐만 아니라 우리까지도 혼쭐이 날 거요!" "무슨 상관이야, 젠장!" 이미 옷장까지 떠밀려온 K가 소리쳤다. "당신들은 잠자리에 있는 사람을 덮쳐놓고 내가 정장차림으로 나타나기를 기대한다는 거요?" "뭐라고 해도 소용없소." 감시인들이 말했다. 그들은 K가 소리칠 때마다 조용하다 못해 슬픈 표정을 지었는데, 그 모습을 보니 당황스럽기도 하면서 한편으로는 제정신이 들었다. "웃기는 격식이군!" K는 이렇게 투덜거렸지만, 이미 의자에서 양복 상의를 집어 들고 마치 감시인들에게 검사를 받으려는 듯 잠시 두 손에 들고 있었다. 그들은 고개를 가로저었다. "검은색 상의여야 합니다." 그러자 K는 상의를 바닥에 내던지고는 자신도 무슨 뜻으로 하는지 알지 못한 채 이렇게 말했다. "아직 정식 공판이 시작된 것도 아니잖소." 감시인들은 빙그레 웃었지만 자신들의 말을 고수했다. "검은색 상의여야 합니다." "그렇게 해서 일이 빨리 진행된다면, 좋소." K는 이렇게 말하고 옷장을 열어 한참 동안 이 옷 저 옷을 들추다가 가장 좋은 검은색 슈트를 골라냈다. 아주 맵시가 좋아 친구들에게 칭찬깨나 들었던 신사복이었다. 셔츠도 다른 것으로 바꿔 조심스럽게 옷을 입기 시작했다. 그러면서 마음속으로 감시인들이 목욕하라고 말하는 걸 잊어버린 덕분에 일을 한결 빨리 진행할 수 있게 되었다고 생각했다. 혹시나 감시인들이 그걸 기억해낼까 유심히 살펴보았지만, 역시 그런 생각은 전혀 떠올리지 못하는 것 같았다. 물론 빌렘은 프란츠를 감독관에게 보내 K가 옷을 입고 있다는 보고를 올리는 것을 잊지 않았다.

옷을 다 입고 나서 그는 빌렘의 바로 앞을 지나 옆방을 거쳐 다음 방으로 들어가야 했다. 문은 이미 양쪽 다 열려 있었다. K도 잘 알고 있듯이 그 방에는 얼마 전부터 뷔르스트너 양이 살고 있었다. 타이피스트인 그녀는 보통 상당히 일찍 출근하고 늦게 귀가했는데, K와는 몇 마디 인사말 이상의 대화를 나눠본 적이 없었다. 그녀의 침대 옆에 있는 작은 탁자는 지금은 심문용 책상이 되어 방 한가운데로 옮겨졌고, 감독관은 탁자 뒤쪽에 자리하고 있었다. 그는 다리를 꼬고 앉아 한쪽 팔을 의자 등받이에 걸치고 있었다. 방의 한쪽 구석에서는 세 명의 젊은이가 벽걸이 매트에 붙어 있는 뷔르스트너 양의 사진을 보고 있었다. 열린 창문의 손잡이에는 흰 블라우스가 하나 걸려 있었다. 길 건너편 창문에 또다시 두 노인의 모습이 보였는데, 구경하는 사람의 수가 늘어나 있었다. 두 노인 뒤에서 키 큰 남자 하나가 가슴까지 셔츠를 풀어 헤친 채 서서 불그스름하고 뾰족한 턱수염을 손가락으로 눌렀다 꼬았다 하고 있었다.

"요제프 K?" 감독관이 물었다. 두리번거리는 K의 시선을 자기 쪽으로 돌리기 위한 질문인 듯했다. K는 고개를 끄덕였다. "오늘 아침 일로 매우 놀라셨겠지요?" 감독관은 이렇게 물으면서 두 손으로 탁자 위에 있는 초와 성냥, 책, 바늘겨레 등 몇 가지 물건을 마치 심문에 필요한 것인 양 배열했다. "물론입니다." K가 말했다. 마침내 말이 통하는 사람과 자신의 상황에 대해 이야기를 나눌 수 있게 되었다는 안도감이 밀려왔다. "물론 놀랐습니다. 하지만 크게 놀란 것은 아닙니다." "크게 놀라지는 않았다?" 감독관이 물었다. 그러면서 그는 탁자 한가운데에 초를 세운 후 다른 물건들을 그 주위로 모았다. "제 말을 오해하신 것 같군요." K가 서둘러 덧붙였다. "제 말은……" K는 말을 멈추고 앉을 의자를 찾아 두리번거렸다. "앉아도 되겠습니까?" K가 물었다. "그건 관례에 어긋납니다." 감독관이 대답했다. "제 말은……"

K는 더 이상 멈추지 않고 말을 이었다. "물론 저는 크게 놀랐습니다. 그러나 사람이 30년 정도 세상을 살다보면, 게다가 저처럼 혼자서 세상을 헤쳐나가야 하는 신세라면, 놀라운 일에 단련이 되어 그리 심각하게 생각하지 않게 되지요. 특히 오늘 같은 일은 그렇습니다." "왜 특히 오늘 같은 일에는 놀라지 않는다는 건가요?" "제가 이 모든 일을 장난으로 본다는 뜻은 아닙니다. 그렇게 보기에는 벌어진 일의 규모가 너무 방대하다 싶으니까요. 하숙집의 모든 사람이 가담해야 하고 또 당신들도 모두 가담하고 있다는 말인데, 그것은 장난의 범위를 넘어서는 것이겠지요. 따라서 저는 이것이 장난이라고는 말하고 싶지 않습니다." "맞는 말이오." 감독관이 성냥갑 안에 성냥개비가 몇 개 있는지 살펴보면서 말했다. "그러나 다른 한편으로……" K는 말을 계속하면서 그들 모두를 향해 몸을 돌렸는데, 사진을 보고 있는 세 사람에게까지 기꺼이 그렇게 하고자 했다. "다른 한편으로 이 사건은 그리 대단한 사건일 리가 없습니다. 그것은 제가 뭔가 고소를 당하기는 했지만, 정말 고소를 당할 만한 경미한 죄도 없다는 사실에서 내리는 결론입니다. 그러나 그것도 부차적인 것이고, 중요한 건 누가 저를 고소했느냐는 겁니다. 어떤 기관이 이런 일들을 벌이고 있는 거죠? 당신들은 관리인가요? 한 분도 제복을 입지 않았군요. 당신들이 입고 있는 옷은……" 그는 프란츠를 바라보면서 말을 이었다. "제복이라기보다는 차라리 여행복에 가깝군요. 저는 이런 물음에 대해 해명을 요구합니다. 그리고 이런 문제들이 해명되고 나면 우리가 서로 아무 유감도 없이 헤어질 수 있을 것이라고 확신합니다." 감독관이 성냥갑을 탁자 위에 탁 내려놓았다. "크게 착각하고 있군요." 그가 말했다. "여기

이 사람들과 나는 당신의 일과 관련해 아주 부수적인 인물들이며, 사실상 당신 일에 대해 아는 게 거의 없어요. 우리가 제복을 입고 나타났을 수도 있지만, 그렇다고 해서 당신 사건이 더 중대해지거나 않거나 하는 건 아니오. 나는 당신이 뭔가 고소를 당했다는 점도 확실히 말해줄 수가 없소. 좀 더 정확히 말하자면 당신이 고소를 당했는지 여부조차 알지 못합니다. 당신이 체포되었다는 것, 그건 맞습니다. 그런데 내가 알고 있는 건 그게 전부입니다. 아마 감시인들이 무슨 다른 이야기를 지껄인 모양인데, 그렇다면 그건 그저 수다에 불과한 겁니다. 따라서 당신이 한 질문에 대한 대답은 줄 수 없지만, 적어도 충고는 해줄 수 있습니다. 우리나 앞으로 당신에게 일어날 일들에 대해서보다는 당신 자신에 대해 더 많이 생각해보도록 하십시오. 그리고 당신이 결백하다는 생각에 사로잡혀 이런 소란을 피우지 마십시오. 그리 나쁘지 않은 당신에 대한 인상까지 망치게 될 거요. 그리고 말을 좀 자제해야겠소. 당신은 몇 마디밖에 하지 않았지만, 지금까지 말한 건 대체로 당신 태도에서 알아차릴 수 있는 내용이고, 게다가 그런 말은 당신한테 이로울 게 하나도 없소."

K는 감독관을 뚫어지게 쳐다보았다. 자기보다 나이도 어려 보이는 사람에게 애들처럼 훈계를 들어야 한단 말인가? 솔직하다는 것 때문에 책망을 받아야 한단 말인가? 더구나 체포된 이유나 누가 그런 지시를 내렸는지에 대해서는 아무것도 듣지 못한단 말인가? 그는 점점 흥분이 되어 방 안을 왔다 갔다 했다. 아무도 막는 사람은 없었다. 그는 셔츠의 커프스를 다시 밀어 넣기도 하고, 가슴을 만져보기도 하고, 머리를 매만지기도 하다가 세 남자 곁을 지나가면서 말했다. "정

말 무의미한 일이군." 이 말을 듣자 그들은 그를 향해 몸을 돌리더니 호의적이기는 하지만 심각한 눈빛으로 그를 바라보았다. 그는 감독관의 탁자 앞에 멈춰 섰다. "하스테러 검사가 친한 친군데, 전화를 걸어도 될까요?" K가 물었다. "물론입니다." 감독관이 말했다. "하지만 그게 무슨 의미가 있을지 모르겠군요. 무슨 개인적인 일로 의논할 게 있다면 모를까." "무슨 의미가 있냐고요?" K는 화가 나서라기보다는 깜짝 놀라서 소리쳤다. "당신은 도대체 정체가 뭐죠? 의미 운운하면서 당신은 지금 세상에서 가장 무의미한 짓을 벌이고 있지 않습니까? 이거야말로 정말 복장 터질 일 아니오? 처음에는 저 사람들이 나를 급습하더니 이젠 여기 앉거나 둘러서서, 당신들 앞에서 내 기량을 맘껏 떨쳐보라 이건가요? 내가 당신들 말처럼 체포된 거라면 검사한테 전화를 거는 게 무슨 의미가 있겠소. 좋습니다. 전화를 걸지 않겠습니다." "그러지 말고……" 감독관이 전화기가 있는 현관 복도 쪽으로 손을 뻗으며 말했다. "어서 전화를 걸어보세요." "아니, 걸지 않겠습니다." K는 이렇게 말하며 창가로 갔다. 길 건너편에는 조금 전의 그 무리가 아직 창가에 있었다. K가 창가로 다가서자, 조용히 구경하던 분위기가 잠시 방해를 받은 듯했다. 두 노인이 몸을 일으키려고 했으나, 뒤에 있던 남자가 그들을 진정시켰다. "저쪽에도 저렇게 구경꾼들이 있군요." K는 감독관을 향해 큰 소리로 외치면서 집게손가락으로 바깥을 가리켰다. 그러고는 건너편을 향해 소리쳤다. "거기서 물러나요." 세 사람은 얼른 뒤로 몇 걸음 물러났고, 두 노인은 더 물러나 남자의 등 뒤로 숨었다. 남자는 넓찍한 몸으로 그들을 가려주었다. 입술을 움직이는 것으로 보아 무슨 말을 하는 것 같은데 거리가 있어 알아들을 수는 없었다. 그러나 아주 가버린 것은 아니었고 몰래 다시 창가로 다가올 순간을 기다리는 것 같았다. "염치도 없고 배려심도 없는 자들이군!" K가 방 쪽으로 다시 몸을 돌리며 말했다. 곁눈으로 슬쩍 보니 감독관도 그의 말에 어느 정도 동의하는 것 같았다. 그러나 감독관은 전혀 신경 쓰지 않을지도 모른다. 그는 한 손을 책상에 대고 꾹 누르면서 손가락들의 길이를 비교하고 있는 것처럼 보였다. 두 감시인은 장식용 천으로 덮어놓은 트렁크 위에 앉아 무릎을 문지르고 있었다. 세 명의 젊은이는 양손을 허리 위에 얹은 채 목적 없이 이리저리 두리번거리고 있었다. 방 안은 사람 없는 텅 빈 사무실처럼 고요했다. "자, 여러분." K가 힘이 잔뜩 들어간 목소리로 외쳤다. 한순간 그는 그들 모두를 자신의 어깨에 짊어지고 있는 기분이었다. "당신들 표정을 보니 나에 대한 용무는 끝난 것 같군요. 내 생각에는 당신들의 행동이 정당한지 아닌지에 대해서는 그만 생각하고, 이제 서로 악수를 나누고 사태를 원만하게 끝내는 게 상책일 것 같습니다. 당신들도 나와 같은 생각이라면, 자……" 그는 이렇게 말하면서 감독관의 탁자가 있는 곳으로 걸어가 손을 내밀었다. 감독관은 눈을 치켜뜨고 입술을 깨물면서 K가 내민 손을 쳐다보았다. K는 감독관이 그 손을 잡을 것이라 믿었다. 그러나 감독관은 자리에서 일어나 뷔르스트너 양의 침대에 있던 빳빳한 중절모자를 집어 들고는 새 모자를 시험 삼아 써보는 것처럼 두 손으로 조심스럽게 썼다. 그러면서 그는 K에게 말했다. "당신은 만사를 참 단순하게 생각하는군! 우리가 이번 일을 원만하게 마무리 지어야 한다고 생각하시오? 아니, 그건 정말 어림없는 일이지. 당신을 절망시키려는 건 아니오. 아니, 왜 절망해야 합니까?

당신은 체포되었을 뿐이오. 그게 전부요. 나는 당신에게 그 사실을 알려야 했기 때문에 그렇게 한 것이고, 또 당신이 어떻게 받아들이는가도 보았습니다. 오늘은 그것으로 충분하며, 물론 일시적이기는 하겠지만 우리는 이제 헤어질 수 있습니다. 당신은 지금 은행에 갈 생각이겠죠?" "은행에요?" K가 물었다. "체포된 거 아니었소?" K는 약간 빈정거리는 투로 이렇게 말했다. 그가 청한 악수는 받아들여지지 않았지만, 특히 감독관이 자리에서 일어선 뒤부터는 이들로부터 점점 벗어나고 있다는 느낌이 들었던 것이다. 그는 그들과 장난을 치고 있었다. 이제 그들이 가야 한다고 하면 현관문까지 따라 나가 자신을 체포해 가라고 제의할 작정이었다. 그는 다시 한 번 말했다. "체포된 사람이 어떻게 은행에 갈 수 있단 말입니까?" "아, 알겠습니다." 어느새 문 앞에 이른 감독관이 말했다. "내 말을 오해했군요. 당신이 체포된 건 분명합니다. 하지만 그렇다고 해서 직장에 나가 일하는 것까지 막지는 않습니다. 당신의 일상생활도 방해받지 않을 겁니다." "그렇다면 체포되는 것도 그다지 나쁠 건 없군요." K는 이렇게 말하면서 감독관에게 다가갔다. "난 나쁘다고 말한 적이 없습니다." 감독관이 대답했다. "체포 사실을 알리는 것도 꼭 필요한 일 같지는 않은데요." K가 더 가까이 다가서면서 말했다. 다른 사람들도 가까이 다가왔다. 이제 모두가 문 앞의 좁은 공간에 모여 있었다. "그건 내 의무였습니다." 감독관이 말했다. "참 한심한 의무군요." K가 집요하게 말했다. "그럴지도 모르죠." 감독관이 대답했다. "그러나 이런 이야기로 시간을 허비하지는 맙시다. 난 당신이 은행에 가려 한다고 생각했어요. 당신이 모든 말에 그렇게 신경을 쓰고 있으니 덧붙여 말합니다만, 당신한테 은행에 가라고 강요하는 것이 아닙니다. 다만 당신이 원할 거라고 짐작했을 뿐입니다. 그것을 좀 용이하게 하기 위해, 그리고 은행에 도착하는 일도 가능한 한 눈에 띄지 않도록 하기 위해 당신의 동료인 이 세 사람을 여기 데려온 겁니다. 언제든 당신에게 도움이 될 수 있도록 말이죠." "뭐라고요?" K는 이렇게 외치면서 깜짝 놀란 얼굴로 세 사람을 쳐다보았다. 사진을 구경하던 무리로만 기억에 남아 있는 이 특징 없고 창백한 젊은이들은 정말로 그의 은행 직원들이었는데, 그렇다고 동료라고 할 것까지는 아니었다. 동료라는 건 다소 지나친 말이고 감독관의 전지적 능력에 허점이 있음을 드러내는 것이었지만, 그들이 은행의 말단 직원인 건 틀림없었다. 어째서 K는 알아보지 못했을까? 감독관과 감시인들한테 얼마나 혼이 빠져 있었으면 이 세 사람을 못 알아봤다는 말인가? 무표정한 얼굴의 라벤슈타이너는 팔을 흔드는 습관이 있고, 금발인 쿨리히는 눈이 쑥 들어가 있다. 그리고 카미너는 만성 근육경련으로 웃는 모습이 다소 불쾌한 사람이다. "안녕들 하시오!" 잠시 후 K는 이렇게 인사를 건네고는, 깍듯이 고개를 숙이는 세 사람에게 손을 내밀었다. "여러분들을 전혀 알아보지 못했어요. 자, 그럼 이제 일하러 가야겠죠?" 세 사람은 내내 이 말을 기다렸다는 듯 웃으면서 열심히 고개를 끄덕였다. 그러나 K가 자기 방에 모자를 두고 나왔다며 아쉬워하자 세 사람 모두가 앞다투어 모자를 가지러 달려갔는데, 어쨌거나 그들이 약간 당황했음은 어렵지 않게 짐작할 수 있었다. K는 가만히 서서 그들이 열려 있는 문으로 들어가는 것을 바라보았다. 맨 뒤는 당연히 늘 무기력한 라벤슈타이너였는데, 그는 우아한 총총걸음으로 달리는 시늉만 할 뿐이었다. 모자를 건네준 사람은 카미너였는데, K는 그의 미소가 결코 의도적인 것이 아니며, 사실 의도적으로 미소를 지을 수도 없다는 점을 상기해야 했다. 그것은 은행에서도 수시로 해야 하는 일이었다. 현관에서는 그루바흐 부인이 별로 미안할 것도 없다는 얼굴로 일행을 위해 문을 열어주었다. K는 종종 그랬듯이 그녀가 육중한 몸에 불필요할 정도로 깊숙이 동여맨 앞치마 끈을 내려다보았다. 아래로 내려온 K는 시계를 손에 쥐고 이미 30분이나 늦은 시간을 더 지체하지 않기 위해 택시를 타기로 마음먹었다. 카미너가 택시를 잡으러 길모퉁이로 달려가자 남은 두 사람은 어떻게든 K의 기분을 풀어줘야겠다고 생각한 것 같았다. 갑자기 쿨리히가 건너편 집 대문을 가리켰다. 누런 턱수염*의 키 큰 남자가 나났다가 자기 몸 전체를 드러내 보인 것이 당황스러웠는지 벽 쪽으로 물러나 몸을 기대고 있었다. 두 노인은 아직 계단을 내려오는 중인 것 같았다. K는 쿨리히가 그 남자를 보라고 가리킨 것에 화가 났다. 자신이 그 남자를 먼저 보기도 했지만, 남자가 나타날 것도 이미 예측하고 있었기 때문이었다. "저쪽은 쳐다보지 마시오." 그는 다 큰 어른들에게 이런 식으로 말하는 게 얼마나 어색한 일인지 미처 깨닫지도 못한 채 내뱉듯이 말했다. 그러나 다행히 변명할 필요는 없었다. 마침 택시가 와서 모두 자리에 앉자마자 출발했기 때문이다. 그제야 K는 감독관과 감시인들이 떠나는 것을 전혀 알아차리지 못했다는 것이 떠올랐다. 아까는 감독관이 이 세 사람을 보지 못하도록 가리더니, 이번에는 이들이 감독관을 보지 못하게 한 셈이었다. 이는 자신이 침착성을

---

* 앞에서는(20쪽) 키 큰 남자의 수염이 '불그스름'하다고 되어 있다. 이러한 불일치는 카프카가 이 미완성의 작품을 교정하지 못해 생겨난 착오인 것으로 추측된다.

회복하지 못했다는 증거로, K는 이런 점에서 자신을 좀 더 정확히 관찰해야겠다고 마음먹었다. 그러나 무의식중에 또 돌아앉아 자동차 뒷좌석 너머로 몸을 구부리면서, 아직 감독관이나 감시인들을 볼 수 있지 않을까 하여 바깥을 살피는 것이었다. 그러다가는 곧 다시 돌아앉아, 누군가를 찾아보겠다는 시도는 아예 포기하고 자동차 한쪽 구석에 편안하게 몸을 기댔다. 그럴 분위기는 아니었지만, 그는 뭔가 대화를 좀 나누는 일이 필요했다. 그러나 동행들이 지쳐 보였다. 라벤슈타이너가 오른쪽 창밖을, 쿨리히가 왼쪽 창밖을 내다보고 있는 동안 카미너만이 이를 드러내며 어색한 미소를 지어 보였는데, 유감스럽게도 그런 미소를 짓궂게 놀리는 건 인정상 차마 해서는 안 되는 일이었다.

그루바흐 부인과의 대화
이어서 뷔르스트너 양

그해 봄 K는 대개 저녁 시간을 이렇게 보냈다. 거의 아홉시까지는 사무실에 남아 있었고, 업무가 끝나면 혼자서나 아니면 사람들과 함께 잠시 산책을 하다가 맥줏집에 들러 대부분 나이 지긋한 단골 멤버들과 함께 어울려 열한시까지 놀곤 했다. 그러나 이런 일과표에 예외가 생길 때도 있었다. 가령 그의 업무 능력과 성실성을 높이 평가하는 은행장이 드라이브를 하자고 청하거나 별장에서 저녁을 먹자고 초청하는 경우가 그랬다. 그 외에도 K는 일주일에 한 번씩 엘자라는 젊은 여자를 찾아가기도 했는데, 그녀는 밤부터 아침 늦게까지 술집 여종업원으로 일했고 낮 시간에 찾아오는 방문객은 늘 침대에서 맞아주었다.

그러나 K는 이날 저녁에는 곧바로 집으로 갈 생각이었다. 고된 업무와 함께 공손하면서도 정겨운 생일축하 인사를 수도 없이 받는 동안 낮 시간은 빠르게 지나갔다. 그러나 일하는 중간에 잠깐씩 틈이 날 때마다 그는 아침의 일을 생각했다. 도대체 어떻게 된 영문인지는 알 수 없지만 아침의 사건으로 그루바흐 부인의 하숙집 전체에 큰 혼란이 발생했고, 질서가 회복되기 위해서는 자신이 꼭 필요할 것이라는 생각이 들었다. 일단 질서가 회복되면 사건의 흔적은 말끔히 사라질 것이고 모든 것은 본래의 상태로 돌아갈 것이다. 더구나 세 명의 직원에 대해서도 염려할 것은 없었다. 다시 은행의 거대한 조직 속에 파묻힌 그들에게서는 어떤 변화도 느낄 수 없었다. K는 그들의 태도를 살피기 위해 이따금 한 사람씩 또는 한꺼번에 자기 사무실로 불러보았지만, 그때마다 완전히 만족한 상태로 그들을 돌려보낼 수 있었다.

그날 저녁 아홉시 반쯤 집에 도착한 K는 하숙집 입구에서 한 청년과 마주쳤다. 청년은 다리를 쩍 벌리고 입구 앞에 서서 파이프 담배를 피우고 있었다. "누구신가요?" K는 이렇게 물으면서 얼굴을 청년 가까이로 가져갔지만 입구가 어두워서 잘 보이지 않았다. "저는 건물 관리인의 아들입니다, 선생님." 청년은 이렇게 대답하면서 파이프를 입에서 빼내고는 옆으로 물러섰다. "건물 관리인의 아들이라고?" K가 참을성 없이 지팡이로 바닥을 두드리며 물었다. "무슨 볼일이라도 있으신가요, 선생님? 아버지를 부를까요?" "아니, 아니오." K가 말했다. 마치 청년이 무슨 잘못을 저질렀지만 기꺼이 용서해주겠다는 투의 목소리였다. "괜찮소." 그는 이렇게 말하고 청년을 지나쳐 갔지만 계단을 오르기 전에 다시 한 번 뒤를 돌아보았다.

그는 곧장 자기 방으로 갈 수도 있었지만, 그루바흐 부인과 얘기를 나누고 싶어서 먼저 그녀의 방문을 두드렸다. 그녀는 식탁에 앉아 양말을 꿰매고 있었다. 식탁에는 낡은 양말들이 한 무더기 쌓여 있었다. K는 건성으로 이렇게 늦게 찾아와서 죄송하다고 말했다. 그루바흐 부인은 매우 친절하게 굴면서 죄송하다는 말은 아예 들으려고 하지도 않았다. 또 원한다면 언제든지 찾아오라고 하면서, 알다시피 그는 자신이 가장 좋아하는 최고의 하숙인이라는 말도 했다. K는 방 안을 둘러보았다. 모든 것이 원래 상태로 돌아와 있었다. 아침에 창가의 작은 탁자 위에 놓여 있던 아침식사 그릇들도 싹 치워져 있었다. 그는 속으로 여자의 손은 조용히 많은 것을 해치우는구나, 라고 생각했다. 그라면 그 자리에서 그릇을 내던져버리지 절대 갖고 나가지 않았을 것이다. 그는 다소 고마운 마음이 되어 그루바흐 부인을 바라보았다. "왜 이렇게 늦게까지 일을 하세요?" 그가 물었다. 이제 두 사람은 모두 식탁에 앉았고, K는 이따금 양말 속에 손을 집어넣기도 했다. "일이 많아요." 그녀가 말했다. "낮에는 하숙인들에게 매여 있으니까 내 일을 볼 수 있는 시간은 저녁밖에 없어요." "게다가 오늘은 제가 특별한 일거리를 하나 더 안겨드렸죠?" "그게 무슨 말씀인가요?" 그녀는 일감을 무릎 위에 내려놓고는 약간 상기된 얼굴로 물었다. "오늘 아침에 왔던 남자들 말입니다." "아, 그것 말씀이군요." 이렇게 말하며 그녀는 다시 안정을 찾았다. "뭐 대단한 일은 아니었어요." 그녀가 꿰매던 양말을 다시 집어 드는 모습을 K는 조용히 지켜보았다. 그러면서 이런 생각이 들었다. '내가 아침 일에 대해 이야기하는 걸 부인은 의아해하는군. 내가 그 이야기를 꺼내는 게 옳지 않다고 생각하는 것 같아. 그렇다면 그 이야기를 하는 건 더 중요해지지. 이런 이야기를 나눌 수 있는 상대는 나이 든 여자뿐이거든.' "아니, 분명히 폐를 끼쳤습니다." 그가 말을 이었다. "하지만 다시는 그런 일이 없을 겁니다." "그럼요, 다시는 그런 일이 없겠지요." 그녀는 다짐하듯 말하면서 안쓰러운 미소를 지어 보였다. "정말 그렇게 생각하세요?" K가 물었다. "그럼요." 그녀가 부드럽게 말했다. "하지만 당신은 무엇보다 그 일을 너무 심각하게 받아들여서는 안 돼요. 세상에는 별의별 일이 다 있잖아요! K씨가 저한테 이렇게 허물없이 이야기를 하시니까 저도 고백하죠. 문 뒤에서 조금 엿듣기도 하고 감시인들이 저한테 몇 가지 이야기해준 것도 있어요. 당신의 운명에 관한 일이지요. 그리고 그건 정말이지 마음이 쓰이는 일이에요. 어쩌면 제 분수 이상으로 신경을 쓰고 있는지도 몰라요. 저야 하숙집 주인일 뿐이니까요. 그런데 제가 들은 게 조금 있다고 했는데, 그게 특별히 안 좋은 거라고 말할 수는 없어요. 그런 건 아니었어요. 당신은 체포되기는 했지만, 도둑처럼 체포된 건 아니잖아요. 도둑처럼 체포됐다면 낭패겠지만, 이런 체포는…… 이건 어쩐지 뭔가 학문적인 것처럼 여겨져요. 제가 어리석은 말을 했다면 용서하세요. 하지만 이건 제가 잘 이해하지 못하고 또 굳이 이해할 필요도 없는 무언가 학문적인 것 같다는 생각이 들어요."

"방금 말씀하신 것은 전혀 어리석은 말이 아닙니다, 그루바흐 부인. 하여튼 저도 부분적으로는 부인과 같은 생각입니다. 다만 저는 사안 전체를 부인보다 더 예리하게 판단하고 있지요. 저는 이 일이 어떤 학문적인 것이라고 보지 않고 전혀 아무것도 아닌 것으로 봅니다. 저는 기습을 당한 것이며, 그게 전부입니다. 만약 제가 잠에서 깨어났을 때 안나가 나타나지 않은 것에 동요하지 않고, 또 나를 가로막는 사람 따위는 개의치 않고 곧바로 부인에게 갔더라면, 그래서 이번 한 번만은 부엌에서 아침식사를 했더라면, 그리고 부인한테 제 방에서 옷가지를 좀 가져다달라고 했더라면, 요컨대 제가 이성적으로 행동했더라면 아무 일도 일어나지 않았을 것이고, 일어나려 했던 일도 모두사전에 진정되었을 겁니다. 그런데 마음의 준비가 거의 안 돼 있었던 것이지요. 예컨대 은행에서라면 저는 언제나 준비가 되어 있기 때문에 거기서는 도저히 제게 그와 같은 일이 일어날 수 없습니다. 거기에는 제가 부리는 사환도 있고, 제 책상에는 일반전화와 구내전화가 놓여 있으며, 끊임없이 고객들과 직원들이 드나듭니다. 그런데 더욱 중요한 것은, 거기서는 항상 일에 몰두하고 있어 정신을 바짝 차리고 있다는 겁니다. 만일 내 사무실에서 오늘 아침과 같은 상황을 맞게 된다면, 그건 즐거운 일이 될 것입니다. 그런데 이제 다 지나간 일이므로 저도 그 일에 대해 더 이상 이야기하고 싶지 않습니다. 저는 다만 부인의 판단, 즉 사리가 밝은 여자분의 판단을 들어보고 싶었을 뿐이고, 이 문제에 관해 우리가 같은 생각을 갖고 있어 기쁩니다. 이제 부인의 손을 제게 내밀어주세요. 이러한 생각의 일치는 악수를 통해 더욱 굳건해지는 법이니까요."

이 여자가 과연 손을 내밀까? 감독관은 내밀지 않았다. 그는 이런 생각을 하면서 조금 전과는 달리 부인을 꼼꼼히 살펴보았다. 그가 자리에서 일어섰기 때문에 그녀도 일어섰다. 그녀는 K가 말한 것을 모두 이해한 것은 아니었기 때문에 약간 당황한 모습이었다. 당황한 탓에 그녀는 전혀 마음에도 없는, 그리고 상황에도 전혀 안 맞는 말을 했다. "일을 너무 어렵게 생각하지 마세요, K씨." 그녀의 목소리에는 울음이 섞여 있었고, 악수하는 것은 당연히 잊고 말았다. "일을 어렵게 생각하지 않습니다." 이렇게 말하며 갑자기 피곤함을 느낀 K는 이 여자의 동의 같은 것이 얼마나 무가치한가를 깨달았다.

문 앞에서 그가 물었다. "뷔르스트너 양은 집에 있나요?" "없어요." 그루바흐 부인이 대답했다. 그녀는 이렇게 무뚝뚝하게 대답하고는 뒤늦게 이해심이 깃든 관심을 표시하느라 미소를 지어 보였다. "극장에 갔어요. 그녀에게 무슨 볼일이라도 있나요? 제가 말씀을 전해드릴까요?" "아, 그저 얘기나 몇 마디 나눌까 해서요." "죄송하지만 언제 돌아올지는 모르겠어요. 극장에 간 날은 대개 늦게 귀가하니까요." "괜찮습니다." K는 이렇게 말한 후 숙였던 머리를 어느새 문 쪽으로 돌리면서 방을 나가려 했다. "오늘 그녀의 방을 사용한 데 대해 사과하고 싶었을 뿐입니다." "그럴 필요 없어요, K씨. 정말 세심하시네요. 그 아가씨는 이번 일에 대해 아무것도 몰라요. 아침 일찍 나가서 아직 집에 돌아오지 않았고, 방은 이미 다 정리되어 있어요. 직접 보세요." 그러면서 부인은 뷔르스트너 양의 방문을 열었다. "고맙습니다. 부인의 말을 믿어요." K는 그렇게 말하면서도 열린 문으로 다가갔다. 달빛이 어두운 방 안을 고요히 비추고 있었다. 눈에 보이는 건 정말 모두 제자리에 있었고, 블라우스도 이제는 창문 손잡이에 걸려 있지 않았다. 침대에는 덧베개가 눈에 띄게 솟아 있는 듯 보였고, 베개의 한쪽은 달빛을 받고 있었다. "이 아가씨는 집에 늦게 올 때가 많더군요." K는 이렇게 말하면서 그 책임이 그루바흐 부인에게 있다는 듯 그녀를 쳐다보았다. "젊은 사람들이 다 그렇지요!" 그루바흐 부인이 변명하듯 말했다. "그럼요, 그렇죠." K가 말했다. "하지만 정도가 지나칠 수가 있어요." "그럴 수 있지요." 그루바흐 부인이 말했다. "정말 맞는 말씀이에요, K씨. 어쩌면 이 아가씨의 경우도 그럴 거예요. 정말 저는 뷔르스트너 양을 모함할 생각은 없어요. 착하고 귀여운 처녀인 데다 친절하고, 단정하고, 시간도 잘 지키고, 부지런하지요. 그 모든 것을 좋게 평가하고 있어요. 그렇지만 그녀가 더 자존심을 가져야 하고 더 조신하게 행동해야 한다는 것도 사실이에요. 이번 달에만 해도 벌써 두 번이나 외진 거리에서 그녀를 본 적이 있는데, 매번 다른 남자와 있더군요. 정말 곤혹스러운 일이에요. 이 얘기는 하늘에 맹세코 K씨 당신에게만 말씀드리는 거예요. 하지만 언젠가는 당사자와도 얘기해야겠죠. 그런데 제가 볼 때 그녀에게 의심스러운 점은 그뿐만이 아니에요." "말씀이 완전히 궤도에서 벗어나고 있군요." K가 화난 감정을 거의 숨기지 못하고 말했다. "아가씨에 대한 제 말을 오해하신 듯합니다. 그런 뜻으로 말한 게 아닙니다. 솔직히 부인께 말씀드립니다만, 그 아가씨에게 아무 말도 하지 마세요. 부인은 전적으로 착각하고 계십니다. 제가 그 아가씨를 잘 아는데, 부인이 하신 말씀은 전혀 맞지 않아요. 어쩌면 제가 부인한테 너무 심하게 구는 걸 수도 있겠군요. 부인이 그렇게 하지 않도록 막겠다는 생각은 없습니다. 아가씨에게 하고 싶은 말씀이 있으면 하세요. 안녕히 주무세요." "K씨!" 그루바흐 부인은 애원하듯 말하며 K가 이미 열어놓은 그의 방문까지 급히 뒤따라왔다. "아직은 아가씨한테 무슨 말을 하겠다는 게 아니에요. 더 지켜보는 게 물론 우선이죠. 당신께만 제가 알고 있는 걸 털어놓은 거예요. 뭐니 뭐니 해도 하숙집을 깨끗하게 꾸려가는 건 분명 모든 하숙인들의 이

해에 부합하는 것이겠지요. 제가 마음 쓰는 것도 바로 그겁니다." "깨
끗하게라고요!" K가 문틈으로 소리쳤다. "이 하숙집을 깨끗하게 꾸려
가려면 먼저 저부터 내보내야겠군요." 그러고는 그는 문을 쾅 닫고,
이어 살며시 두드리는 노크 소리도 완전히 무시해버렸다.

그러나 그는 전혀 잠을 잘 기분이 아니었고, 이번 기회에 뷔르스트
너 양이 언제쯤 들어오는지 확인할 겸 깨어 있어보기로 마음먹었다.
그러다 보면 비록 적당한 시간은 아니겠지만 그녀와 몇 마디 이야기
를 나누는 것이 가능할지도 모른다. 그는 창가에 누워 피곤한 눈을 문
지르면서, 그루바흐 부인을 혼내준 후 뷔르스트너 양을 잘 설득해 함
께 이 집에서 나가버릴까 하는 생각까지 잠시 해보았다. 그러나 곧 그
건 너무 지나친 행동인 것 같았고, 자신이 결국 아침에 있었던 일 때
문에 하숙집을 바꿀 생각을 하는 것이 아닌가 하는 의심까지 들었다.
이보다 더 어리석고, 또 무엇보다 무모하고 경멸스러운 일은 없을 것
이다.

그는 텅 빈 거리를 내다보는 데 싫증이 나자, 누군가 집으로 들어오
면 소파에서 바로 볼 수 있도록 응접실 쪽 방문을 약간 열어놓은 다
음 긴 소파 위에 누웠다. 그렇게 거의 열한시까지 시가를 피우며 소파
위에 조용히 누워 있었다. 그러나 더는 그 자리에 있지 못하고, 마치
뷔르스트너 양의 귀가를 앞당길 수 있기라도 한듯 응접실 쪽으로 조
금 나가보았다. 그는 특별히 그녀를 만나고 싶은 욕망을 가진 것도 아
니었고, 그녀가 어떻게 생겼는지조차 잘 기억나지 않았다. 그러나 지
금은 그녀와 이야기를 나누고 싶었고, 그녀가 늦게 들어옴으로써 이
날의 마지막까지도 소동과 혼란이 초래되고 있는 데 화가 났다. 그가

오늘 저녁에 아무것도 먹지 못한 것, 그리고 엘자를 찾아가려던 계획을 포기한 것도 모두 그녀 탓이었다. 물론 지금이라도 엘자가 일하는 술집에 간다면 두 가지 모두 만회할 수는 있었다. 그는 뷔르스트너 양과 이야기를 끝낸 후에 그렇게 할 생각이었다.

열한시 반이 지났을 때, 층계 쪽에서 인기척이 들렸다. 이런저런 생각에 잠긴 채 응접실을 마치 자기 방인 양 소란스럽게 오가던 K는 얼른 자기 방문 뒤로 숨었다. 들어온 사람은 뷔르스트너 양이었다. 그녀는 현관문을 닫으면서 몸을 부르르 떨고는 좁은 어깨에 두른 실크 숄을 끌어당겼다. 이제 그녀는 자기 방으로 들어갈 것이고, 한밤중이 가까운 시간에 K가 거기까지 따라 들어갈 수는 없는 노릇이었다. 그러니 지금 그녀에게 말을 걸어야 했다. 그런데 불행히도 그가 방의 전등을 켜놓지 않은 상태여서 어두운 방에서 불쑥 나갔다가는 그녀를 불의에 습격하는 꼴이 될 것이고, 그러면 그녀가 깜짝 놀랄 게 틀림없었다. 어찌할 바를 모르고 또 지체할 시간도 없던 그는 문틈으로 속삭이듯이 말했다. "뷔르스트너 양." 그것은 부르는 것이 아니라 애원하는 소리처럼 들렸다. "거기 누가 있어요?" 뷔르스트너 양은 이렇게 물으면서 눈을 휘둥그렇게 뜨고 주위를 둘러보았다. "나예요." K가 말하면서 앞으로 나섰다. "아, K씨군요!" 뷔르스트너 양이 미소를 지으며 말했다. "안녕하세요." 그러고는 그녀는 손을 내밀었다. "몇 마디 얘기를 좀 나누고 싶은데, 지금 괜찮겠어요?" "지금요?" 뷔르스트너 양이 물었다. "지금 해야 하나요? 좀 이상하지 않나요?" "아홉시부터 당신을 기다렸어요." "글쎄요, 저는 극장에 갔으니 기다리고 계신 줄은 전혀 몰랐지요." "제가 아가씨와 얘기를 좀 해야겠다고 생각한 것은 바로 오늘 일어난 일 때문입니다." "글쎄요, 쓰러질 정도로 피곤하지만 그 밖에는 뭐 특별히 거절할 이유가 없네요. 그럼 잠깐 제 방으로 들어오세요. 사람들을 모두 깨우게 될 테니 여기서 얘기를 나눌 수는 없어요. 그랬다가는 그 사람들도 화가 나겠지만 우리가 더 기분 나빠질 거예요. 제 방의 불을 켤 테니까 그때까지 여기서 기다렸다가 여기 불을 꺼주세요." K는 그녀가 시키는 대로 했다. 그런 후 뷔르스트너 양이 자기 방에서 나지막한 소리로 들어오라고 거듭 재촉할 때까지 기다렸다. "앉으세요." 그녀는 이렇게 말하면서 터키식 소파*를 가리켰다. 정작 피곤하다던 그녀는 침대 기둥에 몸을 기대고 서 있었다. 꽃 장식이 가득한 작은 모자조차 벗지 않았다. "무슨 얘긴가요? 정말 궁금하네요." 그렇게 말하면서 그녀는 다리를 살짝 꼬았다. K가 입을 열었다. "아가씨는 어쩌면 이 일이 지금 얘기해야 할 만큼 그렇게 절박한 건 아니라고 하겠지만……" "전 긴 서론 같은 건 잘 듣지 않아요." 뷔르스트너 양이 말했다. "그렇게 말씀하시니 말을 꺼내기가 쉬워지는군요." K가 말했다. "아가씨 방이 오늘 아침에, 어느 정도는 내 잘못 때문에 좀 어지럽혀졌습니다. 나도 모르는 낯선 자들에 의해 내 뜻과는 무관하게 그렇게 된 것입니다만, 말씀드렸듯이 내 과실로 인한 것입니다. 그래서 그 일에 대해 아가씨에게 용서를 구하려는 겁니다." "제 방이요?" 뷔르스트너 양은 이렇게 물으면서 방을 둘러보는 대신 K를 훑어보았다. "그렇습니다." K가 말했다. 두 사람은 이제 처음으로 눈이 마주쳤다. "정확히 어떻게 그런 일이 일어났는지는 말씀드릴

---

* 등받이와 팔걸이가 낮거나 없는 야트막한 소파.

만한 것도 아닙니다." "그렇지만 그게 정말 재미있는 얘기일 것 같은데요." 뷔르스트너 양이 말했다. "그렇지 않습니다." K가 말했다. "그렇다면," 뷔르스트너 양이 말했다. "저도 그 비밀을 캐고 싶지 않아요. 또 재미없다고 주장하시니 거기에 이의를 제기하지도 않겠어요. 방이 특별히 어지럽혀진 흔적도 보이지 않으니 선생님이 구하시는 용서도 기꺼이 해드리죠." 그녀는 양손을 펴서 허리에 올린 자세로 방 안을 한 바퀴 돌아보았다. 그러다가 사진들이 붙어 있는 벽걸이 매트 앞에서 멈춰 섰다. "이것 좀 보세요!" 그녀가 소리쳤다. "제 사진들이 마구 뒤섞여 있어요. 정말 속상하네. 그러니까 누군가 허락도 없이 제 방에 들어온 거군요." K는 고개를 끄덕이면서 속으로 멍청하고 몰상식한 손놀림을 도무지 그만두지 못하는 직원 카미너를 저주했다. "이상한 일이군요." 뷔르스트너 양이 말했다. "선생님이 양심상 삼가야 할 일을 제가 직접 이렇게 삼가달라고 요구해야 하다니요. 제가 없을 때 제 방에 들어오는 것 말이에요." "하지만 분명히 말씀드렸지요, 아가씨." K는 이렇게 말하면서 자신도 사진들 쪽으로 갔다. "사진에 손을 댄 사람은 내가 아니라고요. 그러나 내 말을 믿지 않으니 고백하지 않을 수가 없군요. 심리위원회에서 세 명의 은행 직원을 데려왔는데, 그중 한 사람이 사진을 만진 것 같습니다. 기회만 생기면 그 직원은 바로 은행에서 내보낼 작정입니다." 뷔르스트너 양이 뭔가를 묻는 듯한 눈빛으로 그를 쳐다보자 K가 덧붙여 말했다. "네, 심리위원회가 여기서 열렸습니다." "선생님 때문에요?" 그녀가 물었다. "그렇습니다." K가 대답했다. "그럴 리가!" 그녀가 웃으면서 외쳤다. "사실이라니까요." K가 말했다. "그렇다면 아가씨는 내게 아무런 죄가 없다고 생각하나요?"

"글쎄, 무죄라고……" 그녀가 말했다. "중대한 결과를 수반할 수도 있는 그런 판단을 성급하게 내리고 싶지 않아요. 그리고 저는 선생님을 잘 알지도 못해요. 하지만 처음부터 곧장 심리위원회를 파견한 것을 보면 중범죄자인 게 틀림없네요. 그런데 선생님은 지금 자유로운 상태에 있고, 이렇게 태연한 걸 보면 적어도 감옥에서 도망친 건 아닐 테니까 말이죠, 그런 중대한 범죄를 저질렀을 리가 없어요." "그래요." K가 말했다. "심리위원회는 내게 아무 죄가 없다거나, 적어도 생각했던 만큼 죄가 크지 않다는 점을 통찰했을 수도 있어요." "그럼요, 물론 그럴 수 있죠." 뷔르스트너 양이 아주 세심한 주의를 기울이면서 대답했다. "저기, 그런데……" K가 말했다. "아가씨는 재판 관련 일에 경험이 많지 않겠죠?" "네, 많지 않아요." 뷔르스트너 양이 대답했다. "그게 유감스러울 때가 많아요. 저는 모든 게 궁금하기도 하고, 더구나 법원 일에 대해서는 굉장히 관심이 많거든요. 법원은 특이한 매력이 있어요, 그렇지 않아요? 하지만 저는 분명히 이 분야에서 제 지식을 완성해나갈 수 있을 거예요. 다음 달부터 변호사 사무실에서 사무원으로 근무하게 됐거든요." "그거 아주 잘된 일이군요." K가 말했다. "그렇게 되면 아가씨는 내 소송 일을 조금이나마 도와줄 수 있겠군요." "그럴 수 있을 거예요." 뷔르스트너 양이 말했다. "못 할 이유가 없죠. 저는 제 지식을 활용하는 게 좋아요." "나도 진심으로 말씀드리는 겁니다." K가 말했다. "아니, 적어도 아가씨처럼 반쯤은 진심입니다. 변호사를 끌어들이기에는 너무 경미한 사안이지만 조언자 정도는 유용할 거예요." "좋아요. 하지만 제가 선생님께 조언하려면 도대체 무슨 사건인지를 알아야겠지요." 뷔르스트너 양이 말했다. "그게 바로 문제입니다." K가 말했다. "나 자신도 그걸 모르니까요." "그럼 저를 놀리신 거 군요." 뷔르스트너 양이 아주 실망한 표정으로 말했다. "그런 일로 이렇게 밤늦은 시간을 택할 필요는 없었을 텐데요." 그러면서 그녀는 오 랫동안 그와 함께 서 있던 사진 앞에서 물러났다. "그런 게 아닙니다, 아가씨." K가 말했다. "아가씨를 놀리는 게 아녜요. 내 말을 못 믿겠다 는 거군요! 내가 알고 있는 건 모두 말씀드린 겁니다. 사실상 내가 아 는 것 이상을 말씀드렸어요. 왜냐하면 그건 심리위원회가 아니었거든 요. 그렇게 부른 건 다른 마땅한 이름을 모르기 때문이죠. 심리 같은 건 없었고, 나는 그저 체포되었을 뿐인데 그게 무슨 위원회 같은 것에 의해서였어요." 뷔르스트너 양은 터키식 소파에 앉으면서 다시 웃음 을 터뜨렸다. "대체 어떤 것이었나요?" 그녀가 물었다. "끔찍했어요." K가 말했다. 그러나 그는 지금 그 일에 대해 생각하는 대신, 뷔르스트 너 양의 모습에 완전히 매료되어버렸다. 그녀는 한 손으로 천천히 허 리 부분을 어루만지면서 다른 손으로 얼굴을 받치고 있었는데, 그쪽 팔꿈치는 소파의 쿠션 위에 올려두고 있었다. "너무 막연한데요." 뷔 르스트너 양이 말했다. "뭐가 너무 막연하다는 거죠?" K가 물었다. 그 러고는 생각을 가다듬고 다시 물었다. "무슨 일이 있었는지 보여달라 는 건가요?" 그는 걸음을 옮겼지만 아직 방을 나가려는 건 아니었다. "저는 정말 피곤해요." 뷔르스트너 양이 말했다. "너무 늦게 귀가했으 니까요." K가 말했다. "결국 제가 비난을 받게 되는군요. 그래도 할 말 없죠, 뭐. 들어오시라고 하는 게 아니었어요. 지금 보다시피 꼭 그럴 필요도 없는데 말이죠." "꼭 필요한 일이었어요. 지금부터 보여드릴게 요." K가 말했다. "침대 옆에 있는 저 탁자를 이쪽으로 끌어와도 될까요?" "도대체 무슨 생각을 하는 거죠?" 뷔르스트너 양이 말했다. "당연히 안 돼요." "그럼 나도 보여줄 수가 없어요." K는 그렇게 되면 마치 자신이 엄청난 손해를 입기라도 하는 것처럼 흥분해서 말했다. "좋아요, 선생님이 그걸 보여주는 데 필요하다면 탁자를 옮기도록 하세요." 뷔르스트너 양은 이렇게 말하고는 잠시 후 더 힘이 빠진 목소리로 덧붙였다. "제가 너무 피곤해서 정도 이상으로 허락을 하는 거예요." K는 탁자를 방 중앙으로 옮긴 후 그 뒤편에 앉았다. "인물들의 배치를 제대로 떠올려야 합니다. 아주 흥미로운 배치죠. 내가 감독관이고, 저기 트렁크 위에 두 감시인이 앉아 있으며, 사진이 있는 곳에 세 명의 젊은이가 서 있습니다. 이건 그냥 말이 난 김에 말해두는 것이지만, 창문 손잡이에는 하얀 블라우스가 하나 걸려 있습니다. 자, 이제 시작합니다. 아, 나를 빠뜨렸군요. 그러니까 가장 중요한 인물인 나는 여기 탁자 앞에 서 있습니다. 감독관은 아주 편안한 자세로 앉아 있습니다. 두 다리는 꼬고 팔은 여기 등받이 너머로 축 늘어뜨린 것이, 아주 무례하기 짝이 없는 자세죠. 그럼 이제 정말 시작합니다. 감독관이 나를 잠에서 깨워야 한다는 듯 외칩니다. 사실 소리를 질러대는 겁니다. 정말 어땠는지를 보여주려면 미안하지만 나도 소리를 질러야겠습니다. 그런데 그가 그렇게 소리 지르면서 외쳐대는 게 내 이름뿐인 겁니다." 웃으면서 듣고 있던 뷔르스트너 양은 K가 소리치지 못하게 하려고 손가락을 입술로 가져갔지만, 너무 늦어버렸다. 자기 역할에 완전히 몰두한 K가 천천히 외쳤다. "요제프 K!" 그 외침은 위협했던 것만큼 큰 소리는 아니었지만, 입 밖으로 튀어나온 후 점차 방 안에 퍼져나가는 것 같았다.

그때 옆방으로 통하는 문에서 노크 소리가 났다. 짧고 강한 소리가 규칙적으로 몇 번 들렸다. 얼굴이 창백해진 뷔르스트너 양이 손을 가슴에 갖다 댔다. K는 훨씬 더 크게 놀랐다. 잠시나마 그는 오늘 아침의 사건과 그것을 재연하여 이 아가씨에게 보여준다는 것 말고는 머릿속에 아무 생각도 없었던 것이다. 마음이 좀 진정되자 그는 뷔르스트너 양에게 달려가 그녀의 손을 잡았다. "걱정하지 마세요." 그가 속삭였다. "내가 다 처리하겠습니다. 그런데 도대체 누굴까요? 여기 옆방은 거실이라 아무도 잠을 자지 않는데요." "그렇지 않아요." 뷔르스트너 양이 K의 귀에 대고 소곤거렸다. "어제부터 그루바흐 부인의 조카가 자고 있어요. 대위라더군요. 지금은 다른 빈 방이 없거든요. 저도 그 사실을 깜빡했어요. 꼭 그렇게 소리를 질러야 했나요? 제가 아주 난처하게 됐잖아요." "그럴 거 없어요." K는 이렇게 말하면서, 그녀가 쿠션에 몸을 누이자 그녀의 이마에 키스를 했다. "저리 가요, 저리 가." 그녀가 재빨리 몸을 다시 일으켰다. "가세요, 어서 가세요. 도대체 어쩌려는 건가요? 저 사람이 문가에서 엿듣고 있어요. 다 듣고 있단 말이에요. 선생님은 저를 어지간히 괴롭히는군요!" 그러자 K가 말했다. "아가씨가 좀 진정될 때까지는 가지 않겠어요. 방 저쪽 구석으로 가요. 저기서 말하면 못 들을 거예요." 그녀는 구석으로 이끌려 왔다. "이렇게 생각해봐요." 그가 말했다. "이 일이 아가씨에게 불쾌한 일일 수는 있겠지만 그렇다고 곤경에 처할 염려는 절대 없다는 겁니다. 당신도 알다시피 이 사안에서 결정권을 쥐고 있는 사람은 그루바흐 부인인데, 특히 저 대위라는 자가 부인의 조카라니 더욱 그렇겠죠. 부인은 나를 여간 존경하는 게 아닙니다. 내가 하는 말은 무조건

다 믿죠. 게다가 나한테서 목돈을 빌려간 일도 있으니 내게 신세도 지고 있는 형편입니다. 우리가 여기 함께 있는 걸 해명하는 것과 관련해서는 아가씨가 어떤 제안을 하든지, 그리고 그것이 조금이라도 이치에 맞으면 내가 그 제안을 받아들이겠습니다. 그리고 그루바흐 부인이 그 해명을 사람들 앞에서 인정하게 할 뿐만 아니라 정말 진심으로 믿게 한다고 약속하지요. 아가씨는 내 생각은 조금도 해줄 필요가 없어요. 내가 아가씨를 덮쳤다고 소문을 내고 싶다면, 나는 그루바흐 부인에게 그렇게 말할 것이고 부인 또한 그렇게 믿게 될 겁니다. 그렇다고 해서 부인이 나에 대한 신뢰를 잃는 일은 없을 겁니다. 그만큼 부인은 나한테 많이 의존하고 있어요." 뷔르스트너 양은 몸을 앞으로 약간 구부린 채 조용히 방바닥을 내려다보고 있었다. "내가 당신을 덮치려 했다는 걸 그루바흐 부인이 왜 안 믿겠어요?" K가 덧붙여 말했다. 가르마를 타고 살짝 부풀게 해서 꼭 동여맨 그녀의 불그스레한 머리카락이 그의 눈에 들어왔다. 그는 그녀가 고개를 들고 자기를 쳐다볼 것이라고 생각했지만, 그녀는 자세를 바꾸지 않고 이렇게 말했다. "미안해요. 제가 깜짝 놀란 건 갑자기 들려온 노크 소리 때문이었지 대위가 있어서 생길 수 있는 결과들 때문이 아니에요. 선생님이 소리를 지르고 난 뒤 아주 조용한 순간에, 바로 그때 노크 소리가 났던 거예요. 그래서 제가 놀랐던 건데, 문 가까이 있었기 때문에 바로 옆에서 노크하는 것 같았거든요. 선생님의 제안은 감사하지만 받아들이지 않겠어요. 제 방에서 일어나는 모든 일에 대해서는 제가 책임을 질 수 있고, 그 누구에 대해서도 그래요. 선생님의 제안에는 물론 좋은 의도도 들어 있고 저도 분명히 그 점을 인정하지만, 저한테 모욕적인 내용도 있는데 그걸 깨닫지 못하시다니 놀랍군요. 어쨌든 이젠 돌아가주세요. 혼자 있고 싶어요. 그 어느 때보다 더 혼자 있고 싶군요. 몇 분이면 된다고 하셨는데 벌써 반시간도 더 됐어요." K는 그녀의 손을 잡고 이어 손목을 잡았다. "나한테 화가 난 건 아니겠죠?" 그가 말했다. 그녀는 그의 손을 뿌리치면서 대답했다. "아뇨, 그렇지 않아요. 저는 그 어떤 때에도, 그 누구에게도 화를 내지 않아요." 그가 다시 그녀의 손목을 잡자, 그녀는 이번에는 그의 손을 그대로 둔 채 그를 문 쪽으로 이끌어 갔다. 그는 방에서 나가겠다고 굳게 마음을 먹었다. 그러나 막상 문 앞에 서게 되자 그는 마치 이런 곳에 문이 있으리라고는 예상하지 못한 사람처럼 멈칫했다. 뷔르스트너 양은 그 순간을 틈타 몸을 빼낸 다음, 문을 열고 응접실로 나가 나지막한 소리로 K에게 말했다. "어서 나오세요. 저기 좀 보세요." 그녀가 가리킨 대위의 방문 아래에서 불빛이 새어 나오고 있었다. "저 사람은 불을 켜놓고 우리 대화를 즐기고 있어요." "나갈게요." K는 이렇게 말하더니 달려 나와 그녀를 붙잡고는 입에 키스를 하고 그녀의 온 얼굴에도 입을 맞추었다. 마치 목마른 짐승이 마침내 발견한 샘물에 마구 혀를 휘둘러대는 것 같은 모습이었다. 그런 후에 그는 그녀의 목, 바로 후두 부분에 입을 맞추고 오래도록 입술을 대고 있었다. 그러다가 대위의 방에서 무슨 소리가 나자 그는 얼굴을 들었다. "이제는 가겠습니다." 그는 이렇게 말했다. 그는 세례명으로 뷔르스트너 양을 부르고 싶었지만 이름을 알지 못했다. 그녀는 피곤한 모습으로 고개를 끄덕이고는 벌써 몸은 반쯤 돌린 채로, 마치 자신은 아무것도 모른다는 듯 그에게 키스를 하도록 손을 내주었다. 그러고는 몸을 굽히고 방으로 들어갔다. 잠시 후 K는 자기 침대에 누웠다. 그는 금방 잠이 들었는데, 잠들기 전에 잠시 자신의 행동에 대해 곰곰이 생각해보았다. 만족스럽기는 했지만, 스스로 더 만족스러워하지 못하고 있다는 것이 놀라웠다. 그 대위 녀석 때문에 뷔르스트너 양이 몹시 염려스러웠던 것이다.

첫 심리

    K는 그의 사건에 대한 간단한 심리가 다음 일요일에 있을 것이라는 전화 통보를 받았다. 상대방은 이제 이런 심리가 정기적으로 열릴 것이라는 점도 주지시켰는데, 매주는 아니겠지만 점차로 자주 열리게 될 것이라고 했다. 한편으로 그의 소송을 빨리 끝내는 것이 모두의 일반적 관심사이고, 다른 한편으로 심리는 모든 면에서 철저해야겠지만 이에 따르는 노력이 크기 때문에 너무 오래 끌어서는 곤란하다는 것이었다. 그래서 날짜 간격을 줄여 심리를 잇달아 열면서도 짧은 시간에 진행하는 방안을 선택했다고 했다. 그리고 일요일을 심리일로 정한 것은 K의 직장 업무를 방해하지 않기 위한 결정이라고 했다. 그가 이 날짜에 동의할 것이라 생각하지만, 혹시 다른 날을 원한다면 가급적 그의 요구를 수용하겠다고 했다. 예를 들어 야간에도 심리가 가능

하지만, 그럴 경우 K의 머리가 완전히 맑지는 않을 것이라고 했다. 아무튼 K가 별다른 이의를 제기하지 않는다면 심리일은 일요일로 해두겠다는 것이다. 그는 당연히 심리에 출두해야 하며, 이 점에 대해 굳이 유념하라는 말은 할 필요가 없을 것이라고 했다. 이어 그가 출두해야 할 건물의 주소를 알려주었는데, 아직 가본 적이 없는 교외의 외딴 거리에 있는 건물이었다.

이런 통보를 받은 K는 아무런 대답도 하지 않고 수화기를 내려놓았다. 그는 일요일에 가기로 당장 마음먹었다. 어쨌든 피할 수 없는 일임은 분명했다. 소송은 일단 시작되었고, 그는 거기에 대응해야 했다. 이번 첫 심리가 마지막 심리가 되어야 했다. 그가 아직 생각에 잠긴 채 전화 옆에 서 있는데, 등 뒤에서 부행장의 목소리가 들려왔다. 그가 전화를 걸려고 하는데 K가 길을 막고 있었던 것이다. "좋지 않은 소식인가요?" 부행장이 별 뜻도 없이 물었다. 무얼 알고자 해서가 아니라 K를 전화기에서 물러나게 하려고 던진 질문이었다. "아니, 그렇지 않습니다." K는 이렇게 말하면서 옆으로 비켜섰지만 그 자리를 떠나지는 않았다. 부행장이 수화기를 들고 통화가 연결되기를 기다리면서 수화기 너머로 말했다. "한 가지 물어볼 게 있어요, K 부장. 일요일 아침에 내 요트에서 선상 파티를 열려고 하는데 와주겠어요? 사람들이 꽤 많이 올 텐데, K 부장이 아는 사람들도 분명히 있을 거요. 특히 하스테러 검사도 참석할 겁니다. 파티에 오겠어요? 꼭 오세요!" K는 부행장이 하는 말에 집중하려고 했다. 그에게는 중요한 의미를 가진 말이었다. 그와 그다지 사이가 좋지 않은 부행장에게서 이런 초대를 받는다는 것은 상대방이 화해를 시도하고 있음을 의미하는 것이기 때문이다. 그것은 또한 K가 은행 내에서 얼마나 중요한 인물이 되었는지, 그리고 은행에서 두번째로 높은 직급의 인사에게 K와의 친분 또는 적어도 그의 중립적인 태도가 얼마나 중요한 것이 되었는지를 보여주는 일이었다. 통화 연결을 기다리면서 수화기 너머로 한 초대이긴 했지만 부행장으로서는 자존심이 상하는 것이었다. 그런데 K는 한 번 더 그의 자존심을 상하게 하는 말을 하지 않을 수 없었다. "정말 감사합니다! 하지만 유감스럽게도 일요일에는 시간이 없습니다. 선약이 있어서요." "유감이군요." 부행장은 이렇게 말하면서 때마침 연결된 전화 통화에 열중했다. 짧은 통화가 아니었지만 K는 멍한 상태로 계속 전화기 옆에 서 있었다. 부행장이 수화기를 내려놓았을 때에야 그는 화들짝 놀라면서 쓸데없이 그 자리에 서 있었던 걸 조금이나마 변명하려 했다. "방금 전에 저보고 어디로 와달라고 하는 전화를 받았는데, 그쪽에서 시간을 말해주는 걸 잊었네요." "그럼 다시 물어보시죠." 부행장이 말했다. "그리 중요한 건 아닙니다." K가 말했다. 그런데 이렇게 말해버리면서 그렇지 않아도 미흡했던 앞서의 변명은 더욱 이상해지고 말았다. 부행장은 자리를 뜨면서 다른 이야기들을 꺼냈다. K는 마지못해 대답을 하기는 했지만, 머릿속으로는 모든 법원이 평일의 경우 아홉시에 업무를 시작하니까 일요일에도 그 시간까지 가는 게 좋겠다는 생각에 몰두했다.

일요일은 날씨도 흐렸고, 전날 저녁에 단골 멤버들과의 술자리에 참석하느라 밤늦게까지 술집에 있었기 때문에 K는 몹시 피곤하여 하마터면 늦잠을 잘 뻔했다. 곰곰이 생각해볼 시간이나 주중에 생각해둔 여러 계획을 점검해볼 시간도 없이 그는 서둘러 옷을 입고 아침식사도 거른 채 그쪽에서 일러준 교외로 달려갔다. 여유가 없어 주변을 제대로 살펴본 것도 아닌데, 정말 이상하게도 그는 이 사건에 연루된 세 직원 라벤슈타이너와 쿨리히 그리고 카미너와 마주쳤다. 앞의 두 사람은 전차를 타고 K가 지나는 길을 가로질러 갔고, 카미너는 어느 카페의 테라스에 앉아 있다가 K가 지나가는 순간 호기심 어린 얼굴로 난간 너머로 몸을 내밀었다. 세 사람은 모두 K를 유심히 살펴보면서 자신의 상사가 왜 저렇게 황급히 달려가는지 의아해하는 눈치였다. K가 차를 타지 않은 것은 일종의 오기 때문이었다. 이번 사건에서 다른 사람의 도움은 가장 사소한 것도 받고 싶지 않았다. 또 누군가에게 도움을 청함으로써 이 일에 대해 조금이라도 알게 하고 싶지 않았던 것도 있었다. 그리고 마지막으로는 시간을 너무 정확히 지켜서 심리위원회 앞에 자신을 낮추고 싶은 생각도 전혀 없었다. 물론 그는 어떤 특정 시간에 출두하라고 통보를 받은 것은 아니었지만, 가능하면 아홉시까지 도착하려고 지금은 뛰어가고 있었다.

그는 자신이 그리 명확하게 떠올려보지 않았던 어떤 표시라든가 아니면 입구에서의 특별한 움직임 같은 걸 보고 멀리서도 그 건물을 알아볼 수 있을 것이라고 생각했다. 그러나 지금 그 건물이 있다고 했던 율리우스 거리 초입에 잠시 들어서서 보니, 양쪽으로 늘어서 있는 거의 똑같은 형태의 건물들은 가난한 사람들이 거주하는 회색의 고층 임대주택들이었다. 일요일 아침이라 대부분의 창문에 사람들이 모습을 드러내고 있었다. 셔츠 차림의 남자들이 창가에 기대서 담배를 피우거나 어린아이들을 창틀에 올려놓고 조심스럽고 정겹게 붙들고 있었다. 다른 창문에는 침구들이 높다랗게 쌓여 있는데, 그 위로 여자의 헝클어진 머리가 언뜻 보이기도 했다. 사람들은 골목 건너편의 이웃들과 큰 소리로 대화를 나누고 있었고, 이렇게 주고받는 중에 K의 머리 바로 위에서 큰 웃음이 터지기도 했다. 긴 거리를 따라 작은 식료품 가게들이 규칙적인 간격으로 늘어서 있었는데, 가게는 도로면의 아래쪽에 있어서 계단을 몇 개 내려가야 했다. 여자들이 가게에 들락거렸고 계단에 서서 수다를 떨기도 했다. 창문 쪽을 향해 자기 물건을 사라고 외쳐대던 과일장수는 K와 마찬가지로 주의를 기울이지 않다가 하마터면 손수레로 그를 치어 넘어뜨릴 뻔하기도 했다. 바로 그때 잘사는 동네에서 쓰다가 고물이 된 축음기 한 대가 찢어지는 소리를 내며 울리기 시작했다.

　K는 골목 안으로 더 깊숙이 들어갔다. 마치 이제는 시간 여유가 있는 것처럼, 또는 예심판사가 어느 창문에서 내려다보면서 그가 도착했음을 확인하기라도 한 것처럼 천천히 걸음을 옮겼다. 아홉시가 조금 지나 있었다. 그 건물은 다소 길게 늘어서 있었는데, 이례적으로 넓은 면적에 퍼져 있었고 특히 정문 진입로가 높고 넓었다. 여러 상품 창고에 소속된 화물 차량들의 출입을 위해 그렇게 지어놓은 게 분명했다. 커다란 안마당을 둘러싼 상품 창고들은 지금은 문이 닫혀 있었다. 창고마다 각 회사의 이름표가 붙어 있었는데, 그중 몇은 K가 은행 업무를 통해 알고 있는 이름이었다. 그는 평소와 달리 이런 외형적인 것에 더욱 세심한 관심을 보이면서 마당 입구에 잠시 서 있었다. 근처 상자 위에 한 남자가 맨발로 앉아서 신문을 읽고 있었다. 손수레 위에는 두 명의 사내아이가 앉아 시소를 타듯이 오르내리고 있었다. 연약해 보이는 한 소녀가 잠옷을 입고 펌프 앞에 서서 물통에 물이 쏟아

져 내리는 동안 K를 쳐다보았다. 마당 한구석에서는 두 개의 창문 사이로 줄이 당겨지고 있었는데, 줄에는 벌써 빨래가 내걸린 상태였다. 남자 하나가 아래쪽에 서서 몇 차례 소리를 지르며 작업을 지시하고 있었다.

　K는 심리가 열리는 방을 찾기 위해 계단 쪽으로 향하다가 다시 멈춰 섰다. 마당에는 이 첫번째 계단 말고도 위로 올라가는 계단이 세 개나 더 있었던 것이다. 게다가 마당 저쪽 끝에는 또 다른 마당으로 연결되는 것 같은 작은 통로가 하나 있었다. 그는 저들이 방의 위치를 좀 더 자세히 일러주지 않은 데 화가 치밀었다. 이는 분명 이상할 정도로 무성의하거나 무관심한 대접인데, 그는 이 점만큼은 확실하게 짚고 넘어갈 작정이었다. 마침내 그는 첫번째 계단을 올라가기 시작했다. 그러면서 마음속으로 법원이 죄에 이끌리는 것이라는 감시인 빌렘의 말을 되새겨보았다. 그러자 심리가 열리는 방은 K가 우연히 택한 계단 쪽에 있을 것이라는 결론이 내려졌다.

　위로 올라가면서 그는 계단에서 놀고 있는 아이들을 어쩔 수 없이 방해하게 되었는데, 그가 사이를 뚫고 지나가자 아이들은 화난 얼굴로 쳐다보았다. '다음에 다시 오게 된다면 애들의 환심을 살 사탕을 가져오거나 애들을 때려줄 지팡이를 가져와야겠군.' 그는 마음속으로 다짐했다. 2층에 다다르기 직전에는 심지어 장난감 구슬이 바닥을 굴러다녀서 멈출 때까지 잠시 기다려야 했다. 다 자란 불량배같이 우락부락한 얼굴을 한 소년 둘이 그의 바지를 붙잡고 기다리게 했던 것이다. 이들을 뿌리쳐버리면 다칠 수도 있었고, 또 다쳐서 비명을 지르는 것도 걱정스러웠다.

본격적으로 방을 찾는 일은 2층에서 시작되었다. 그런데 무턱대고 심리위원회가 어디에 있느냐고 물을 수는 없었으므로 그는 란츠 목수라는 인물을 하나 생각해냈다. 이 이름이 떠오른 것은 그루바흐 부인의 조카인 대위의 이름이 바로 란츠였기 때문이다. 실내를 들여다보기 위해 집마다 다니면서 혹시 란츠라는 목수가 사느냐고 물어볼 작정이었다. 그러나 실내를 들여다보는 건 대체로 아주 쉬웠다. 거의 모든 문이 열려 있었고 아이들도 들락날락하고 있었던 것이다. 방은 대개 작고 창문이 하나였는데, 안에서는 취사도 하고 있었다. 어떤 여자들은 한쪽 팔에 젖먹이를 안고 자유로운 다른 손으로 화덕에서 일을 하는 중이었고, 앞치마만 걸친 것 같은 앳된 계집아이들이 이리저리 부지런히 뛰어다녔다. 방마다 침대에는 아직 누군가가 누워 있었는데, 아픈 사람이거나 아직 자고 있는 사람, 또는 옷을 입은 채로 몸을 뻗고 누운 사람도 있었다. K는 문이 닫혀 있는 방은 노크를 한 후 혹시 란츠라는 목수가 살고 있느냐고 물어보았다. 그러면 보통 여자가 문을 열어준 다음, 그의 질문을 듣고 침대에서 몸을 일으키는 방 안의 누군가를 향해 말했다. "어떤 신사분이 란츠라는 목수가 여기 사느냐고 묻는데요." "란츠라는 목수?" 침대에 있던 사람이 물었다. "그렇습니다." K는 그곳에 심리위원회가 없는 것이 틀림없고, 따라서 자신의 용무가 끝났음을 알았지만 이렇게 대답했다. 어떤 사람들은 란츠 목수를 찾는 일이 K에게 정말 중요하다고 믿고는 한참동안 골똘히 생각하더니 이름이 란츠가 아닌 다른 목수를 알려주기도 했고, 란츠와는 아주 약간만 비슷한 이름을 기억해내기도 했다. 또 이웃에게 물어봐주거나 좀 떨어져 있는 집까지 함께 가주기도 했다. 그 사람이 세

입자에게 다시 세를 들어 살고 있거나 혹은 자기들보다 사정에 더 밝은 사람이 있을지도 모른다는 것이었다. 결국 K가 더 이상 직접 물어보지 않아도 되었고, 이런 식으로 그는 여러 층으로 이끌려 다녔다. 그는 처음에는 꽤 실용적이라고 여겼던 자신의 계획을 후회했다. 6층에 이르자 그는 찾는 일을 포기하기로 결심하고, 자신을 데리고 계속 위층으로 올라가려는 친절한 젊은 노동자에게 작별을 고한 후 아래로 내려가기로 했다. 그러나 순간 그는 이 모든 노력이 허사가 되었다는 사실에 다시 부아가 치밀어 6층으로 되돌아가 첫번째 문을 두드렸다. 그 작은 방에서 가장 먼저 눈에 들어온 것은 커다란 벽시계였는데, 시간은 벌써 열시를 가리키고 있었다. "여기에 란츠라는 목수가 살고 있나요?" 그가 물었다. "이리로 오세요." 한 젊은 여자가 까만 두 눈을 반짝이며 말했다. 여자는 마침 물통에서 기저귀를 빨고 있다가 젖은 손으로 열려 있는 옆방 문을 가리켰다.

K는 어떤 집회에 들어서는 기분이었다. 각양각색의 사람들이 창문이 둘 달린 중간 크기의 홀을 가득 메우고 있었는데, 새로 들어오는 그에게 신경을 쓰는 사람은 아무도 없었다. 홀의 천장 바로 아래에는 회랑 형태의 방청석이 빙 둘려 높게 설치되었는데, 거기도 사람들이 가득 들어차 있었다. 그쪽 사람들은 몸을 구부려야 겨우 설 수 있었고, 그러면 머리와 등이 천장에 닿았다. 안쪽의 공기가 너무 탁해서 밖으로 나온 K는 자기 말을 잘못 알아들은 것 같은 그 젊은 여자에게 말했다. "나는 목수, 그러니까 란츠라는 사람을 찾고 있었는데요?" "그래요." 여자가 말했다. "어서 들어가보세요." 그 여자가 다가와 문손잡이를 잡고 이렇게 말하지 않았다면 K는 그녀의 말을 따르지 않았을

것이다. "당신이 들어가고 나면 문을 닫아야 합니다. 더는 아무도 들여보낼 수 없어요." "대단히 현명한 판단입니다." K가 말했다. "그런데 벌써 초만원이군요." 그러나 그는 다시 안으로 들어갔다.

문 앞에서 이야기를 나누고 있는 두 남자 사이 ― 한 남자는 두 손을 내밀고 돈을 세는 동작을 하고 있었고, 다른 남자는 날카로운 눈초리로 그 남자의 눈을 바라보고 있었다 ― 에서 손 하나가 K를 향해 튀어나왔다. 볼이 발그레한 작은 소년이었다. "이리 오세요, 이리로 오세요." 소년이 말했다. K는 아이가 이끄는 대로 따라갔다. 마구 뒤섞여 혼잡한 군중 사이로 정말 작은 통로 하나가 열려 있었는데, 아마도 그것이 군중을 두 그룹의 당파로 나누는 것 같았다. 좌우 양쪽의 첫번째 열에 있는 사람들 가운데 K 쪽으로 얼굴을 돌린 사람은 거의 볼 수 없고, 모두 자기편에 있는 사람들을 향해 말하고 동작을 취하면서 등만 보여주고 있다는 점도 이런 정황을 뒷받침해주었다. 대부분 아래로 축 늘어지고 낡은 검은색의 예복 차림이었다. K를 혼란스럽게 한 것은 이 옷차림뿐이었다. 그것만 아니었다면 그는 이 모든 것을 어느 지역구의 정치집회로 보았을 것이다.

K는 홀의 다른 쪽 끝으로 인도되었다. 거기에도 마찬가지로 사람들로 꽉 들어찬 아주 낮은 연단이 있었고, 그 위 한쪽 가장자리에 작은 탁자 하나가 비스듬히 놓여 있었다. 그리고 탁자 뒤에는 체격이 작고 뚱뚱한 남자가 거친 숨소리를 내뿜으며 앉아 있었다. 남자는, 팔꿈치를 의자 등받이에 올리고 다리를 꼰 자세로 자기 뒤에 서 있는 다른 남자와 큰 소리로 웃으며 이야기를 나누는 중이었다. 누군가를 흉내 내며 풍자하는 것처럼 가끔씩 한쪽 팔을 허공에 쳐들기도 했다.

K를 안내해 온 소년은 자신의 말을 전하는 데 애를 먹었다. 소년은 두 번이나 발뒤꿈치를 들고서 뭔가를 알리려고 했으나 위쪽에 있는 남자의 주목을 끌지 못했다. 연단 위의 사람들 가운데 한 명이 소년을 발견하고 나서야 남자는 소년 쪽으로 얼굴을 돌리고 허리를 굽혀, 소년이 낮은 목소리로 전하는 보고를 들었다. 이어 남자는 시계를 꺼내더니 K를 힐끔 쳐다보았다. "당신은 한 시간 오 분 전에 출두했어야 합니다." 그가 말했다. K는 뭔가 대답을 하려고 했으나 그럴 틈이 없었다. 남자가 말을 마치자마자 홀의 오른쪽 절반을 차지하는 사람들이 불만을 토로하며 여기저기서 웅성거림이 일었기 때문이다. "당신은 한 시간 오 분 전에 출두했어야 해요." 남자는 이제 목소리를 높여 다시 한 번 이렇게 말하면서 재빨리 아래의 홀 쪽을 내려다보았다. 그러자 불만의 목소리도 더욱 커졌다가, 남자가 더 이상 아무 말도 하지 않자 아주 천천히 잠잠해졌다. 이제 홀 안은 K가 들어왔을 때보다 훨씬 조용해졌다. 위쪽 방청석에 있는 사람들만 계속해서 웅성거렸다. 위쪽의 어스름한 빛과 뿌연 공기와 먼지 속에서 잘 분간이 되지는 않았지만, 그들은 아래쪽 사람들보다 옷차림이 더 누추한 것 같았다. 압박 때문에 상처를 입지 않도록 방석을 가져와서 머리와 천장 사이에 끼워 넣은 사람들도 있었다.

　K는 말을 하기보다는 주의를 기울여 관찰하는 쪽으로 마음을 정했던 터라, 너무 늦게 출두했다는 주장에 대한 변호를 포기하고 이렇게만 말했다. "좀 늦었을 수도 있겠지만, 아무튼 지금 여기에 와 있습니다." 그러자 또다시 오른쪽 사람들 사이에서 박수갈채가 나왔다. '쉽게 마음을 사로잡을 수 있는 사람들이군.' K는 속으로 이렇게 생각하

면서도 순간, 그의 바로 뒤에 위치한 홀의 왼쪽 절반에서 침묵이 감돌고 있는 것이 마음에 걸렸다. 거기서는 단지 산발적인 박수 소리만 조금 들렸을 뿐이었다. 그는 저들 모두의 환심을 사거나, 그것이 불가능하다면 적어도 일시적으로나마 다른 편 사람들의 마음을 얻기 위해 무슨 말을 해야 할지 골똘히 생각했다.

"그렇군요." 그 남자가 말했다. "하지만 나는 지금은 더 이상 당신을 심문할 의무가 없습니다." 그러자 다시 불만스러운 웅성거림이 일었다. 그러나 이번에는 오해에서 비롯된 것이었다. 그 남자가 손짓으로 사람들을 조용히 시키면서 이어 이렇게 말했던 것이다. "그런데 오늘은 예외적으로 심리를 하겠습니다. 하지만 이렇게 지각하는 일이 또다시 있어서는 안 됩니다. 이제 앞으로 나오세요!" 그때 어떤 사람이 연단에서 뛰어내려오면서 K를 위한 자리 하나가 마련되자 그는 위로 올라갔다. 그는 탁자 쪽에 바싹 붙어 서 있었는데, 뒤쪽에 몰려 있는 사람들이 마구 밀쳐대는 상황이라 예심판사의 탁자와 자칫 예심판사까지 연단에서 밀려 떨어지지 않게 하려면 그가 사람들의 압박을 완강하게 저지해야 하는 형편이었다.

그러나 예심판사는 그런 것은 전혀 개의치 않고 아주 편안하게 의자에 앉아 뒤에 있는 남자에게 하던 말을 마무리한 다음, 탁자 위에 있는 유일한 물건인 작은 메모장을 집어 들었다. 학교에서 쓰는 연습장 같은 것이었는데 낡은 데다 너무 뒤적거려서 상당히 망가져 있었다. "그러니까……" 예심판사는 메모장을 뒤적거리며 K에게 확인하는 어조로 물었다. "도장공인가요?" "아닙니다." K가 말했다. "어느 큰 은행의 자금담당 부장입니다."* 이 대답이 나오자 아래 오른쪽 그룹에서 아주 큰 소리로 자연스러운 웃음이 터져 나왔고, 그러자 K도 따라 웃지 않을 수 없었다. 사람들은 무릎으로 두 손을 받치고 심한 기침이 마구 날 때처럼 몸을 흔들어댔다. 심지어 위쪽의 방청석에도 웃는 사람들이 몇 있었다. 예심판사는 잔뜩 화가 났지만 아래쪽에 있는 사람들에게는 위세를 부릴 수 없는 모양인지, 자리에서 벌떡 일어나 방청석 쪽을 위협하며 분풀이를 하려 들었다. 그러자 그동안 별로 눈에 띄지 않던 짙고 검은 양 눈썹이 가운데로 몰리며 두 눈 위에서 크게 움찔거렸다.

그런데 홀의 왼쪽 절반은 여전히 조용했다. 그쪽 사람들은 줄지어 선 자세로 얼굴을 연단으로 향하고는, 위에서 주고받는 말과 다른 쪽 그룹에서 떠드는 소리를 조용히 듣기만 했다. 그들은 자기 대열에 있는 몇 사람이 여기저기서 다른 쪽 그룹 사람들에 동조하는 것도 상관하지 않았다. 사실상 수가 더 적은 왼쪽 그룹의 사람들이 오른쪽 그룹의 사람들보다 더 중요해 보이지는 않았지만, 그 평온한 태도 때문에 더 의미심장한 존재로 보였다. K는 이제 말을 시작하면서 자신이 그들의 생각을 대변하고 있다고 확신했다.

"예심판사님은 방금 제게 도장공이냐고 질문하셨는데, 사실 판사님은 질문하신 게 아니라 단정적으로 말씀하신 것이지만, 판사님의 그 질문은 저에 대해 진행되고 있는 이 소송 절차의 전체적인 성격을 특

---

* 소설에서 주인공 요제프 K의 직위는 독일어 'Prokurist'로 표기되는데, 은행의 경우 전권을 위임받아 자금 및 법률 문제 전반을 처리하고 결정하는 자리이다. 소설에서는 부행장 아래 서열 3위에 해당하는 직위로 그려지고 있다. 우리나라로 치면 부장급 정도가 될 것으로 보인다.

징적으로 보여주는 것입니다. 판사님은 이것이 결코 소송 절차가 아니라고 반박하실지 모르겠지만, 그렇다면 판사님의 말씀이 정말 옳습니다. 제가 그것을 소송 절차로 인정할 때만 소송 절차가 될 수 있으니까요. 그런데 저는 지금 이 순간 그것을 소송 절차로 인정합니다. 말하자면 동정심에서 그렇게 하겠다는 겁니다. 이왕 이런 소송 절차에 주의를 기울이려면 동정심을 갖고 임할 수밖에 없지요. 저는 이 절차가 조잡하다고 말씀드리는 것은 아닙니다. 하지만 이런 표현을 쓰는 것은 판사님께서 개인적으로 숙고해보시기를 바라는 마음에서입니다."

　K는 말을 중단하고 홀을 내려다보았다. 그의 말은 가혹했다. 그러니까, 그가 의도했던 것보다 더 가혹했다. 그러나 정확한 지적이었다. 여기저기서 박수갈채가 나올 만한 말이었는데, 모두가 잠잠했다. 긴장 속에 모두가 다음 말을 기다리고 있는 게 분명했다. 아마 정적 속에서 모든 것을 끝장낼 폭발적인 무엇이 마련되고 있는지도 모른다. 그런데 바로 그때 홀 저쪽 끝의 문이 열리더니, 그 젊은 여자 세탁부가 하던 일을 모두 마쳤는지 안으로 들어오면서 정적이 깨지는 상황이 벌어졌다. 여자는 매우 조심했지만, 몇 사람은 그녀에게 시선을 돌렸다. K에게 노골적인 만족을 선사한 사람은 예심판사뿐이었다. 판사가 그의 말에 당장 충격을 받은 듯했던 것이다. 예심판사는 그때까지 내내 선 채로 이야기를 듣고 있었다. 회랑에 있는 방청석 쪽을 향해 일어섰다가 갑자기 시작된 K의 연설에 놀라버렸기 때문이다. 예심판사는 이제 K가 말을 중단한 틈을 타서, 마치 남들에게 들키고 싶지 않은 양 천천히 자리에 앉았다. 그러면서 그는 다시 메모장을 집어 들었

다. 평정을 되찾기 위한 행동이 분명했다.

"소용없는 일입니다, 예심판사님." K가 말을 계속했다. "판사님의 그 메모장도 제가 하는 말을 확인시켜줄 겁니다." 낯선 모임에서 자신의 침착한 발언만 울리고 있는 데 만족한 K는, 예심판사한테서 메모장을 휙 낚아채고는 마치 껄끄러운 물건을 잡듯이 손가락 끝으로 가운데 종잇장 하나를 잡고 높이 치켜들었다. 그러자 글자가 빽빽하게 쓰인, 얼룩투성이에 가장자리가 누렇게 변색된 종잇장들이 양 옆으로 축 늘어졌다. "이것이 예심판사님의 서류입니다." 그는 이렇게 말하면서 메모장을 탁자에 떨어뜨렸다. "예심판사님, 메모장의 내용을 계속 읽어보시지요. 저는 손가락 두 개로 집어보는 것밖에 할 수 없으니 비록 그 내용은 모르지만, 그런 범죄 기록물 따위는 정말 두렵지 않습니다." 예심판사는 탁자 위에 떨어진 메모장을 그대로 집어 잠시 매만지더니 다시 앞에 들고서 읽기 시작했는데, 그것은 심한 굴욕의 표시였다. 적어도 그렇게 보였다.

자신을 보는 맨 앞줄 사람들의 얼굴이 너무 긴장되어 있어서 K는 잠시 그들을 내려다보았다. 모두 나이 지긋한 사람들이었고, 수염이 허연 사람도 몇 명 있었다. 어쩌면 이 사람들, K가 말을 시작한 이후 미동도 하지 않았고 또 예심판사가 굴욕을 당하는 것을 보고서도 여전히 아무런 움직임이 없는 이 사람들이 전체 회중에 영향을 끼칠 수 있는 결정적인 사람들이 아닐까?

"제게 일어났던 일은," K는 조금 전보다 목소리를 낮추고 맨 앞줄에 있는 사람들의 표정을 계속 살피면서 말을 이어나갔다. 그 바람에 그의 말은 약간 산만한 인상을 주었다. "제게 일어났던 일은 단지 하나의 개별적인 사례일 뿐이고 그 자체로는 그리 중요한 것도 아닙니다. 제 자신은 그것을 그다지 심각하게 생각하지 않으니까요. 그러나 그것은 많은 사람들에게 행해지는 소송 절차의 전형적인 모습을 보여주는 것입니다. 저는 저 자신을 위해서가 아니라 그들을 대변하고 있는 것입니다."

그는 자기도 모르게 목소리를 높였다. 어디서 누군가가 두 손을 들고 박수를 치면서 소리를 질렀다. "옳소! 왜 안 그렇겠소? 훌륭해요! 다시 한 번 옳소!" 맨 앞줄에 앉은 사람들 중에는 수염을 쓰다듬는 이도 간간이 있었지만, 그 외침 소리에 돌아보는 사람은 아무도 없었다. K도 그 외침을 별로 중요하게 생각하지 않았지만, 그래도 격려를 받은 기분이었다. 이제는 모든 사람이 박수를 칠 필요는 없다는 생각이 들었다. 일반 청중이 이 사건에 대해 숙고하기 시작하고, 그리하여 어쩌다가 그의 말에 설득당하는 사람이 나온다면 그것만으로 충분했다.

"저는 연설가로서 성공을 얻으려는 것이 아닙니다." K가 이런 생각을 하면서 다시 입을 열었다. "그렇게 할 수도 없을 겁니다. 연설이야 예심판사님이 훨씬 잘하시겠죠. 그분의 직업이니까요. 제가 원하는 건 다만 공적인 폐단을 공개적으로 논의하자는 것입니다. 들어보십시오. 저는 약 열흘 전에 체포됐습니다. 그 체포라는 사실 자체가 참 웃기는 일입니다만, 그건 놔두기로 하고요. 저는 아침에 침대에 있는 상태에서 기습을 당했습니다. 아마도 그들은, 이것은 예심판사님이 하신 말로 미루어볼 때 있을 법한 일이지만, 저처럼 죄가 없는 어떤 도장공을 체포하라는 명령을 받은 것 같은데, 저를 택했던 것입니다. 옆방은 두 명의 무례한 감시인이 점령했습니다. 제가 위험천만한 강도라 해도 그보다 더 훌륭한 예방조치를 취할 수는 없었을 겁니다. 게다가 그 감시인들은 부패한 무법자들이었습니다. 그들은 제 귀가 따갑도록 지껄여댔고, 뇌물을 원했으며, 거짓 농간으로 제 내의며 옷가지들을 갈취하려고 했고, 제가 보는 앞에서 제 아침식사를 염치없이 다 먹어버리고는 저한테 아침식사를 가져다주겠다면서 돈을 요구했습니다. 그뿐만이 아닙니다. 저는 또 다른 방에 있는 감독관 앞으로 불려갔습니다. 그 방은 제가 무척 존경하는 한 숙녀분의 방이었는데, 감시인들과 감독관의 무단 점유로, 말하자면 그 방이 더렵혀지는 것을 지켜볼 수밖에 없었습니다. 그것은 저의 잘못이 아닌데도 저 때문에 일어난 일이었습니다. 조용히 참고 있는 것이 쉽지 않았지만 저는 그렇게 했습니다. 감독관에게 아주 차분하게 왜 내가 체포되었는지 물었는데, 만일 감독관이 여기 있다면 제 말을 확인해줄 겁니다. 그 감독관이 방금 말씀드린 숙녀분의 의자에 어리석을 정도로 오만한 자세로 앉아 있는 모습이 지금도 눈에 선합니다. 감독관이 뭐라고 대답했을까요? 여러분, 그는 사실상 아무 대답도 하지 않았습니다. 아마 그는 정말로 아무것도 모르고 있었던 것 같습니다. 나를 체포해놓고 그것으로 만족해했습니다. 게다가 그는 숙녀분의 방에 제가 근무하는 은행의 말단 직원들을 데려오는 쓸데없는 조치까지 취했는데, 그들은 숙녀분의 물건인 사진들을 손으로 만져 흐트러뜨리는 일에만 열중해 있더군요. 직원들을 거기로 데려온 데에는 물론 또 다른 목적이 있었습니다. 다시 말해 이들은 저의 하숙집 여주인과 그녀의 가정부와 마찬가지로, 제가 체포당했다는 소식을 퍼뜨려서 제 공적인 명예를 훼손시키고 특히 은행에서의 저의 지위를 흔들기 위한 존재들이었습니다. 그런데 그중 어떤 것도 아주 작은 성공조차 거두지 못했습니다. 제 하숙집 여주인은 아주 순진한 사람입니다. 제가 존경의 의미로 이 자리에서 말씀드리자면, 그녀의 이름은 그루바흐 부인이라고 합니다. 그런 부인조차도 이런 체포는 청소년들이 사람들을 피해 골목길에서 저지르고 다니는 못된 짓거리 같은 행위에 지나지 않음을 간파할 만큼은 분별력이 있더군요. 거듭 말하지만, 이 모든 일은 단지 제게 다소의 불쾌감과 일시적인 분노를 가져다주었을 뿐입니다만, 더 안 좋은 결과를 초래할 수도 있지 않았을까요?"

K는 여기서 잠시 말을 중단하고, 침묵을 지키고 있는 예심판사 쪽을 바라보았다. 그러면서 그는 예심판사가 마침 군중 속의 누군가를 쳐다보면서 어떤 신호를 보내고 있는 것을 우연히 포착했다는 생각이 들었다. K는 미소를 지으며 말했다. "여기 제 옆에 계신 예심판사께서 방금 여러분 중 누군가에게 어떤 비밀스러운 신호를 보냈습니다. 그러니까 여러분 중에 여기 연단 위에서 지시를 받는 사람이 있습니다. 저로서는 방금 보낸 신호가 야유를 하라는 것인지 아니면 갈채를 보내라는 것인지 알 수 없지만, 저는 이 일을 사전에 들추어냄으로써 이 신호의 의미를 알 수 있는 기회를 의도적으로 포기하는 것입니다. 저는 조금도 상관없습니다. 그래서 예심판사님께 공개적으로 권한을 드리겠습니다. 돈을 주고 고용한 사람들에게 비밀 신호 대신 큰 소리로 명령을 내리시지요. 예를 들면 '지금은 야유를 보내라!', 그리고 다음번에는 '지금은 박수를 쳐라!' 하고 말하면 되겠지요."

예심판사는 당황한 탓인지 아니면 초조해서인지 의자에 앉아 몸을 이리저리 움직였다. 아까 그가 이야기를 나누었던 뒤쪽의 남자가, 일상적인 격려의 말을 하려는 건지 아니면 특별한 조언을 해주려는 건지는 알 수 없지만, 그에게로 몸을 굽혔다. 연단 아래에서는 사람들이 조용하면서도 활기차게 이야기를 나누고 있었다. 처음에는 아주 대립된 의견을 가진 것처럼 보이던 두 진영이 이제는 서로 뒤섞였는데, 어떤 사람들은 손가락으로 K를 가리켰고 어떤 사람들은 예심판사를 가리켰다. 홀 안의 희뿌옇고 혼탁한 공기는 몹시 신경을 거슬리게 했는데, 심지어 멀리 떨어져 있는 사람들을 좀 분명하게 살펴보는 것도 힘들 정도였다. 방청석 쪽에 있는 사람들에게는 이 공기가 특히 방해가 되었다. 그들은 겁먹은 눈빛으로 예심판사를 곁눈질하면서, 목소리를 낮추어 집회 참가자들에게 지금 상황을 물어봐야 했다. 그러면 대답하는 쪽도 손으로 입을 가린 채 조용하게 말하는 것이었다.

"제 말은 이제 곧 끝납니다." K는 이렇게 말하면서, 종이 없었으므로 주먹으로 탁자를 내리쳤다. 서로 맞대고 있던 예심판사와 조언자의 머리가 그 소리에 놀라 순간적으로 떨어졌다. "이 모든 일이 저와는 아무 상관도 없기 때문에 저는 이 사건을 차분하게 판단할 수 있습니다. 그리고 여러분들이 소위 이 법원이라는 것을 중요하게 생각한다면 제 말을 경청하는 것은 매우 유익할 겁니다. 제가 말하는 것에 대해 여러분이 서로 의견을 나누는 일은 나중으로 미루어주시기 바랍니다. 저는 시간이 없고 곧 가야 하니까요."

즉시 장내가 조용해졌다. 이제 K는 집회를 이처럼 완전히 통제하고 있었다. 사람들은 처음처럼 마구 소리를 지르지도 않았다. 박수를 치지도 않았지만, 이제는 그의 말을 확신하거나 거의 그런 단계에 와 있는 것 같았다.

"의심의 여지가 없습니다." K는 아주 나지막한 소리로 말했다. 회중 전체가 자신의 말을 경청하기 위해 온통 주의를 기울이고 열중하는 것이 좋았던 것이다. 이러한 정적 속에서 울려나오는 자신의 낮은 목소리는 열광적인 박수 소리보다 더 자극적인 것이었다. "이 법원에서 행하는 모든 발표의 배후, 그러니까 제 경우에 비추어 말하자면 체포와 오늘 심리의 배후에 어떤 거대한 조직이 있다는 것은 의심의 여지가 없습니다. 그것은 뇌물을 밝히는 감시인들, 생각이 모자라는 감독관들, 그리고 기껏해야 보통의 수준밖에 되지 않는 예심판사들을 고용하고 있을 뿐만 아니라 나아가 어쨌든 상급, 그리고 최상급의 판사 계층을 먹여 살리고 있고, 아울러 어쩔 수 없이 필요한 수많은 정리廷吏, 서기, 경찰관과 보조 인력을 거느리고 있는 조직입니다. 거기에는 사형집행인까지 포함되겠죠. 저는 감히 이 단어를 서슴지 않고 말합니다. 그런데 여러분, 이 거대한 조직의 의미는 무엇일까요? 그것은 무고한 사람들을 체포하고, 그들을 상대로 무의미하며 제 경우에서처럼 대개 아무 성과도 없는 소송을 벌이는 것입니다. 이 모든 일이 이렇게 무의미한데, 어찌 관리들이 완전히 부패하는 것을 피할 수 있겠습니까? 그것은 불가능한 일이며, 최고재판관이라 한들 혼자서는 어떻게 해볼 수가 없는 일입니다. 그 때문에 감시인들은 체포된 사람의 옷을 훔치려 하고, 그 때문에 감독관들은 남의 집에 침입하고, 그 때문에 죄 없는 사람들이 제대로 심문을 받는 대신 모두가 모인 집회에 출두하여 모욕을 당하는 것입니다. 감시인들이 체포된 사람들의 소유물을 맡아두는 보관소에 대해서 말했는데, 그곳을 한번 보고 싶군요. 체포된 사람들이 애써 모은 재산이 도벽이 있는 보관소 관리들에 의해 도둑질당하지 않았다면 거기서 썩고 있겠지요."

K의 말은 홀 저쪽 끝에서 들려오는 날카로운 비명소리에 중단되었다. 그는 그쪽을 보기 위해 손으로 눈 위를 가렸다. 흐릿한 햇볕이 탁한 실내 공기를 뿌옇게 만들어 눈이 부셨기 때문이었다. 소란을 피운 장본인은 이미 들어올 때부터 집회의 중요한 방해물이 될 것으로 K가 예상했던 그 여자 세탁부였다. 방금 벌어진 사태에 대해 그녀가 책임이 있는지 없는지는 분명치 않았다. K가 목격한 것은 다만 어떤 남자가 그녀를 문가 구석으로 끌고 가서 꽉 껴안은 장면이었다. 그런데 날카로운 비명을 지른 것은 그녀가 아니라 그 남자였다. 남자는 입을 떡 벌린 채 천장을 바라보고 있었다. 두 사람 주위에 사람들이 몰려와서 작은 원을 이루었고, 가까이에 있던 방청석의 사람들은 K가 이 집회에 끌어들인 진지한 분위기가 이런 식으로 깨져버린 것을 기뻐하고 있었다. 처음에 K는 당장 그쪽으로 달려가려고 했다. 질서를 회복하고 적어도 두 남녀를 홀에서 쫓아내는 것이 모두가 원하는 바라고 생각했던 것이다. 그러나 그의 앞에 있던 맨 앞줄 사람들이 단단히 버티고 서서 아무도 움직이지 않았다. K에게 길을 터주는 사람도 없었다. 길을 터주기는커녕 사람들은 오히려 그를 방해하고 나섰다. 나이 든 사람들은 팔을 내뻗었고 또 누군가는 뒤에서 그의 목덜미를 붙잡았지만, 그는 돌아볼 틈도 없었다. K는 그 두 사람에 대한 생각을 더 이상 할 수가 없었다. 이제는 자신의 자유가 제약을 받고, 자신이 정말로 체포되는 것 같았다. 그는 무작정 연단에서 뛰어내렸다. 이제 그는 몰려든 군중과 마주 보며 대치하는 형국이 되었다. 그가 이 사람들을 제대로 판단하지 못했던 것일까? 자신의 연설이 불러올 효

과를 과신했던 것일까? 사람들은 그가 말을 하는 내내 가식적인 모습을 보이다가 이제 그가 결론에 이르자 자신들의 가식적인 태도에 신물이 난 것일까? 그를 둘러싸고 있는 꼴불견들이라니! 작고 까만 눈들은 이리저리 움직이고, 양 볼은 술주정뱅이처럼 축 늘어졌으며, 긴 수염은 뻣뻣하고 숱이 없어서 잡으면 수염을 잡고 있는 게 아니라 마치 손가락만 오므리고 있는 것 같았다. 그런데 수염 아래쪽의 상의 옷깃에서 다양한 크기와 색깔의 배지가 반짝거리는 것이 보였다. 그것이야말로 K의 진정한 발견이었다. 그의 눈에 보이는 사람들은 모두가 이런 배지를 달고 있었다. 겉으로는 좌우 두 진영으로 보였던 이들이 사실은 모두 한패였던 것이다. 돌연 몸을 돌려 예심판사를 보니 그의 옷깃에도 똑같은 배지들이 달려 있었다. 예심판사는 두 손을 무릎에 올려놓고 가만히 아래를 내려다보고 있었다. "그렇군!" K가 이렇게 소리치면서, 갑작스러운 깨달음에 공간이 필요한 듯 양팔을 허공에 쳐들었다. "이제 보니 당신들은 모두 관리들이군요. 내가 조금 전에 공격했던 부패집단 말이죠. 당신들은 방청객과 첩자 노릇을 하려고 이곳에 모여들어서, 겉으로는 패를 나눠 한 그룹은 나를 시험하기 위해 박수를 쳤던 것이군. 당신들은 죄 없는 사람을 어떻게 잘못된 길로 몰아가는지 배우려 했던 거겠지. 그렇다면 헛걸음을 한 건 아니길 바라겠어. 당신들은 누군가가 당신들에게 무죄한 자를 변호해주길 바라는 상황을 재미있게 구경했거나, 아니면, 그런데 이건 놓으시지. 안 그러면 패주겠어." K는 자기 가까이로 떠밀려 와서 덜덜 떨고 있는 노인에게 소리쳤다. "아니면, 당신들은 실제로 뭔가 배운 것이 있을 거요. 그럼 이것으로 당신들의 사업에 행운이 있기를 바라겠소." 그는 탁자 가장자리에 있는 모자를 재빨리 집어 들고는, 너무 놀라 넋이 나간 듯이 온통 침묵에 싸인 사람들 사이를 뚫고서 출구를 향해 나아갔다. 그런데 예심판사가 K보다 동작이 더 빨랐던지 문가에서 K를 기다리고 있었다. "잠깐." 그가 말했다. K는 걸음을 멈추었으나 예심판사를 쳐다보지는 않고 자신이 이미 손잡이를 잡고 있는 문을 바라보았다. "당신에게 지적해주고 싶은 사실이 하나 있소." 예심판사가 말했다. "심리라는 것이 체포된 사람에게는 어떠한 경우에도 이득을 가져다주는데 당신은 오늘, 아직 잘 깨닫지 못했을 수도 있겠지만, 그 이득을 스스로 포기했다는 것이오." K가 문을 향해 웃음을 터뜨렸다. "이 비열한 인간들!" 그가 소리쳤다. "그럼 모든 심리를 당신들에게 선사하지." 그런 후 그는 문을 열고 급히 계단을 내려갔다. 등 뒤에서 다시 생기를 되찾은 집회의 소음이 들려왔는데, 오늘 일어난 사건에 대해 연구자들이 하는 방식대로 토론을 시작한 것이 분명했다.

텅 빈 법정에서
대학생
법원 사무처

K는 다음 한 주일 내내 매일같이 새로운 통보가 오기를 기다렸다. 심리를 포기하겠다는 자신의 말이 그대로 받아들여졌을 것이라고는 생각할 수 없었다. 그런데 토요일 저녁까지도 기다리던 통지가 오지 않자, 그는 이를 같은 시간에 같은 건물로 다시 출두하라는 무언의 통보로 간주했다. 그래서 그는 일요일에 다시 그곳으로 찾아갔다. 이번에는 곧바로 계단과 복도를 지나갔다. 그를 기억하는 몇몇 사람들이 자기 집 문 앞에서 인사를 했지만 길을 물어볼 필요가 없었으므로 금세 법정으로 들어가는 문에 도착했다. 노크를 하자 곧바로 문이 열렸다. 그는 문가에 서 있는 낯익은 여자의 얼굴을 거들떠보지도 않고 바로 옆방으로 들어가려고 했다. "오늘은 법정이 열리지 않아요." 여자가 말했다. "왜 법정이 열리지 않는다는 거죠?" 그가 믿을 수 없다는

듯이 물었다. 그러자 여자는 옆방 문을 열어젖혀서 그에게 확인시켜 주었다. 옆방은 정말로 텅 비어 있었는데, 그렇게 비어 있으니 지난 일요일에 보았을 때보다 더 지저분해 보였다. 연단 위에는 그대로 탁자가 놓여 있었고, 탁자 위에는 책이 몇 권 있었다. "저 책들을 좀 봐도 되겠습니까?" K가 물었다. 특별히 궁금했던 것은 아니고, 단지 여기까지 왔는데 아무런 소득도 없다는 것이 걸려서 한 질문일 뿐이었다. "안 돼요." 여자가 다시 문을 닫으며 말했다. "그건 허용되지 않아요. 예심판사님 책이라서요." "아, 그런가요." K는 고개를 끄덕이면서 말을 계속했다. "저 책들은 아마 법률서적들이겠지요. 그리고 죄 없는 사람이 자신도 모르는 상황에서 유죄 판결을 받게 되는 것이 이 사법제도의 본질이겠지요." "그렇겠죠." 여자는 이렇게 말했으나 그의 말을 정말로 이해한 것 같지는 않았다. "그럼, 이만 돌아가겠습니다." K가 말했다. "예심판사님께 무슨 전하실 말씀이라도 있나요?" 여자가 물었다. "판사님을 아세요?" K가 물었다. "물론이죠." 여자가 말했다. "남편이 법원 정리거든요." 그제야 K는 지난번에 왔을 때는 세탁통 하나만 덩그러니 놓여 있던 방이 지금은 가구가 완전히 갖춰진 거실로 바뀌었다는 것을 알아챘다. 여자는 그가 놀라워하는 것을 알아차리고 말을 이었다. "그래요, 우리는 이 집에서 공짜로 살고 있는데, 대신 법정이 열리는 날에는 가구를 치워야 해요. 남편의 직위에는 몇 가지 불편한 점도 있어요." "제가 그렇게 놀란 것은 방 때문이 아닙니다." K는 화가 난 눈초리로 여자를 쏘아보면서 말을 이었다. "그보다는 오히려 당신이 결혼했다는 사실 때문입니다." "혹시 제가 당신의 연설을 방해했던 지난번 심리 때의 일에 대해 말씀하시는 건가요?" 여자가 물었다. "물론이오." K가 말했다. "지금이야 지나간 일이고 또 거의 잊기도 했지만, 그때는 정말이지 대단히 화가 났어요. 그런데 지금 당신은 스스로 유부녀라고 밝히고 있군요." "연설이 중단된 것이 당신에게 불리한 건 아니었어요. 나중에 사람들은 그 연설에 대해 아주 안 좋은 평을 내렸거든요." "그럴 수도 있겠지요." K가 화제를 돌리면서 말했다. "하지만 그렇다고 해서 당신의 행동이 용서되는 건 아닙니다." "저를 아는 분들은 모두 용서해주시던걸요." 여자가 말했다. "그때 저를 껴안았던 남자는 벌써 오래전부터 절 쫓아다녔어요. 제가 그다지 매혹적인 건 아니지만, 그 남자에게는 매혹적인가 봐요. 어떻게 해볼 방법이 없답니다. 이젠 남편조차 포기하고 받아들이게 됐어요. 자기 일자리를 지키려면 참을 수밖에 없는 거죠. 문제의 그 남자는 대학생이고, 따라서 앞으로 더 큰 권력을 갖게 될 테니까요. 그 남자는 늘 나를 따라다니는데, 오늘도 당신이 오기 직전에 여기서 나갔어요." "이곳의 다른 모든 일들과 딱 어울리는 이야기군요." K가 말했다. "별로 놀랍지도 않아요." "당신은 아마 이곳의 몇 가지 문제들을 개선해보려는 거겠죠?" 여자는 마치 자신은 물론 K마저도 위험해질 수 있는 중대한 내용을 말하려는 것처럼 천천히, 그리고 망설이는 듯 물었다. "당신의 연설을 듣고 그런 짐작이 들었어요. 개인적으로는 아주 마음에 드는 연설이었어요. 물론 일부분밖에 못 들었지만요. 시작 부분은 놓쳤고, 끝 부분에서는 그 대학생과 바닥에 누워 있었거든요." 그녀는 잠깐 사이를 두었다가 다시 입을 열었다. "이곳은 정말 역겨워요." 그러면서 여자는 K의 손을 잡았다. "당신은 정말 개선시킬 수 있을 거라고 생각하세요?" K는 미소를 지으며 자신의 손을 그녀의 부드러운 두 손 안에서 살짝 돌려보았다. "사실……" 그가 말했다. "당신이 표현한 것처럼 이곳을 개선하는 것은 내가 할 일이 아닙니다. 그리고 당신이 예를 들어 예심판사 같은 사람에게 그런 말을 한다면, 비웃음을 사거나 처벌을 받게 될 겁니다. 나도 사실 내 자유의지에 따라 이런 일에 개입할 리는 없었을 것이고, 이런 사법제도가 개선될 필요가 있다고 해서 그 때문에 잠을 설치는 일도 결코 없었을 겁니다. 그런데 내가 이른바 체포되었기 때문에, 그러니까 나는 지금 체포된 신분인 거죠, 나 자신을 위해 어쩔 수 없이 이곳 일에 개입해야만 했던 겁니다. 그런데 그 개입 과정에서 내가 당신에게 어떤 도움을 줄 수 있다면, 나는 물론 기꺼이 그렇게 하겠습니다. 그것은 단지 이웃사랑이라는 동기에서만은 아닙니다. 당신도 내게 도움이 될 수 있기 때문입니다." "어떻게 제가 도움이 된다는 말인가요?" 여자가 물었다. "예를 들어 저기 책상 위에 있는 책들을 보여주는 것도 한 방법이지요." "그렇다면 당연히 그렇게 하죠." 여자는 이렇게 외치면서 그를 얼른 이끌고 갔다. 책은 모두 낡고 닳아빠졌는데, 그중 한 권은 책등이 찢어지면서 책표지가 거의 둘로 갈라져버렸고, 갈라진 표지는 제본한 실에 근근이 매달려 있었다. "이곳에는 모든 것이 정말 더럽군요." K가 고개를 절레절레 흔들면서 말했다. 그러자 여자는 K가 책을 집어 들기 전에 앞치마로 겉에 있는 먼지를 대충 훔쳐냈다. K가 맨 위에 놓은 책을 펼치자, 외설스러운 그림 하나가 나타났다. 남자와 여자가 벌거벗은 상태로 소파에 앉아 있는 그림으로, 화가의 음란한 의도가 뚜렷이 드러나 있었다. 그러나 솜씨가 너무 서툴러서 그림에서는 남녀의 육체만 두드러져 보였다. 남자와 여자는 지나치게 곧추 앉은 자세였고, 원근법도 형편없어서 서로를 향하고 있는 모습이 아주 어색해 보였다. K는 더 이상 책장을 넘기지 않고 다만 두번째 책의 속표지를 펼쳐보았다. 『그레테가 남편 한스에게 당한 고통』이라는 제목의 장편소설이었다. "여기서 연구하는 법률서적들이라는 게 바로 이런 것들이군요." K가 말했다. "내가 이런 인간들한테 재판을 받아야 하는군요." "제가 도와드릴게요." 여자가 말했다. "당신은 제 도움을 원하시나요?" "당신이 위험에 빠질 수도 있는데 정말 그렇게 할 수 있겠어요? 당신 남편은 상관들에게 크게 의존하고 있다고 조금 전에 그랬잖아요." "그래도 당신을 돕겠어요." 여자가 말했다. "이리 오세요. 의논해봐야죠. 제게 닥칠 위험에 대해서는 더 말하지 마세요. 위험이라는 건 내가 두려워할 때나 두려운 거죠. 어서요." 그녀는 연단을 가리키고는 그에게 함께 계단에 앉자고 했다. "검은 눈이 참 아름다우시네요." 계단에 앉자 그녀가 K의 얼굴을 올려다보면서 말했다. "저도 눈이 아름답다는 말을 듣지만 당신 눈이 훨씬 더 아름다워요. 그런데 말이에요, 당신이 처음 여기 왔을 때, 저는 그때 벌써 당신 눈에 반해버렸어요. 그리고 나중에 제가 이 집회실에 들어온 것도 바로 그 때문이었어요. 평소에는 절대 그러지 않아요. 사실 어느 정도 출입이 금지되어 있기도 하거든요." '그래, 그거였군.' K가 속으로 생각했다. '이 여자는 나에게 몸을 던져주고 있는 거야. 이 여자도 이 주변 모든 사람들과 마찬가지로 타락했어. 법원 직원들에게도 싫증이 났군. 그거야 이해할 만하지. 그래서 낯선 남자한테 눈을 칭찬해주면서 추파를 던지는 거군.' 그러다가 K는 마치 자신의 생각을 소리 내어 말했다는 듯이, 그리고 이로써 자신의 입장을 여자에게 설명이라도 했다는 듯이 아무런 말도 없이 자리에서 일어섰다. "당신이 나를 도와줄 수 있을 것 같지는 않군요." 그가 말했다. "정말 도움을 주려면 고위 관리들과 연줄이 있어야 하죠. 그런데 당신이 아는 사람은 여기 수두룩하게 쏘다니는 말단 직원들뿐일 겁니다. 물론 이런 직원들을 잘 알고 있으니 그들에게 부탁해서 어떤 성과를 낼 수도 있겠죠. 그 점은 나도 의심치 않습니다. 그러나 그들을 통해 얻어낸 성과물이 아무리 대단한 것이라 해도 이번 소송의 최종 결말에는 조금도 영향을 끼치지 못하는 사소한 것에 불과할 것입니다. 그런데 당신은 그러다가 자칫 친구들을 잃게 될 수도 있어요. 나는 그렇게 되는 것을 원치 않습니다. 당신은 그 사람들과 지금까지 맺어온 관계를 계속 유지하세요. 당신에겐 그게 꼭 필요해 보여요. 이렇게 말하면서 유감스러운 마음도 없지 않은데, 당신의 호의에 어떻게든 화답하기 위해 말씀을 드리자면, 저도 당신이 마음에 들기 때문입니다. 지금처럼 슬픈 표정으로 나를 바라볼 때는 특히 그렇습니다. 하지만 당신은 슬퍼할 이유가 없지요. 당신은 내가 상대해 싸워야 할 무리에 속해 있는데, 그 안에서 아주 잘 지내고 있어요. 심지어 당신은 그 대학생을 사랑하고 있습니다. 아니, 사랑하지는 않는다고 하더라도 적어도 당신 남편보다는 좋아하고 있지요. 그 점은 당신의 말에서 쉽게 알 수 있겠더군요." "아녜요!" 여자는 앉은 채로 이렇게 소리치면서 K의 손을 덥석 잡았는데, 그는 여자에게서 손을 빼낼 수 있을 정도로 민첩하지는 못했다. "지금 가버리면 안 돼요. 저에 대해 잘못된 판단을 내린 채로 이렇게 가버릴 수는 없어요! 정말 지금 갈 건가요? 여기 조금 더 머무는 정도의 친절조차 베풀기 싫을 만큼 제가 그렇게 무가치한 존재인가요?" "당신은 내 말을 오해하고 있군요." K가 자리에 앉으면서 말했다. "내가 여기 머무는 것이 당신에게 그렇게 중요하다면, 기꺼이 그렇게 하겠어요. 시간은 많아요. 오늘 심리가 있을 것이라 기대하고 왔으니까요. 내가 조금 전에 한 말은, 다만 내 소송을 위해서는 아무 일도 하지 말아달라는 부탁이었습니다. 이렇게 말한다고 해서 마음 상할 필요도 없어요. 알다시피 나는 소송 결과를 전혀 중요하게 여기지도 않고, 행여 유죄 판결이 내려진다 해도 그냥 웃어넘기고 말 테니까요. 이런 말씀도 소송이 실제로 결말을 보게 될 거라는 전제하에서 드리는 것인데, 나로서는 그것도 아주 의심스러워요. 오히려 나는 소송이 관리들의 태만이나 건망증, 또는 심지어 두려움 때문에 이미 중단되었거나 가까운 시일 내에 중단될 가능성이 높다고 봅니다. 물론 저들은 상당히 큰 뇌물을 기대하면서 소송을 계속하는 것처럼 보이게 할 가능성도 있습니다. 하지만 그런 건 아무짝에도 쓸모없는 헛된 기대라는 걸 지금 분명히 말해두죠. 나는 누구에게든 뇌물 같은 건 줄 생각이 없으니까요. 만일 당신이 예심판사나 또는 중요한 소식을 잘 퍼뜨리고 다니는 누군가에게 나라는 인간은 절대로 뇌물을 주지 않을 것이며, 그 양반들이 즐겨 사용하는 수많은 술책에 마음이 흔들려 뇌물 따위를 바치는 일은 없을 거라는 말을 전해준다면, 그것만으로도 당신은 내게 호의를 베푸는 게 될 겁니다. 그런 일은 전혀 가망이 없으리라는 점을 그들에게 솔직히 전해주면 됩니다. 어쩌면 그쪽에서 이미 눈치를 챘을지도 모르고 또 아닐 수도 있지만, 이제야 알게 된다 해도 나한테는 별로 중요하지 않습니다. 알게 된다면 그 양반들은 헛수고를 하지 않아도 될 것이고, 나도 몇 가지 불쾌한 일을 면하게 되겠지요.

그런데 만일 그 불쾌한 일이 무엇이든 동시에 그들에게도 타격이 될 수 있다면, 나는 그 불쾌한 일들을 기꺼이 감수할 겁니다. 반드시 그들에게도 타격이 가도록 할 것입니다. 그런데 당신은 정말로 예심판사를 알고 있나요?" "그럼요." 여자가 말했다. "제가 당신을 돕겠다고 했을 때 가장 먼저 염두에 둔 사람이 그 사람이에요. 나는 그가 직급이 낮은 관리에 불과하다는 건 몰랐어요. 그러나 당신이 그렇게 말씀하시니 맞겠지요. 그렇다고 해도 그 사람이 위에 올리는 보고서는 어느 정도 영향력이 있을 거라고 생각해요. 그는 보고서를 많이 써요. 당신은 관리들이 게으르다고 하는데, 모두가 그런 건 분명 아닐 거예요. 특히 그 예심판사는 그렇지 않아요. 그는 아주 많이 쓰고 있어요. 일례로 지난 일요일에는 법정이 거의 저녁까지 계속 열렸어요. 사람들은 모두 다 갔지만 예심판사는 홀에 남아 있었기 때문에 등불을 갖다드려야 했어요. 제게는 부엌에서 쓰는 작은 등불밖에 없었는데, 그는 그것으로 만족하고 곧장 글을 쓰기 시작했어요. 그러는 사이에 그날 일요일에 마침 휴가중이던 제 남편이 돌아와서 가구를 방으로 옮겨오고 우리 방을 다시 정리했어요. 이어 이웃집 사람들이 몇 명 찾아와서 촛불을 켜놓고 한동안 담소를 나누었지요. 요컨대 우리는 예심판사를 잊어버린 채 그만 잠자리에 들었던 거예요. 이미 밤이 깊은 게 틀림없는데, 한밤중에 제가 갑자기 잠에서 깨어났어요. 예심판사가 침대 옆에 서서 남편에게 불빛이 가지 않도록 손으로 등불을 가리고 있더군요. 하지만 그건 괜한 조심성이었던 게, 남편은 일단 잠이 들면 불빛이 비쳐도 깨어나지 않거든요. 저는 깜짝 놀라서 하마터면 소리를 지를 뻔했는데, 예심판사는 매우 자상한 태도로 저한테 소리치지 말고 조심하라고 타이르더니, 지금까지 글을 쓰고 있었는데 이제 등불을 돌려주겠다고, 자기가 본 나의 잠든 모습을 결코 잊지 못할 거라고 내게 속삭였어요. 제가 이 모든 것을 통해 당신에게 말하려는 것은, 다만 예심판사가 실제로, 특히 당신에 대해 많은 보고서를 쓰고 있다는 사실이에요. 왜냐하면 당신에 관한 심리는 분명히 그날 일요일에 열린 법정에서 가장 중요한 사안에 속했기 때문이지요. 그런 장문의 보고서들이 전혀 무의미할 리가 없어요. 게다가 이번 사건에서 보듯이 그 예심판사는 저한테 마음을 두고 있고, 그가 이제야 막 저를 알아본 게 분명하기 때문에 바로 이런 초기 단계에서는 제가 그 판사에게 큰 영향을 미칠 수 있을 거예요. 그리고 그가 나를 마음에 두고 있다는 다른 증거도 있어요. 예심판사는 어제 그 대학생을 통해 제게 실크 스타킹을 선물로 보내왔어요. 그 대학생은 판사의 일을 돕고 있는데 신임이 두터워요. 내가 법정을 청소해주는 데 대한 대가라고 하지만, 그건 구실에 불과해요. 왜냐하면 그 일은 저의 의무이고, 남편이 그 대가로 봉급을 받고 있으니까요. 아주 예쁜 스타킹이지요, 보세요." 그녀는 두 다리를 뻗고 치마를 무릎까지 끌어올리고는 자신도 스타킹을 쳐다보았다. "예쁜 스타킹이에요. 하지만 너무 고와서 내게는 어울리지 않아요."

갑자기 그녀는 말을 중단하고 마치 K를 진정시키려는 듯이 자신의 손을 그의 손 위에 올려놓으며 속삭였다. "조용히 해요. 베르톨트가 우리를 보고 있어요." K는 천천히 고개를 들었다. 법정으로 들어가는 출입구에 한 젊은 남자가 서 있었다. 키가 작고 다리가 약간 굽은 남자는 짧고 숱이 적은 불그스레한 수염을 손가락으로 쓰다듬으며 위엄을 보이려 하고 있었다. K는 호기심에 찬 시선으로 그를 바라보았다. 그는 K가 사실상 실제 인물로는 처음 마주치게 된, 법학이라는 생소한 학문을 하는 대학생이었는데, 언젠가는 고위 관직에 오를 가능성이 높은 사람이었다. 그러나 그 대학생은 K에게 별로 신경을 쓰지 않는 것 같았다. 그는 잠시 수염에서 빼낸 손가락 하나를 까딱거려 여자에게 신호를 보내고는 창가로 갔다. 여자는 K에게 몸을 굽히면서 속삭였다. "저한테 화내지 마세요. 제발 부탁이에요. 저를 나쁘게 생각하지도 마세요. 저는 이제 저 사람에게, 저 끔찍한 인간한테 가야 해요. 저 굽은 다리 좀 보세요. 하지만 금방 돌아올 거예요. 그런 후에 당신이 저를 데려가주신다면 당신을 따라가겠어요. 당신이 원하는 곳이면 어디든지 가겠어요. 당신은 제게 원하시는 대로 하세요. 가능한 한 오래 이곳을 벗어날 수만 있다면 행복할 거예요. 물론 가장 좋은 건 영원히 벗어나는 거겠죠." 여자는 여전히 K의 손을 쓰다듬다가 벌떡 일어나 창가로 달려갔다. K는 본능적으로 그녀의 손을 잡으려고 허공을 더듬었다. 여자는 정말로 그를 유혹하고 있었고, 그는 아무리 생각을 해봐도 그 유혹에 넘어가지 말아야 할 마땅한 이유를 찾을 수가 없었다. 여자가 법원을 위해 자신을 옭아매고 있다는 의구심이 얼핏 들기도 했으나, 그는 그 의구심을 간단히 떨쳐냈다. 그녀가 어떻게 그를 옭아맬 수 있단 말인가? 그는 적어도 자신과 관련된 사안에 있어서만큼은 당장 법원 전체를 때려 부술 수 있을 만큼 여전히 자유로운 상태에 있지 않은가? 이 정도의 자신감도 가질 수 없단 말인가? 더구나 도와주겠다는 여자의 제의는 솔직해 보였고, 어쩌면 무가치한 것이 아닐 수도 있었다. 그리고 예심판사와 그의 추종자들에게 복수를 하자면, 그들에게서 이 여자를 빼앗아 자신의 것으로 만드는 것보다 더 통쾌한 복수는 없을 것이다. 그렇게 되면 언젠가는 예심판사가 K에 대한 거짓 보고서를 작성하는 고된 작업을 마친 후 밤늦은 시각에 찾아와서 저 여자의 침대가 텅 비어 있는 것을 발견하는 일도 일어날 것이다. 그리고 침대가 비어 있는 것은 이제 저 여자가 K의 것이기 때문이다. 다시 말해 창가에 있는 저 여자, 거칠고 무거운 천으로만든 검은색 드레스를 입은 저 풍만하고 나긋나긋하며 따뜻한 육체가 전적으로 K만의 것이기 때문이다.

여자에 대한 의구심을 이런 방식으로 떨쳐버리고 나자 창가에서 낮게 속삭이는 두 사람의 대화가 너무 길게 느껴졌다. 그는 연단을 손가락 관절로 두드리다가 이어 주먹으로 두드렸다. 대학생은 여자의 어깨 너머로 잠깐 K를 쳐다보았으나 개의치 않고 여자에게 자기 몸을 더욱 밀착시키더니 그녀를 껴안았다. 여자는 그의 말을 주의 깊게 듣고 있는 듯이 고개를 푹 숙였고, 여자가 몸을 구부리자 대학생은 말하는 것을 중단하지도 않고 그녀의 목에 요란한 소리를 내며 키스를 퍼부었다. 이 장면을 보고 여자가 호소한 대로 대학생이 그녀에게 횡포를 부리고 있음을 확인한 K는 자리에서 일어나 방 안을 왔다 갔다 했다. 그는 곁눈질로 대학생을 쳐다보면서 어떻게 하면 저 녀석을 가장 빨리 내칠 수 있을지 곰곰이 생각했다. 그러므로 대학생이 말을 걸어왔을 때는 차라리 반가울 정도였다. 방을 거닐다가 때때로 발을 구르기까지 하는 K의 행동에 분명 방해를 받았던 모양이었다. "그렇게 못 참겠다면 여기서 나가면 되잖소. 진작 그랬어야지. 아쉬워할 사람은 아무도 없소. 아니, 당신은 내가 들어온 순간에 이 방에서 나갔어야 했어." 그의 이런 시비조의 말은 심한 분노를 표출한 것일 수도 있지만, 어쨌든 미래의 법관이 자기 마음에 거슬리는 피고인을 대하는 오만함 역시 배어 있었다. K는 그에게 바짝 다가서서 미소를 지으며 말했다. "내가 참지 못하고 있다는 건 맞는 말이오. 하지만 나의 이 조급증을 없애는 가장 쉬운 방법은 당신이 우리를 떠나주는 것이오. 대학생이라고 들었는데, 혹시 공부를 하러 온 것이라면 나는 기꺼이 당신에게 자리를 양보하고 이 여자와 함께 나가주겠소. 그런데 당신은 판사가 되기에 앞서 공부를 많이 해야겠소. 내가 비록 당신들의 사법제도에 대해 아직 정확히 알지는 못하지만, 당신이 뻔뻔스럽게 잘도 구사해대는 그런 난폭한 언사만으로는 미흡할 것이라고 생각하오." "이자가 이렇게 마음대로 돌아다니지 못하게 해야 했어." 대학생이 K의 모욕적인 언사에 대해 여자에게 설명하려는 듯이 말했다. "실수였어. 내가 예심판사에게 그렇게 말했지. 이런 자는 심리가 없을 때는 자기 방에서 못 나오게 해야 하는데, 가끔은 예심판사를 이해할 수가 없단 말이야." "쓸데없는 소리를 지껄이는군." K는 이렇게 말하면서 여자 쪽으로 손을 내밀었다. "이리 와요." "저런," 대학생이 말했다. "아니, 그건 곤란하지. 이 여자는 못 데려가." 그러고는 그는 예상치 못한 힘으로 한쪽 팔로 여자를 번쩍 안아 올리고는 사랑스러운 눈으로 여자를 바라보며 등을 구부린 채 문 쪽으로 달려갔다. K에 대해 뭔가 두려워하는 빛이 역력했지만, 그럼에도 대학생은 다른 한 손으로 여자의 팔을 쓰다듬기도 하고 꾹 눌러보기도 하면서 K를 더욱 자극하려 했다. K는 그를 따라 몇 걸음 나란히 달렸다. 여차하면 그를 붙잡아 목을 조를 작정이었다. 그때 여자가 말했다. "소용없는 일이에요. 예심판사가 저를 데려오라고 한 거예요. 당신과 함께 갈 수 없어요. 이 작은 괴물이……" 그녀는 손으로 대학생의 얼굴을 쓰다듬으면서 말을 이었다. "이 작은 괴물이 나를 놓아주지 않아요." "그리고 당신도 벗어나고 싶은 생각이 없는 거겠지!" K가 이렇게 소리 지르며 자신의 손을 대학생의 어깨에 올려놓자, 대학생이 이로 그 손을 덥석 물려고 했다. "안 돼요!" 여자가 외치면서 두 손으로 K를 밀쳐냈다. "안 돼요, 안 돼. 그러지 말아요. 도대체 당신은 무슨 생각으로 이러는 거예요! 그렇게 하면 나는 파멸이에요. 이 사람을 놓아주세요, 제발, 이 사람을 놔줘요. 이 사람은 예심판사의 명령으로 나를 데려가는 것뿐이에요." "그렇다면 놔주지. 그리고 나는 다시는 당신을 보고 싶지 않아." K는 실망스러운 나머지 격분해서 이렇게 말하고는 대학생의 등짝을 한 차례 세게 쳤다. 그러자 대학생은 잠시 비틀거리더니, 넘어지지 않은 것이 기쁜 듯이 자신의 짐을 공중으로 더 높이 들어 올리며 껑충껑충 뛰어갔다. K는 천천히 그들의 뒤를 따라갔다. 이것이 그들에게 당한 최초의 명백한 패배라는 것을 깨달았다. 물론 그 때문에 걱정할 이유는 없었다. 패배를 당한 것은 단지 그가 싸움을 걸었기 때문이다. 만일 그가 집에 있으면서 평소와 같은 생활을 해나간다면 그는 이들 어느 누구보다도 훨씬 우세할 것이고, 그의 길에 방해가 되면 누구든지 발로 한 번 걷어차 비켜나게 할 수 있을 것이다. 그리고 그는 가장 우스꽝스러운 장면, 예를 들어 저 형편없는 대학생, 저 의기양양한 자식, 다리가 굽고 수염이 난 저 녀석이 엘자의 침대 앞에 무릎을 꿇고 두 손 모아 애원하는 모습이 얼마나 우스꽝스러울지 상상해보았다. K는 이런 상상이 아주 마음에 들어 언젠가 기회가 되면 저

대학생을 엘자에게 한번 데려가야겠다고 마음먹었다.

호기심이 발동한 K는 서둘러 문으로 달려가보았다. 여자를 도대체 어디로 데려가는지 보고 싶었다. 분명 여자를 계속 팔에 안고 거리를 지나가지는 않을 것이다. 이동 경로가 생각보다 훨씬 짧다는 것이 금방 드러났다. 이 집 바로 맞은편에 좁은 나무 계단이 하나 있는데, 지붕 위 다락방으로 올라가는 계단인 것 같았다. 계단은 중간에 한 번 꺾여 있어 그 끝이 보이지 않았다. 대학생은 여자를 안고 이 계단 위로 올라갔는데, 이제껏 달려오느라 힘이 빠졌는지 걸음이 아주 느려지면서 신음까지 냈다. 여자가 아래쪽에 있는 K를 향해 손을 흔들었다. 그리고 양 어깨를 으쓱함으로써 자신은 이 납치극에 아무런 책임이 없음을 보여주려 했다. 그러나 여자의 몸짓에서 그다지 유감스러워하는 기색은 보이지 않았다. K는 마치 낯선 사람을 대하듯 무표정하게 여자를 바라보았다. 자신이 실망했다는 것도, 그 실망을 쉽게 이겨내리라는 것도 겉으로 드러내고 싶지 않았다.

두 사람의 모습은 이미 사라졌지만, K는 여전히 문가에 서 있었다. 여자가 자신을 기만했을 뿐만 아니라 예심판사에게 끌려가는 것이라는 거짓말까지 했다고 생각하지 않을 수가 없었다. 예심판사가 다락방에 앉아서 기다리고 있지는 않을 것이다. 아무리 오래 쳐다보고 있어도 나무 계단은 아무것도 설명해주지 않았다. 그러던 중 계단 옆에 있는 자그마한 표찰이 K의 눈에 들어왔다. 그쪽으로 가보니 '법원 사무처로 오르는 계단'이라는 문구가 유치하고 서투른 글씨체로 적혀 있었다. 그러니까 법원 사무처가 여기 임대건물의 다락층에 있다는 말인가? 그것은 특별히 존경심을 불러일으킬 만한 시설물이 아니었다. 어떻게 보면 가장 가난한 축에 속하는 입주자들이 쓸모없는 잡 동사니나 던져두는 장소에 사무처를 둔 법원이라면 얼마나 재정 상태가 열악할지 상상이 갔는데, 피고인들에게는 이런 상상도 위안거리가 될 수 있었다. 물론 법원이 돈을 충분히 갖고 있지만 그것이 법원을 위해 사용되기 전에 관리들이 달려들어 착복하고 있을 가능성도 배제할 수 없었다. K의 경험으로 볼 때 오히려 그럴 가능성이 크다고 할 수 있었다. 만약 그렇다면 그 정도로 타락한 법원은 피고인에게 굴욕감을 주기는 하겠지만, 차라리 궁핍한 법원이 주는 것보다는 훨씬 더 위안이 되는 것이다. 이제 K는 첫 심문 때 법원이 피고인을 다락방으로 소환하는 것이 부끄러워 그의 집에서 그를 성가시게 구는 쪽을 택한 것도 이해가 되었다. 다락방에 앉아 있는 판사에 비한다면 K는 얼마나 좋은 자리에 있는 것인가! 판사와는 달리 K는 은행에서 대기실까지 딸린 큰 방을 쓰고 있고, 대형 유리창을 통해 활기찬 도시의 광장도 내려다볼 수 있다. 물론 그는 뇌물이나 착복 같은 데서 나오는 부수입은 없고, 사환을 시켜 여자를 팔에 안아 사무실로 데려오게 할 수도 없다. 그러나 K는 그것이 적어도 이런 생활을 감수해야 하는 것이라면, 그런 권리쯤 기꺼이 단념할 수 있었다.

K가 아직 그 표찰 앞에 서 있는데 한 남자가 계단을 올라와서 열린 문을 통해 거실 안을 들여다보았다. 거실에서는 심리가 열리는 법정 안도 들여다볼 수 있었다. 마침내 남자는 K에게, 조금 전에 여기서 어떤 여자를 보지 못했느냐고 물었다. "당신은 법원 정리군요, 그렇죠?" "그렇습니다." 남자가 말했다. "아, 당신은 피고인 K씨로군요. 이제야 알아보겠습니다. 잘 오셨습니다." 그러면서 남자는 K에게 손을 내밀

었는데, 그것은 전혀 예상치 못한 일이었다. K가 아무 말이 없자 정리가 말했다. "그런데 오늘은 법정이 열리지 않습니다." "저도 알고 있습니다." K는 이렇게 말하면서 정리가 입은 사복을 살펴보았다. 사복에는 몇 개의 평범한 단추 외에 낡은 장교용 외투에서 떼어낸 것 같은 금색 단추 두 개가 달려 있어, 남자가 관청에 소속되어 있음을 유일하게 표시해주고 있었다. "조금 전에 당신 부인과 이야기를 나누었습니다만, 지금은 여기 없습니다. 대학생이 부인을 예심판사에게 데려갔습니다." "그것 보라니까." 정리가 말했다. "그들은 항상 내 아내를 뺏어간답니다. 오늘은 일요일이라 나는 일도 없어요. 그런데도 여기서 멀리 떼어놓기 위해 아무 필요도 없는 통지를 전하라며 심부름을 보냅니다. 그런데 실제로 그렇게 멀지는 않아서 저로서는 급히 서두르면 제때 돌아올 수 있을 것이라는 희망을 갖게 되지요. 그래서 할 수 있는 한 힘껏 달려가서 그쪽 사무소에 도착하면, 저쪽에서 잘 알아듣지도 못할 정도로 숨을 마구 헐떡이면서 문틈으로 통지 내용을 외칩니다. 그러고는 다시 달음박질로 돌아오지만, 대학생은 저보다 더 빨리 움직인 거죠. 물론 그 녀석은 훨씬 가까운 거리에 있어 다락방 계단을 달려 내려오기만 하면 되니까요. 내가 이렇게 매여 있는 신세가 아니라면, 벌써 그 대학생 놈을 이 벽에 대고 짓눌렀을 겁니다. 바로 여기 이 표찰 옆에서 말입니다. 난 늘 그런 꿈을 꾸고 있어요. 바닥에서 조금 떨어진 여기에 놈이 짓눌려 있는데, 양팔은 쭉 뻗었고 손가락은 쫙 펴졌으며 굽은 다리는 원을 그리고 있고 사방에는 온통 피가 튀어 있는 겁니다. 그런데 지금까지는 그건 꿈에 불과합니다." "어떻게 해볼 방도가 없나요?" K가 미소를 지으며 물었다. "도무지 무슨 방

84

도가 있을지 모르겠어요." 법원 정리가 대답했다. "그런데 이제는 형편이 더 나빠지고 있어요. 여태까지는 그 녀석이 자신을 위해서만 아내를 데려갔는데, 오래전부터 예상한 일이기는 하지만 이제는 아내를 예심판사한테도 데려가고 있어요." "당신 아내한테는 아무 잘못이 없나요?" K가 물었다. 그런데 그는 지금 이 질문을 하면서 그 자신도 아주 심한 질투심을 느꼈으므로 감정을 억눌러야 했다. "물론 있지요." 법원 정리가 말했다. "가장 비난받아야 할 사람은 바로 그 여편네지요. 그 여편네가 놈한테 달라붙은 거니까요. 그놈은 여자들만 보면 성가시게 따라다녀요. 이 건물에서만 해도 벌써 다섯 집에나 몰래 기어들었다가 쫓겨났답니다. 물론 아내는 이 건물 전체에서 제일 미인입니다. 그러다 보니 나 같은 사람이 어떻게 막아볼 방법이 없어요." "사정이 그렇다면 정말 방도가 없겠군요." K가 말했다. "어째서 방도가 없다는 겁니까?" 법원 정리는 이렇게 되물으면서 말을 이었다. "그 대학생 녀석은 겁쟁이여서, 그놈이 내 아내를 건드리려고 하면 다시는 그런 짓을 할 엄두도 내지 못하게 제대로 두들겨 패주면 됩니다. 그런데 나는 그렇게 할 수가 없고, 다른 사람도 나를 위해 나서주지 않아요. 모두 그 녀석의 권력을 두려워하니까요. 오직 당신 같은 분만이 그 일을 할 수 있을 겁니다." "제가 어떻게 그런 일을?" K가 놀라서 물었다. "당신은 피고인 신분이니까요." 법원 정리가 말했다. "그건 맞습니다." K가 말했다. "하지만 그래서 저는 더욱 두려울 수밖에 없지요. 그 녀석이 소송 결과에는 영향을 미치지 못할지라도 적어도 예심에서는 분명히 영향을 미칠 수가 있을 테니까요." "그야 물론 그렇지요." 법원 정리는 K의 생각이 자기 생각만큼이나 일리가 있다는 듯이 말했다. "하지만 우리 법원에서는 일반적으로 승산이 없는 소송은 하지 않습니다." "난 당신 의견에 동의할 수 없습니다." K가 말했다. "하지만 사정이 그렇다고 해서 기회가 왔을 때 제가 그 대학생 녀석의 버르장머리를 고쳐주는 일을 못할 것도 없지요." "저로서는 뭐라 감사의 말씀을 드려야 할지 모르겠군요." 정리는 다소 격식을 갖춘 어조로 말했지만, 자신의 가장 큰 소망이 이루어질 수 있으리라고 믿는 것 같지는 않았다. "어쩌면 말입니다." K가 말을 이었다. "당신네 법원의 다른 직원, 아니 어쩌면 직원들 모두가 똑같은 취급을 받아 마땅할 겁니다." "그렇고말고요." 법원 정리는 아주 당연하다는 듯이 말했다. 그러면서 그는 더없이 친절하기는 했어도 이제까지는 보여주지 않았던 신뢰의 눈으로 K를 바라보면서 덧붙였다. "반란이란 늘 있는 법이지요." 그런데 대화가 다소 불편해진 것인지 그는 대화를 중단하면서 이렇게 말했다. "이제 나는 사무처에 보고를 해야 합니다. 당신도 함께 가시겠습니까?" "저는 거기에 아무런 용무가 없는데요." K가 말했다. "사무처를 구경하셔도 됩니다. 아무도 당신한테 신경 쓰지 않을 테니까요." "구경할 만한가요?" K는 머뭇거리면서 이렇게 물었지만, 따라가보고 싶은 욕구가 강하게 일었다. "글쎄요." 법원 정리가 말했다. "당신이라면 흥미를 느낄 거라고 생각했습니다." "좋습니다." K가 마침내 말했다. "함께 가겠습니다." 그러고는 그는 법원 정리보다 더 빨리 계단을 뛰어 올라갔다.

안으로 들어서는 순간 그는 하마터면 넘어질 뻔했다. 문 뒤에 계단이 한 단 더 있었기 때문이다. "일반인들을 배려하는 마음이 별로 없군요." 그가 말했다. "어떤 배려도 하지 않지요." 법원 정리가 말했다.

"여기 이 대기실을 좀 보세요." 그것은 긴 복도였는데, 엉성하게 짜 만 든 문들이 들어서서 지붕 밑 다락의 개별 부서로 들어가는 통로 역할 을 했다. 다락은 직접 빛이 들어오지는 않았지만 그다지 어둡지도 않 았다. 몇몇 부서에서는 복도를 향해 나 있는 한 장짜리 판자벽 대신 천장까지 이르는 개방형의 나무 격자를 두고 있어, 이 격자들을 통해 어느 정도 빛이 들어왔기 때문이다. 책상에 앉아 무언가를 쓰고 있거 나 잠시 격자 옆에 서서 틈 사이로 복도에 있는 사람들을 살피는 직 원들의 모습도 그 격자를 통해 볼 수 있었다. 일요일이어서 그런지 복 도에는 사람들이 별로 없었다. 사람들의 인상은 매우 겸손해 보였다. 그들은 복도 양옆에 있는 두 개의 긴 나무 벤치에 거의 일정한 간격 을 두고 떨어져 앉아 있었다. 모두가 허름한 옷차림이었지만, 얼굴 표 정, 태도, 수염의 모양과 그 밖의 사소한 세부적 특징들로 보아 대부 분이 적어도 중상층에 속하는 사람들이었다. 복도에는 옷이나 모자 를 걸 수 있는 시설이 따로 없었으므로, 사람들은 아마 다른 사람들이 하는 양을 따라서인지 모자를 벤치 아래에 놓아두었다. 문에서 가장 가까이 있던 사람들이 K와 법원 정리를 보고는 인사를 하려고 자리 에서 일어났다. 그 모습을 보고 다른 사람들도 인사를 해야겠다고 생 각했는지, 결국 두 사람이 지나가자 모두가 자리에서 일어났다. 그런 데 완전히 꼿꼿한 자세로 선 것은 아니고, 등은 구부정하고 무릎은 꺾 인 채로 마치 길거리의 걸인처럼 서 있었다. K는 자기보다 조금 뒤떨 어져 오는 법원 정리를 기다렸다가 말했다. "사람들이 정말 초췌해 보 이는군요." "그렇지요." 법원 정리가 말했다. "피고인들입니다. 당신이 여기서 보는 사람들 모두가 피고인들이지요." "그래요?" K가 말했다.

"그렇다면 나의 동료들이군요." 그는 가장 가까이에 있는, 키가 크고 호리호리한 체격에 머리가 이미 희끗희끗한 남자에게로 고개를 돌렸다. "여기서 뭘 기다리고 계신가요?" K가 정중히 물었다. 그런데 이 예기치 않은 질문에 그 남자는 당황했다. 그가 당황하는 모습은 더욱 안쓰러워 보였는데, 분명히 그는 세상 경험이 많은 남자로서 다른 곳에서라면 틀림없이 자신의 마음을 잘 다스릴 줄 알고, 많은 사람들에 대한 우월감을 쉽사리 포기하지 않았을 것이기 때문이다. 그런데 여기서는 이렇게 간단한 질문에도 대답을 못 하고 다른 사람들을 쳐다보았다. 마치 다른 사람들이 자기를 도와주어야 할 의무라도 있으며, 만일 도와주지 않는다면 아무도 그에게 어떤 대답을 요구할 수 없다는 듯한 태도였다. 그때 법원 정리가 앞으로 나서면서 그 남자를 진정시키고 도움을 주려는 듯이 말했다. "이분은 그저 당신이 무엇을 기다리고 있는지 물어보는 것뿐입니다. 어서 대답해보세요." 아무래도 그 남자에게는 친숙한 법원 정리의 목소리가 더 효과가 있었다. "제가 기다리는 것은……" 그는 입을 열기 시작했으나 머뭇거렸다. 분명히 그는 그 질문에 아주 정확하게 답하기 위해 이렇게 시작했지만, 그 다음 말을 어떻게 이어나가야 할지를 몰랐다. 기다리던 사람들 가운데 몇 명이 다가와 세 사람 주위에 둘러서자, 법원 정리가 그들에게 말했다. "물러나요, 물러들 나세요. 통로를 막지 마요." 그들은 약간 뒤로 물러났지만, 원래 앉아 있던 자리로 돌아가지는 않았다. 그러는 사이에 질문을 받은 그 남자는 마음을 가다듬고 희미한 미소까지 지어 보이며 대답했다. "한 달 전에 제 사건과 관련해 몇 가지 증거 신청을 했는데, 그것이 처리되기를 기다리고 있습니다." "당신은 정말 애를 많이 쓰는 것 같군요." K가 말했다. "그렇습니다." 남자가 말했다. "제 사건이니까 어쩔 수 없죠." "모두가 당신처럼 생각하는 건 아닙니다." K가 말했다. "예를 들면 저도 고소를 당한 처지이지만, 그저 잘되기를 바랄 뿐이지 맹세코 증거 신청을 하거나 그 밖의 어떤 유사한 조치도 취하지 않았습니다. 정말로 그런 게 필요하다고 생각하시나요?" "잘 모르겠습니다." 남자가 다시 잔뜩 불안한 태도로 말했다. 그는 K가 자기를 놀리고 있다고 생각하는 게 분명했다. 그래서 자신이 또 무슨 실수를 하지 않을까 두려워서 조금 전의 대답을 그대로 되풀이하는 것이 가장 좋겠다고 생각하는 것 같았다. 그러나 대답을 기다리며 조급해하는 K의 눈빛을 보자, 그는 단지 이렇게 말했다. "저로 말하자면, 증거 신청을 했습니다." "제가 정말 고소당했다는 것을 못 믿으시는군요?" K가 물었다. "아, 아닙니다. 그렇게 믿고 있어요." 남자는 이렇게 말하고는 약간 옆으로 물러났으나, 그의 대답에는 믿음이 아니라 두려움만 배어 있었다. "그러니까 당신은 제 말을 믿지 않는 거죠?" K는 이렇게 물으면서 남자의 비굴한 태도에 자극되어 자신도 모르게 남자의 팔을 잡았다. 그것은 마치 그를 억지로 믿게 하려는 동작처럼 보였다. 남자를 아프게 할 생각은 없이 아주 살짝만 잡았을 뿐이었다. 그러나 남자는 마치 두 손가락이 아니라 벌겋게 달아오른 부집게로 잡기라도 한 것처럼 소리를 질러댔다. 이 우스꽝스러운 비명에 K는 마침내 그 남자에게 정나미가 떨어졌다. 자신이 고소당했다는 걸 믿지 않는다면 더 잘된 일이다. 어쩌면 남자는 그를 판사라고까지 생각하는지도 모른다. K는 이제 작별을 위해 남자를 정말로 꽉 잡아서 벤치 쪽으로 떠밀고는 그 자리를 떠났다. "피고인들은 대부분 저렇게 예민

하답니다." 법원 정리가 말했다. 그들 뒤에서는 대기실에서 기다리던 거의 모든 사람이 그사이 비명을 그친 남자의 주위에 몰려와서 그 돌발사건에 대해 자세히 캐묻는 것 같았다. 그때 경비원 한 명이 K를 향해 다가왔다. 경비원은 사브르를 차고 있어서 대개 그 신분을 알아볼 수가 있었는데, 그 빛깔로 미루어보아 칼집은 적어도 알루미늄 재질인 것 같았다. K는 그걸 보고 놀라서 만져보려고 손까지 뻗어보았다. 비명 소리를 듣고 나타난 경비원은 무슨 일이냐고 물었다. 법원 정리가 몇 마디 설명을 해서 안심시키려 했지만, 경비원은 아무래도 자신이 직접 알아봐야겠다고 하더니 경례를 하고는 매우 급한 걸음으로 사람들 쪽으로 달려갔다. 그러나 통풍에 걸렸는지 걸음새가 종종걸음이었다.

K는 경비원과 복도 사람들에 대해 그리 신경을 쓰지 않았다. 더구나 복도 중간쯤 오니 오른쪽에 문이 달려 있지 않은 통로가 보여서 그쪽으로도 갈 수 있다는 걸 알았기 때문이었다. 제대로 길을 가고 있는지 법원 정리에게 묻자, 정리가 고개를 끄덕였다. K는 그 통로로 들어섰다. 그는 자신이 정리보다 늘 한두 걸음 앞서 걸어가는 게 신경에 거슬렸다. 적어도 여기서는 마치 자신이 체포되어 앞에 서서 연행되어 가는 것처럼 보일 수도 있기 때문이다. 그래서 그는 몇 번이나 걸음을 늦추고 정리를 기다렸으나, 정리는 금방 다시 뒤처지는 것이었다. 결국 K는 언짢은 기분을 떨쳐버리기 위해 말했다. "자, 이제 이곳이 어떻게 생겼는지 봤으니 그만 가보겠습니다." "아직 다 못 봤는데요." 법원 정리는 별다른 뜻 없이 이렇게 말했다. "전부 다 보고 싶지는 않습니다." K는 이렇게 말하면서 실제로도 피곤함을 느꼈다. "이

제 밖으로 나가야겠군요. 출구가 어디죠?" "벌써 길을 잃어버린 건 아니겠죠?" 법원 정리가 놀라워하며 물었다. "이 길을 따라 저기 모퉁이까지 간 다음 오른쪽으로 돌아서 복도를 계속 따라 내려가면 바로 문이 있습니다." "같이 갑시다." K가 말했다. "안내해주세요. 아무래도 길을 잘못 들 것 같습니다. 여기는 길이 너무 많아서요." "길은 하나뿐입니다." 법원 정리는 이제 완연히 책망하는 투였다. "당신과 함께 되돌아갈 수는 없습니다. 보고를 올려야 하는데, 벌써 당신 때문에 시간을 많이 지체했어요." "같이 좀 가주세요!" K는 마치 법원 정리의 거짓을 포착하기라도 한 듯 이번에는 좀 더 날카롭게 말했다. "그렇게 소리치지 마세요." 법원 정리가 속삭이듯 말했다. "여기는 전부 사무실이에요. 혼자 돌아가기가 싫다면 나와 함께 조금만 더 가시든가, 아니면 내가 보고를 마치고 올 때까지 여기서 기다려요. 그러면 기꺼이 당신과 함께 돌아가지요." "아니, 아니오." K가 말했다. "나는 기다리지 않겠소. 그러니 당신은 지금 나와 함께 가야 합니다." 아직까지 K는 자신이 있는 곳 주변을 전혀 둘러보지 못했는데, 주위의 나무로 된 여러 문 가운데 하나가 열리자 비로소 그쪽으로 눈길을 돌렸다. K의 큰 목소리를 듣고 나온 것이 분명한 아가씨 하나가 다가오더니 물었다. "무슨 일이신가요, 선생님?" 그녀의 등 뒤 멀찌감치 어둑어둑한 곳에서 또 한 남자가 다가오는 것이 보였다. K는 법원 정리를 쳐다보았다. 정리는 아무도 K에게 신경을 쓰지 않을 것이라고 했는데, 벌써 두 사람이 나타난 것이다. 조금만 더 나가면 이제 관리들이 그를 주목하게 될 것이고, 그가 왜 이곳에 와 있는지에 대해 해명을 요구할지도 모를 일이었다. 납득할 수 있고 받아들일 만한 유일한 해명은 그가 피고인이고 다음 번 심리 날짜를 알고 싶어 왔다는 것이지만, 정확히 말해서 그것은 그가 하고 싶지 않은 해명이었다. 무엇보다 그것은 사실에 부합하지 않기 때문이었다. 그가 여기에 온 것은 그저 호기심에서였고, 그게 아니라면, 이것은 해명의 구실로는 더욱 부적합한 것이기는 하지만, 이 사법기관의 내부도 그 외부만큼이나 역겨운 모습이라는 사실을 확인하고 싶은 욕구에서였다. 그런데 그의 이런 추측은 옳은 것 같았다. 그는 더 이상 파고들고 싶지 않았고, 지금까지 본 것만으로도 충분히 가슴이 답답했다. 지금으로서는 어느 문 뒤에서 불쑥 나타날지도 모르는 고위 관리와 대면할 기분이 아니었다. 그는 어서 이곳을 벗어나고 싶었다. 법원 정리와 함께 나가든지, 사정이 여의치 않으면 혼자서라도 나가고 싶었다.

그런데 그가 아무 말 없이 거기에 서 있는 모습이 사람들의 이목을 끌었던 것이 틀림없었다. 실제로 조금 전에 나타났던 아가씨와 법원 정리는 이제 금방 그에게서 어떤 큰 변신이 일어나기라도 할 것처럼, 그래서 그 장면을 놓치지 말아야겠다는 표정으로 그를 바라보고 있었다. 그리고 문가에는 조금 전에 멀찌감치 보였던 그 남자가, 높이가 낮은 문의 가로대를 꽉 붙잡고 서서 성미 급한 구경꾼처럼 발돋움을 하고서는 몸을 살짝 흔들고 있었다. 그런데 K가 이런 거동을 보이는 것이 어딘가 몸이 좀 불편해서라는 걸 처음으로 알아차린 사람은 바로 그 아가씨였다. 그녀가 의자를 하나 가져와서 물었다. "앉으시겠어요?" K는 즉시 의자에 앉았고 몸을 더 잘 지탱하기 위해 팔꿈치를 팔걸이에 걸쳤다. "좀 어지러우신가 봐요, 그렇죠?" 아가씨가 그에게 물었다. 이제 그는 그녀의 얼굴을 바로 코앞에서 볼 수 있었는데, 많은 여자들이 한창 젊을 때 짓는 새침한 표정을 하고 있었다. "너무 괘념치 마세요." 그녀가 말했다. "이곳에서는 아주 드문 일이 아니거든요. 누구든지 처음 오면 그런 증세를 보이니까요. 이곳이 처음이시죠? 글쎄, 그러니까 전혀 이상할 게 없어요. 여기 지붕 구조물에 햇볕이 내리쬐면 뜨거워진 나무가 실내 공기를 아주 후텁지근하고 답답하게 만들어요. 그래서 여기는 사무실로 쓰기에는 별로 적합하지 않아요. 물론 그것 말고는 몇 가지 장점도 있어요. 하지만 공기에 관해 말하자면, 소송 당사자들의 왕래가 많은 날은 거의 숨을 쉬기가 힘들 정도인데, 거의 매일이 그런 날이지요. 게다가 또 이곳에는 여러 세탁물을 말리려고 널어놓는데, 세입자들에게 그걸 전혀 못 하게 할 수도 없는 일이거든요. 속이 좀 메스꺼워도 이젠 이상하다는 생각조차 들지 않게 되니까요. 하지만 결국에는 모두 이런 공기에 익숙해져요. 두세번쯤 오시게 되면 더 이상 이곳에서 짓누르는 느낌은 받지 않을 거예요. 이제 좀 나아지셨어요?" K는 대답하지 않았다. 이렇게 갑자기 허약해져서 이곳 사람들에게 내맡겨진 상황이 너무 수치스러웠다. 더구나 지금은 속이 안 좋아진 원인을 알게 되자, 기분이 나아지기는커녕 도리어 더 나빠졌다. 아가씨는 그것을 금방 알아차리고 K가 신선한 공기를 좀 마실 수 있도록, 벽에 기대놓은 갈고리 달린 막대를 집어 들고 바로 K의 머리 위쪽에 설치되어 있는, 바깥으로 통하는 조그마한 통풍창을 밀어 열었다. 그러나 그을음이 너무 많이 떨어져내려서 아가씨는 얼른 통풍창을 잡아당겨 닫고, K의 두 손에 묻은 그을음을 손수건으로 닦아줘야 했다. K는 너무 지쳐 있어서 스스로 할 수가 없었다. 그는 여기서 혼자 걸어 나갈 수 있을 정도로 충분히 원기를 회복할 때까지 가만히 앉아 있고 싶었는데, 사람들이 그에게 신경을 덜 쓸수록 더 빨리 회복될 것 같았다. 그런데 아가씨는 이렇게 말했다. "여기 계속 계시면 안 돼요. 지금 통행을 방해하고 있거든요." K는 자신이 도대체 무슨 통행에 방해가 된다는 것인지 눈빛으로 물었다. "원하시면 병실로 안내해드릴게요." 그러면서 그녀는 문가에 서 있는 남자를 향해 말했다. "어서 좀 도와주세요." 그러자 남자가 즉시 다가왔다. 그러나 K는 병실로 가고 싶지 않았다. 계속 끌려다니는 상황만은 피하고 싶었다. 끌려들어갈수록 일이 더 고약하게 꼬일 것 같았다. 그래서 K는 이렇게 말하면서 일어서려고 했다. "이제 걸어갈 수 있겠어요." 그런데 어느새 편히 앉아 있는 것에 길들여진 탓인지 몸이 떨렸다. 몸을 똑바로 세울 수도 없었다. "아무래도 안 되겠어." K는 고개를 가로저으며 한숨을 내쉬고는 다시 자리에 앉았다. 이런 상황에도 불구하고 법원 정리라면 자신을 쉽게 밖으로 데려갈 수 있을 것이라는 생각이 들었다. 그러나 그는 이미 오래전에 그 자리를 떠나버린 것 같았다. 앞에 서 있는 아가씨와 남자 사이로 살펴보았지만 법원 정리의 모습은 찾을 수가 없었다.

"내가 보기에는……" 남자가 입을 열었다. 남자는 차림새가 우아했는데, 끝이 양쪽으로 길게 갈라진 회색 조끼가 특히 눈에 띄었다. "이분의 몸이 불편한 건 이곳 공기 때문입니다. 그러니까 이분을 병실로 데려갈 것이 아니라 아예 사무처 밖으로 데려가는 것이 가장 좋을 것이고, 본인도 그것을 가장 원할 겁니다." "바로 그렇습니다." K는 이렇게 외치면서 너무 기뻐 남자의 말을 자르고 끼어들었다. "제 상태는 정말이지 금방 호전될 겁니다. 저는 그렇게 허약한 사람이 절대로 아닙니다. 제 겨드랑이 아래를 조금만 부축해주시면 됩니다. 그렇게 많은 수고를 끼치지는 않을 겁니다. 길도 그리 멀지 않고요. 저를 문까지만 데려다주십시오. 그러고 나서 계단에 조금 앉아 있으면 금방 회복될 겁니다. 지금까지 이런 증세가 나타난 적이 없어서 저 자신도 놀라고 있습니다. 저도 관리의 직위에 있고 사무실 공기에 익숙한 편입니다만, 이곳은 당신들 말씀대로 정말 공기가 안 좋은 것 같습니다. 그러니까 저를 조금만 데려다주시면 좋겠습니다. 지금 현기증이 나서 혼자 일어서면 어지러워서요." 그러고는 그는 두 사람이 자신을 부축하기 좋도록 양 어깨를 쳐들었다.

하지만 남자는 그의 요청에 응하지 않고 양손을 가만히 바지주머니에 넣은 채로 큰 소리로 웃었다. "그것 봐요." 그가 아가씨에게 말했다. "그러니까 내가 바로 알아맞혔어. 이분은 원래 몸이 안 좋은 게 아니라 여기서만 몸이 안 좋은 거라니까요." 아가씨도 미소를 지었다. 하지만 그녀는 남자가 K를 너무 심하게 놀리고 있다는 듯 손가락 끝으로 남자의 팔을 살짝 쳤다. "에이, 걱정 마요." 남자가 여전히 웃으며 말했다. "밖으로 데려다준다니까." "그렇다면 좋아요." 아가씨는 예쁘장한 머리를 잠시 갸우뚱하면서 말했다. "이 사람의 웃음에 큰 의미를 두지는 마세요." 아가씨가 K에게 말했다. K는 다시 우울해져서 멍하니 앞만 바라볼 뿐 해명 같은 건 바라지도 않는 것 같았다. "이분은, 제가 소개해도 되겠죠?" (남자가 손짓으로 허락했다.) "그러니까 이분은 우리 법원의 안내 담당자예요. 대기중인 소송 당사자들에게 필요한 모든 정보를 제공해주죠. 우리 법원제도가 일반인들에게 잘 알려지지 않았기 때문에 안내 요청이 많이 들어오거든요. 이분은 어떤 질문에도 대답해드릴 수 있어요. 생각이 있으시면 한번 시험해보세요. 이분의 강점은 그뿐만이 아니에요. 두번째는 우아한 차림새입니다. 우리, 그러니까 사무처 관리들은 이렇게 판단했어요. 안내 담당자는 끊임없이 소송 당사자들을 상대해야 하는데, 그것도 맨 처음으로 만나게 되는 관리이기 때문에 첫인상을 좋게 하기 위해서는 옷차림새가 우아해야 한다고 말이죠. 우리 같은 다른 직원들은, 저를 보면 금방 아시겠지만, 유감스럽게도 형편없고 유행에 뒤떨어진 옷을 입고 있지요. 더구나 우리 같은 경우는 옷에 돈을 쓴다는 것 자체가 별 의미가 없기도 해요. 거의 언제나 사무처에 처박혀 있고 잠도 여기서 자니까요. 그러나 방금 말씀드렸듯이, 안내 담당자에게는 멋진 옷차림이 필요하다고 생각한 거예요. 그런데 이 점에서 우리 행정부서는 좀 이상합니다만, 행정부서에서 그런 옷을 지급해주지 않아서 우리가 모금을 했고 소송 당사자들도 찬조를 해서 이분에게 멋진 옷과 다른 물건들까지 사드렸답니다. 이제 좋은 인상을 줄 수 있는 모든 여건이 마련된 상태죠. 그런데 이분은 웃음 때문에 인상을 도로 망쳐버리고 사람들을 놀라게 한답니다." "그건 그렇긴 한데요." 남자가 기분이 상한 듯이 말했다. "하지만 아가씨, 난 당신이 이 사람에게 왜 우리의 은밀한 내막까지 모두 이야기하는지, 아니 더 정확히 말하면 억지로 들려주는지 이해할 수가 없군요. 정작 이 사람은 그런 걸 알고 싶어 하지도 않는데 말이에요. 보다시피 이 사람은 자기 용무 때문에 여기 앉아 있는 거예요." K는 반박할 기분조차 들지 않았다. 아가씨의 의도는 좋았던 것 같다. 아마도 그녀는 그의 기분을 전환시켜주거나 마음을 가다듬을 기회를 줄 생각이었던 것 같은데, 방법을 잘못 선택했던 것이다. "저는 이분에게 당신이 웃은 데 대한 해명을 해야 했어요." 아가씨가 말했다. "모욕적이었거든요." "내가 보기에는 이분은 내가 밖으로 안내해드리기만 하면 더 심한 모욕이라도 용서해주실 거요." K는 아무 말도 하지 않았고, 위를 올려다보지도 않았다. 그는 이 두 사람이 자신에 대해 마치 무슨 사건을 다루듯이 말다툼을 벌이는 것을 참고 있었다. 심지어 그런 다툼이 마음에 들기까지 했다. 그런데 갑자기 안내 담당자의 손이 자신의 한쪽 팔에, 그리고 아가씨의 손이 다른 팔에 와 닿는 것이 느껴졌다. "자, 이제 일어나요, 이 허약한 양반아." "두 분께 정말 감사드립니다." K는 놀랐지만 기쁨에 겨워 이렇게 말하고는 천천히 몸을 일으키면서 가장 부축이 필요한 곳으로 두 사람의 손을 가져갔다. "안내 담당자가 좋은 인상으로 보이도록 하는 일에 제가 지나치게 신경을 쓰는 것 같겠죠." 그들이 복도 쪽으로 나가는 동안에 아가씨가 나지막한 소리로 K의 귀에 대고 말했다. "하지만 뭐 그렇게 생각해도 좋아요. 제가 한 말은 진실이니까요. 이분은 야박한 사람이 아니에요. 아픈 소송 당사자를 밖으로 데려다주는 일은 이분의 임무가 아니지만, 보시다시피 그 일을 하고 있잖아요. 아마도 우리 중에 무정한 사람은 하나도 없을 거예요. 우리 모두 사람들을 기꺼이 도와주고 싶어 한답니다. 그러나 법원 관리이기 때문에 마치 냉혈 인간들이고 아무도 도와주려고 하지 않는 사람들처럼 보이기 쉽지요. 그 때문에 정말 속상해요." "여기 잠시 앉지 않겠습니까?" 안내 담당자가 물었다. 그들은 이미 복도에 나와 있었고, K가 아까 말을 건넸던 바로 그 피고인 앞에 와 있었다. K는 그 사람을 보면서 슬며시 창피한 생각이 들었다. 조금 전만 해도 그 사람 앞에서 아주 꼿꼿하게 서 있었는데 지금은 두 사람의 부축을 받아야 하는 신세가 되었다. 그의 모자는 안내 담당자의 손가락에 걸려 있었고, 머리 모양은 마구 엉클어졌으며, 머리카락은 땀에 젖은 이마 위로 찰싹 달라붙어 있었다. 그러나 그 피고인은 그런 것 따위는 전혀 알아보지 못하는 것 같았고, 자기 너머로 뒤쪽을 보고 있는 안내 담당자 앞에 겸손하게 서서 자신이 거기에 와 있는 것에 대해서만 변명하려 애썼다. 그가 말했다. "제가 한 신청이 오늘 처리될 수 없다는 건 알고 있습니다. 그래도 제가 온 건 여기서 기다려도 괜찮을 것 같아서입니다. 일요일이라 저는 시간도 많고, 여기 있어도 방해될 것 같지는 않아서 온 겁니다." "그 때문에 그렇게까지 애써 변명하지 않아도 됩니다." 안내 담당자가 말했다. "당신의 세심한 관심은 정말 칭찬받을 만합니다. 물론 당신은 여기서 쓸데없이 자리를 차지하고 있기는 합니다만, 나를 귀찮게 하지만 않는다면 나로서는 당신이 소송의 진행 과정을 자세히 추적하는 걸 막을 생각이 없습니다. 부끄러운 줄도 모르고 자기 의무를 소홀히 하는 사람들을 보고 나니 당신 같은 사람에 대해서는 인내심을 가져야 한다는 걸 배우게 되는군요. 자리에 앉으세요." "이분은 어쩌면 저렇게 소송 당사자들과 이야기하는 솜씨가 좋은지 몰라요." 아가씨가 속삭였다. K는 고개를 끄덕였으나, 갑자기 안내 담당자가 던지는 질문을 듣자 정신이 번쩍 들었다. "여기 좀 앉지 않겠습니까?" "아닙니다." K가 말했다. "저는 쉬고 싶지 않습니다." 실은 거기에 좀 앉는 편이 그에게 훨씬 좋았겠지만, 그는 가능한 한 단호한 목소리로 이렇게 말했다. 그는 마치 뱃멀미를 하는 것 같았다. 심하게 요동치는 바다 위에 있는 배를 타고 있는 것 같았다. 물결이 밀려와 나무 벽들에 부딪히고, 복도 저쪽 끝 깊은 곳에서부터 덮쳐오는 물소리처럼 쏴아 소리가 들려오며, 복도가 좌우로 흔들리고, 기다리고 있는 복도 양편의 소송 당사자들이 가라앉았다 솟아올랐다 하는 것 같았다. 그래서 자기를 안내해가는 아가씨와 남자의 평온한 태도를 더욱 이해하기가 어려웠다. 그는 그들에게 내맡겨져 있었다. 그들이 그를 놓아버린다면 그는 널빤지처럼 쓰러질 게 분명했다. 그들의 작은 눈에서는 날카로운 시선이 이리저리 뻗어나갔다. K는 그들의 규칙적인 발걸음을 느꼈지만, 그들과 보조를 맞출 수 없었다. 거의 매 걸음마다 그는 사실상 그들에 의해 실려 가고 있었던 것이다. 급기야 그들이 자기에게 말을 하고 있다는 걸 깨달았으나 그 말을 한마디도 알아들을 수 없었다. 그에게는 사방에 가득 찬 소음만 들렸고, 그 소음 한가운데서 사이렌 소리처럼 단조롭고 높은 소리가 울려 퍼지는 것 같았다. "좀 더 크게 말해줘요." 그는 고개를 숙인 채 이렇게 속삭이고는 부끄러운 느낌이 들었다. 왜냐하면 그가 알아들을 수는 없었지만 그들은 충분히 큰 소리로 이야기하고 있었던 것이다. 그러다가 마침내 앞에서 벽이 갈라진 것처럼 신선한 바람 한줄기가 불어왔고, 옆에서 누군가 말하는 소리가 들려왔다. "그렇게 나가고 싶어 하더니, 여기가 출구라고 수없이 말해줘도 꼼짝도 하지 않는군요." K는 자신이 아가씨가 열어준 출구 앞에 와 있다는 것을 깨달았다. 그러자 온몸의 힘이 한꺼번에 되돌아오는 느낌이었다. 그는 되찾은 자유를 먼저 조금 맛보기 위해 곧바로 계단에 첫 발을 내디뎌보았다. 그리고 그 자리에서 자기 쪽으로 몸을 굽히고 있는 두 동행자에게 작별을 고했다. "정말 감사합니다." 그는 이 말을 되풀이하면서 두 사람과 거듭 악수를 나누다가, 그들이 사무처의 실내 공기에 너무 익숙한 탓인지 계단 쪽에서 올라오는 비교적 신선한 공기를 견디기 힘들어하는 것 같다는 생각이 들었을 때에야 악수를 그쳤다. 그들은 거의 대답도 할 수 없을 정도였다. K가 재빨리 문을 닫아주지 않았더라면 아가씨는 아마 굴러떨어졌을지도 모른다. K는 잠시 동안 가만히 서 있다가 손거울을 보면서 머리 모양을 매만지고는, 바로 아래 층계참에 놓인 자신의 모자를 집어 들고 계단을 뛰어내려 갔다. 안내 담당자가 내던진 모자가 그쪽에 떨어진 모양이었다. 그가 어찌나 상쾌하고 큰 걸음으로 성큼성큼 내려갔던지 그 갑작스러운 변화가 거의 두렵게 느껴질 정도였다. 평소 건강 상태가 아주 안정적이었기 때문에 이런 급격한 변화는 아직 한 번도 겪어보지 못한 것이었다. 그동안의 시험을 너무 쉽게 견뎌냈기 때문에 혹시 그의 육체가 반발하여 그에게 새로운 시험을 마련해주려는 것일까? 기회가 되면 바로 의사에게 가봐야겠다는 생각을 완전히 떨쳐낼 수는 없었다. 하지만 어쨌든 이 시점에서 스스로에게 충고 하나는 확실하게 할 수 있었는데, 앞으로 맞게 될 일요일 오전은 적어도 오늘보다는 유익하게 보내야겠다는 다짐이 그것이었다.

태형리

며칠이 지난 후 저녁 시간에, K는 자기 사무실과 중앙 계단 사이로
나 있는 복도를 지나가고 있었다. 이날 저녁에 그는 거의 맨 마지막까
지 남았다가 귀가했는데, 발송부에서만 아직 사환 둘이 남아 희미한
백열등 불빛 아래서 일을 하고 있었다. 그런데 K는 전에 한 번도 들여
다본 적이 없고 늘 막연히 잡동사니 창고일 것이라고만 추측했던 방
에서 신음 소리가 흘러나오는 것을 들었다. 그는 깜짝 놀라 걸음을 멈
추고 서서 혹시 잘못 들은 것은 아닌지 확인하기 위해 다시 귀를 기
울였다. 한순간 정적이 흐르더니 다시 신음 소리가 터져나왔다. 처음
에는 증인이 필요할지도 모른다고 생각해 사환 한 명을 불러올까 하
다가, 걷잡을 수 없는 호기심에 사로잡혀 문을 확 열었다. 그곳은 그
가 추측했던 대로 잡동사니를 넣어두는 창고였다. 문턱 뒤에는 쓸모

없게 된 낡은 서식 용지들과 사기로 만든 빈 잉크병이 여기저기 흩어져 있었다. 그런데 좁은 방 안에는 세 명의 남자가 서 있었다. 천장이 낮아 남자들은 모두 몸을 구부린 자세였다. 선반 위에 고정시켜놓은 촛불이 그들을 비추고 있었다. "여기서 뭣들 하고 있는 거요?" K가 흥분한 나머지 허둥대며 물었지만, 소리가 크게 나지는 않았다. 한 남자가 다른 두 사람을 제압하고 있는 것이 우선 K의 시선을 끌었다. 남자는 목과 가슴팍, 그리고 양팔 전체가 드러나는 검은 가죽옷을 입고 있었다. 남자는 아무 대답이 없었고, 다른 두 사람이 외쳤다. "이것 좀 보세요! 당신이 예심판사에게 우리에 대해 불평을 늘어놓는 바람에 우리가 이렇게 매를 맞고 있는 거요." 그제야 K는 두 사람이 정말 감시인 프란츠와 빌렘이라는 것, 그리고 세번째 남자가 그들에게 매질을 하기 위해 손에 회초리를 들고 있다는 것을 알았다. "글쎄요." K가 그들을 똑바로 쳐다보면서 말했다. "나는 불평을 늘어놓지 않았소. 나는 다만 내 집에서 일어난 일을 그대로 말했을 뿐이오. 그리고 사실 당신들의 행동도 나무랄 데 없는 건 아니었소." "선생님." 빌렘이 말했다. 반면 프란츠는 그의 등 뒤에 숨어 세번째 남자로부터 자신을 보호하려 했다. "우리가 받는 봉급이 얼마나 형편없는지 아신다면, 선생님은 우리에 대해 좀 더 너그러운 판단을 내리셨을 겁니다. 나는 부양해야 할 가족이 있는 몸이고, 여기 프란츠는 결혼을 하려고 합니다. 사람이란 가능하면 어떻게 해서든지 돈을 벌려고 하는데, 그냥 일만 해서는 아무리 힘들게 노력해도 어림도 없지요. 선생님의 고급 내의에 마음이 흔들렸습니다. 물론 그런 행동은 금지되어 있고 부당한 일이지만, 내의가 감시인들의 차지가 되는 건 관례가 되었으며 늘 그래왔습니다. 제 말을 믿어주세요. 체포라는 큰 불행을 당하는 사람한테 그런 물건 따위가 무슨 소용이 있겠느냐는 말은 사실 이해할 만하지 않습니까? 다만 체포당한 사람이 그런 일을 공공연하게 발설한다면, 처벌이 따를 수밖에 없지요." "지금 당신들이 하는 말을 나는 알지도 못했고, 또 난 결코 당신들의 처벌을 요구한 적도 없소. 나한테 중요한 건 오직 원칙이었소." "프란츠." 빌렘이 다른 감시인에게 몸을 돌리면서 말했다. "이분이 우리의 처벌을 요구하지 않았을 거라고 내가 말하지 않나. 자네도 지금 듣고 있듯이 이분은 우리가 처벌을 받아야 하는 것조차 몰랐어." "저런 말을 듣는다고 동요되지 마요." 세번째 남자가 K에게 말했다. "저들이 처벌받는 건 불가피할 뿐 아니라 공정한 일이오." "저 사람 말을 듣지 마세요." 빌렘은 이렇게 말하다가 회초리에 얻어맞은 손을 재빨리 입으로 가져가느라 잠시 말을 중단했다. "우리가 처벌을 받는 건 오직 당신이 우리를 고발했기 때문이오. 그렇지 않았다면 사람들이 우리가 한 일을 알게 되었다 해도 아무 일도 생기지 않았을 거요. 이런 것을 공정한 처사라고 할 수 있을까요? 우리두 사람, 특히 나로 말할 것 같으면 감시인으로 아주 오랫동안 봉직하면서 자질을 꽤 인정받아왔습니다. 관청 입장에서 보면 우리가 감시를 잘했다는 건 당신도 인정해야 할 거요. 우리는 승진할 전망도 있었고, 머지않아 이 사람처럼 태형리가 되었을 거요. 이 사람은 그저 운이 좋아 아무한테도 고발을 당하지 않았던 것뿐이죠. 이런 고발이 들어오는 건 정말 드문 일이니까요. 그런데 이제는 모든 것이 끝장났어요. 우리 출셋길도 막혀버렸어요. 우리는 감시 업무보다 훨씬 열악한 일도 해야 할 겁니다. 게다가 지금은 이런 지독한 매질도 당하고 있어요." "그 회초리가 그렇게 아픈가요?" K는 이렇게 물으면서 태형리가 앞에서 흔들어대는 회초리를 살펴보았다. "완전히 알몸으로 맞아야 하니까요." 빌렘이 말했다. "아, 그렇군요." K는 이렇게 말하며 태형리를 자세히 살펴보았다. 그는 뱃사람처럼 갈색으로 탄 피부에 사납고도 활기찬 얼굴을 하고 있었다. "저 두 사람이 태형을 면할 방법은 없나요?" K가 그에게 물었다. "없소." 태형리는 대답과 함께 빙그레 미소를 지으며 고개를 저었다. "옷 벗어!" 그가 감시인들에게 명령했다. 그러고는 K를 향해 이렇게 말했다. "저들의 말을 모두 믿어서는 안 되오. 매질에 대한 공포 때문에 벌써 정신이 약간 이상해졌으니까. 예를 들어 이 사람 말이오." 그가 빌렘을 가리키면서 말을 이었다. "자기 출셋길이 어떻다느니 말하지만, 정말 웃기는 얘기지. 이 녀석이 얼마나 살이 쪘나 한번 봐요. 처음 맞은 회초리 흔적은 비곗살 속으로 사라질 거요. 어떻게 해서 저렇게 살이 쪘는지 아시오? 이 녀석은 체포당한 사람의 아침식사를 먹어치우는 습관이 있지. 당신 것도 먹어치우지 않았소? 글쎄, 내가 말한 대로라니까. 그런데 저런 배를 가진 사람은 결코 태형리가 될 수 없소. 절대 불가능해요." "그런 태형리도 있어요." 마침 바지의 혁대를 풀던 빌렘이 주장했다. "없어." 태형리가 이렇게 말하며 회초리를 빌렘의 목에 쓱 그어대자 빌렘은 몸을 움찔했다. "자네는 우리 이야기에 참견할 것이 아니라 옷을 벗어야지." "이 사람들을 풀어주면 후하게 보답하겠소." K는 이렇게 말한 후 태형리를 쳐다보지도 않고서 지갑을 꺼냈다. 이런 거래는 서로 눈을 내리깔고 하는 것이 상책인 법이다. "그런 다음에 당신은 또 나를 고발하겠지." 태형리가 말했다. "나도 태형을 받게 하려고 말이야. 아니, 그건 곤란하지!" "흥분을 가라앉히고 잘 생각해봐요." K가 말했다. "만일 이 사람들이 처벌받기를 원했다면 내가 지금 이렇게 돈을 써가며 이들을 구해내려고 하지는 않았을 거요. 나야 간단히 이 문을 닫고 나가서 더는 아무것도 보지도 듣지도 않고 집으로 가버릴 수 있지요. 그렇지만 난 그렇게 하지 않아요. 오히려 난 진심으로 어떻게든 이들을 구해주고 싶소. 이들이 처벌을 받게 되거나 그리 될지도 모른다는 걸 예상했더라면, 이들의 이름을 절대 말하지 않았을 거요. 이들에게 죄가 있다고는 전혀 생각하지 않으니까요. 죄가 있는 건 조직 자체이고, 죄가 있는 사람들은 고위 관리들이지요." "그건 그래요!" 두 감시인이 이렇게 외쳤다. 그러자 그들의 벌거벗은 등짝에 즉시 매가 한 대씩 날아들었다. "만일 여기서 당신의 회초리 아래 서 있는 사람이 고위 판사라고 가정해봐요." K는 이렇게 말하며 또다시 위로 올라가려는 회초리를 잡아 눌렀다. "그렇다면 나는 정말로 당신이 심한 매질을 하는 것도 막지 않을 거요. 오히려 좋은 일을 하고 있으니 힘내라고 돈이라도 더 줄 거요." "당신이 말하는 바는 그럴듯하오." 태형리가 말했다. "하지만 나는 매수당하지 않을 거요. 나는 매질을 하라고 고용된 몸이니 매질을 하겠소." K가 끼어들었으니 좋은 결말이 있을 것이라 기대하면서 그동안 상당히 몸을 사리고 있던 감시인 프란츠가, 바지만 입은 채로 문 쪽으로 다가와 무릎을 꿇고는 K의 팔에 매달리며 나지막하게 속삭였다. "우리 두 사람을 모두 구해줄 수 없다면 적어도 나만이라도 구해낼 수 있게 힘을 써주세요. 빌렘은 나보다 나이도 많고 어느 면에서나 신경이 둔한 편이지요. 게다가 그는 몇 년 전에도 가벼운 태형을 받은 적이 있어요. 그런데 나는 아직 이런 식으로 내 명예

를 더럽힌 적이 없고, 그런 행동을 한 것도 모두 빌렘을 따라서 한 것
뿐입니다. 그는 좋은 일이든 나쁜 일이든 간에 내 스승이라고 할 수
있어요. 저 아래 은행 앞에는 지금 불쌍한 내 약혼녀가 결말을 기다리
고 있어요. 정말 창피해 죽을 지경입니다." 그러면서 그는 눈물범벅이
된 얼굴을 K의 상의 자락에 대고 닦았다. "더는 기다리지 않겠소." 태
형리는 이렇게 말하고는 양손으로 회초리를 움켜잡더니 프란츠를 후
려쳤다. 그러는 동안 빌렘은 한쪽 구석에 웅크리고 앉아 감히 고개도
돌리지 못한 채 몰래 지켜보고 있었다. 프란츠가 내뱉는 비명 소리는
끊어지지 않고 톤의 변화 없이 계속되었는데, 그것은 인간에게서 나
오는 소리가 아니라 마치 억지로 힘을 가해 비틀어대는 기계에서 나
는 소리 같았다. 그 소리에 복도 전체가 울렸다. 건물 전체가 그 소리
를 듣지 않을 수 없었다. "소리 지르지 마요." 더 이상 자제하지 못하
고 K가 외쳤다. 그는 틀림없이 사환들이 달려올 방향을 마음 졸이며
쳐다보다가 프란츠를 살짝 밀었다. 별로 세게 밀친 것도 아닌데, 그
정신 나간 녀석은 충격으로 바닥에 쓰러져 경련을 일으키며 두 손으
로 바닥을 더듬었다. 그럼에도 매질을 면하지는 못했다. 회초리는 흙
바닥 위에 있는 그에게로 날아들었다. 그가 회초리 아래서 뒹구는 동
안에도 회초리의 예리한 끝은 규칙적으로 위아래로 움직였다. 그러는
사이에 벌써 저 멀리서 사환 하나가 모습을 드러냈고, 몇 걸음 뒤에
또 한 명이 따라왔다. K는 얼른 문을 닫고는 안마당 방향으로 나 있는
창문 하나로 걸어가 창문을 열었다. 비명 소리는 완전히 그쳤다. 사환
들이 가까이 다가오지 못하도록 그가 외쳤다. "나요!" "안녕하십니까,
부장님!" 저들 쪽에서 응답하는 소리가 들렸다. "무슨 일이라도 있습

니까?" "아니, 아무것도 아니야." K가 대답했다. "안마당에서 개가 짖은 것뿐이야." 그래도 사환들이 그대로 있자 그가 덧붙였다. "가서 하던 일이나 계속하게." 그는 사환들과의 대화를 피하기 위해 창밖으로 몸을 내밀었다. 잠시 후에 다시 복도 쪽을 돌아보았을 때는 모두 가버리고 없었다. 하지만 K는 계속 창가에 있었다. 그는 창고로 들어가볼 엄두가 나지 않았고, 집에 가고 싶은 마음도 없었다. 그가 내려다보고 있는 안마당은 조그만 사각형 모양이었다. 안마당을 돌아가면서 사무실들이 들어서 있는데, 창문들은 이제 모두 컴컴했고 맨 위층의 창문들만 달빛을 받아 빛나고 있었다. K는 애써 컴컴한 마당 한쪽 구석을 뚫어지게 쳐다보았는데, 거기에는 손수레 몇 대가 서로 맞물린 채 모여 있었다. 그는 태형을 저지하지 못한 것이 가슴 아팠다. 그러나 그것이 그의 탓은 아니었다. 프란츠는 당연히 아팠겠지만 결정적인 순간에는 자제를 해야 하는 법인데, 어쨌거나 만일 그가 비명을 지르지 않았더라면 K는 어떻게든 태형리를 설득하는 방법을 찾아냈을 것이다. 적어도 가능성은 있었다. 만일 하급 관리들 모두가 불량배에 버금가는 일당이라면 가장 비인간적인 직책을 맡고 있는 태형리 따위가 어찌 예외일 수 있겠는가. 게다가 그가 은행 지폐를 보는 순간 두 눈을 번뜩이던 모습을 K는 놓치지 않고 보았다. 그는 오직 뇌물 액수를 더 높이기 위해 매질을 실제로 해 보인 것이 분명했다. 그러나 K는 감시인들을 구해주는 것이 정말 중요하게 여겨졌기 때문에 결코 인색하게 굴지도 않았을 것이다. 그가 이제 이 법원 조직의 부패에 대항해 싸움을 시작한 이상 역시 이 방면에서부터 접근해가는 것은 당연한 일이었다. 그러나 프란츠가 비명을 지르기 시작한 순간 모든 것이 끝장나고 말았다. 사환들, 그리고 어쩌면 올 수 있는 모든 사람이 들이닥쳐 자신이 창고에 있는 자들과 흥정을 벌이는 장면을 불시에 목격하게 할 수는 없었다. 사실 어느 누구도 K에게 그런 희생을 요구할 수는 없었다. 그가 희생을 감수할 생각이었다면 K 자신이 옷을 벗고 감시인들을 대신해 태형리 앞에 나서는 편이 더 간단했을 것이다. 그런데 태형리는 대신 매를 맞겠다는 그 제안을 보나 마나 받아들이지 않았을 것이다. 그래 봐야 자신에게는 아무런 이득도 되지 않으면서 의무를 완전히 저버리는 꼴이 되기 때문이다. 소송이 진행중인 동안에는 아마 법원의 어느 누구도 K에게 위해를 가해서는 안 되기 때문에, 그것은 어쩌면 이중으로 의무를 저버리는 행위가 될 수도 있었다. 물론 이런 경우에는 특별한 규정이 적용될 수도 있다. 어쨌거나 K로서는 문을 닫는 것 외에 별 도리가 없었다. 물론 그렇게 한다고 해서 K가 아직 모든 위험에서 벗어난 것이라고 할 수는 없었다. 마지막에 프란츠를 밀친 것은 애석한 일이었지만, 흥분한 탓에 일어난 일이라고밖에 달리 변명할 길이 없었다.

멀리서 사환들의 발소리가 들려왔다. K는 그들의 눈에 띄지 않으려고 창문을 닫고 중앙 계단 쪽으로 걸어갔다. 도중에 그는 창고 문 앞에 잠시 서서 귀를 기울여보았다. 아주 조용했다. 그 남자가 감시인들을 때려죽였을지도 모르는 일이었다. 그들은 완전히 그의 손아귀에 있었던 것이다. K는 문의 손잡이를 잡으려고 손을 내밀었다가 다시 움츠렸다. 이제 그는 아무도 도울 수가 없었다. 그리고 사환들이 금방 들이닥칠 것이 틀림없었다. 그러나 그는 이 문제를 다시 제기해서 진짜 책임을 져야 할 자들, 즉 아직 한 명도 감히 자기 앞에 모습을 나타내지 않는 고위 관리들에게 자신의 힘이 미치는 한 응분의 처벌을 내리리라고 맹세했다. 그는 은행 밖으로 나가는 계단을 내려가면서 지나가는 사람들을 유심히 살펴보았지만, 비교적 멀리까지 주변을 둘러보아도 누군가를 기다리는 아가씨의 모습은 눈에 띄지 않았다. 약혼녀가 자신을 기다리고 있다는 프란츠의 말은 결국 거짓이었던 것이다. 물론 그것은 오직 동정심을 이끌어낼 목적에서 행한 것이니 용서할 만한 거짓말이었다.

그다음 날에도 감시인들이 K의 머리에서 떠나지 않았다. 그는 일을 하는 동안에도 정신이 산만해, 업무를 다 마무리하기 위해서는 전날보다 더 늦게까지 사무실에 남아 있어야 했다. 퇴근하는 길에 다시 그 창고 앞을 지나가면서 그는 마치 습관처럼 문을 열어보았다. 캄캄할 것이라는 예상과는 달리 실제로 눈앞에 펼쳐진 광경을 보고 그는 마음을 진정할 수가 없었다. 아무것도 변한 것이 없었고, 모든 것이 그가 전날 저녁에 문을 열었을 때 보았던 그대로였다. 문턱 바로 뒤에 흩어져 있는 서식 용지와 잉크병들, 회초리를 들고 있는 태형리, 아직도 옷을 홀딱 벗고 있는 감시인들, 선반 위의 촛불이 그대로 있었다. 그리고 감시인들이 하소연을 시작하려고 외쳤다. "선생님!" K는 즉시 문을 닫고, 더 단단히 닫으려는 듯 두 주먹으로 치기까지 했다. 그러고는 거의 울상이 되어 사환들에게 달려갔다. 복사기 옆에서 조용히 작업을 하고 있던 사환들이 놀라서 하던 일을 멈추었다. "저 잡동사니 창고 좀 치워주게!" 그가 외쳤다. "온통 오물에 뒤덮여 빠져죽게 생겼어!" 사환들이 다음날 치우겠다고 하자 K는 고개를 끄덕였다. 처음에는 지금 당장 치우라고 할 작정이었으나, 이렇게 늦은 시간에 그런 일을 하라고 강요할 수는 없는 노릇이었다. 그는 사환들을 잠시 동안 가까이 붙잡아두기 위해 잠깐 자리에 앉아 복사물 몇 장을 뒤적거렸다. 그런 동작이 그것을 검사하고 있다는 인상을 줄 수 있다고 생각했던 것이다. 그러다가 그는 사환들이 감히 자기와 같이 퇴근할 생각을 하지 못할 것임을 깨닫고는 피곤에 지치고 정신이 멍한 상태가 되어 집으로 갔다.

숙부
레니

어느 날 오후, 마침 우편물 발송 마감시간을 앞두고 있어 몹시 바쁠 때였는데, 서류를 들고 들어오는 두 명의 사환 사이를 헤치고 시골에 작은 규모의 토지를 갖고 있는 K의 숙부 카를이 사무실로 들이닥쳤다. K는 그 모습을 보고 깜짝 놀라기는 했지만, 얼마 전에 숙부가 오는 모습을 상상하며 놀랐을 때보다는 덜 놀란 편이었다. 숙부가 올 거라는 것은 K에게는 이미 한 달 전쯤부터 기정사실이나 다름없었다. 그때 벌써 그는, 약간 구부정한 모습의 숙부가 왼손에는 파나마모자를 들고 오른손을 멀리서부터 그를 향해 내뻗고는 도중에 거치적거리는 물건들을 죄다 넘어뜨리면서 주변은 아랑곳하지 않고 황급히 다가와 책상 너머로 그 오른손을 내미는 모습을 눈앞에 보는 것 같았다. 숙부는 항상 그렇게 서둘렀다. 왜냐하면 숙부는 언제나 수도에서

단 하루만 머물면서 자신이 계획한 모든 일을 다 처리해야 하고, 게다가 간간이 생길 수 있는 대화나 사업 또는 유흥 따위를 하나도 놓쳐서는 안 된다는 불행한 생각에 늘 쫓기고 있었기 때문이다. 예전에 그의 후견인 역할을 떠맡았던 관계로 숙부에게 각별한 신세를 졌던 K는 자신이 할 수 있는 범위에서 모든 일을 도와드려야 했고, 게다가 자기 집에서 묵도록 해야 했다. 그는 평소에 이런 숙부를 가리켜 '시골에서 온 유령'이라고 부르곤 했다.

숙부는 K의 인사를 받자마자 단둘이서 잠시 이야기를 좀 나누자고 청했다. K가 안락의자에 앉으실 것을 권했지만 숙부는 그럴 여유가 없었다. "꼭 필요한 일이야." 숙부는 아주 힘들게 침을 삼키면서 말했다. "내 마음을 진정시키려면 꼭 필요해." K는 즉시 사환들을 방에서 내보내고는 아무도 들여보내지 말라는 지시를 내렸다. "내가 무슨 이야기를 들었는지 아니, 요제프?" 방 안에 두 사람만 남게 되자 숙부가 소리쳤다. 그러면서 숙부는 책상 위에 걸터앉더니 좀 더 편안히 앉기 위해 뭔지 제대로 살펴보지도 않고 여러 가지 서류를 아무렇게나 엉덩이 밑으로 쑤셔 넣었다. K는 아무 말도 하지 않았다. 그는 무슨 얘기가 나올지 알고 있었지만, 앞서 자신이 열중하던 고된 일에서 벗어나 갑자기 긴장이 풀어지자, 우선은 기분 좋은 나른함에 자신을 내맡기고는 창문 너머 길 건너편을 바라보았다. 그가 앉은 자리에서는 조그만 삼각형 모양의 단면밖에 보이지 않았는데, 그것은 두 개의 쇼윈도 사이에 난 비어 있는 벽의 일부였다. "창밖만 내다보고 있을 거냐!" 숙부가 양팔을 쳐들면서 외쳤다. "이런 세상에, 요제프, 대답 좀 해봐! 그게 사실이야? 그게 대체 사실일 수가 있어?" "숙부님." K는 멍한 상태에서 깨어나면서 입을 열었다. "저한테 무슨 말씀을 하시려는 건지 모르겠어요." "요제프." 숙부의 말투는 경고하는 투가 되어 있었다. "내가 아는 한 너는 언제나 진실을 말해왔지. 네가 방금 한 말을 나쁜 징조로 받아들여야 하니?" "숙부님이 무슨 이야기를 듣고 싶어하시는지 대충 짐작이 가요." K가 순순히 말했다. "제 소송에 대해 들으신 모양이군요." "그래." 숙부가 천천히 고개를 끄덕이면서 말했다. "네 소송 사건에 대한 이야기를 들었지." "대체 누구한테 들으신 건가요?" K가 물었다. "에르나가 편지를 보냈어." 숙부가 말했다. "그 애는 너와 전혀 왕래가 없지. 유감스럽게도 너는 그 아이에 대해 별로 신경을 쓰지 않으니 말이야. 그런데도 그 애가 그걸 알게 되었더구나. 당연히 나는 오늘 편지를 받자마자 당장 달려온 거야. 다른 이유는 없지만 그것만 해도 충분한 이유가 될 것 같구나. 편지에서 너에 관해 쓴 구절을 읽어주지." 숙부는 지갑에서 편지를 꺼냈다. "여기로군. 그 애가 이렇게 썼어. '요제프 오빠는 못 본 지가 꽤 됐어요. 지난주에 은행에 한번 들렀지만, 요제프 오빠가 너무 바빠서 면회를 할 수 없었어요. 저는 한 시간 정도 기다리다가 피아노 레슨이 있어 집으로 돌아와야 했어요. 오빠랑 얘기를 하고 싶었는데, 머지않아 기회가 오겠지요. 제 영명축일에 오빠가 커다란 초콜릿 한 상자를 보내왔어요. 아주 다정하고 세심한 배려였어요. 지난번에 그 이야기를 쓴다는 걸 잊어버리고 말았는데, 아빠가 물으시니까 지금에야 생각이 나네요. 아빠도 잘 아시겠지만 초콜릿은 기숙사에 들어오기 무섭게 금방 사라져요. 누군가에게 초콜릿을 선물 받았다는 걸 제대로 의식하기도 전에 어느새 없어져버리지요. 그런데 요제프 오빠에 관해 말씀드릴

게 좀 더 있어요. 말씀드렸듯이 저는 은행에서 오빠와 면담을 할 수 없었는데, 그 이유는 오빠가 어떤 분과 상담을 하고 있었기 때문이에요. 저는 한동안 기다리다가 사환에게 상담이 더 오래 걸리겠느냐고 물어보았어요. 그는 아마 그럴 것 같다면서 부장님에 대해 진행중인 소송에 관한 상담일 것이기 때문이라고 했어요. 저는 그게 도대체 무슨 소송이냐, 혹시 당신이 착각하고 있는 것이 아니냐고 물었지요. 그런데 그는 자신이 착각하는 것이 아니고 소송이 틀림없으며 그것도 중대한 소송이라고 했는데, 하지만 자신도 더 이상은 모른다는 거예요. 그는 부장님이 선량하고 공정하신 분이라 자기도 도와드리고 싶지만 어떻게 시작해야 할지 모르겠으며, 다만 영향력 있는 분들이 부장님을 잘 돌봐드리기를 바랄 뿐이라고 했어요. 그는 분명히 그렇게될 것이고 결국 좋은 결말이 날 것으로 생각되지만, 부장님의 심기로 미루어보건대 일단 지금으로서는 사정이 영 안 좋아 보인다는 거였어요. 저는 물론 그가 한 말을 별로 중요하게 생각하지 않았지만, 그 단순한 사환을 진정시켜보려고도 했고 다른 사람에게는 이 일에 관해 이야기하지 말라고 일러두었어요. 저는 이 모든 것이 허튼 이야기라고 생각해요. 그렇지만 아빠, 다음번에 이곳에 오시면 이 일을 자세히 알아보는 게 좋을 듯싶어요. 아빠라면 보다 정확한 내용을 쉽게 알아낼 수 있을 거예요. 그리고 정말 필요하다면 아빠가 아시는 유력한 인사들을 통해 어렵지 않게 이 일에 개입하실 수 있을 거예요. 하지만 그럴 필요가 없다면, 아마도 틀림없이 그렇게 되겠지만, 적어도 아빠의 딸에게는 곧 아빠를 포옹할 수 있는 기회가 생길 것이고, 저는 정말 기쁠 거예요.' 착한 녀석이야." 편지를 다 읽은 숙부는 이렇게 말하면서 눈시울에 맺힌 눈물을 닦아냈다. K는 고개를 끄덕였다. 그는 최근의 골치 아픈 여러 문제들 때문에 에르나를 완전히 잊고 있었고, 심지어 그 아이의 생일까지도 잊어버렸다. 초콜릿 이야기는 순전히 숙부와 숙모 앞에서 그를 감싸주기 위해 지어낸 것이었다. 그것은 정말 감동적이었다. 그러니 그가 이제부터 그 아이에게 정기적으로 보내주려고 작정한 극장표만으로는 분명 충분한 보상이 되지 못할 것이다. 그렇다고 해서 그가 기숙사를 찾아가서 열일곱 살짜리 여고생과 담소를 나눈다는 것도 현재 형편으로는 어쩐지 부적절한 느낌이 들었다. "그래, 이제 뭐라고 할 셈이냐?" 숙부가 물었다. 숙부는 편지 덕에 자신의 조급함과 흥분 상태를 잠시 잊어버리고는 편지를 한 번 더 읽고 있는 듯이 보였다. "예, 숙부님." K가 말했다. "그건 사실입니다." "사실이라고?" 숙부가 소리쳤다. "뭐가 사실이란 말이냐? 그게 도대체 어떻게 사실일 수가 있어? 어떤 소송이지? 설마 형사 소송은 아니겠지?" "형사 소송입니다." K가 대답했다. "그런데 넌 형사 소송이라는 짐을 머리 위에 올려두고 여기 이렇게 조용히 앉아만 있다는 거야?" 숙부의 언성이 점점 높아졌다. "제가 조용히 있을수록 결과는 더 좋을 거예요." K가 피곤한 목소리로 말했다. "아무 걱정 마세요." "그런 말로 내가 안심할 수 있겠어!" 숙부가 소리쳤다. "요제프, 이 녀석 요제프야. 네 자신에 대해, 그리고 친지들과 우리 가문의 명성을 생각해봐! 너는 이제껏 우리의 자랑이었는데, 수치가 되어서는 안 돼. 너의 그 태도 말이야," 숙부는 머리를 비스듬히 기울인 채 K를 바라보았다. "네 태도가 전혀 마음에 들지 않아. 무죄한 피고인으로서 아직 힘을 쓸 수 있는 상황이라면 결코 그런 태도를 취하지 않지. 도대체 무슨 일인지 어서 말해봐. 그래야 널 도울 수가 있지. 당연히 은행과 관련된 일이겠지?" "아니에요." K가 일어서면서 말했다. "그런데 숙부님, 목소리가 너무 커요. 아마 사환이 문 뒤에서 엿듣고 있을 거예요. 그건 불쾌한 일이에요. 우리가 다른 곳으로 가는 게 좋겠어요. 그런 다음 숙부님의 질문에 제가 할 수 있는 한 모두 대답할게요. 집안 어른들께 해명을 해야 한다는 것은 저도 잘 알고 있어요." "그렇지!" 숙부가 소리쳤다. "그럼, 그렇지. 자 서둘러야겠어, 요제프. 서둘러!" "잠깐 몇 가지 지시할 게 남았어요." K가 이렇게 말하며 자신의 일을 대신할 직원을 전화로 부르자 잠시 후에 직원이 들어왔다. 굳이 그렇게 하지 않아도 자명한 것을, 숙부는 여전히 흥분한 상태에서 직원을 부른 사람이 K라고 손가락으로 가리켰다. K는 책상 앞에 서 있는 젊은 직원에게 여러 가지 서류를 내보이면서 나지막한 목소리로 자신이 없는 동안 오늘 중에 처리해야 할 일들이 무엇인지 설명해주었고, 직원은 차분하면서도 주의 깊게 지시를 들었다. 숙부는 처음에는 두 눈을 크게 뜨고 신경질적으로 입술을 깨물고 서 있었는데, 물론 이야기를 듣는 것은 아니었지만 그렇게 서 있는 것이 방해가 되었다. 숙부는 사실 그 모습만으로도 충분히 방해가 되었다. 그러다가 방을 왔다 갔다 하고, 때때로 창문 앞이나 그림 앞에 멈춰 섰다. 그러면서 그는 불쑥 "정말 이해할 수가 없단 말이야!"라든가 "도대체 이 일이 어떻게 될 건지 나한테 말을 좀 해봐!" 같은 말들을 불쑥불쑥 내질렀다. 젊은 직원은 그런 말들을 전혀 알아듣지 못하는 듯 행동하면서 K의 지시를 끝까지 침착하게 듣고는, 몇 가지 메모를 한 뒤 먼저 K에게, 그리고 숙부에게도 꾸벅 인사를 하고 방에서 나갔다. 그러나 숙부는 그때 그에게 등을 돌린 채 창밖을 내다보면서 두 손을 뻗어 커튼을 꽉 움켜잡고 있었다. 그러더니 방문이 닫히기가 무섭게 소리를 질렀다. "드디어 꼭두각시가 나갔군. 이제 우리도 나갈 수 있겠어. 드디어!" 바깥 로비에는 몇 명의 직원과 사환들이 서 있었고 마침 부행장도 로비를 가로질러 지나고 있었지만, 유감스럽게도 K로서는 숙부가 소송에 관해 질문하는 것을 막을 도리가 없었다. "그러니까 요제프," 숙부는 주위에 있던 사람들이 고개 숙여 인사를 하자 가볍게 답례를 하면서 말을 시작했다. "도대체 어떤 소송인지 이제 솔직하게 말을 좀 해보렴." K는 몇 마디 애매한 말을 하고 약간 웃기도 하다가, 계단에 이르렀을 때에야 숙부에게 사람들이 있는 곳에서 공공연하게 이야기하고 싶지 않다고 설명했다. "그건 맞아." 숙부가 말했다. "하지만 이제는 말해봐라." 그러면서 숙부는 고개를 기울인 채 시가를 짧고 급하게 피워대면서 귀를 기울였다. "숙부님, 무엇보다 먼저," K가 말했다. "이건 보통 법원에서의 소송이 아닙니다." "고약한 일이군." 숙부가 말했다. "네?" K가 숙부를 바라보면서 되물었다. "그것 참 고약한 일이라고 했어." 숙부가 자신이 한 말을 반복했다. 그들은 바깥 거리로 나가는 옥외 계단에 서 있었다. 그런데 수위가 엿듣고 있는 것 같아서 K는 숙부를 아래쪽으로 끌어당겼다. 두 사람은 활기찬 거리의 흐름 속으로 들어갔다. K와 팔짱을 끼고 걷는 동안 숙부는 소송에 대해 그리 다급하게 묻지는 않았고, 두 사람은 심지어 한동안 말없이 계속 걷기만 했다. 그러다가 마침내 숙부가 물었다. "그런데 도대체 어떻게 그런 일이 일어났지?" 그러면서 갑자기 멈춰 서는 바람에 뒤에 오던 사람들이 깜짝 놀라 피했다. "그런 일들은 갑자기 나타나는 게 아니라 오랜 기간에 걸쳐 서서히 모습을 드러내지. 틀림없이 무슨 징조가 있었을 거야. 어째서 나한테 편지를 하지 않았니? 내가 너를 위해서라면 무슨 일이든지 한다는 걸 알고 있잖아. 나는 어떤 의미에서는 아직도 네 후견인이고, 이제까지 그것을 늘 자랑스럽게 생각해왔다. 물론 지금도 널 도와줄 생각이다. 다만 소송이 이미 진행중이라면 상당히 어려운 일이 될 거야. 하여튼 지금으로서는 잠시 휴가를 얻어 시골에 내려와 있는 게 최선책일 거야. 이제 보니 조금 수척해졌구나. 시골에 와 있으면 기력을 되찾을 것이고, 그렇게 된다면 좋은 일이지. 앞으로 매우 힘든 일들이 들이닥칠 테니까. 게다가 시골에 있으면 법원의 영향권에서 좀 벗어난 상태가 되겠지. 여기서는 그들이 온갖 종류의 권력 수단을 갖고 있으니, 당연히 너한테도 자동적으로 사용하게 될 거야. 하지만 시골에 있으면 우선은 직원들을 파견하는 정도거나 아니면 편지나 전보, 전화로나 영향력을 행사할 수 있겠지. 그렇게 되면 당연히 효과가 약해질 텐데, 완전히 해방되는 건 아니겠지만 안도의 숨을 쉴 수는 있을 거야." "제가 여기를 떠나는 것을 금할지도 모릅니다." K가 숙부의 말을 듣고 그 사고의 논리 속으로 끌려들어가면서 말했다. "그렇게는 못 할 거야." 숙부가 생각에 잠긴 채 말했다. "네가 떠난다고 해서 그들이 입게 될 권력의 손실이 그렇게 크지는 않거든." "제 생각에는," K는 이렇게 말하면서 숙부가 멈춰 서지 못하도록 팔을 잡아끌었다. "저는 숙부님이 사건 전체를 저보다 더 대수롭지 않게 여길 거라고 생각했어요. 그런데 지금 보니 아주 심각하게 보시는군요." "요제프." 숙부는 이렇게 외치면서 멈춰 서려고 그를 뿌리치려 했지만, K는 숙부를 놓아주지 않았다. "애가 완전히 변했구

나. 넌 언제나 날카로운 이해력을 갖고 있었는데, 하필이면 지금 그게 사라진 거냐? 도대체 너는 이번 소송에서 지고 싶은 거야? 그게 무얼 뜻하는지 알기나 해? 그건 네가 간단히 지워져버린다는 뜻이야. 그리고 집안사람들도 모두 함께 휩쓸려 들어가거나 아니면 적어도 철저히 수모를 당한다는 의미지. 제발 정신 좀 차려라, 요제프. 너의 무심한 태도를 보고 있자니 내가 미치겠구나. 널 보고 있으면 옛 격언이 믿고 싶어질 정도야. '그런 소송을 하는 것은 애당초 진 것이나 다름없다'는 격언 말이다." "숙부님." K가 말했다. "흥분은 아무 도움이 되지 못해요. 숙부님한테도 그렇고 저한테도 그럴 거예요. 흥분해서 소송에서 이길 수는 없어요. 제가 숙부님의 경험에 놀랄 때가 많지만 그래도 항상, 그리고 지금도, 숙부님의 경험을 매우 존중하는 것처럼, 저의 현실 경험들도 좀 인정해주세요. 이번 소송으로 인해 가족이 함께 고통을 겪을 것이라 말씀하시니, 저로서는 참 이해하기 어려운 말씀이지만 그건 중요한 게 아니고, 어쨌든 숙부님이 무슨 말씀을 하시든지 기꺼이 따르겠어요. 다만 시골에 내려가는 문제만큼은 숙부님이 말씀하시는 의미에서 보아도 별로 이득이 없다고 생각해요. 그것은 곧 도피의 의미이자 죄책감을 갖는다는 의미니까요. 게다가 여기 있으면 제가 압박을 더 많이 받기는 하겠지만, 저 스스로도 더 적극적으로 일을 추진할 수가 있어요." "맞는 말이야." 숙부는 이제야 마침내 두 사람의 뜻이 서로 가까워졌다는 듯이 말했다. "내가 그런 제안을 한 건 다만 네가 여기 있으면 너의 무심한 태도로 일이 위태롭게 되지 않을까 걱정이 되었고, 너 대신에 내가 나서는 게 더 낫겠다고 여겼기 때문이야. 그런데 너 스스로 전력을 다해 일을

추진한다면 그게 훨씬 더 낫지.""그렇다면 우리는 그 점에서 의견이 일치한 셈이군요." K가 말했다. "그런데 숙부님은 제가 우선 무엇부터 해야 할지에 대해 제안하실 게 있으세요?" "물론 이 일을 좀 더 숙고해봐야겠다." 숙부가 말했다. "내가 벌써 이십 년 동안 줄곧 시골에서 살았다는 점을 감안해야 할 거야. 그러니 이런 일에 대한 감각은 떨어지지. 이런 일에 정통한 사람들과의 중요한 연줄도 세월이 지나면서 느슨해져버렸어. 너도 잘 알다시피 내가 시골에서 다소 고립된 상태로 지내고 있잖니. 이런 일이 닥치고 보니 그걸 확연히 느끼겠구나. 게다가 이 일은 나 역시 전혀 예상치 못한 부분이 있었어. 물론 이상하게도 에르나의 편지를 받고서 이미 이런 일을 예감했고, 또 오늘 너를 보면서 거의 확실히 알게 되었지만 말이다. 하지만 그런 건 아무래도 상관없고, 지금 가장 중요한 건 시간을 허비하지 않는 거야." 숙부는 얘기를 하는 도중에 벌써 까치발을 하고서 택시를 손짓하여 부르더니, 먼저 올라타고 나서 K를 택시 안으로 끌어들였다. 그러면서 숙부는 운전사에게 큰 소리로 주소를 하나 외쳤다. "훌트 변호사한테 가는 길이다." 그가 말했다. "내 학교 동창이지. 너도 이름은 알고 있지? 모른다고? 그것 참 이상하구나. 변호사로, 가난한 사람들의 대변자로 상당한 명성을 얻고 있는데 말이다. 하지만 나는 특히 그의 인간적인 면을 크게 신뢰하고 있지." "저야 숙부님이 하시는 일이면 모두 좋습니다." K는 급하게 밀어붙이는 숙부의 일 처리 방식이 불만스러웠지만 이렇게 말했다. 빈민 변호사에게 간다는 것도 피고인 신분인 그로서는 별로 유쾌한 일이 아니었다. "저는 몰랐네요." 그가 말했다. "이런 종류의 사건에도 변호사를 끌어들일 수 있는 줄은요." "물론이지."

숙부가 말했다. "그건 당연한 거야. 그러지 못할 이유가 뭐가 있겠어? 이제 내가 이 사건에 대해 정확히 파악할 수 있도록 지금까지 있었던 일을 모두 얘기해봐." K는 즉시 이야기를 시작했고 아무것도 숨기지 않았다. 전부 다 솔직하게 털어놓는 것이야말로 이 소송이 커다란 수치라는 숙부의 견해에 맞서 그가 할 수 있는 유일한 항거였다. 뷔르스트너 양의 이름은 단 한 번만 슬쩍 언급하고 지나갔지만, 그렇다고 그것이 그의 솔직한 태도를 약화시킨 것은 아니었다. 뷔르스트너 양은 이 소송과는 아무런 관련이 없었기 때문이다. 창밖을 내다보며 이야기를 하던 그는 자신들이 지금 법원 사무처가 있는 바로 그 교외 쪽으로 가고 있다는 것을 깨달았다. 그는 숙부에게 그 사실을 알려주었으나, 숙부는 그 우연의 일치를 별로 이상하게 여기지 않았다. 택시는 거무스름한 어떤 건물 앞에 멈춰 섰다. 숙부는 곧바로 1층 첫번째 문의 초인종을 눌렀다. 그러고는 기다리는 동안 미소를 지으며 커다란 이를 드러내면서 속삭이듯 말했다. "여덟시로구나. 의뢰인들이 방문하기에 적당한 시간은 아니지. 그렇지만 훌트는 이런 나의 무례를 나쁘게 생각하지 않을 거야." 문에 있는 조그마한 구멍 창에 크고 검은 두 개의 눈동자가 나타나더니 잠시 두 방문객을 살펴보고는 사라졌다. 그러나 문은 열리지 않았다. 숙부와 K는 두 눈을 보았다는 사실을 서로 확인했다. "하녀가 새로 와서 낯선 사람을 경계하는 모양이야." 숙부는 이렇게 말하면서 다시 한 번 노크했다. 다시 두 개의 눈동자가 나타났는데, 이제는 거의 슬프게 보이기까지 했다. 하지만 그것은 머리 바로 위에서 쉬익 소리를 내며 타고 있는 야외 가스등의 흐릿한 불빛 때문에 생긴 착각일 수도 있었다. "문 열어요." 숙부가 소리치면서 주먹으로 문을 두드렸다. "우리는 변호사의 친구들이오!" "변호사님은 편찮으세요." 그들 뒤에서 속삭이는 소리가 났다. 가운 차림의 한 남자가 작은 복도의 다른 쪽 끝에 있는 문에 서서 아주 낮은 목소리로 그렇게 알려주는 것이었다. 이미 오래 기다려서 몹시 화가 나 있는 숙부가 홱 돌아서며 외쳤다. "아프다고? 그 사람이 아프다는 거요?" 그러면서 숙부는 마치 그 남자가 병이라도 되는 것처럼 거의 위협적으로 그를 향해 다가갔다. "문은 이미 열려 있어요." 남자는 이렇게 말하면서 변호사의 문을 가리키고는 가운을 여미며 사라졌다. 문은 정말 열려 있었고, 한 젊은 아가씨가 길고 하얀 앞치마를 두른 채 촛불을 들고 현관에 서 있었다. K는 검고 약간 튀어나온 그 눈이 조금 전에 보았던 눈임을 알아보았다. "다음에는 좀 더 빨리 열어주시오!" 숙부가 인사 대신 이렇게 말하자, 아가씨는 무릎을 살짝 굽혀 인사했다. "들어가자, 요제프." 천천히 아가씨 옆을 지나고 있는 K를 향해 숙부가 말했다. "변호사님은 편찮으세요." 숙부가 걸음을 멈추지 않고 방문 쪽으로 서둘러 걸어가자 아가씨가 말했다. 아가씨는 다시 현관문을 닫으러 갔고, K는 그녀를 멍하니 바라보고 있었다. 동그랗고 인형처럼 생긴 얼굴이었는데, 창백한 볼과 턱뿐만이 아니라 관자놀이와 이마 언저리도 둥그스름했다. "요제프!" 숙부가 다시 그의 이름을 부르고는 아가씨를 향해 물었다. "심장에 문제가 있는 건가?" "그런 것 같아요." 아가씨가 말했다. 그녀는 어느 틈에 촛불을 들고 앞질러 가서 방문을 열었다. 촛불의 불빛이 아직 미치지 못하는 방 한쪽 구석의 침대에서 수염이 길게 자란 얼굴이 몸을 일으켰다. "레니, 대체 누가 온 거야?" 변호사가 물었다. 그는 촛불에 눈이 부셔서 손님들을 알아보지 못했다. "자네의 오랜 친구 알베르트*일세." 숙부가 말했다. "아, 알베르트." 변호사는 이렇게 말하면서 이 방문객에 대해서는 체면을 차릴 필요가 없다는 듯 다시 베개 위로 몸을 던져 풀썩 드러누웠다. "상태가 정말 그렇게 안 좋은가?" 숙부가 이렇게 물으며 침대 가에 앉았다. "나는 그렇게 생각하지 않네. 자네의 심장병이 다시 발작 증세를 일으킨 것이고 예전처럼 곧 지나갈 걸세." "그럴 수도 있지." 변호사가 나지막하게 말했다. "하지만 전보다도 더 심하다네. 숨을 쉬기도 힘들고, 잠을 통 못 자는 데다 기력이 날로 떨어지고 있거든." "저런." 숙부는 이렇게 말하며 파나마모자를 무릎 위에 올려놓고 큰 손으로 꾹 눌렀다. "나쁜 소식이로군. 그런데 간호는 제대로 받고 있는 건가? 그리고 여기는 너무 음울하고 어둡네. 여기 와본 지도 꽤 오래됐네만, 그때는 좀 더 밝고 아늑해 보였거든. 저 작은 아가씨도 별로 명랑해 보이지 않는군. 아니면 괜히 그런 척하는 건가." 아가씨는 여전히 촛불을 든 채 문가에 서 있었다. 애매한 눈길로 보아서는, 그녀는 지금 자기 이야기를 하고 있는 숙부보다 오히려 K 쪽을 쳐다보고 있었다. K는 자기가 아가씨 가까이로 밀어놓았던 의자에 기대고 있었다. "사람이 나처럼 아프게 되면 말일세," 변호사가 다시 입을 열었다. "조용히 안정을 취해야 해. 그러니 나한테는 이곳이 음울하지가 않네." 그는 잠깐 사이를 두었다가 덧붙였다. "그리고 레니는 나를 잘 보살펴주고 있네. 착한 아이일세." 그러나 숙부는 이 말에 수긍하지 않았다. 시중드는 아가씨에 대해 편견을 갖고 있는 게 틀림없었다. 숙부는 환자

---

* K의 숙부의 이름은 처음 등장할 때는 '카를'로 표기되고 있다. 교정을 보지 못한 카프카의 수기 원고에는 이런 실수가 더러 나온다.

의 말에는 아무런 이의도 달지 않았지만, 아가씨가 침대로 다가가서 작은 탁자 위에 촛불을 세워놓고 환자 위로 몸을 구부려 베개를 바로 잡아주면서 무어라 속삭이는 일련의 행동을 매서운 눈초리로 지켜보았다. 숙부는 환자에 대한 배려는 거의 잊은 사람처럼 자리에서 일어나 아가씨의 뒤를 이리저리 따라다녔다. 만일 숙부가 뒤에서 그녀의 스커트를 붙잡고 침대에서 끌어낸다고 해도 K는 놀라지 않았을 것이다. K는 이 모든 것을 조용히 지켜보았다. 변호사가 아프다는 사실이 그에게는 영 반갑지 않은 일은 아니었다. 그의 소송 일에 대해 숙부가 보이고 있는 열성을 도무지 막을 도리가 없었는데, 지금 그가 관여하지도 않았는데 그 열성이 다른 데로 쏠리고 있는 상황을 그는 기꺼이 받아들였다. 그때 숙부가 이렇게 말했다. 아마도 시중드는 아가씨에게 모욕감을 주기 위해서였는지도 모른다. "아가씨, 잠시 자리를 좀 비켜주시오. 개인적인 용무로 친구와 상담할 일이 있어요." 그러자 아직도 환자 너머로 몸을 구부려서 벽 쪽의 시트를 반듯하게 펴고 있던 아가씨가 고개만 돌린 채 아주 조용히 말했다. 그것은 화가 치민 나머지 막혔다가 다시 터져나온 것 같은 숙부의 말투와는 확연히 대조되는 어조였다. "보시다시피 친구분은 많이 편찮으셔서 어떤 개인적인 용무도 상담할 수 없는 상태입니다." 그녀는 단지 편의상 숙부의 말을 일부 그대로 따라한 것 같았다. 그러나 그렇다고 해도 그것은 제삼자가 듣기에도 조롱하는 말투로 들릴 수 있는 말이었다. 숙부는 당연히 무엇에 찔리기라도 한 것처럼 펄쩍 뛰었다. "이 빌어먹을 년." 숙부는 이렇게 말했지만 흥분한 탓에 목에서 나는 그르렁거리는 소리에 묻혀 잘 알아들을 수는 없었다. 이와 비슷한 상황이 벌어질 것이라고 예상은 했지만, K는 깜짝 놀라서 두 손으로 입을 막아야겠다는 생각에 급히 숙부에게로 다가갔다. 그런데 다행히도 아가씨의 등 뒤에서 환자가 몸을 일으켰다. 숙부는 무언가 역겨운 것을 삼키는 것처럼 침울한 표정을 짓더니 다시 조용하게 말했다. "우리는 물론 아직 이성을 잃지 않았어요. 내가 요구하는 게 받아들이기 불가능한 일이라면 요구하지도 않을 거요. 이제 제발 좀 나가주시오!" 시중드는 아가씨는 완전히 숙부 쪽으로 얼굴을 돌린 채 침대 가에 똑바로 서 있었는데, K가 보기에는 한 손으로 변호사의 손을 쓰다듬고 있는 것 같았다. "레니 앞에서는 무슨 말이라도 괜찮네." 환자의 말은 의심의 여지 없이 애원하는 어조였다. "나에 관한 일이 아닐세." 숙부가 말했다. "내 비밀이 아니란 말일세." 그러면서 숙부는 마치 그 문제에 대해 더 이상 협상할 의향은 없지만 잠시 더 생각할 틈을 주겠다는 듯이 몸을 돌렸다. "그렇다면 대체 누구 일인가?" 변호사가 꺼져가는 목소리로 묻고는 다시 자리에 누웠다. "내 조카 일일세." 숙부가 말했다. "여기 데리고 왔어." 그러면서 숙부는 K를 소개했다. "은행의 부장으로 있는 요제프 K라네." "아." 환자는 훨씬 생기가 도는 목소리로 말하면서 K에게 손을 내밀었다. "미안하군요. 당신이 와 있는 줄 몰랐어요. 나가 있도록 해, 레니." 그가 이렇게 말하자 아가씨는 더 이상 거부하는 기색이 없었다. 그는 마치 긴 이별이라도 하는 사람처럼 그녀에게 손을 건넸다. "그러니까 자네는," 이제 마음이 풀려 가까이 다가온 숙부에게 변호사가 말했다. "내 병문안을 온 게 아니라 일 때문에 온 것이군." 변호사는 마치 지금까지 그렇게 무력해 보였던 것이 친구가 병문안을 왔다는 생각 때문이라는 듯 지금은 제법 기운을 차린 모습이었고,

상당히 힘들어 보이는데도 한쪽 팔꿈치로 계속 몸을 지탱하면서 가운데 수염 한 가닥을 자꾸 잡아당겼다. "자네는 벌써 한결 건강해 보이는군." 숙부가 말했다. "저 마녀 같은 계집애가 나간 뒤로 말일세." 그가 말을 잠시 중단하고는 속삭였다. "내 장담하건대 틀림없이 우리 얘기를 엿듣고 있을 거야." 그러면서 숙부는 문 쪽으로 껑충 뛰어갔다. 그러나 문 뒤에는 아무도 없었다. 다시 돌아온 숙부는 그리 실망한 기색은 아니었지만 기분이 몹시 상한 것 같았다. 그녀가 엿듣지 않는 것이 더욱더 사악한 행실로 여겨졌기 때문이다. "자네가 그 아이를 잘못 본 거야." 변호사는 이렇게 말했지만 더는 시중드는 아가씨를 감싸지 않았다. 그럼으로써 그녀를 감쌀 필요가 없다는 것을 표현하려는 것 같았다. 그리고 훨씬 더 관심 있는 어조로 그는 말을 계속했다. "자네 조카의 일 말인데, 그 어려운 사건을 맡을 만큼 내가 건강하다면 물론 더없이 기쁘겠지만, 그렇지 못한 것 같아서 심히 염려가 된다네. 하지만 내가 할 수 있는 건 모두 다 해보겠네. 내 힘으로 부족하다면 누군가 다른 사람에게 도움을 청할 수도 있지. 솔직히 말해서 그 사건은 아무런 관여도 하지 않고 포기하기에는 너무 흥미로운 일이야. 설령 내 심장이 견뎌내지 못한다 해도 적어도 그 사건이라면 심장이 완전히 멎어버려도 좋을 정도로 훌륭한 기회지." K는 그가 하는 말을 하나도 알아들을 수가 없었다. 그래서 설명을 좀 해달라는 의미로 숙부를 쳐다보았다. 숙부는 손에 촛불을 든 채 침실용 탁자 위에 앉아 있었다. 탁자에 있던 약병 하나가 양탄자 위로 굴러떨어져 있었다. 숙부는 변호사가 하는 모든 말에 고개를 끄덕이며 동의했다. 때때로 K를 쳐다보는 것이, 그도 같이 동의를 표하도록 요구하는 것 같왔다. 혹시 숙부가 벌써 변호사에게 이 소송에 관해 이야기를 한 것일까? 하지만 그것은 불가능한 일이었다. 지금까지의 모든 일이 그것이 불가능함을 말해주었다. 그래서 K는 이렇게 말했다. "무슨 말씀이신지 저는 이해를 못 하겠어요." "그래요? 혹시 내가 오해한 건가요?" 변호사도 K만큼이나 놀라고 당황해서 물었다. "내가 너무 성급했던 모양이군요. 그럼 당신은 대체 무슨 일로 나와 상담을 하려는 건가요? 나는 당신 소송에 관한 거라고 생각했어요." "물론 그렇지." 숙부는 이렇게 대답하고는 K를 향해 물었다. "도대체 왜 그러니?" "맞아요. 그런데 어떻게 저와 제 소송에 대해 알고 계신 건가요?" K가 물었다. "아, 이제야 알겠군." 변호사가 미소를 지으면서 말을 이었다. "난 변호사잖아요. 법원 사람들과 접촉할 일이 많지요. 거기서는 여러 소송에 대해 이야기를 하는데, 보다 주목을 끄는 소송, 특히 친구의 조카에 관한 소송이라면 기억에 남게 되지요. 그건 조금도 이상한 일이 아닙니다." "너는 도대체 왜 그러는 거냐?" 숙부가 K에게 재차 물었다. "아주 불안해 보이는구나." "법원 사람들과 접촉하신다고요?" K가 물었다. "그래요." 변호사가 대답했다. "어린애 같은 질문을 하고 그러냐." 숙부가 말했다. "같은 활동 분야 사람들이 아니면 누구와 접촉하겠습니까?" 변호사가 덧붙였다. 그 말은 조금도 반박할 여지가 없어서 K는 아무 대꾸도 하지 못했다. '하지만 선생님이 일하는 곳은 법무부 건물에 있는 법원이지 다락방에 있는 법원은 아니겠지요.' K는 이렇게 말하고 싶었으나, 실제로 그 말을 입 밖에 낼 수는 없었다. "그런데 말입니다." 변호사는 마치 뭔가 당연한 사실을 불필요하게, 그리고 내친김에 설명한다는 투로 말을 이었다. "그런 접촉을 통해 우리 의뢰인들에게 크게 이득이 될 만한 것을 얻어내기도 한다는 걸 아셔야 합니다. 그것도 여러 면에서 말입니다. 이런 얘기는 물론 아무 때나 말할 수 있는 건 못 됩니다. 물론 지금은 병 때문에 다소 지장이 있습니다만, 법원의 좋은 친구들이 찾아와주기 때문에 어느 정도는 소식을 듣고 있어요. 하루 종일 법원에서 지내는 건강한 친구들보다 아마 내가 더 많이 알고 있을걸요. 이를테면 지금도 아주 특별한 손님이 와 있습니다." 그러면서 변호사는 어두운 방구석을 가리켰다. "대체 어디에요?" K는 너무 놀라 거의 무례하게 들릴 정도로 물었다. 그는 불안한 마음으로 방 안을 둘러보았다. 작은 촛불의 불빛은 도저히 건너편 벽까지는 미치지 못했다. 그런데 실제로 거기 구석 쪽에서 무언가 움직이기 시작했다. 숙부가 촛불을 높이 치켜들자, 구석의 작은 테이블 곁에 한 중년 신사가 앉아 있는 것이 보였다. 그렇게 오랫동안 눈에 띄지 않고 거기 계속 있었던 것으로 보아 아예 숨도 쉬지 않았던 모양이다. 이제 그는 귀찮다는 듯 몸을 일으켰는데, 사람들의 시선이 자기에게 쏠리게 된 것이 분명 못마땅한 눈치였다. 그는 소개와 인사를 일절 거부하려는 듯 짧은 양손을 날개처럼 움직였다. 거기 자기가 있다는 것으로 다른 사람들을 방해하고 싶지 않으니 제발 다시 어둠 속에 내버려두고 자기의 존재를 잊어달라고 애원하는 것 같기도 했다. 그러나 이렇게 된 이상 그럴 수는 없는 노릇이었다. "자네들이 불시에 들이닥쳐 우리를 놀라게 한 것일세." 변호사는 설명조로 이렇게 말하고는, 남자에게 염려할 것 없으니 가까이 오라는 손짓을 보냈다. 그러자 남자는 쭈뼛거리며 주위를 둘러보고는 어느 정도 위엄을 차리면서 느릿느릿 다가왔다. "사무처장님께서, 아참 죄송합니다, 제가 소개를 드리지 않왔군요. 이쪽은 제 친구 알베르트이고, 이쪽은 그의 조카인 은행의 부장 요제프 K, 그리고 이쪽은 사무처장님입니다. 그러니까 사무처장님께서 친절하게도 친히 날 찾아와주신 것이네. 처장님이 과도한 업무에 시달리며 지내는 분이라는 걸 제대로 아는 사람만이 이런 방문이 얼마나 귀한 것인지 알 수 있지. 그런데도 불구하고 처장님이 이렇게 와주셔서 조용히 이야기를 나누는 중이었네. 내 병약한 몸 상태가 허락하는 한도 내에서 말이지. 찾아올 사람이 없으니 굳이 레니에게 방문객이 와도 들여보내지 말라고 당부한 건 아니었지만, 그래도 둘이서만 얘기를 나눌 생각이었지. 그런데 알베르트, 바로 그때 자네가 주먹으로 두드리는 소리가 들려왔고, 그 바람에 사무처장님은 의자와 테이블을 들고서 구석으로 물러나신 것일세. 그러나 우리가 공통의 용건으로 함께 논의를 할 수 있을 것 같으니 이렇게 된 이상, 즉 그럴 의향이 있다면 말일세, 한자리에 앉아도 될 것 같네. 그럼, 사무처장님." 변호사는 고개를 숙이고 비굴한 미소를 지으면서 침대 가까이에 있는 안락의자를 가리켰다. "유감스럽게도 저는 몇 분밖에 못 있겠어요." 사무처장은 상냥하게 말하고는 편안한 자세로 안락의자에 앉아 시계를 들여다보았다. "일이 밀려 있거든요. 그래도 내 친구의 친구분을 알게 되는 기회를 놓치고 싶지는 않군요." 그러면서 그는 숙부를 향해 가볍게 머리를 숙였다. 숙부는 이 새로운 교제에 대해 매우 만족해하는 것처럼 보였지만, 타고난 천성 때문에 겸양의 마음을 표현하지 못하고 사무처장의 말에 당황하면서도 요란한 웃음으로 화답했다. 정말 볼썽사나운 모습이었다. 아무도 그에게는 신경을 쓰지 않았기 때문에 K는 조용히 모든 것을 관찰할 수 있었다. 사무처장은 일단 이

끌려 나오자 대화의 주도권을 잡았는데, 그것이 그의 습관인 것 같았다. 처음에 허약한 모습을 보인 건 새로운 방문객을 내쫓기 위한 의도적인 행동이었는지, 이제 변호사는 손을 귀에다 대고 주의 깊게 경청하는 태도를 보였다. 촛불을 들고 있던 숙부는 촛불을 넓적다리 위에 올려놓고 균형을 잡았는데, 변호사는 걱정스러운 듯이 자꾸만 그쪽을 쳐다보았다. 곧 숙부는 조금 전의 당황한 모습에서 벗어나, 사무처장이 말하는 투나 말하면서 취하는 물결 모양의 부드러운 손동작에 매료된 모습이었다. 침대 기둥에 몸을 기대고 있던 K는 사무처장에 의해 어쩐지 의도적으로 완전히 무시당하는 느낌까지 들었다. 그는 노신사들의 대화를 들어주는 들러리 역할만 하고 있었다. 게다가 무엇에 관한 이야기가 오가는지 거의 알 수가 없었다. 그러면서 그는 한순간에는 시중드는 아가씨, 그리고 그녀가 숙부한테서 심하게 당한 일을 생각하다가, 다음 순간에는 혹시 이 사무처장이라는 사람을 어디선가 본 적이 없는지, 아마 그 첫 심리 때 참석한 사람들 중에서 본 건 아닌지 생각해보았다. 그의 착각일 수도 있겠지만, 이 사무처장이라는 사람은 그 첫 심리 때 맨 앞줄에 있던, 수염이 듬성듬성 난 노인들 사이에 끼어 있으면 딱 어울릴 사람처럼 보였다.

그때 응접실 쪽에서 사기그릇 깨지는 것 같은 소리가 나서 모두가 긴장해 귀를 기울였다. "무슨 일인지 제가 가보겠습니다." K가 이렇게 말하고는, 다른 사람들에게 자신이 가지 못하도록 만류할 기회를 주려는 것처럼 천천히 걸어 나갔다. 응접실로 나서면서 어둠 속에 어느 정도 적응이 되어 막 방향을 잡고 있는데, 아직도 문을 붙잡고 있는 그의 손 위에 자그마한, K의 손보다 훨씬 작은 손 하나가 놓이더니 조용히 문을 닫았다. 그곳에서 기다리던 사람은 바로 시중드는 아가씨였다. "아무것도 아니에요." 그녀가 속삭였다. "당신을 밖으로 나오게 하려고 접시 한 장을 벽에다 던졌을 뿐이에요." K는 쑥스러워하며 말했다. "나도 당신 생각을 했어요." "그렇다면 더 잘됐군요." 시중드는 아가씨가 말했다. "이리 오세요." 몇 걸음을 걸어 희뿌연 유리문이 나오자 시중드는 아가씨가 K에 앞서서 문을 열었다. "들어와요." 그녀가 말했다. 그곳은 변호사의 사무실인 게 분명했다. 커다란 창문 두 개를 통해 들어온 달빛이 바닥에 있는 작고 네모난 두 개의 면을 비추고 있었는데, 방 안에는 묵직하고 오래된 가구들이 들어서 있었다. "이리 오세요." 시중드는 아가씨가 말하면서 나무장식 등받이가 붙은 거무스름한 궤짝을 가리켰다. 그 위에 앉으면서 K는 방 안을 둘러보았다. 천장이 높은 커다란 방이었다. 빈민 변호사의 의뢰인들이 이 방에 들어서면 어리둥절해할 게 분명했다. 방문객들이 조심조심 걸으며 커다란 책상 앞으로 나아가는 모습이 눈에 선했다. 그러나 그는 그런 것은 금방 잊어버리고, 바로 옆에 붙어 앉아 그를 거의 옆 팔걸이 쪽으로 밀어붙이는 아가씨에게 눈길을 주었다. "저는 생각했어요." 그녀가 말했다. "제가 먼저 부르지 않아도 당신 스스로 저한테 올 것이라고 말예요. 그런데 정말 이상했어요. 처음에 당신은 방 안에 들어선 순간부터 나를 계속 쳐다봐놓고 그다음에는 저를 마냥 기다리게 하더군요." 그러면서 그녀는 두 사람이 대화하는 순간을 하나도 놓칠 수 없다는 듯 재빨리 덧붙였다. "그냥 레니라고 불러주세요." "좋아요." K가 말했다. "그런데 레니, 당신은 내가 이상했다고 말하는데, 그건 쉽게 설명할 수 있어요. 첫째로 나는 노인네들이 수다 떠는 걸 들고 있어야 했기 때문에 아무 이유 없이 그냥 나와버릴 수는 없었어요. 둘째로 나는 뻔뻔스럽지 못하고 수줍은 편이며, 또 당신도 정말 단번에 유혹할 수 있는 여자로 보이지 않았어요." "그게 아니겠죠." 레니는 이렇게 말하며 팔을 등받이에 올리고 K를 쳐다보았다. "내가 당신 마음에 안 들었고, 지금도 마음에 들지 않겠죠." "마음에 든다는 말로는 부족할 거요." K가 둘러대는 식으로 말했다. "어머나!" 그녀는 이렇게 말하면서 미소를 지었다. K의 말과 이 짤막한 외침으로 어느 정도 우월감을 갖게 되었던 것이다. 그래서 K는 잠시 입을 다물었다. 이제 방 안의 어둠에 어느 정도 익숙해진 그는 여러 가구들의 세세한 부분까지도 분간할 수 있었다. 문 오른쪽에 걸려 있는 커다란 그림이 유난히 눈에 띄었다. 그는 그림을 더 잘 보려고 몸을 앞으로 구부렸다. 법복을 입은 한 남자의 초상화였다. 남자는 옥좌 모양의 높은 의자에 앉아 있었는데, 그림의 여러 부분에서 의자의 금칠한 부분이 두드러져 보였다. 좀 특이한 점은 그림 속의 판사가 차분하고 위엄 있게 앉아 있는 것이 아니라, 왼팔은 등받이와 팔걸이를 꽉 누르는 자세를 취한 반면에 오른팔은 아무 데도 기대지 않고 손으로 팔걸이만 잡고 있는 것이었다. 마치 무슨 결정적인 말을 하거나 아니면 판결을 위해 당장이라도 사납고 격분한 모습으로 돌변하여 벌떡 일어설 것 같은 기세였다. 피고인은 아마 계단 발치쯤에 있는 것 같은데, 그림에는 노란 양탄자가 깔려 있는 계단의 윗부분만 보였다. "아마 내 담당 판사일지도 모르겠군." K가 이렇게 말하며 손가락으로 그림을 가리켰다. "저분을 알아요." 레니가 그림을 올려다보면서 말했다. "여기 꽤 자주 오시는 분이에요. 젊었을 때 초상화인데, 젊었을 때라 해도 저 그림과는 조금

132

도 닮았을 리가 없어요. 그분은 거의 난쟁이만 할 정도로 키가 작거든요. 그런데도 그림에서는 저렇게 크게 그리게 한 거예요. 여기 있는 다른 사람들과 마찬가지로 그분도 허영심이 엄청 많거든요. 하지만 허영심은 나도 많아요. 그래서 내가 당신 마음에 전혀 들지 않는다는 것이 정말 속상해요." 이 마지막 말에 대해 K는 레니를 껴안아 끌어당기는 것으로 대답을 대신했다. 그녀는 가만히 그의 어깨에 머리를 기댔다. 그리고 그녀가 한 다른 말에 대해 그는 이렇게 말했다. "저 사람은 지위가 어떻게 되죠?" "예심판사예요." 그녀가 대답했다. 그러면서 그녀는 자신을 껴안고 있는 K의 손을 잡고 손가락을 만지작거리며 장난을 쳤다. "또 겨우 예심판사야." K가 실망해서 말했다. "고위 법관들은 다 숨어 있군. 그래도 저 사람은 옥좌처럼 생긴 의자에 앉아 있네요." "저건 모두 꾸며낸 거예요." 레니가 K의 손 위로 얼굴을 숙이면서 말했다. "실제로는 부엌 의자에 앉아 있는 건데 의자 위에 낡은 모포를 접어 얹어놓은 거예요. 그런데 당신은 온통 소송 생각만 해야 하나요?" 그녀가 천천히 덧붙였다. "아니, 아니오." K가 말했다. "소송에 대해 너무 생각을 하지 않는 게 문제일 정도죠." "그건 잘못하고 있는 게 아네요." 레니가 말했다. "당신은 너무 굽히지 않는다고 들었어요." "누가 그런 말을 하던가요?" K가 물었다. 그는 자신의 가슴에 와 닿는 그녀의 몸을 느끼면서 숱이 많고 단단히 땋은 그녀의 검은 머리카락을 내려다보았다. "제가 그걸 말해주면 너무 많은 것을 발설하게 되는 거예요." 레니가 대답했다. "제발 이름은 묻지 마세요. 하지만 당신의 잘못이 있으면 고치고, 더 이상 그렇게 고집을 세우지 마세요. 아무도 이 법원에 맞서 싸울 수는 없고, 결국 자백할 수밖에 없어요. 다음번에는 꼭 자백을 하도록 하세요. 그래야 빠져나갈 구멍이 생겨요. 그것이 유일한 기회예요. 그러나 그것도 다른 사람들의 도움 없이는 불가능해요. 하지만 그런 도움이라면 걱정하지 마세요. 제가 직접 도와드릴게요." "당신은 이 법원에 대해, 그리고 거기서 요구되는 사기 관행에 대해 많이 알고 있군요." K는 이렇게 말하고는 너무 세게 그에게 몸을 밀착시키는 그녀를 안아 무릎에 올렸다. "이렇게 해주시니 좋아요." 그녀는 이렇게 말하고는 스커트를 만져서 펴고 블라우스도 바로잡으면서 그의 무릎 위에서 자세를 고쳐 앉았다. 그러고 나서 두 팔을 그의 목에 두르고 뒤로 몸을 젖히더니 한참 동안 그를 쳐다보았다. "그런데 만일 내가 자백하지 않는다면, 당신은 나를 도와줄 수가 없나요?" K가 시험 삼아 물었다. 그러면서 속으로 놀라며 생각했다. '내가 도움을 줄 여자들을 모집하고 있군. 처음에는 뷔르스트너 양, 그다음에는 법원 정리의 아내, 그리고 마지막으로 이 시중드는 자그마한 아가씨. 그런데 이 아가씨는 나에 대해 이해할 수 없는 욕망을 품고 있는 것 같아. 마치 내 무릎이 자신의 유일한 보금자리인 양 앉아 있군!' "그럴 수 없어요." 레니가 천천히 고개를 저으면서 말했다. "그런 경우에는 내가 당신을 도와드릴 수 없어요. 그런데 당신은 내 도움 같은 건 전혀 원치 않으며, 관심도 없어요. 당신은 고집이 세서 다른 사람의 말을 들으려 하지 않아요." 잠시 말을 멈추었다가 그녀가 물었다. "당신 애인이 있나요?" "없어요." K가 말했다. "에이, 있을 거예요." 그녀가 말했다. "그래요, 사실은 있어요." K가 말했다. "말로는 없다고 했지만, 실은 사진까지 가지고 다니죠." 그녀가 졸라대는 바람에 그는 엘자의 사진을 보여주었다. 아가씨는 그의 무릎에 웅크리고 앉은 채로 사진을 살펴보았다. 그것은 엘자가 술집에서 즐겨 추는 소용돌이 춤을 추고 나서 찍은 스냅 사진이었다. 스커트는 회전할 때 생긴 소용돌이 주름이 아직 펴지지 않은 채 그녀의 몸을 휘감은 상태였고, 그녀는 탄탄한 허리에 양손을 올려놓고 목을 뻣뻣이 세운 채로 옆을 보며 웃고 있었다. 누구를 보고 웃는 것인지 사진으로는 알 수가 없었다. "코르셋 끈을 너무 꽉 졸라맸군요." 레니가 이렇게 말하면서 자기 생각에 그렇게 보이는 곳을 가리켰다. "이 여자는 마음에 안 들어요. 어색하고 거칠어요. 하지만 당신에게는 아마 부드럽고 다정하겠죠. 사진을 보면 알 수 있어요. 이렇게 크고 억센 여자들은 부드럽고 다정하게 구는 것밖에는 잘 모르는 경우가 많거든요. 그런데 그녀가 당신을 위해 자신을 희생할 수 있을까요?" "그렇지 않아요." K가 말했다. "그녀는 부드럽거나 다정하지도 않으며, 또 나를 위해 자신을 희생하지도 않을 거요. 나도 여태껏 그 어느 쪽도 요구한 적이 없어요. 그러고 보니 나는 당신처럼 사진을 그렇게 자세히 본 적도 없군요." "그럼 당신은 이 여자에 대해 별로 관심이 없으시군요." 레니가 말했다. "그렇다면 당신의 애인이 아네요." "그렇지 않아요." K가 말했다. "내가 한 말을 취소할 생각은 없소." "그 여자가 지금 당신의 애인이라고 해두죠." 레니가 말했다. "하지만 그녀를 잃거나 아니면 예를 들어 나 같은 사람과 바꾼다 해도 당신은 별로 아쉬워하지 않을 거예요." "물론이지요." K가 미소를 지으며 말했다. "그런 생각도 해볼 수 있지만, 그 여자는 당신에 비해 큰 장점이 하나 있어요. 그녀는 내 소송에 대해 아무것도 몰라요. 그리고 혹시 알게 된다고 해도 그런 것에 마음 쓰지 않을 거요. 고집부리지 말라고 설득하지도 않을 것이고." "그건 장점이 아니에요." 레니가 말했다. "그것 말고 다른 장점이 없다면, 나는 용기를 잃지 않을 거예요. 그 여자에게 혹시 어떤 신체적인 결함은 없나요?" "신체적 결함이라고요?" K가 물었다. "그래요." 레니가 말했다. "저에게는 작은 결함이 있거든요. 보세요." 그러면서 그녀가 오른손 가운뎃손가락과 넷째 손가락 사이를 벌리자 두 손가락 사이의 연결 피막이 짧은 두 손가락의 거의 윗마디까지 올라와 있었다. 어두워서 처음에는 그녀가 보여주려는 것을 K는 금방 알아보지 못했다. 그러자 그녀는 그의 손을 끌어와 그곳을 만져보게 했다. "이 무슨 자연의 변덕이란 말이오." K가 손 전체의 모습을 보고 나서 덧붙였다. "정말 귀여운 갈퀴 같은 손이군요!" 레니는 K가 놀라면서 자신의 두 손가락을 몇 번이나 벌렸다 오므렸다 하는 모습을 일종의 자부심을 느끼며 지켜보았다. 마침내 K는 그녀의 손가락에 살짝 키스를 하고 손을 놓아주었다. "어머!" 그녀가 즉시 소리쳤다. "당신은 저한테 키스를 했어요!" 그녀는 입을 다물지 못하고 재빨리 무릎으로 그의 몸에 기어올랐다. K는 거의 넋이 나간 얼굴로 그녀를 올려다보았다. 그녀가 그렇게 가까이 다가오자 후추처럼 쓰고 자극적인 냄새가 풍겨왔다. 그녀는 그의 머리를 끌어안고 그 너머로 몸을 구부리더니 그의 목을 깨물며 키스했다. 심지어 그의 머리카락까지 입으로 물어댔다. "당신은 애인을 나로 바꾼 거예요." 그녀는 때때로 소리를 질러댔다. "보세요. 당신은 이제 애인을 나로 바꾼 거예요!" 그때 그녀의 무릎이 미끄러지면서 그녀가 짧은 비명 소리와 함께 양탄자 위로 떨어지려고 했다. K는 떨어지는 그녀를 붙잡으려고 껴안다가 그녀에게 끌려 내려갔다. "이제 당신은 내 거예요." 그녀가 말했다.

"여기 집 열쇠가 있어요. 언제든 원할 때 오세요." 이것이 그녀의 마지막 말이었다. 그리고 이제 현관문 밖으로 나가는 그의 등에 목표를 잃은 키스가 날아왔다. 밖으로 나오자 가는 빗방울이 떨어지고 있었다. K가 혹시 아직 창가에 서 있는 레니를 볼 수 있을까 해서 길 한복판으로 막 나가려는데, 멍한 상태에서 미처 알아보지 못했던 건물 앞의 자동차에서 숙부가 뛰쳐나왔다. 숙부는 그의 양팔을 붙잡더니 마치 거기에다 박아 넣을 것 같은 기세로 그를 대문 쪽으로 밀어붙였다. "이 녀석아." 숙부가 외쳤다. "네가 어떻게 그런 짓을 할 수 있단 말이냐! 잘돼가고 있는 일을 처참하게 망쳐놓았어. 그 조그맣고 더러운 계집애, 분명 변호사의 애인인 것 같은 그 계집애하고 몰래 숨어들어서는 몇 시간이나 나타나지 않다니. 이렇다 할 구실도 없이, 아무것도 숨기는 기색도 없이, 아니, 아예 다 드러내놓고 그년에게 달려가 내내 붙어 있다니. 그러는 동안에 우리는 모여 앉아 있었지. 네 녀석을 위해 애쓰는 이 숙부, 네 편으로 만들어야 할 변호사, 그리고 특히 지금 단계에서는 네 사건을 실제로 좌지우지할 수 있는 그 사무처장 말이다. 우리는 머리를 맞대고 앉아 너를 어떻게 도울 수 있을까 상의를 하려고 했어. 나는 변호사를 조심스럽게 다뤄야 했고, 변호사는 또 변호사대로 사무처장을 그렇게 대해야 했어. 그러니까 네 녀석은 어떻게든 나를 도와주려고 애써야 할 이유가 얼마든지 있었던 거지. 그런데 넌 그러기는커녕 어딘가로 사라져버린 거야. 결국 그 일은 숨길 수가 없게 됐어. 그래도 그분들은 점잖고 사려 깊은 사람들이라 거기에 대해 별다른 말씀을 안 하시고 나를 감싸주려고 했어. 하지만 결국 그분들도 더는 참을 수가 없게 된 거야. 그분들은 그 사건에 대해 이야기를 할 수 없게 되니까 아예 입을 다물어버렸어. 우리는 몇 분 동안 말없이 앉아서 이제나저제나 네 녀석이 돌아오지 않을까 귀를 기울이고 있었지. 그런데 모두가 허사였어. 마침내 원래 예정보다 훨씬 더 오래 머물렀던 사무처장은 자리에서 일어나 작별인사를 하고는 나를 도와줄 수 없어 유감이라고 무척 애석해하면서, 믿기 어려울 정도의 호의를 보이고 문에서 한동안 더 기다리다가 갔어. 나로서는 물론 그분이 가버려서 안도의 숨을 쉴 수 있었지. 그동안 숨이 막혀 죽을 지경이었거든. 병든 변호사에게는 이 모든 것이 더욱 충격적이어서, 선량한 그 친구는 내가 작별인사를 하는데도 제대로 말을 하지 못했어. 네 녀석은 분명 그가 완전히 기력을 잃고 쓰러지게 하는 데 기여한 것이고, 그렇게 함으로써 네가 의지해야 할 사람의 죽음을 재촉한 셈이야. 그리고 네 녀석은 숙부인 나를 이렇게 빗속에서 몇 시간 동안 기다리게 했어. 자, 만져봐라. 완전히 젖어버렸잖아."

변호사
제조업자
화가

어느 겨울날 오전이었다. 밖에는 우중충한 날씨에 눈발이 날리고 있었다. K는 아직 이른 시간인데도 벌써 완전히 지친 모습으로 사무실에 앉아 있었다. 아래 직원들만이라도 피해볼 생각으로, 중요한 일을 하는 중이니 아무도 들여보내지 말라는 지시를 사환에게 내려놓은 상태였다. 그러나 그는 일은 하지 않고 의자에 앉아 몸을 이리저리 돌리다가 책상 위에 있는 물건들을 천천히 밀어놓고는, 자기도 모르게 책상 위로 팔을 쭉 뻗고 머리를 숙인 채 꼼짝도 하지 않고 앉아 있었다.

소송에 대한 생각이 그의 머리에서 떠나지 않았다. 그는 변론서를 작성해 법원에 제출하는 것이 좋지 않을까 하고 이미 몇 번이나 곰곰이 생각해보았다. 그는 변론서에다 간략한 이력을 제시하고, 특별히 중요한 사건에 대해서는 어떤 이유에서 자신이 그렇게 행동했는지, 지금 시점에서 판단해보면 그런 행동이 비난받을 일인지 아니면 칭찬받을 일인지, 그리고 그런 비난이나 칭찬에 대해 어떤 근거를 댈 수 있을지 설명을 달고자 했다. 이렇게 작성된 변론서가 그렇지 않아도 별로 완벽하지 않은 변호사의 그렇고 그런 변호에 비해 장점이 있다는 것은 의심의 여지가 없었다. 사실 K는 변호사가 무슨 일을 추진하는지 알지 못했다. 하여튼 많은 일을 하는 것 같지는 않았다. 변호사는 벌써 한 달 동안이나 그를 부르지 않았고, 이전에 수차례 상담을 할 때도 그 남자가 자기를 위해 많은 것을 해줄 것 같다는 인상을 받은 적은 한 번도 없었다. 무엇보다도 변호사는 그에게 뭔가를 자세히 물어본 적이 없었다. 이런 일을 하려면 물어봐야 할 것이 많은 법이다. 질문이야말로 가장 주가 되는 일 아닌가. 자기라면 이 일에 필요한 온갖 질문을 던질 수 있을 것 같았다. 그런데 변호사는 질문은 하지 않고 자기 이야기만 하거나, 아니면 입을 다문 채 조용히 그의 맞은편에 앉아 있었다. 그리고 귀가 잘 안 들리는지 책상 위로 몸을 약간 구부린 채 수염 한 가닥을 잡아당기며 양탄자를 내려다보았다. 그곳은 아마 K가 레니와 함께 누워 있던 바로 그 자리인 것 같았다. 이따금 변호사는 K에게 아이들에게나 할 법한 별 내용 없는 훈계 몇 마디를 던지기도 했다. 그것은 정말 따분하고도 쓸데없는 이야기들이라서 K는 최종 수임료를 정산할 때 한 푼도 주고 싶지 않았다. 변호사는 그를 충분히 주눅 들게 만들었다고 생각하면 그다음에는 다시 약간 용기를 북돋워주려고 들었다. 그럴 때는 자기가 이미 이와 유사한 여러 소송에서 완전하게, 또는 일부 승소를 했다는 이야기를 늘어놓왔다. 그 소송들은 아마 이번 소송만큼 어려운 건 아니었어도 겉으로 보기에는 더 가망이 없는 소송들이었다는 것이다. 변호사는 그 소송 기록들을 목록으로 정리해 서랍에 보관하고 있다면서, 책상 서랍 하나를 톡톡 두드렸다. 물론 그 문서들은 업무상의 기밀이어서 유감스럽지만 보여줄 수는 없다고 했다. 그렇지만 이 모든 소송을 통해 그가 얻게 된 많은 경험은 이제 K에게도 당연히 도움이 될 것이라고 했다. 그는 당연히 즉시 작업에 착수했고, 첫 청원서가 이미 거의 완성되었다고 했다. 변호사 측의 첫인상이 소송의 전체 진행을 결정하는 경우가 많기 때문에 첫 청원서는 매우 중요하다는 것이었다. 하지만 K가 유념해야 할 점도 있는데, 법원에서 첫 청원서를 전혀 읽어보지 않는 경우도 있다는 것이다. 즉 법원에서는 당분간은 피고인을 심문하고 관찰하는 것이 글로 써놓은 그 어떤 것보다 더 중요하다고 하면서 첫 청원서를 다른 서류들 속에 그냥 던져놓는다는 것이다. 그러다가 청원자가 끈질기게 요구하면, 법원 측은 모든 증거 자료가 수집되면 판결에 앞서 물론 전체적인 연관성 속에서 모든 서류와 함께 이 청원서도 검토하게 될 것이라는 말을 덧붙인다. 그런데 유감스럽게도 그마저도 대개 사실이 아닌 경우가 많다고 했다. 첫 청원서는 보통 엉뚱한 곳으로 가 있거나 완전히 분실되기도 하는데, 끝까지 보존된다 해도, 변호사가 소문으로 주워들은 이야기지만, 그것을 읽어보는 경우는 거의 없다는 것이다. 이 모든 것이 유감스러운 일이기는 하지만, 완전히 부당한 건 아니라고 했다. K는 재판이 공개적인 것이 아님을 간과하지 말아야 한다. 즉 법원이 필요하다고 판단하면 공개될 수도 있지만, 법률은 공개를 규정하고 있지 않다는 것이다. 따라서 법원 서류들 역시, 특히 기소장은 피고인과 그의 변호인 측에서 열람할 수가 없다. 그래서 첫 청원서를 작성할 때 무엇을 겨냥하고 써야 할지 보통 모르거나 정확히 알 수가 없으며, 따라서 첫 청원서가 소송에 뭔가 의미 있는 내용을 담는 경우는 사실 우연에 불과하다. 정말 실효성이 있는 논거를 갖춘 청원서는, 피고인에 대한 심문 과정에서 개개의 공소 사실과 그 근거 제시가 보다 분명하게 드러나거나 추측이 가능할 때 비로소 작성이 가능하다. 이런 상황에서 변호는 당연히 매우 불리하고 어려운 형편이다. 그러나 이것도 다 의도된 것이다. 변호는 사실 법률에 의해 허용되지 않으며, 묵인되고 있을 뿐이기 때문이다. 그리고 해당 법조문이 적어도 묵인을 뜻하는 것으로 해석되는지에 대해서도 논란이 분분하다. 따라서 엄밀히 말해 법원의 인정을 받는 공인 변호사라는 것은 없으며, 법정에서 변호사라고 등장하는 자들은 사실 모두 무면허 변호사에 불과한 셈이다. 이것은 물론 변호사라는 직업 전체의 위신을 심하게 손상시키는 것이다. K가 조만간에 법원 사무처에 가게 되면, 그 사실을 직접 눈으로 확인할 겸 변호사 대기실을 한 번 둘러보는 게 좋을 것이다. 그곳에 모여 있는 한 무리의 사람들을 보면 아마 깜짝 놀라게 될 것이다. 그들에게 배정된 좁고 낮은 그 방만 보더라도 법원이 이들을 얼마나 무시하는지 알 수 있기 때문이다. 빛은 조그마한 해치를 통해서만 들어오는데, 해치는 또 너무 높게 달려 있어 밖을 내다보려면 먼저 밟고 올라설 수 있게 등을 대줄 동료를 구해야 하며, 그렇게 해서 밖을 볼 수 있다고 해도 바로 앞에 있는 굴뚝의 연기가 콧속으로 들어와서 얼굴이 시커멓게 된다. 이런 형편 없는 사정에 대한 예를 하나만 더 든다면, 이 방의 바닥에는 벌써 일

년도 더 된 구멍이 하나 나 있는데, 사람이 쑥 빠질 정도로 크지는 않지만 다리 한쪽은 완전히 빠지고도 남을 정도다. 변호사 대기실은 두번째 층의 다락방에 있기 때문에 누가 그 구멍에 빠지면 다리가 첫번째 층의 다락방, 즉 소송 당사자들이 대기하고 있는 복도의 천장에 걸리게 된다. 변호사들 사이에서 이런 형편을 가리켜 치욕적인 것이라고 하는데 지나친 말이 아니다. 행정 부서에 불만을 토로해봤자 아무 소용이 없을뿐더러 그렇다고 변호사들이 자비를 들여 방 안의 그 무엇을 고치는 일도 엄격히 금지되어 있다. 그런데 변호사를 이렇게 대우하는 것도 다 이유가 있다. 법원 측은 변호를 되도록 배제하고, 모든 일을 피고인이 떠맡도록 하려는 것이다. 근본적으로 나쁜 취지는 아니지만, 이런 사실을 근거로 이 법원에서는 피고인에게 변호사가 불필요한 존재라는 결론을 내린다면 그것이야말로 가장 잘못된 생각일 수 있다. 그와 반대로 이 법원에서는 다른 어떤 법원에서보다 변호사가 더 필수적이다. 재판 과정이 대개 일반인뿐만 아니라 피고인에게도 비밀로 되어 있기 때문이다. 물론 그것이 가능한 범위에서만 그렇다는 말인데, 사실은 매우 넓은 범위에서 가능하다. 다시 말해 피고인조차도 법원 서류를 열람할 수가 없으며, 또한 심문 내용을 가지고 그 근거가 되는 서류가 무언지를 추론해내는 것은 매우 어려운 일이다. 잔뜩 주눅이 들어 있고 또 온갖 걱정에 사로잡혀 마음이 어지러운 피고인의 경우는 더욱 그렇다. 여기에 바로 변호가 개입하는 것이다. 일반적으로 변호인은 심문 때는 참석이 허용되지 않으므로 심문이 끝난 후에, 가능하면 예심 법정의 문 앞에서 바로 피고인에게 심문 내용에 대해 자세히 캐묻고, 대개 벌써 희미해진 피고인의 말을 듣고 변호에 도움이 될 만한 내용을 찾아내야 한다. 그러나 가장 중요한 건 이런 것이 아니다. 물론 어느 분야나 마찬가지로 이 분야에서도 유능한 사람은 더 많은 것을 알아내기도 하겠지만, 이런 식으로는 많은 것을 알아낼 수가 없기 때문이다. 가장 중요한 건 바로 변호사의 개인적인 연줄인데, 바로 여기에 변호의 핵심적인 가치가 있다. K도 직접 겪어봐서 알겠지만, 법원의 말단 조직이 결코 완전하지 못하고 의무를 망각하고 매수에 잘 넘어가는 직원들이 있게 마련이어서, 말하자면 엄격하게 폐쇄적인 법원의 체제에 구멍이 있다는 것이다. 바로 그곳을 대다수의 변호사들이 비집고 들어가는데, 매수를 하고 정보를 캐내는가 하면 예전에는 심지어 서류를 훔쳐내는 경우도 있었다. 이런 식으로 해서 일시적으로나마 때로는 놀라울 정도로 피고인에게 유리한 몇 가지 결과물을 얻어낼 수 있다는 것도 부인할 수 없는 사실이다. 그리고 이 형편없는 변호사들은 그걸 자랑삼아 떠들고 다니며 새로운 고객을 유치하기도 하지만, 향후 소송 과정에서는 그것이 아무런 의미도 없거나 그다지 좋은 결과를 낳지 못한다. 진정으로 가치가 있는 것은 오직 정직한 개인적 관계, 특히 고위 관리들과의 연줄인데, 물론 여기서는 하급 법원의 고위 관리들을 말하는 것이다. 이런 관계를 통해서만 소송의 진행에 영향을 미칠 수가 있는데, 처음에는 그 영향이 잘 드러나지 않지만 나중에는 갈수록 더 뚜렷해진다. 그렇게 할 수 있는 변호사는 물론 아주 소수에 불과한데, 이런 점에서 K의 선택은 탁월했다는 것이다. 홀트 박사 자신과 같은 연줄을 동원할 수 있는 변호사는 아마 한두 사람밖에 되지 않는다는 것이다. 이런 변호사들은 물론 변호사 대기실에 있는 동료들에 대해서는 관심도 없고 그들과 상종도 하지 않는다. 그러나 법원 관리들과의 관계는 그만큼 더 긴밀하다. 홀트 박사의 경우에는 매번 법원에 가서 예심판사들의 대기실에서 그들이 나타나기를 기다렸다가, 그들의 기분에 따라 대개 겉보기만의 성과를 얻거나 아니면 그마저도 얻지 못하거나 할 필요가 없다는 것이다. 아니, K가 직접 보았던 것처럼 관리들, 그중에는 상당히 높은 관리들도 있는데, 그들이 직접 찾아와 자진해서 확실한 정보나 아니면 적어도 쉽게 해석이 되는 정보를 제공하고, 소송의 다음 단계에 대해 상의를 하기도 하며, 심지어 경우에 따라서는 설득을 당해서 상대방의 의견을 받아들이기도 한다는 것이다. 물론 이 마지막 언급과 관련해서는 그들을 너무 신뢰해서도 안 되는데, 그들의 의견이 변호에 유리한 방향으로 바뀌고 그 바뀐 의견을 아무리 확실하게 언급해도 곧바로 사무처로 들어가서 그다음 날 정반대의 내용, 어쩌면 그들이 완전히 포기했다고 주장했던 처음의 의견보다 피고인에게 훨씬 가혹한 내용으로 결정을 내릴 수도 있기 때문이라는 것이다. 이에 대항할 방법은 당연히 없는데, 두 사람 사이에서 나눈 이야기는 그저 사적인 이야기이며, 변호인 측이 그 관리들의 환심을 사고자 아무리 노력을 기울인다 해도 그런 사담이 공무의 결론으로 이어지지는 않을 것이기 때문이다. 다른 한편으로, 그 관리들이 가령 인간에 대한 사랑이나 개인적인 우정 같은 감정에서 변호인 측, 이 경우 물론 유능한 변호인 측과 관계를 가지는 것은 아니라는 것도 맞는 말이다. 즉 그들도 어떤 면에서는 오히려 변호사 측에 의존한다. 시작 단계에서부터 비밀 재판을 고수하는 법원 조직의 한계가 바로 여기서 드러난다. 관리들은 일반 주민들과의 접촉이 없다. 그들은 중간 정도의 평범한 소송에 대해서는 준비가 잘 되어 있다. 그런 소송은 정해진 궤도에 따라 스스로 굴러가기 때문에 가끔씩 슬쩍 밀어주기만 하면 된다. 그런데 관리들은 아주 단순한 사건이나 특별히 어려운 사건에 대해서는 어찌할 바를 몰라 당황해하는 경우가 많다고 한다. 그들은 밤낮으로 법률에만 얽매인 삶을 살면서 인간관계에 대한 올바른 이해를 갖추지 못했는데, 그런 경우에는 이런 사건들을 풀어나가기 어렵다. 이럴 때 법원 관리들은 조언을 구하러 변호사에게 오며, 그들 뒤에는 사환이 평소에 그토록 비밀로 취급했던 서류들을 들고 따라온다. 보통은 관리들의 이런 모습을 본다는 건 기대할 수 없지만, 변호사가 자기 책상에 앉아 관리들에게 적절한 조언을 해주기 위해 서류를 검토하는 동안, 그들이 바로 이 창가에 서서 암담한 얼굴로 거리를 내다보는 모습을 만나게 된다는 것이다. 게다가 이런 경우에는 그 관리들이 자신들의 직업을 지나칠 정도로 진지하게 생각하고 있으며, 그들의 본성상 극복할 수 없는 장애에 부딪힐 때 얼마나 큰 절망에 빠져드는지를 볼 수 있다는 것이다. 다른 한편으로, 이들의 지위는 결코 호락호락한 것이 아니므로 그들에게 부당한 행동을 한다든가 그 지위를 가볍게 여겨서는 안 된다는 것이다. 법원의 서열과 직급 체계는 끝이 없어서 그 세계에 정통한 사람들조차 제대로 가늠하기 어렵다. 그런데 법정에서의 재판 과정은 일반적으로 하급 관리들에게도 비밀이며, 따라서 이들은 자신들이 다루는 사건의 향후 추이를 완전히 파악할 수가 없고, 따라서 재판 사건은 대부분 그것이 어디서 온 것인지도 모른 채 그들의 시야에 나타났다가 어디로 가는지도 모르게 계속 진행된다는 것이다. 그런즉 개별적인 소송 단계들, 최종적인 결정, 그리고 그런 결정의 근거들을 연구해서 얻을 수 있는 교훈 같은 것이 하급 관리들에게는 주어지지 않는다. 이들은 법률이 그들에게 제한적으로 정해준 소송의 해당 부분에만 관여할 수 있고, 그 이상의 일, 그러니까 자신들이 맡은 일의 결과에 대해서는 거의 소송이 끝날 때까지 대체로 피고인과 계속 관계를 갖는 변호인 측보다 아는 것이 적다. 이런 점에서도 그들은 변호인 측으로부터 여러 유익한 정보들을 얻을 수 있다. 이 모든 것을 염두에 둔다고 하더라도, 누구나 경험하는 것이지만, 소송 당사자들에 대해 모욕적인 방식으로 표출되는 관리들의 과민한 심리 상태에 대해 K가 의아하게 생각할 수도 있을 텐데, 관리들이란 모두가 겉으로는 평온한 것처럼 보이지만 과민한 상태에 있다는 것이다. 물론 이로 인해 특히 평범한 변호사들이 많이 고통을 겪는다. 가령 이런 이야기가 떠도는데, 정말 있을 법해 보인다. 선량하고 조용한 성품의 연로한 관리가 있었는데, 그는 변호사의 청원서로 인해 특히 복잡해진 어려운 재판을 맡아 하루 밤낮을 꼬박 쉬지도 않고 그 일에만 매달렸다. 이런 관리들은 실제로 그 누구보다도 부지런하다. 스물네 시간을 일했지만 별로 성과를 거두지 못하고 아침이 되자, 그는 출입문 쪽으로 가서 가만히 숨어 기다리다가, 들어오려는 변호사들을 모두 계단 아래로 밀어버렸다. 변호사들은 그 아래 층계참에 모여 어떻게 해야 할지 상의했다. 한편으로 사실 그들에게는 법정 입장을 요구할 권리가 없었으므로 그 관리에 대해 어떤 법적 대응도 거의 시도할 수가 없고, 또한 이미 언급했듯이 전체 관리들을 자극해 반감을 사지 않도록 조심해야 한다. 그러나 다른 한편으로 법원에서 보내지 않는 하루는 그들에게는 잃어버린 하루였고, 따라서 어떻게든 안으로 들어가는 것이 무엇보다 중요했다. 마침내 그들은 그 연로한 관리를 지치게 만들기로 합의를 보았다. 계속해서 변호사를 한 명씩 올려 보내면 그 변호사는 계단을 기어 올라가서 비록 소극적이기는 하지만 최대한 저항을 하다가 밀려 떨어지고, 그러면 아래 동료들이 받아주는 식이었다. 그렇게 한 시간 정도가 지나자 이미 밤샘 작업으로 지칠 대로 지쳐 있던 연로한 관리는 완전히 기진맥진하여 자신의 집무실로 돌아갔다. 밑에 있던 사람들은 처음에는 그 사실을 믿지 못하다가, 우선 한 사람을 보내서 문 뒤에 정말 사람이 없는지 살펴보게 했다. 그런 다음에야 그들은 안으로 들어갔는데, 어느 누구도 불평할 엄두조차 내지 않았다. 변호사들이 법원에 대해 개선할 점을 제의하거나 관철시키려 하는 것은 결코 있을 수 없는 일인데, 아무리 하잘것없는 변호사라도 이런 상황을 적어도 부분적으로는 파악하고 있었다. 반면에 아주 특기할 만한 것은, 피고인의 경우에는 거의 누구나, 아주 소박한 성품의 사람들이라 하더라도 일단 소송에 발을 들여놓게 되면 그때부터 개선을 위한 제안들을 생각하기 시작하고 다른 일에 쓰면 훨씬 유용할 시간과 정력을 공연히 이런 일에 허비해버리는 경우가 허다하다는 것이다. 유일하게 올바른 길은 주어진 현실의 상황을 받아들이는 법을 배우는 것이다. 혹시 세세한 부분이 개선될 수 있다 하더라도, 물론 이런 것은 터무니없는 망상에 불과하지만, 그것은 기껏해야 앞으로 있을 소송들에 약간의 도움이 될 수도 있겠지만, 늘 보복할 기회를 찾고 있는 관리들의 각별한 주목을 끌게 되어 본인 자신은 엄청난 손해를 입게 될 수도 있다는 것이다. 절대로 주의를 끌지 않아야 한다! 아무리 비위에 거슬리는 터무니없는 일이 있더라도 조용히 있어야 한다! 이 거대한 법원 조직은 말하자면 영원한 부유浮游 상태에 있다는 사실을 알아야 한다. 그래서 만일 누군가가 자신의 위치에서 독자적으로 무언가를 바꿔버리면, 그것은 자기 발아래에 있는 지반을 없애는 행위와 같아서 자신만 추락하게 될 뿐이고, 그 거대한 조직은 모든 것이 유기적으로 연결되어 있으므로, 사소한 장애는 다른 곳에서 손쉽게 보완하여 이전과 다름없는 상태를 유지한다는 사실을 깨달아야 한다는 것이다. 어쩌면 그 조직은 전보다 더 단호하고, 더 주의 깊고, 더 엄격하고, 더 악의적이 될 가능성도 충분히 있다. 그러니 일을 방해하지 말고 변호사에게 맡겨두어야 한다. 비난을 가하는 것은, 특히 비난의 이유를 전체적인 의미에서 이해시킬 수 없는 상황이라면, 별 소용이 없다. 그런데 그때 사무처장을 대했던 K의 태도가 자신의 소송에 얼마나 큰 피해를 입혔는지에 대해서는 말을 해야겠다는 것이다. 그토록 영향력이 큰 이 관리를, K를 위해 뭔가를 부탁할 수 있는 사람들 명단에서 지워야 할 형편이라는 것이다. 사무처장은 이제 K의 소송에 대한 가벼운 언급조차 못 들은 체하는 기색이 역력하다는 것이다. 여러 가지 면에서 관리들은 어린아이와 같다고 한다. 관리들은 종종 악의 없는 일에도 마음 상하기 일쑤인데, 유감스럽게도 K의 태도는 물론 그 범주에도 속하지 않지만, 아무튼 쉽게 마음이 상해서 가까운 친구들하고도 말을 안 하고 그 친구들을 우연히 만나도 외면하며 가능한 한 모든 일에서 친구들을 방해한다는 것이다. 그런데 그러다가도 의외로, 또 별다른 이유도 없이, 워낙 절망적인 상황에서 상대방이 아무렇게나 던져보는 대수롭지도 않은 농담에 웃음을 터뜨리며 다시 마음을 열기도 한다는 것이다. 그러니까 이들을 상대하는 것은 어려운 일이기도 하고 동시에 쉬운 일이기도 한데, 거기에 무슨 원칙 같은 건 없다. 가끔은, 여기서 어느 정도 성공적으로 일을 해나가는 방법을 터득하기 위해서는 그저 평범한 삶을 사는 것만으로 충분하다는 사실이 놀랍기도 하다고 했다. 물론 누구나 그렇듯이 우울할 때도 있다. 예를 들면 성취한 것이 하나도 없다는 생각이 들 때, 결말이 좋은 소송은 하나같이 처음부터 특별히 손을 쓰지 않았어도 좋은 결과가 나오도록 예정되어 있던 것들뿐이라는 생각이 들 때다. 반면에 다른 모든 소송들은 백방으로 쫓아다니고 온갖 애를 다 써서 작기는 해도 겉보기에는 그런대로 성공을 거둔 것 같아 기뻐했지만 결국 패소해버린 것 같은 생각이 들 때, 역시 그렇다는 것이다. 그렇게 되면 확실해 보이는 것은 더 이상 아무것도 없게 된다. 그래서 본래 잘 진행될 소송을 공연히 손을 써서 망쳐버렸다는 비난을 들어도 그것을 부인할 엄두조차 못 내게 된다. 그것도 결국 일종의 자신감이겠지만, 그런 자신감이야말로 그럴 경우 남게 되는 유일한 것이다. 변호사들은 충분히 진전된 단계까지 만족스럽게 진행시켜온 소송을 빼앗기게 되었을 때 특히 그런 발작적인 생각에 잘 빠져드는데, 그것은 물론 발작적인 것에 불과할 뿐 그 이상은 아니다. 그런 식으로 소송을 빼앗기는 것은 아마 변호사들에게 일어날 수 있는 최악의 일일 것이다. 피고인이 변호사로부터 소송을 박탈해버리는 일은 없으며, 그런 일은 아마 결코 일어나지 않을 것이다. 피고인은 일단 특정 변호사를 선임하게 되면 무슨 일이 있어도 그 변호사에게 붙어 있어야 한다. 피고인이 일단 도움을 요청한 상태라면 어떻게 혼자서 버텨낼 수 있단 말인가? 따라서 그런 일은 결코 일어나지 않는다. 그러나 변호사가 더 이상 따라갈 수 없는 방향으로 소송이 진행되는 경우는 더러 있다. 소송과 피고인, 모든 것이 변호사의 손에서 속절없이 떠나는 것이다. 이런 경우에는 법원 관리들과의 관계가 최상이라 해도 아무 소용이 없다. 관리들 자신도 아무것도 모르기 때문이다. 이런 경우 소송은 더 이상 어떤 도움도 받을 수 없는 새로운 단계, 도저히 접근이 불가능한 법원들에 의해 진행되는 단계, 피고인에게도 더는 변호사의 손길이 미치지 못하는 단계로 접어든 것이다. 이런 경우, 어느 날 집에 돌아와보면 이 사건을 위해 온갖 정성을 기울이면서 더없이 밝은 희망 속에서 작성했던 그 많은 청원서들이 모두 책상 위에 고스란히 놓여 있는 것을 발견하게 된다. 소송의 새로운 단계에서는 전용될 수 없어서 반려된 것으로, 아무짝에도 쓸모없는 휴짓조각이 된 것이다. 그렇다고 해서 소송에서 패소했다고는 할 수 없다. 그런 것은 결코 아니다. 적어도 그렇게 추측할 근거가 전혀 없다. 다만이제는 소송에 대해 알 수 있는 것이 없으며, 아울러 더 이상 그에 대해 알아낼 방도가 없다는 것뿐이다. 그런데 다행스럽게도 그런 경우는 예외적인 것이며, 만일 K의 소송이 그런 경우에 해당된다고 하더라도 지금으로서는 그런 단계와는 거리가 멀다는 것이다. 따라서 현상황에서는 아직 변호사가 개입해 조치를 취할 기회가 충분히 있으며, 그 기회들을 철저히 활용할 것이라는 점을 믿어도 좋다고 했다. 언급한 대로 청원서는 아직 제출하지 않았지만 급하게 서두를 건 없다. 훨씬 더 중요한 것이 유력한 관리들과 예비 상담을 갖는 일인데, 그것은 이미 성사되었다는 것이다. 그리고 솔직하게 말하자면, 다양한 성과가 있었다고 한다. 현재로서는 세세한 내용을 밝히지 않는 것이 훨씬 더 좋은데, 그 내용을 들으면 K는 좋지 않은 영향을 받게 되어 지나치게 희망적이 되거나 너무 불안해할 수도 있다는 것이다. 따라서 관리들 중 몇 명은 매우 호의적인 반응을 보이면서 상당히 협력적으로 나온 반면, 다른 사람들은 그보다는 덜 호의적이었지만 도와주기를 거부한 것은 결코 아니라는 정도만 말하겠다고 했다. 그러니까 그동안의 결과들은, 물론 예비 교섭이라는 것이 모두 비슷하게 시작되며 일이 더 진전된 후에야 그 가치를 드러내는 법이기 때문에 거기서 특별한 결론을 이끌어내기는 곤란하겠지만, 전체적으로 볼 때 매우 만족스러운 편이라는 것이다. 하여튼 아직 실패한 건 아무것도 없으며, 만일 그 모든 것에도 불구하고 법원 사무처장의 마음을 얻는 데 성공한다면, 이를 위해서도 이미 여러 조치들을 취해두었지만, 사안 전체가 외과 의사들의 표현대로 깔끔한 상처라고 할 수 있으며 앞으로 다가올 일을 편안한 마음으로 기다릴 수 있다는 것이다.

이런 이야기, 그리고 이와 비슷한 이야기를 하는 데 있어 변호사는 지칠 줄을 몰랐다. 찾아갈 때마다 그는 이런 이야기를 되풀이했다. 매번 진척이 있다고는 했지만, 한 번도 어떤 종류의 진척인지는 알려주지 않았다. 변호사는 언제나 첫 청원서를 작성하고 있었지만, 결코 완성되지는 않았다. 다음번에 가면 그것이 오히려 대단히 다행스러운 일이었음이 드러나는데, 지난번에는 예측할 수 없었지만 청원서를 제출하기에 매우 불리한 시기였다는 것이다. 그런 식의 이야기에 지친 K가, 애로사항이 많다는 것은 알겠지만 그럼에도 일이 너무 느리게 진척되는 게 아니냐고 의견을 밝히기라도 하면, 결코 느리게 진척되는 것이 아니며, 만일 K가 제때 변호사에게 의뢰만 했더라도 훨씬 더 많은 진전이 있었을 것이라는 답변이 돌아왔다. 유감스럽게도 K가 그 일을 소홀히 하여, 그 실수 때문에 앞으로 시간적인 면에서뿐만 아니라 다른 점에서도 불리한 결과들을 초래할 것이라고 했다.

이 괴로운 방문 시간을 고맙게도 방해해준 유일한 존재는 레니였다. 그녀는 늘 적절한 기회를 틈타 K가 와 있는 동안에 변호사에게 차를 가져다주는 기지를 발휘했다. 그러고 나서 그녀는 K의 뒤에 서서 변호사가 찻잔을 향해 몸을 깊이 수그리며 게걸스럽게 차를 따라 마시는 모습을 지켜보는 척하면서 슬며시 K에게 손을 잡게 했다. 방 안에는 완전한 침묵이 흘렀다. 변호사는 차를 마셨고, K는 레니의 손을 꽉 잡았으며, 가끔 레니는 대담하게도 K의 머리카락을 부드럽게 쓰다듬기도 했다. "넌 아직도 거기 있는 거야?" 차를 다 마시고 나서 변호사가 물었다. "찻잔을 가지고 가려고요." 레니는 이렇게 대답하면서 마지막으로 한 번 더 손을 꽉 잡았다. 변호사는 입을 닦고서 새로 활기를 찾아 K에게 다시 이야기를 늘어놓기 시작했다.

변호사가 노리는 효과가 과연 위로였을까, 아니면 절망이었을까? K는 알 수가 없었다. 하지만 그는 자신의 변호가 좋은 사람의 손에 맡겨지지 않았다는 것은 확신할 수 있을 것 같았다. 변호사가 가능한 한 자기 자신을 전면에 부각시키려 한다는 점, 그리고 그의 말에 따르면 K의 소송은 아주 큰 건인데, 그가 아직 한 번도 그렇게 큰 소송을 맡아본 적이 없다는 점은 쉽게 간파할 수 있었지만, 변호사가 이야기한 내용은 전부 사실인지도 몰랐다. 그러나 누누이 강조하는 관리들과의 개인적인 관계는 계속 의심스러웠다. 그런 개인적인 연줄이 과연 K에게 전적으로 이로운 방향으로만 이용될 수 있을까? 변호사 자신이 결코 잊지 않고 언급하듯이, 그가 알고 지내는 관리들은 어디까지나 하급 관리들이다. 이들은 매우 종속적인 지위에 있는, 소송의 향방이 그들의 승진에 분명히 큰 의미를 갖는 그런 관리들이다. 어쩌면 이 관리들이 항상 변호사를 이용해서, 피고인에게는 당연히 불리한 방향으로 소송에 영향을 미치려는 건 아닐까? 아마도 모든 소송에서 그렇게 하지는 않을 것이며, 그럴 개연성은 아주 낮았다. 그렇다면 그들로서도 변호사의 명성을 지켜주는 것이 중요하기 때문에, 관리들에게 서비스를 제공하는 반대급부로 변호사가 일정한 이득을 얻게 되는 소송들도 있을 것이다. 실상이 그러하다면 그들은 K의 소송, 다시 말해 변호사의 설명대로라면 매우 어렵고 중요한 소송이어서 시작부터 법원의 엄청난 주목을 끌었던 이 소송에 어떤 방식으로 개입을 할 것인가? 그들이 무엇을 할 것인가에 대해서는 그다지 의문의 여지가 없었다. 소송이 벌써 몇 달째 지속되고 있는데도 여전히 첫 청원서가 제출되지 않았다는 사실, 그리고 변호사의 언급에 따르면 모든 것이 시작 단계에 머물러 있다는 사실에서 이미 그 징후를 감지할 수 있었다. 이런 상황은 물론 피고인의 의식을 마비시키고 무력한 상태로 붙들어 놓기에 적절한 것이다. 그런 후 그들은 갑자기 판결을 내리거나, 아니면 적어도 피고인에게 불리한 쪽으로 종결된 예심 결과가 상급 관리들에게로 이송되었다는 통지를 보내는 방식으로 피고인을 습격할 수 있을 것이다.

K 자신이 직접 나서는 것이 절대적으로 필요했다. 온갖 생각이 제멋대로 머릿속을 스쳐가는 이 겨울날 오전처럼 극심한 피로 상태에서도 이런 확신만은 떨쳐버릴 수 없었다. 소송에 대해 이전에 품었던

경멸감은 더 이상 통하지 않았다. 그가 세상에 혼자 사는 것이라면 소송 같은 건 가볍게 무시할 수도 있었을 것이다. 물론 그런 경우라면 소송 같은 건 아예 생겨나지도 않았을 것이다. 그러나 지금은 숙부가 벌써 그를 변호사에게 끌고 왔으며, 집안과 가족들도 고려해야 하는 처지에 있었다. 그의 직위 또한 소송 진행 상황과 완전히 무관할 수는 없었다. 조심성 없게도 그 스스로가 몇 명의 지인들 앞에서 뭐라고 설명하기 어려운 일종의 만족감을 느끼며 소송에 대해 언급한 적이 있고, 어떻게 된 것인지는 모르겠지만 다른 사람들도 소송에 대해 알게 되었다. 뷔르스트너 양과의 관계도 소송에 따라 흔들리는 것 같았다. 요컨대 그에게는 소송을 받아들이거나 거부할 수 있는 선택권이 없었다. 그는 소송의 한복판에 서서 자신을 방어해야 했다. 그가 지쳐 있다면, 그것은 불행한 일이 아닐 수 없다.

물론 현재로서는 지나치게 걱정할 이유가 없었다. 그는 은행에서 비교적 짧은 기간에 높은 지위에 올랐고, 모두의 인정을 받는 가운데 그 자리를 유지했다. 그는 이제 그것을 가능하게 했던 그 능력을 소송 쪽으로 약간만 돌리기만 하면 된다. 그러면 좋은 결과가 있을 것이라는 점은 의심의 여지가 없었다. 특히 뭔가 성과를 거두려면 자신에게 혹시 죄가 있을지도 모른다는 생각을 처음부터 완전히 떨쳐버려야 했다. 죄 같은 건 없었다. 소송이라는 건 그가 자주 은행 쪽에 이득이 되도록 결말지었던 중요한 비즈니스 거래와 별다를 게 없었다. 이런 거래에는 일반적으로 여러 위험이 도사리고 있기 마련이었고, 그런 위험들은 막아내야 하는 것이다. 이 목적을 달성하기 위해서는 물론 어떤 막연한 죄에 대한 생각에 휘말려서는 안 되며, 모든 생각을 자신의 이익에 집중해 매달려야 한다. 이런 관점에서 보면 가능한 한 조속히, 가장 좋게는 오늘 저녁에라도 당장 변호사에게 한 변호 의뢰를 취소하는 것이 불가피한 일이었다. 변호사의 말에 따르면 그런 것은 전례가 없는 일이고 상당히 모욕적인 처사일 것이다. 그러나 K로서는 소송을 위한 자신의 노력이, 자기 변호사에 의해 야기된 것으로 보이는 방해물 때문에 지장을 받을 수는 없는 노릇이었다. 그러나 일단 변호사를 떼어내고 나면 즉시 청원서를 제출해야 하고, 또 그 청원서를 참작해달라고 가능하면 매일같이 재촉해야 할 것이다. 그러기 위해서는 물론 다른 사람들처럼 그냥 복도에 앉아 모자를 벤치에 올려두고 기다리는 것만으로는 충분치 못할 것이다. 자신이 직접 가거나 여자들 또는 다른 사환들을 보내 날마다 관리들을 귀찮게 쫓아다니게 하고, 관리들에게 창살 사이로 복도를 넘겨다볼 것이 아니라 책상에 앉아 K의 청원서를 검토하라고 압박을 가해야 할 것이다. 이런 노력은 중단되어서는 안 되며, 모든 것을 조직적으로 추진하면서 감시해야 할 것이다. 법원도 한 번쯤은 자신의 권리를 지킬 줄 아는 피고인을 만나봐야 한다.

K는 이 모든 것을 해낼 수 있을 것 같았지만, 청원서를 작성하는 것만큼은 큰 어려움으로 다가왔다. 이전에는, 가령 일주일 전만 해도 언젠가 이런 청원서를 직접 써야 하는 상황이 벌어질 수도 있다는 상상을 하면서 단지 부끄러운 느낌만 가졌을 뿐, 그 작업이 어려울 수도 있다는 점은 미처 생각해보지 못했다. 어느 날 오전에 있었던 일이 떠올랐다. 일이 쌓여 있는 상황에서 그는 갑자기 모든 것을 옆으로 밀쳐놓고 메모장을 집어 들었다. 청원서의 개략적인 내용을 구상해서, 그

느려터진 변호사가 쓸 수 있게 맡겨버릴까 하는 생각에서였다. 그런데 바로 그 순간에 행장실 쪽 문이 열리더니 부행장이 큰 소리로 웃으며 들어왔다. 물론 부행장은 알지도 못하는 청원서 때문이 아니라 방금 들은 증권 관련 농담 때문에 웃은 것이었지만, 당시 K는 매우 곤혹스러웠다. 그 농담을 제대로 이해하기 위해서는 그림이 필요했으므로, 부행장은 K의 책상 위로 몸을 구부리더니 K가 손에 쥐고 있던 연필을 빼앗아 청원서를 쓰려고 했던 그 메모장에 그림을 그리는 것이었다.

K는 오늘은 더 이상 수치스럽다고 생각하지 않았다. 어떻게든 청원서를 써야만 했다. 충분히 가능한 일이지만, 만일 사무실에서 청원서를 쓸 시간이 나지 않으면 밤에 집에서라도 써야 했다. 밤 시간에 쓰는 것이 여의치 않다면 휴가라도 내야 했다. 하여튼 도중에 중단하는 일은 없어야 한다. 그것은 업무에서만이 아니라 언제 어디서든 가장 어리석은 일이다. 물론 청원서를 쓴다는 것은 거의 끝이 없는 작업이다. 특별히 소심한 성격이 아니더라도, 청원서를 완성한다는 것 자체가 불가능한 일이라는 생각은 누구든지 쉽게 가질 수 있다. 그것은 변호사가 청원서를 완성하지 못하는 이유로 보이는 게으름이나 간교한 속셈 때문이 아니다. 현재 무슨 이유로 기소되었는지도 모르고 앞으로 그것이 어떻게 확대될지 전혀 감조차 잡을 수 없는 상황에서, 지금까지의 삶 전부를 아주 사소한 행동과 사건들에 이르기까지 기억 속에 떠올려 서술하고 모든 방면에서 검토해야 하는 작업이기 때문이다. 더구나 그것은 참으로 우울한 작업이다. 그런 일은 언젠가 은퇴를 하고 난 후에 다시 어린아이 같은 심성이 되는 노년의 정신이 몰두

하기에 적절하고, 노년의 기나긴 날들을 보내는 데 도움이 될 것이다. 그런데 K는 모든 사고력을 일에 집중해야 하는 이때, 아직 승진 가도에 있고 어느새 부행장에게 위협적인 존재가 되어 매시간이 너무나도 빨리 흘러가는 이때, 그리고 젊은이로서 짧은 저녁 시간과 밤 시간을 즐기고 싶은 이때, 이런 청원서나 작성하기 시작해야 한단 말인가. 이런 생각을 하니 또다시 한탄이 터져나왔다. 그는 거의 자신도 모르게, 이런 상념에서 벗어나기 위해 대기실로 연결된 벨의 단추를 손가락으로 더듬었다. 단추를 누르면서 시계를 올려다보았다. 열한시였다. 두 시간이라는 길고도 소중한 시간을 공상으로 보냈으니 당연히 전보다 더 피곤했다. 그렇지만 시간을 허비한 것은 아니었다. 그는 분명 진가가 드러날 모종의 결심을 한 것이다. 사환이 여러 종류의 우편물과 함께 상당히 오랜 시간 K를 기다리고 있는 두 신사의 명함을 가져왔다. 그들은 무슨 일이 있어도 기다리게 해서는 안 되는 은행의 매우 중요한 고객들이었다. 그들은 어째서 이렇게 좋지 않은 때에 찾아온 것일까? 그러나 손님들 쪽에서는 닫힌 문 뒤에서 이렇게 묻고 있을 것이다. 어째서 그 성실한 K씨가 업무의 황금시간을 사적인 용무에 사용하는 것일까? 앞서의 일로 지쳐서, 그리고 이제 다가올 일을 지친 표정으로 기다리면서, K는 첫 손님을 맞기 위해 자리에서 일어났다.

첫 손님은 체구가 작고 생기 넘치는 신사로, K가 잘 아는 제조업자였다. 그는 K가 중요한 일을 하고 있는데 방해해서 죄송하다고 했고, K 쪽에서는 그를 너무 오래 기다리게 한 데 대해 사과했다. 그런데 그는 이 사과의 말을 아주 기계적으로 하고, 더구나 억양까지 거의 잘못 말했기 때문에 만일 제조업자가 사업 건에 완전히 열중해 있지 않았더라면 분명 알아차렸을 것이다. 그러나 제조업자는 그것을 눈치채지 못하고 여기저기 호주머니에서 급히 견적서와 일람표를 꺼내 K 앞에 펼쳐놓으며 이런저런 항목을 설명했고, 대강 훑어보는 사이에 눈에 띈 사소한 계산 착오 하나를 바로잡았다. 그러더니 그는 약 일 년 전에 K와 계약했던 유사한 사업을 상기시키고는, 지나가는 말로 이번에는 다른 은행이 막대한 희생을 감수하면서도 그 사업을 따내려 한다고 언급한 후에, 마침내 K의 의견을 듣기 위해 입을 다물었다. K도 사실 처음에는 제조업자의 말을 잘 따라갔다. 또 그것이 중요한 사업이라는 생각도 하고 있었지만, 유감스럽게도 그리 오래가지는 못했다. 곧 제조업자의 말이 귀에 들어오지 않기 시작했다. 그는 한동안은 더 큰 목소리로 외쳐대는 제조업자의 말에 고개를 끄덕였으나 결국 그것도 그만두었고, 몸을 구부려 서류를 들여다보는 상대방의 벗어진 머리를 바라보면서, 저런 이야기들을 늘어놓는 것이 아무 소용이 없다는 걸 저 제조업자가 언제쯤이나 깨닫게 될까 생각할 뿐이었다. 그러다가 제조업자가 입을 다물자, K는 상대방이 자신에게 더 이상 이야기에 집중할 수 없다는 고백을 할 기회를 주기 위해 상대방이 입을 다문 것이라고 생각했다. 그러나 어떤 대답이라도 들을 각오가 되어 있는 제조업자의 긴장된 눈빛을 보자, 그는 정말 유감스럽게도 이 비즈니스 상담이 계속될 수밖에 없겠다는 것을 깨달았다. 그래서 K는 마치 무슨 명령을 받는 사람처럼 고개를 숙이고, 연필을 서류 위에서 이리저리 천천히 옮기다가 때때로 동작을 멈추고는 거기에 있는 숫자를 가만히 응시했다. 제조업자는 K가 이의를 제기하는 것이라고 추측했다. 아마 숫자들이 실제로 정확하지 않았거나, 어쩌면 정말 결정적이지 못했을 수가 있었다. 하여튼 제조업자는 서류를 손으로 가리고는 K에게 바싹 다가앉으면서 사업에 대한 총괄적인 설명을 다시 시작했다. "어렵군요." K는 이렇게 말하면서 입술을 오므렸다. 그런데 그가 유일하게 붙잡을 수 있는 서류들이 하필이면 가려져 있어서 그는 힘을 잃고 한쪽 의자 팔걸이 쪽으로 푹 쓰러져버렸다. 바로 그때 행장실 쪽의 문이 열리면서 마치 엷은 베일에 가려진 것처럼 부행장의 모습이 희미하게 나타났는데, 그는 힘 빠진 시선으로 올려다보기만 했다. K는 이 일에 대해 더 깊이 생각하지 않고 그로 인해 생겨난 직접적인, 아주 기분 좋은 효과만을 눈으로 따라갔다. 제조업자가 자리에서 벌떡 일어나서 부행장에게로 급히 걸어갔던 것이다. 혹시 부행장이 다시 사라져버리지 않을까 염려스러웠던 K는 제조업자가 열 배쯤 더 빠르게 가주었으면 싶었다. 그러나 그것은 쓸데없는 염려였다. 두 사람은 서로 악수를 하더니 함께 K의 책상 쪽으로 걸어왔다. 제조업자는 부장이 자신의 사업에 별로 관심을 보이지 않는다고 불평하며 K를 가리켰고, 부행장이 쳐다보자 K는 다시 서류 위로 몸을 구부렸다. 이어 두 사람은 책상에 기대어 섰고, 제조업자는 이제 부행장을 자기편으로 만들려 하고 있었다. 그들의 키가 훨씬 큰 것처럼 과장해서 상상하던 K에게는 그 모습이 마치 머리 위에서 두 남자가 자기에 관한 협상을 벌이고 있는 것처럼 느껴졌다. 그는 두 눈을 살짝 치켜뜨고 그 위에서 무슨 일이 벌어지는지 천천히 살피려고 했다. 그는 보지도 않고 책상에서 서류를 하나 집어 손바닥에 올려놓고는, 몸을 일으켜 세우면서 위쪽 두 사람이 있는 방향으로 서서히 서류를 들어 올렸다. 그렇게 하면서 마음속으로 무슨 특별한 생각을 한 건 아니고, 다만 언젠가 그의 무죄를 완전히 밝혀줄 그 대단한 청원서를 완성했을 때 이렇게 하리라는 생각으로 취한 행동이었다. 부행장은 온 신경을 기울여 대화에 참여하다가 그 서류를 단지 힐끔 쳐다보았을 뿐, 무슨 내용이 적혀 있는지는 훑어보지도 않았다. 부장에게 중요한 것이라고 해서 그에게도 중요한 것은 아니었기 때문이다. 그는 K의 손에서 서류를 받아 들면서 말했다. "고마워요. 벌써 다 알고 있어요." 그러더니 부행장은 그것을 다시 가만히 책상 위에 올려놓았다. K는 참담한 기분이 되어 그를 곁눈으로 쏘아보았다. 그러나 부행장은 그것을 전혀 알아차리지 못했는데, 만일 알아차렸다면 도리어 기분이 좋아졌을 것이다. 그는 때때로 요란한 웃음을 터뜨렸고, 한번은 자신의 재치 있는 응수에 제조업자가 역력히 당황해하는 기색을 보이자 즉시 자기 말에 스스로 이의를 제기함으로써 얼른 사태를 수습했다. 그러고 나서 이 사안을 마무리 짓자며 마침내 제조업자에게 자기 방으로 건너가자고 권했다. "이것은 매우 중요한 사안입니다." 그가 제조업자에게 말했다. "분명히 잘 알고 있지요. 그리고 우리 부장께서도," 이 말도 사실 제조업자를 보며 했다. "우리가 이 일을 가져가면 분명히 좋아할 겁니다. 이 건은 차분히 숙고해야 하는 일입니다. 그런데 부장은 오늘 업무가 너무 과중해 보이고, 게다가 대기실에는 벌써 몇 시간째 기다리는 사람들이 있습니다." K는 겨우 부행장에게서 몸을 돌리고는, 친절하기는 하지만 어색한 미소를 제조업자에게 보낼 수 있을 정도의 자제력을 회복했다. 그 외에는 전혀 관여하지 않고, 마치 판매대 뒤의 점원처럼 두 손으로 책상을 짚은 채 몸을 약간 앞으로 굽히고는, 두 사람이 이야기를 나누면서 책상에서 서류를 집어 들고 행장실 쪽으로 사라지는 모습을 지켜보았다. 제조업자는 문 앞에서 사라지기 전에 뒤로 몸을 돌리더니, 아직 작별을 하는 것은 아니고 상담 결과에 대해서는 물론 부장님께 보고를 할 것이며 또 다른 일로 잠시 더 드릴 말씀이 있다고 말했다.

마침내 K는 혼자가 되었다. 그는 더 이상 어떤 고객도 맞이할 생각이 없었다. 그의 의식 속에서는, 밖에 있는 사람들은 그가 아직 제조업자와 상담중이라 아무도, 사환까지도 그의 방에 들어가지 못한다고 믿고 있을 테니 이 얼마나 통쾌한 일인가, 하는 생각만 희미하게 떠오를 뿐이었다. 그는 창가로 가서 창문턱에 걸터앉아 한 손으로 문고리를 꽉 잡은 채 광장을 내려다보았다. 여전히 눈이 내리고 있었고, 날이 환하게 밝아올 기미는 아직 보이지 않았다.

그는 자신이 도대체 무슨 일로 걱정을 하는지도 인식하지 못한 채 오랫동안 그렇게 앉아 있었다. 때때로 무슨 소리를 들은 것 같은 착각에 약간 놀라 어깨 너머로 대기실 문 쪽을 바라볼 뿐이었다. 그러나 들어오는 사람이 없자 마음이 평온해졌고, 세면대로 가서 찬물로 세수를 하고 나니 머릿속이 한결 개운해져 다시 창가의 자리로 돌아왔다. 자신의 변호를 직접 해야겠다는 결심은 이제 처음에 생각했던 것보다 더욱 확고해졌다. 변호사에게 맡겨놓은 동안 자신은 소송으로 인한 직접적인 영향을 거의 받지 않았다. 다만 멀리서만 지켜보았을 뿐, 소송이라는 것과 직접 접촉하게 되는 일도 없었다. 그는 원하기만 하면 언제든지 자기 사건이 어떻게 되고 있는지 들여다볼 수 있었고, 또 언제든지 머리를 뒤로 뺄 수도 있었다. 그러나 이제 그가 변호를 직접 맡게 된다면, 적어도 얼마 동안은 자신을 법원에 전적으로 노출

시켜야 할 것이다. 그것이 성공을 거둔다면 완전하고도 궁극적인 해방으로 연결될 수도 있겠지만, 이를 달성하기 위해서는 우선 전보다도 훨씬 더 큰 위험 속으로 들어가야 한다. 행여 이런 결론에 조금이라도 의심이 든다면, 오늘 부행장과 제조업자가 함께한 자리로 말미암아 그런 의심의 여지가 없음은 충분히 입증되었다고 해야 할 것이다. 그는 그저 자기 자신을 변호하겠다는 간단한 결심을 했을 뿐인데 벌써 온통 그 생각에만 사로잡혀 얼마나 속수무책으로 앉아 있었던가? 앞으로 사태는 어떻게 되어갈 것인가? 그의 앞에는 얼마나 끔찍한 날들이 놓여 있을까? 그가 온갖 난관을 뚫고 좋은 결말로 이끄는 길을 과연 찾아낼 수 있을까? 주도면밀한 변호 외에 다른 것은 모두무의미한 것인데, 이 주도면밀한 변호라는 것은 동시에 다른 일체의 일에서 가능한 한 자신을 떼어내야 함을 뜻하는 것이 아닐까? 이 모든 것을 과연 잘 극복해낼 수 있을까? 그리고 은행에 다니면서 그것을 성공적으로 실행할 수 있을까? 문제가 되는 것은 청원서만이 아니었다. 지금으로서는 휴가를 요청하는 일도 큰 모험일 수 있지만, 어쨌든 휴가를 얻으면 청원서야 충분히 해결할 수 있을 것이다. 정말 문제가 되는 것은 앞으로 얼마나 걸릴지 도무지 예측할 수가 없는 소송 전체인 것이다. K의 인생행로에 갑자기 이 무슨 장애물이 닥친 것인가!

지금 이런 상황에서 은행 일을 하고 있어야 하는가? 그는 책상 위를 쳐다보았다. 이제 고객들을 들어오라고 해서 상담을 계속해야 할까? 그의 소송은 계속 진행중이고, 저 위쪽 다락층에서는 법원 관리들이 그의 소송에 관한 서류들을 들여다보고 있는데, 그는 이렇게 은행 업무에 매달려 있어야 하는 것인가? 은행 업무는 소송과 연관되어 있고 소송에 부수적으로 동반되는, 그리고 법원이 인정한 일종의 고문 같은 것이 아닐까? 그리고 은행에서는 그의 업무를 평가할 때 그의 특수한 상황을 고려해줄까? 아무도, 그리고 절대로 그렇게 하지 않을 것이다. 누가 얼마나 알고 있는지는 분명치 않지만 그의 소송 문제가 전혀 알려지지 않은 것은 아니었다. 그로서는 이런 소문이 부행장의 귀에까지는 아직 들어가지 않았으면 하는 바람이지만, 만일 이미 들어갔다면 부행장은 K에 대한 일말의 동료애나 인간적인 동정은 집어치우고 어떻게든 그 소문을 이용하려는 모습을 분명하게 드러냈을 게 틀림없었다. 그렇다면 행장은? 행장은 K에게 호의를 갖고 있는 것이 분명하므로, 아마 소송에 관한 이야기를 듣게 된다면 힘닿는 데까지 K를 위해 여러 편의를 봐주려 애쓸 것이다. 그러나 행장의 이런 노력은 그다지 성공을 거두지 못할 것이다. 왜냐하면 이제껏 K의 견제로 유지되었던 균형상태가 무너지기 시작하면서 행장은 이제 부행장의 영향을 더 많이 받게 될 것이기 때문이다. 게다가 부행장은 행장의 건강이 좋지 않다는 점도 자신의 권력을 강화하는 데 이용하려 들 것이다. 그렇다면 K에게는 이제 어떤 희망이 남아 있을까? 이런 생각에 몰두하는 것이 오히려 그의 저항력을 약화시키겠지만, 스스로를 기만하지 않고 현재 상황에서 할 수 있는 한 모든 걸 명확하게 판단하는 것 또한 필요한 일이었다.

특별한 이유가 있는 것은 아니고, 다만 지금은 책상으로 돌아가고 싶지 않아서 그는 창문을 열었다. 창문은 쉽사리 열리지가 않아 양손으로 문고리를 돌려야 했다. 그러자 연기가 뒤섞인 안개가 온 창을 통해 사무실 안으로 밀려 들어와 희미한 탄내를 실내에 퍼뜨렸다. 눈송이도 간간이 바람에 실려 들어왔다. "고약한 가을 날씨군요." K의 등 뒤에서 제조업자가 말했다. 그는 부행장과 헤어진 후 아무 기척도 없이 방 안에 들어와 있었다. K는 고개를 끄덕이며 불안한 시선으로 제조업자의 서류가방을 바라보았다. 제조업자는 이제 부행장과의 협상 결과를 K에게 전하기 위해 그 가방에서 서류를 꺼내들 것이다. 그러나 제조업자는 K의 시선을 좇으면서 가방을 열지 않고 그냥 두드리기만 하며 말했다. "결과가 어떻게 되었는지 듣고 싶으시겠지요. 잘 된 편입니다. 이 가방 안에 사인한 사업계약서가 들어 있는 거나 마찬가지죠. 부행장님은 참 매력적인 분입니다. 하지만 전혀 안심할 수만은 없지요." 그는 웃으며 K의 손을 잡고 흔들면서 함께 웃게 하려고 했다. 그러나 K는 제조업자가 서류를 보여주지 않으려는 것이 수상하게 여겨졌고, 그의 말이 하나도 우습지 않았다. "부장님." 제조업자가 말했다. "날씨 때문에 괴로우신 모양이군요. 오늘은 아주 상심한 모습이네요." "그렇습니다." K는 이렇게 말하며 손으로 관자놀이를 만졌다. "머리도 아프고, 골치 아픈 집안 문제도 있거든요." "사실 그렇지요." 제조업자가 말했다. 그는 성미가 급해서 다른 사람의 말을 가만히 듣고 있지를 못했다. "누구나 자신이 져야 할 십자가가 있는 법이지요." K는 제조업자를 배웅하려는 듯 자기도 모르게 문을 향해 한 발자국 걸어갔으나, 제조업자는 이렇게 말했다. "부장님, 잠시 더 드릴 말씀이 있습니다. 하필 오늘 이런 말씀을 드려 마음을 더 무겁게 만드는 것 같아 매우 염려스럽습니다만, 최근에 두 번이나 찾아오고도 번번이 말씀드리는 것을 잊어버렸거든요. 또 미룬다면 아예 그 의미를 잃어버릴 것 같아서요. 그렇게 되는 건 안타까운 일인데, 사실 제가 말씀드리는 것이 그렇게 무가치한 것 같지 않기 때문입니다." K가 대답할 틈도 없이 제조업자는 가까이 다가오더니, 손가락 관절로 그의 가슴을 가볍게 두드리며 나지막한 목소리로 말했다. "지금 소송중에 있지요, 그렇죠?" K가 뒤로 물러나면서 즉시 외쳤다. "부행장이 말했군요!" "아, 그렇지 않습니다." 제조업자가 말했다. "부행장님이 그걸 어떻게 아시겠어요?" "그럼 당신은요?" K가 훨씬 침착한 어조가 되어 물었다. "저는 때때로 법원 소식을 듣고 있습니다." 제조업자가 말했다. "제가 드리려던 말씀도 바로 그에 관한 겁니다." "참으로 많은 사람들이 법원과 관계를 맺고 있군요!" K는 고개를 숙인 채 이렇게 말하고는 제조업자를 책상 쪽으로 데려갔다. 아까처럼 다시 앉자 제조업자가 말을 이었다. "유감스럽게도 제가 말씀드릴 수 있는 건 별로 많지 않습니다. 그러나 이런 일에서는 아무리 사소한 일이라도 소홀히 해서는 안 되지요. 저는 어떻게든 부장님을 도와드리고 싶습니다. 물론 제 도움이 보잘것없는 것일 수도 있지만요. 그래도 우리는 그동안 좋은 사업 친구였으니까요, 안 그런가요? 이제 말씀을 드리지요." K는 오늘 상담 때 보인 자신의 행동에 대해 사과하고자 했지만, 제조업자는 중간에 말이 끊기는 것을 용납하지 않았다. 그는 자신이 바쁘다는 것을 보여주기 위해 서류가방을 겨드랑이 밑까지 밀어 올리더니 이야기를 계속했다. "부장님의 소송에 대해서는 티토렐리라는 사람한테 듣고 알게 되었습니다. 그는 화가인데, 티토렐리는 예명일 뿐이고 실제 이름은 저도 모릅니다. 그는 몇 년 전부터 가끔씩 제 사무실에 들르는데 조그만 그림들을 가지고 옵니다. 거의 거지나 다름없는 사람이라 그림 값으로 저는 매번 일종의 적선을 합니다. 하여튼 예쁜 그림들인데, 황야의 풍경이나 그와 유사한 것들입니다. 우리 두 사람도 어느새 익숙해져서 그런 거래는 아주 자연스럽게 진행되었지요. 그런데 언젠가 그가 너무 자주 찾아오기에, 제가 불만을 토로하면서 대화를 나누게 되었습니다. 그림만 그려서 어떻게 생계를 유지할 수 있는지 궁금했는데, 놀랍게도 그의 주된 수입원은 초상화를 그리는 것임을 알게 되었습니다. 법원을 위해 일한다고 하더군요. 그래서 어느 법원이냐고 물었습니다. 그러자 법원에 관한 이야기를 들려주는데, 그 이야기를 듣고 제가 얼마나 놀랐을지 부장님은 충분히 상상이 갈 겁니다. 그 이후로 저는 그가 방문할 때마다 법원에 관한 새로운 소식을 듣게 되었고, 점차 그런 문제에 대해 나름대로 식견도 갖게 되었습니다. 물론 티토렐리는 상당히 수다스러워서 제가 그의 말을 가로막아야 할 때가 많습니다. 그가 분명 거짓말도 합니다만 그것 때문에 중단시키는 것은 아니고, 무엇보다 저 같은 사업가의 경우 자기 사업 걱정만으로도 쓰러질 지경이어서 다른 사람 일에 신경 쓸 여유가 없으니까요. 하지만 이건 부차적인 이야기일 뿐입니다. 지금 드는 생각입니다만, 어쩌면 티토렐리가 부장님께 조금은 도움이 될 수 있겠다 싶더군요. 그는 판사들을 많이 알고 있고, 그 자신은 큰 영향력이 없다 하더라도 어떻게 하면 여러 유력 인사들에게 접근할 수 있는지는 조언해줄 수 있겠지요. 이런 조언들이 그 자체로는 결정적인 게 못 된다 해도, 부장님께서 그것을 받아들인다면 큰 의미를 가질 수도 있다고 봅니다. 부장님은 사실상 거의 변호사나 다름없으니까요. 저는 늘 'K 부장님은 거의 변호사나 다름없다'고 말한답니다. 아, 저는 부장님의 소송에 대해서는 전혀 염려하지 않습니다. 그런데 티토렐리에게 한번 가보시겠습니까? 제 소개장만 있으면 그 친구는 틀림없이 자기가 할 수 있는 일은 뭐든 해드릴 겁니다. 저는 부장님이 꼭 한번 가보셔야 한다고 생각합니다. 물론 오늘 당장 가셔야 하는 건 아니지만, 조만간 기회가 되면 말입니다. 그러나 제가 이런 조언을 드린다고 해서 티토렐리에게 꼭 가야 한다는 의무감 같은 건 전혀 가질 필요가 없다는 것도 말씀드려야겠군요. 아니, 부장님께서 티토렐리 같은 사람 없이도 잘 해나갈 수 있다고 생각하신다면, 그 친구를 전혀 개입시키지 않는 것이 분명히 더 낫습니다. 아마도 부장님께는 벌써 모종의 치밀한 계획이 있을 테니, 티토렐리 같은 친구가 도리어 방해가 될 수도 있습니다. 아니, 그런 경우라면 당연히 가지 말아야 합니다! 그런 친구한테 조언을 듣자면 또한 자신을 이겨내는 인내심도 반드시 필요합니다. 그러니 원하는 대로 하십시오. 이것은 제 소개장이고, 이것은 그의 주소입니다."

　K는 실망감을 느끼며 소개장을 받아 주머니에 집어넣었다. 이 소개장이 그에게 가져다줄 이득이라는 것은 가장 유리한 경우라 하더라도, 제조업자가 그의 소송에 대해 알고 있고 또 화가가 이에 관한 소식을 퍼뜨림으로써 생겨날 손실에 비한다면 비교가 안 될 정도로 작은 것이었다. 그는 벌써 문 쪽으로 가고 있는 제조업자에게 억지로라도 몇 마디 고맙다는 말을 건네려고 했으나 말이 잘 나오지 않았다. "한번 가보도록 하겠습니다." 문가에서 제조업자와 헤어지면서 그가 말했다. "아니면 제가 요즘 몹시 바쁜 상황이니 제 사무실로 한번 와달라는 편지를 쓰겠습니다." "저는 부장님이 최선의 방법을 찾아내실 줄 알았습니다." 제조업자가 말했다. "저는 부장님이 소송에 관해 상

의하기 위해 티토렐리 같은 사람을 은행으로 불러들이는 일은 당연히 꺼리실 거라고 생각했습니다. 그리고 그런 사람에게 편지를 보내는 것도 반드시 이로울 게 없습니다. 하지만 부장님은 틀림없이 모든 걸 철저히 생각하셨을 것이고 어떻게 해야 좋은지 잘 아실 겁니다." K는 고개를 끄덕이며 제조업자와 함께 대기실을 지나갔다. 겉모습은 평온했지만 그는 자신에게 무척 놀라고 있었다. 그가 티토렐리에게 편지를 쓰겠다고 한 것은, 사실 제조업자에게 자신이 소개장을 소중히 여기고 있으며 티토렐리와 만날 수 있는 여러 가능성을 당장 검토해보겠다는 뜻을 어떤 식으로든 보여주기 위한 것일 뿐이었다. 그러나 만일 티토렐리의 도움이 가치가 있다고 생각되면, 그는 실제로 편지를 보내는 일도 주저하지 않을 것이다. 그러나 이로 인해 생겨날 위험에 대해서는 제조업자의 말을 듣고서야 비로소 깨달은 것이다. 그는 벌써 자기 자신의 판단력을 정말 이 정도로 신뢰할 수 없게 된 것일까? 문제의 소지가 있는 사람에게 은행을 방문해달라는 명백한 초청장을 보내, 부행장과 문 하나를 사이에 둔 곳에서 소송에 관한 조언을 구할 정도라면, 다른 위험도 역시 간과하고 있거나 벌써 그 위험 속으로 빠져들고 있지 않다고 어떻게 장담할 수 있을까. 아니 그런 가능성이 크지 않을까? 경고를 해주려고 누군가가 항상 곁에 있는 것은 아니다. 하필이면 전력을 다해 움직여야 할 이 시점에, 자신의 판단력에 대해 그동안은 없었던 이런 의혹이 생긴단 말인가! 사무실에서 업무를 보면서 느꼈던 어려움이 이제는 소송에서도 나타나기 시작하는 것일까? 물론 지금은 도대체 어떻게 티토렐리라는 사람에게 편지를 써서 그를 은행으로 불러들일 생각을 했는지 그로서도 도무지 납득이 가지 않았다.

　이런 생각을 하며 고개를 절레절레 흔들고 있는데, 사환이 옆으로 다가오더니 대기실 의자에 세 명의 손님이 앉아 있다고 알려주었다. K와 면담을 하기 위해 벌써 오랫동안 기다린 사람들이었다. 이제 사환이 K와 이야기를 나누는 것을 보고 그들은 자리에서 벌떡 일어나 서로 먼저 K에게 접근할 기회를 잡으려고 했다. 은행 측에서 무심하게도 대기실에서 시간을 허비하도록 고객을 방치해두었으니, 이제는 그들도 더 이상 배려심을 보이려 하지 않았다. "부장님." 그들 중 한 사람이 말했다. 그러나 K는 사환에게 외투를 가져오게 하고는 그의 도움을 받아 외투를 입으면서 세 사람 모두에게 말했다. "여러분, 죄송합니다. 유감스럽게도 지금은 여러분들을 만날 시간이 없습니다. 대단히 미안하지만, 업무상 시급히 처리해야 할 일이 있어 즉시 나가봐야 합니다. 제가 지금 여기에 얼마나 오래 붙잡혀 있었는지는 여러분도 보셨지요. 내일이나 다른 날에 다시 들러주시겠습니까? 아니면 용건을 전화로 말씀해주시겠습니까? 아니면 무슨 용건인지 지금 간단히 말씀해주시면 제가 편지로 상세한 답변을 드리겠습니다. 물론 다음에 와주신다면 가장 좋겠고요." K의 이러한 제안에 그동안 기다린 것이 완전히 헛수고가 되어버린 세 사람은 어안이 벙벙해져서 서로를 멀뚱멀뚱 쳐다볼 뿐이었다. "그러면 우리가 합의를 본 건가요?" 이제 모자까지 가져온 사환 쪽으로 몸을 돌리면서 K가 물었다. 열려 있는 K의 사무실 문을 통해서 눈발이 더욱 세차게 날리는 바깥 풍경이 눈에 들어왔다. 그래서 K는 외투 깃을 세우고 목 바로 아래까지 단추를 채웠다.

그때 옆방에서 부행장이 걸어 나와 K가 외투를 입은 채 세 남자와 대화를 나누는 것을 빙긋이 웃는 얼굴로 바라보면서 물었다. "K 부장은 지금 외출하는 건가요?" "그렇습니다." K는 대답하면서 몸을 똑바로 세웠다. "나가서 처리해야 할 업무가 있습니다." 그런데 부행장은 어느새 고객들에게 몸을 돌린 상태였다. "그럼 이분들은요?" 그가 물었다. "다들 오랫동안 기다리시는 것 같던데." "이미 합의를 보았습니다." K가 말했다. 그러나 고객들은 더 이상 가만히 있지 못하고 K를 둘러싸더니 자신들의 용건이 중요한 것이 아니라면, 또 지금 한 사람씩 개별적으로 상세하게 상담할 필요가 없는 것이었다면, 몇 시간이나 기다리지 않았을 것이라고 설명했다. 부행장은 잠시 그들의 말에 귀를 기울이더니, 모자를 손에 들고 여기저기 먼지를 떠는 K도 쳐다보면서 이렇게 말했다. "여러분, 아주 간단한 해결책이 하나 있습니다. 여러분만 괜찮으시다면, 부장을 대신해 제가 기꺼이 상담을 해드리겠습니다. 여러분의 용건은 물론 즉시 의논해야 하는 것이겠지요. 우리도 여러분처럼 사업하는 사람들이라 사업하는 사람들의 시간이 얼마나 소중한지 압니다. 이리로 들어오시겠습니까?" 그러면서 그는 자기 사무실의 대기실로 통하는 문을 열었다.

이 부행장이라는 자는 K가 지금 부득이하게 포기할 수밖에 없는 모든 것을 정말 훌륭하게 자기 것으로 만들 줄 아는 사람이었다! 그런데 K는 꼭 필요한 것 이상을 포기하고 있는 건 아닐까? 막연하고, 자신이 보기에도 매우 빈약한 희망을 품고 알지도 못하는 화가에게로 달려가는 동안, 여기 은행에서 그의 평판은 회복할 수 없을 정도로 손상을 입고 있었다. 이제라도 외투를 벗고 옆 대기실에서 기다리고 있을 두 고객이라도 되찾아오는 것이 훨씬 더 나을지도 몰랐다. 그때 마침 K의 방에서 부행장이 마치 제 것인 양 서가를 뒤지는 모습을 보지 않았다면, 아마 그는 그렇게 했을지도 모른다. K가 흥분해서 문 쪽으로 다가가자 부행장이 외쳤다. "아, 아직 안 나갔군요!" 부행장은 K에게 얼굴을 돌렸는데, 그의 얼굴에 깊게 나 있는 많은 주름살들은 나이가 아니라 오히려 힘을 입증해주는 것 같았다. 부행장은 다시 무언가를 찾기 시작했다. "계약서 사본을 찾는 중이오." 그가 말했다. "그 회사 대표 말로는 사본이 당신한테 있다고 하던데, 찾는 걸 좀 도와주지 않겠소?" K가 한 걸음 더 다가서는데 부행장이 말했다. "아, 고맙습니다만, 방금 찾았습니다." 그러면서 부행장은 계약서 사본만이 아니라 다른 서류도 많이 들어 있는 게 틀림없는 두툼한 서류 뭉치를 들고 다시 자기 방으로 돌아갔다.

"지금은 저자를 당할 수가 없어." K가 스스로에게 말했다. "하지만 일단 내 개인적인 난제가 해결되고 나면, 저 인간은 제일 먼저 따끔한 맛, 그것도 아주 쓴맛을 보게 될 거야." 이런 생각으로 약간 마음을 가라앉힌 K는, 아까부터 복도로 나가는 문을 열어놓고 기다리는 사환에게 행장한테는 용무가 있어 외근을 나간다고 전하라고 지시한 뒤, 이제 한동안은 자기 일에 완전히 몰두할 수 있게 된 것에 대해 거의 행복감까지 느끼며 은행을 떠났다.

그는 곧바로 화가에게로 갔다. 화가는 교외에 살고 있었는데 법원 사무처가 있는 교외와는 정반대 방향이었다. 그곳은 훨씬 더 가난한 지역이었다. 집들은 더 칙칙하고 거리는 오물로 가득했는데, 오물이 녹고 있는 눈과 범벅이 되어 천천히 이리저리 쓸려 다녔다. 화가가 사는 건물에는 양쪽 문짝이 달린 큰 대문이 있었는데 그 한쪽 문이 열려 있었다. 다른 문에는 이어진 벽 아래쪽으로 구멍이 하나 뚫려 있었다. K가 다가가자 마침 그 구멍에서 김이 나는 누렇고 역한 액체가 쏟아져 나왔는데, 그것을 피해 쥐 한 마리가 가까운 시궁창으로 달아났다. 계단 아래쪽에는 어린아이 하나가 흙바닥에 배를 깔고 엎어져 울고 있었지만, 건물 입구 건너편 함석 공장에서 울려나와 모든 것을 뒤덮어버리는 소음 때문에 아이의 울음소리는 거의 들리지 않았다. 작업장은 문이 열려 있었는데, 직공 세 명이 어떤 공작 재료 주위에 반원형으로 둘러서서 그 위를 망치로 두드리고 있었다. 벽에 걸린 큼직한 함석판 한 장이 창백한 빛을 던지면서 두 직공 사이를 비춰 그들의 얼굴과 작업용 앞치마가 환하게 빛났다. K는 이 모든 것을 쓱 스치는 시선으로 훑어보았다. 그는 가능한 한 빨리 이곳에서 용무를 끝내고 싶었고, 화가에게 몇 가지만 물어본 뒤 어서 은행으로 돌아갈 생각이었다. 여기서 작은 성과라도 거두게 된다면, 은행에서의 오늘 업무에도 좋은 영향을 미칠 것이다. 4층에 이르자 그는 걸음을 늦출 수밖에 없었다. 숨이 턱까지 차오른 데다, 계단들은 상당히 높았고 오르는 길도 지나치게 길었다. 그리고 화가는 맨 꼭대기 층의 다락방에 살고 있다고 했다. 또 공기가 몹시 답답했고, 층계참도 없었으며, 좁은 계단은 양쪽이 벽으로 막혀 있었고, 벽의 거의 맨 위쪽에만 여기저기 몇 군데 작은 창이 나 있을 뿐이었다. K가 잠시 걸음을 멈추는 순간, 꼬마 여자아이 몇 명이 어느 집에선가 쏟아져 나오더니 깔깔대면서 계단을 뛰어 올라갔다. K는 천천히 그들의 뒤를 따라 올라가다가, 발이 걸려 넘어지는 바람에 다른 애들보다 뒤처지게 된 여자아이 하나를 따라잡았다. 그 아이와 나란히 걸어 올라가면서 K가 물었다. "여기에 티토렐리라는 화가가 살고 있니?" 그러자 열세 살쯤 될까 말까 한, 등이 약간 굽은 여자아이가 팔꿈치로 그를 툭 치더니 쏘아보는 듯한 눈초리로 옆에서 그를 올려다보았다. 어린 나이도 신체적인 결함도 그 아이가 일찍이 타락하는 것을 막을 수는 없었던 것이다. 여자아이는 전혀 미소도 짓지 않고 대담하고 도발적인 눈빛으로 K를 쳐다보았다. K는 아이의 그런 행동을 모르는 체하며 물었다. "혹시 화가 티토렐리를 알고 있니?" 여자아이가 고개를 끄덕이면서 되물었다. "그 사람한테 무슨 일로 오셨나요?" K로서는 빨리 티토렐리에 대해 조금이라도 알아두는 것이 이로울 것 같았다. "나를 좀 그려달라고 할 생각이야." 그가 말했다. "초상화를 그려달라고요?" 여자아이는 이렇게 되물으면서 입을 떡 벌리고는, K가 놀라운 말이나 가당치도 않은 말이라도 한 것처럼 손으로 가볍게 K를 때렸다. 그러고는 그렇지 않아도 너무 짧은 스커트를 두 손으로 추켜올리더니 재빠르게 다른 여자아이들의 뒤를 쫓아 올라갔는데, 아이들이 외치는 소리는 벌써 저 위에서 희미하게 사라져버렸다. 그런데 계단이 그 다음 구부러진 곳에서 K는 그 여자아이들을 모두 다시 만났다. 아이들은 곱사등이 여자아이에게서 K의 말을 전해 듣고 그를 기다리고 있었던 게 분명했다. 그들은 계단 양옆으로 갈라서서 K가 편히 그들 사이를 지나갈 수 있도록 벽 쪽으로 몸을 바싹 붙이고는 손으로 앞치마의 주름을 펴고 있었다. 그들의 얼굴과 도열해 있는 모습에는 천진난만한 표정과 타락의 자태가 뒤섞여 있었다. 여자아이들은 이제 모두 웃으면서 K의 뒤를 따라 올라오고 있었는데, 곱사등이 소녀가 가장 선두에서 안내 역할을 했다.

K가 곧장 올바른 길을 찾을 수 있었던 것은 그 아이 덕분이었다. 그는 계단을 따라 똑바로 위로 올라가려고 했지만, 아이가 티토렐리에게 가려면 옆으로 갈라진 계단으로 가야 한다고 알려주었다. 화가가 사는 곳으로 가는 계단은 특히 더 좁고 아주 길었으며, 구부러진 곳이 하나도 없어서 계단 전체가 한눈에 보였다. 그 위쪽이 바로 티토렐리의 집 문 앞에서 끝이 났다. 계단 쪽과는 달리 문은 위쪽에 비스듬히 나 있는 조그마한 채광창을 통해 비교적 환하게 빛을 받았다. 문은 칠을 하지 않은 나무판자들로 만들어졌고, 그 위에 빨간색의 굵은 붓글씨체로 티토렐리라는 이름이 적혀 있었다. K가 뒤따라오는 아이들과 함께 계단을 중간쯤 올라갔을 때, 소란스러운 발소리 때문이었는지 위쪽에서 문이 살짝 열리더니 잠옷 하나만 걸친 듯한 남자가 문틈으로 모습을 나타냈다. "오!" 그는 무리가 떼를 지어 몰려오는 것을 보고 소리를 지르고는 안으로 사라졌다. 곱사등이 소녀는 기뻐서 어쩔 줄 모르며 손뼉을 쳤고, 나머지 여자아이들도 K를 더 빨리 올라가게 하려고 뒤에서 그를 밀었다.

그러나 그들이 미처 다 올라가기도 전에 위에서 화가가 문을 활짝 열어젖히더니, 깊이 머리 숙여 인사를 한 후 K에게 어서 들어오라고 권했다. 하지만 그는 여자아이들은 못 들어오게 가로막았다. 여자아이들은 애걸도 하고 그가 허락하지 않자 억지로라도 밀고 들어오려 했으나, 그는 한 녀석도 들어오지 못하게 했다. 곱사등이 여자아이만이 그의 벌린 팔 아래로 미끄러져 들어오는 데 성공했지만, 화가는 아이의 뒤를 쫓아가 스커트를 움켜잡고는 한 바퀴 빙 돌리더니 문 앞의 다른 여자아이들이 있는 곳에 내려놓았다. 다른 아이들은 화가가 그렇게 자리를 비운 동안에도 감히 문지방을 넘어올 엄두를 내지 못했다. K는 이 모든 광경을 어떻게 판단해야 좋을지 몰랐다. 모든 것이 마치 친한 사이에서 서로 뜻이 맞아 벌어지는 장난과도 같은 인상을 주었기 때문이다. 여자아이들은 문에 붙어 서서 서로 경쟁적으로 목을 내밀며 화가를 향해, K는 도무지 알아들을 수 없는 여러 농담조의 말들을 외쳐댔고, 화가 또한 곱사등이 여자아이가 거의 날아가는 것 같은 모양새로 자기 손에 붙들려 있을 때도 껄껄 웃어대기만 하는 것이었다. 그런 후 그는 문을 닫고 K를 향해 다시 한 번 머리를 숙이더니 손을 내밀며 자기를 소개했다. "화가 티토렐리입니다." K는 여자아이들이 소곤거리는 문 쪽을 가리키면서 말했다. "이 동네에서 아주 인기가 좋은 것 같습니다." "아, 저 말괄량이들 말이군요!" 화가는 이렇게 말하며 잠옷 목 부분의 단추를 채우려 했으나 좀처럼 채워지지 않았다. 그는 또 맨발에 누르스름하고 헐렁한 아마포 바지를 입고 있었는데, 바지를 동여맨 허리끈의 기다란 끝이 이리저리 흔들렸다. "저 말괄량이들은 정말 성가신 놈들이죠." 그가 말을 이었다. 그러면서 마침 잠옷의 마지막 단추가 떨어져 나오자 잠옷에서 손을 떼고는, 의자를 하나 가져다가 K에게 앉으라고 권했다. "전에 한번 저들 중 한 아이를 그려준 적이 있어요. 오늘은 그 아이가 오지 않았습니다만. 그 다음부터 모두들 저를 쫓아다녀요. 내가 방에 있을 때는 허락해야만 들어오는데, 일단 외출이라도 하게 되면 적어도 한 아이는 꼭 여기에 들어와 있지요. 내 방 열쇠를 하나 만들어 서로 돌려가며 사용하는 거예요. 얼마나 짜증나는 일인지 상상도 못 하실 겁니다. 이를테면 제가 그림을 그려주기로 한 어떤 숙녀분과 집에 와서 내 열쇠로 방문

176

을 열어보면, 곱사등이 여자아이가 저기 조그만 책상 옆에 앉아 붓으로 입술을 붉게 칠하고 있고, 그 애가 돌봐야 하는 어린 동생들은 이리저리 돌아다니며 방 안을 온통 더럽히는 겁니다. 아니면 어제 처음으로 일어난 일이기는 하지만, 저녁 늦게 집에 돌아와 침대에 누우려 하는데 뭔가가 내 다리를 꼬집는 겁니다. 그러면 나는 침대 밑을 들여다보고는 저런 아이 하나를 끌어내는 거죠. 이런 사정을 고려하셔서 저의 꼴이며 방이 엉망인 걸 양해해주십시오. 그런데 저 아이들이 어째서 나한테 그렇게 달려드는지 모르겠어요. 제가 저 아이들을 이 방으로 유인하지는 않는다는 건 선생님도 방금 보셨을 겁니다. 아이들 때문에 당연히 제 일까지도 방해를 받지요. 이 아틀리에를 무료로 사용하는 게 아니라면, 벌써 다른 곳으로 이사했을 겁니다." 바로 그때 문 뒤에서 자그마한 외침 소리가 들렸는데, 여리고 겁먹은 목소리였다. "티토렐리 아저씨, 우리가 좀 들어가면 안 될까요?" "안 돼." 화가가 대답했다. "나 혼자만이라도 안 될까요?" 또다시 묻는 소리가 났다. "그것도 안 돼." 화가는 이렇게 말하고는 문으로 가서 문을 아예 잠가버렸다.

그동안 K는 방 안을 둘러보았다. 그로서는 이 궁색하고 작은 방을 도저히 아틀리에라고 부를 수는 없을 것 같았다. 가로 방향이든 세로 방향이든 큰 걸음으로 두 걸음을 넘을 것 같지 않았다. 바닥과 벽, 천장 등 모두가 나무로 되어 있었고, 나무판들 사이에는 가늘게 틈이 벌어져 있었다. K의 맞은편 벽에는 침대가 놓여 있었는데, 그 위에는 여러 색상의 침구들이 잔뜩 널려 있었다. 방 한가운데에는 이젤 위에 그림 하나가 셔츠로 가려져 있었고, 그 셔츠의 소매들이 바닥까지 드리워져 흔들거렸다. K의 뒤쪽으로는 창문이 있었는데, 바깥에 안개가 끼어 있어 창문을 통해서는 눈 덮인 이웃집 지붕 말고는 아무것도 보이지 않았다.

화가가 열쇠를 자물쇠에 넣고 문을 잠그는 광경을 보면서 K는 잠시만 있다가 갈 작정이었던 것이 생각났다. 그래서 주머니에서 제조업자의 편지를 꺼내 화가에게 건네주면서 말했다. "당신이 잘 아시는 이분을 통해 당신 얘기를 들었고, 이분의 권고로 이렇게 찾아왔습니다." 화가는 편지를 대충 훑어보고는 침대에 던졌다. 만일 제조업자가 티토렐리에 대해, 자기가 잘 아는 사람이며 자기의 자선금에 의존해 사는 불쌍한 사람이라고 그렇게 분명하게 말하지 않았더라면, 지금 이 장면을 보고 K는 티토렐리가 제조업자를 모르거나 아니면 적어도 그를 기억해내지 못하는 게 아닌가, 하고 생각했을 것이다. 더구나 화가는 이렇게 물었다. "선생님은 그림을 사시겠습니까, 아니면 초상화를 그리려는 겁니까?" K는 놀란 표정으로 화가를 쳐다보았다. 저 편지에는 도대체 뭐라고 쓰여 있는 것일까? 자신이 여기 온 이유는 다름 아닌 소송 일로 문의를 하기 위한 것임이, 제조업자가 화가에게 쓴 편지에 당연히 적시되어 있으리라고 K는 생각한 것이다. 그는 너무 성급하게, 잘 생각해보지도 않고 여기로 달려온 것이다! 그러나 우선 그는 무엇이든 간에 화가에게 대답을 해야 했기 때문에 이젤을 쳐다보면서 말했다. "그림을 그리시던 중이군요?" "그렇습니다." 화가는 말하면서 이젤 위에 걸쳐진 셔츠를 침대 위 편지 쪽으로 내던졌다. "초상화죠. 좋은 일감인데, 아직 완성되지 않았습니다." 이 우연한 기회가 K에게는 행운으로 주어졌는데, 법원에 관한 이야기를 꺼낼 수 있는 계기가 손쉽게 마련된 것이었다. 그 그림은 분명 어떤 판사의 초상화였던 것이다. 더구나 변호사 사무실에 걸려 있던 것과도 상당히 비슷했다. 물론 그림 속의 인물은 전혀 다른 법관으로, 검고 무성한 수염이 뺨 위쪽까지 덮은 남자였다. 또 전에 본 그림은 유화였으나, 지금 보는 그림은 연하고 흐릿하게 그려진 파스텔화였다. 그러나 나머지는 모두 흡사했다. 이 그림에서도 판사는 옥좌 모양의 의자에 앉아 양쪽 팔걸이를 꽉 잡고서 위협적으로 일어서는 자세를 취하고 있었다. "판사를 그린 것이군요." K는 대뜸 이렇게 말하려다가 잠시 자제하고, 마치 세부적인 것을 자세히 살펴보려는 듯 그림 쪽으로 다가갔다. 그런데 의자의 등받이 위쪽 중앙에 솟아 있는 커다란 형상이 무언지 알아볼 수가 없어서 그는 화가에게 물었다. "그건 작업을 좀 더 해야 합니다." 화가는 이렇게 대답하더니 조그만 책상에서 파스텔을 하나 집어 들고 그 형상의 가장자리 부분을 조금씩 다듬었다. 그래도 K에게는 그 형상이 더 분명하게 보이지 않았다. "이것은 정의의 여신입니다." 마침내 화가가 말했다. "이제야 알아보겠군요." K가 말했다. "이것이 두 눈을 가리고 있는 안대이고, 이것이 저울이군요. 그런데 발꿈치에 날개가 돋아 있으니 날고 있다는 건가요?" "그렇습니다." 화가가 말했다. "주문한 대로 이렇게 그릴 수밖에 없었는데, 이건 사실 정의의 여신과 승리의 여신을 하나로 합쳐놓은 겁니다." "결코 좋은 결합이 아니군요." K가 미소를 지으며 말했다. "정의의 여신은 가만히 있어야 합니다. 그렇지 않으면 저울이 흔들리고 공정한 판결을 내릴 수가 없지요." "저야 그저 주문자의 뜻에 따를 뿐이지요." 화가가 말했다. "물론 그렇겠지요." K가 자기 말로 인해 다른 사람의 기분이 상하지 않기를 바라면서 말했다. "저 인물은 실제로 옥좌에 앉아 있는 모습 그대로 그린 것이군요." "아닙니다." 화가가 말했다. "저는 저 인물도 옥좌도 본 적이 없습니다. 이건 모두 지어낸 것이죠. 하지만 무엇을 그려야 하는지는 지시를 받았습니다." "뭐라고요?" K는 화가의 말을 정말 이해하지 못하겠다는 듯 일부러 이렇게 물었다. "그런데 저 인물은 분명 재판관석에 앉아 있는 판사겠지요?" "그렇습니다." 화가가 말했다. "그러나 고위직 판사는 아니고, 이런 옥좌 같은 의자에는 앉아본 적이 없습니다." "그런데도 자신의 초상을 저렇게 위엄 있는 자세로 그리게 하나요? 마치 법원장이라도 되는 듯이 앉아 있군요." "맞아요, 저 양반들은 허영심이 강해요." 화가가 말했다. "하지만 이런 식으로 초상을 그려도 된다는 상부의 허락은 받지요. 자기 초상을 어느 정도까지 그려도 되는지는 사람마다 각자 명확한 규정이 있습니다. 다만 유감스럽게도 이 그림에서는 복장이나 의자의 세세한 부분을 판단할 수가 없습니다. 그런 것들을 묘사하는 데는 파스텔이 적합하지 않거든요." "그렇군요." K가 말했다. "파스텔로 그리는 건 이상하군요." "판사가 원한 겁니다." 화가가 말했다. "어떤 여자분에게 줄 초상화랍니다." 화가는 그림을 보니 다시 작업하고 싶은 욕구가 생겼는지 셔츠 소매를 걷어붙이고 파스텔 몇 개를 손에 쥐었다. 이어 파스텔의 끝이 떨리면서 움직이더니 법관의 머리 주변에 불그스름한 그림자가 생겨나서 그림의 가장자리를 향해 방사상으로 점차 엷게 퍼져나가는 것을 K는 지켜보았다. 이 그림자 효과는 무슨 장식물이나 고귀한 신분 표시처럼 서서히 머리를 에워쌌다. 그러나 정의의 여신은 눈에 잘 띄지 않는 음영 처리를 제외하고는 계속 밝은 색조에 감싸여 있었는데, 밝은 바탕 덕분에 여신의 형상이 더욱 도드라져 보였다. 그런데 그 모습은 더 이상 정의의 여신을 연상시키지 않았고, 그렇다고 승리의 여신도 아니었으며, 이제 오히려 사냥의 여신을 영락없이 빼닮은 모습이었다. 화가의 작업은 의외로 K의 마음을 끌었다. 그러나 K는 이렇게 오랫동안 여기에 있으면서도 본래 용건과 관련해서는 사실상 아무것도 하지 않은 자신이 원망스러웠다. "저 판사의 이름은 어떻게 되나요?" K가 불쑥 물었다. "그건 말씀드릴 수가 없습니다." 화가가 대답했다. 그는 그림 위로 몸을 굽힌 채, 처음에 그렇게 정중하게 맞이했던 손님을 지금은 분명 소홀히 다루고 있었다. K는 그것을 그의 변덕으로 여기면서, 그 때문에 시간을 허비하는 것이 화가 났다. "당신은 법원의 중재인이지요?" 그가 물었다. 그러자 화가는 즉시 파스텔을 내려놓고 몸을 일으키더니, 두 손을 비비고 미소를 지으며 말했다. "자, 이제 진짜 용건을 말해보세요." 그가 말했다. "당신은 소개장에서도 쓰여 있듯이 법원에 대해 뭔가를 알고 싶은 거지요. 그리고 우선은 내 환심을 사기 위해 그림에 관한 이야기를 꺼낸 거고요. 그걸 그리 나쁘게 생각하지는 않습니다. 이런 방법이 내게는 통하지 않는다는 걸 아실 리가 없었을 테니까요. 아니, 괜찮아요!" K가 무언가 이의를 제기하려 하자 화가는 매정하게 가로막으면서 자신의 말을 계속했다. "그건 그렇고 당신이 한 말은 정확히 맞습니다. 나는 법원 중재인입니다." 그는 K에게 이 사실에 익숙해지는 시간을 주려는 듯 잠시 말을 멈추었다. 그때 다시 문 뒤에서 여자아이들의 소리가 들렸다. 아이들은 열쇠 구멍 주위에 몰려 있는 것 같았는데, 그런 틈으로도 방 안을 들여다볼 수 있는 모양이었다. K는 화가의 주의를 다른 데로 돌리고 싶지 않았으므로 이러쿵저러쿵 변명하는 것을 그만두기로 했다. 그러나 그는 화가가 너무 오만해져서 스스로를 범접할 수 없는 존재로까지 부풀리며 행동하는 것도 원치 않았기 때문에 이렇게 물었다. "그건 공인된 직책인가요?" "아닙니다." 화가는 마치 이 질문 때문에 말문이 막혔다는 듯 짤막하게 대답했다. 그러나 K는 그가 입을 다물어버리는 것은 바라지 않았으므로 이렇게 말했다. "그런데 그와 같이 비공식적인 직책이 공인된 직책보다 더 영향력이 있을 때가 많지요." "내 경우가 바로 그렇습니다." 화가는 이렇게 말하고는 이마를 찌푸리며 고개를 끄덕였다. "어제 제조업자와 당신의 소송 건에 대해 이야기를 나누었지요. 그가 나더러 당신을 도와줄 수 없느냐고 물어서, '그분이 언제 나한테 한번 와줬으면 좋겠다'고 대답했어요. 그런데 이렇게 빨리 뵙게 되니 반갑습니다. 소송 건으로 몹시 신경을 쓰고 계신 것 같은데, 당연히 그러실 겁니다. 그런데 먼저 코트를 벗지 않으시겠습니까?" 아주 잠깐만 머무를 생각이었지만, 화가가 이렇게 권하자 K는 매우 반가웠다. 방 안의 공기가 점점 답답해져서, 불을 지폈을 리가 없는 구석의 조그만 철제 난로를 몇 번이나 의아한 눈길로 쳐다보던 참이었다. 방 안이 후덥지근한 건 설명하기 어려운 현상이었다. 그가 코트를 벗어놓고 양복저고리의 단추까지 풀자 화가가 변명하듯이 말했다. "전 따뜻해야 하거든요. 여기는 정말 아늑하지요, 안 그런가요? 그런 점에서 이 방은 자리를 아주 잘 잡았지요." K는 아무런 대꾸도 하지 않았지만, 그에게 불쾌한 느낌을 준 건 사실 따스한 온기가 아니라 숨을 턱턱 막히게 하는 탁한 공기였다. 아마 오랫동안 방을 환기시키지 않은 모양이었다. 그런데 화가가 자신은 이젤 앞에 있는 이 방의 유일한 의자에 앉으면서 K에게는 침대 위에 앉으라고 하자, 그는 더욱 심한 불쾌감을 느꼈다. 더구나 화가는 K가 왜 계속 침대 언저리에만 앉아 있는지를 이해하지 못하는 모양이었다. 편히 앉으라고 권해도 K가 망설이는 태도를 보이자, 화가는 직접 다가와서 K를 이불과 침대가 뒤섞인 침대 안쪽으로 깊숙이 밀어 넣는 것이었다. 그런 다음 다시 자기 의자로 돌아가서 드디어 처음으로 사안과 관련한 질문을 던졌는데, 그 질문이란 것이 K로 하여금 다른 일은 모두 잊게 만드는 그런 질문이었다. "당신은 죄가 없습니까?" 그가 물었다. "그렇습니다." K가 말했다. 그는 이런 질문에 대답하는 것이 기뻤다. 일반인 개인에게 한 대답이라 어떤 책임도 뒤따르지 않을 것이기 때문에 특히 그랬다. 아직까지 아무도 그렇게 노골적으로 물어온 적이 없었다. 그는 이 기쁨을 만끽하기 위해 덧붙였다. "나는 완전히 결백합니다." "그렇군요." 화가는 이렇게 말하면서 고개를 숙이고 생각에 잠기는 듯했다. 그러다가 갑자기 다시 고개를 들고는 이렇게 말했다. "당신이 죄가 없다면, 문제는 아주 간단합니다." K의 표정이 어두워졌다. 소위 법원의 중재인이라는 사람이 아무것도 모르는 철부지 아이처럼 말하는 것이었다. "죄가 없다고 해도 그것으로 문제가 간단해지지 않습니다." K가 말했다. 그는 무심결에 미소를 지으며 천천히 고개를 가로저었다. "중요한 건 수없이 많은 미묘하고 세세한 일들인데, 법원이 그것들을 캐고 따지는 데 정신이 팔려 있다는 거지요. 그러다가 결국 법원은 본래 아무것도 없던 곳에서 심각한 죄를 끌어내지요." "네, 네, 그렇지요." K가 쓸데없이 자신의 생각을 방해하고 있다는 듯이 화가가 말했다. "그런데 당신은 죄가 없다는 거지요?" "글쎄,

그렇다니까요." K가 말했다. "중요한 건 그겁니다." 화가가 말했다. 그는 아무리 반대의 논거를 제시해도 영향을 받을 사람이 아니었다. 그러나 그의 단호한 태도에도 불구하고 그가 확신에서 그렇게 말했는지, 아니면 무관심에서 그렇게 말한 것뿐인지는 분명치 않았다. K는 우선 그걸 확인하고 싶어서 이렇게 말했다. "당신은 법원을 분명 나보다는 더 잘 알고 있습니다. 나야 물론 아주 다양한 사람들에게서 듣기는 했지만, 그 이상은 아는 것이 없습니다. 그러나 모두가 일치된 견해를 보이는 것이 있는데, 그것은 고소라는 것이 결코 경솔하게 제기되는 법이 없고, 법원이 일단 고소를 제기하면 피고인의 죄를 확신하는 것이며, 법원이 그런 확신을 철회하게 만들기가 정말 어렵다는 겁니다." "어렵다고요?" 화가가 한 손을 공중으로 높이 쳐들면서 되물었다. "법원이 그런 확신을 철회하는 일은 절대로 없어요. 내가 여기서 판사들을 캔버스에 모두 그려 넣고, 당신이 이 캔버스 앞에서 자신을 변호하는 게 실제 법정에서보다 성공할 가능성이 많을 겁니다." "그렇군요." K는 단지 화가의 마음을 떠보려고 그렇게 말했던 걸 잊고 혼잣말처럼 중얼거렸다.

문 뒤에서 다시 한 여자아이가 물었다. "티토렐리 아저씨, 그 사람은 곧 돌아가지 않나요?" "조용히들 해!" 화가가 문 쪽에 대고 소리쳤다. "손님과 이야기를 나누고 있는 게 안 보이니?" 그러나 여자아이는 그에 만족하지 않고 다시 물었다. "그 사람을 그릴 건가요?" 화가가 대답하지 않자 아이가 또 말했다. "그 사람, 그렇게 못생긴 사람은 그리지 마세요." 이어 알아들을 수는 없지만 그 말에 찬성하는 외침 소리가 한 덩어리로 뒤섞여 들려왔다. 화가가 문을 향해 펄쩍 뛰어가서 문을 약간 열자, 문틈으로 간청하면서 내뻗은 여자아이들의 손이 보였다. 화가가 이렇게 말했다. "너희들 조용히 하지 않으면 모두 계단 아래로 던져버릴 거야. 거기 계단에 앉아 조용히들 하고 있어." 그래도 아이들은 금방 말을 듣지 않는 모양이라, 그는 명령을 내려야 했다. "다들 계단에 앉아!" 그러자 겨우 조용해졌다.

"미안합니다." 화가가 K에게로 다시 돌아오면서 말했다. K는 문 쪽을 거의 쳐다보지 않았다. 화가가 자신을 지켜줄 것인지, 그리고 어떻게 지켜줄 것인지 하는 문제는 전적으로 화가에게 맡기고 있었다. 그는 화가가 자기에게 몸을 굽히고 밖에서는 들리지 않도록 귀에다 이렇게 속삭일 때도 거의 꼼짝도 하지 않았다. "저 여자아이들도 법원에 속해 있답니다." "뭐라고요?" K가 이렇게 되물으면서 고개를 옆으로 젖히고 화가를 쳐다보았다. 그러나 화가는 다시 자기 의자에 앉더니 농담 반 진담 반으로 이렇게 말했다. "모든 것이 법원에 속해 있습니다." "그건 미처 몰랐군요." K가 짤막하게 말했다. 화가의 원론적인 설명은 여자아이들에 관한 언급 때 일었던 불안한 느낌을 모두 해소시켜주었다. 그럼에도 불구하고 K는 문 쪽을 잠시 물끄러미 바라보았다. 문 뒤에는 지금 여자아이들이 계단에 흩어져 조용히 앉아 있었다. 다만 한 아이만이 나무판 틈새로 지푸라기를 밀어 넣고는 그것을 천천히 아래위로 움직이고 있었다.

"당신은 아직 법원에 대한 전체적인 이해가 부족한 것 같군요." 화가가 말했다. 그러면서 그는 두 다리를 넓게 벌리고 발끝으로 바닥을 톡톡 쳤다. "하지만 당신은 죄가 없으니까 그런 건 필요 없을 겁니다. 나 혼자서 당신을 구해내도록 하지요." "어떻게 하실 작정인가요?" K가 물었다. "조금 전에 당신 스스로 법원은 어떤 논거를 대도 전혀 통하지 않는다고 말씀하셨지요." "법정에서 제시하는 논거에 대해서만 통하지 않는다는 뜻이지요." 화가는 이렇게 말하면서 K가 마치 그 미묘한 차이를 깨닫지 못했다는 듯이 집게손가락을 쳐들었다. "그러나 이러한 점과 관련해 공식 법정 뒤에서, 그러니까 회의실이나 복도, 또는 예컨대 여기 아틀리에와 같은 곳에서 접근을 시도해본다면 다른 반응이 나타날 겁니다." 화가가 지금 하는 말이 K에게는 그렇게 허무맹랑하지만은 않은 것 같았다. 오히려 그것은 K가 다른 사람들에게 들었던 이야기와도 상당히 일치하는 것이었다. 아니, 심지어 그것은 무척 희망적이기까지 했다. 변호사가 설명한 것처럼 판사가 정말 개인적인 연줄에 의해 그렇게 쉽게 영향을 받는다면, 허영심 많은 판사들과 알고 지내는 화가라는 연줄은 특별히 중요하며, 적어도 결코 얕잡아볼 수가 없는 것이었다. 그렇다면 화가는 K가 지금까지 서서히 자기 주위에 끌어 모으는 조력자 그룹에 훌륭하게 들어맞는 존재였다. 그의 타고난 조직력은 한때 은행에서 높은 평가를 받았는데, 전적으로 자신의 힘에만 의지해야 하는 지금의 상황은 그 재능을 최대한으로 시험해볼 수 있는 좋은 기회였다. 화가는 자신의 설명에 대한 K의 반응을 살펴보더니 약간 불안한 기색으로 물었다. "내가 거의 법률가처럼 얘기하고 있다는 느낌이 들지 않나요? 법원 사람들과 지속적으로 교제하다 보니 영향을 받아 그렇게 된 겁니다. 그것이 물론 큰 이점이 될 때도 있지만, 예술적인 열정은 대부분 잃게 되지요." "그런데 처음에 어떻게 해서 판사들과 연줄이 닿게 되었나요?" K가 물었다. 그는 화가를 자신의 조력자로 확실히 붙잡아두기에 앞서 먼저 그의 신뢰를 얻고 싶었다. "그건 아주 간단했어요." 화가가 말했다. "그 연줄은 물려받은 것이랍니다. 아버지가 법원 화가셨어요. 그건 계속 대물림되는 자리지요. 새로운 사람들은 그 일에 쓸모가 없거든요. 온갖 다양한 직급의 관리들을 그리는 데 적용되는 규칙들은 다양하고 복잡하며 무엇보다 비밀스러운 것이어서, 특정한 가문 외에는 절대로 그에 관한 지식이 전수되지 않습니다. 이를테면 저기 서랍 안에 아버지가 남긴 기록들을 간직해두고 있는데, 그건 아무에게도 보여주지 않아요. 그런데 그걸 아는 사람만이 판사들을 그릴 자격이 있는 거죠. 그렇지만 만일 내가 그 기록을 잃어버린다 해도 내 머릿속에 간직하는 규칙들이 아직 많이 남아 있어서 그 누구도 내 자리를 놓고 나와 겨룰 수는 없을 겁니다. 판사들은 모두 자기 초상화를 과거 위대했던 판사들의 초상화처럼 그리고 싶어 하는데, 그렇게 그릴 수 있는 사람은 나뿐이지요." "참으로 부러운 일이군요." K가 은행에서의 자기 지위를 생각하면서 말했다. "그러니까 당신의 지위는 확고부동한 건가요?" "예, 확고부동합니다." 화가는 말하면서 자랑스러운 듯 어깨를 으쓱했다. "그러니 때로 소송을 겪는 불쌍한 사람을 감히 도와줄 엄두를 낼 수 있지요." "그런데 도대체 어떻게 도와주시나요?" K가 마치 자신은 화가가 방금 불쌍한 사람이라고 지칭한 축에 속하지 않는다는 듯이 말했다. 화가는 K의 말에 개의치 않고 말했다. "가령 당신의 경우에는, 당신이 아무 죄가 없으니까 이렇게 할 생각입니다." 자꾸 반복해서 무죄를 언급하는 것이 K에게는 부담스럽게 여겨지기 시작했다. 화가가 그런 식으로 말하는 건 소송이 유리하게 끝날 것을 전제로 해서 도와주겠다는 뜻으로 들리는데, 만일 그렇다면 그의 도움은 물론 그 의미가 현저히 줄어드는 것이었다. 그러나 K는 이런 의심에도 불구하고 자신을 억제하고 화가의 말을 가로막지 않았다. 그는 화가의 도움을 거절하고 싶지 않았고, 또 거절하지 않기로 결심한 상태였다. 더구나 화가의 도움이 변호사의 도움보다 덜 의심스러워 보였다. K가 변호사의 도움보다 오히려 화가의 도움에 훨씬 마음이 끌린 것은, 화가가 별 속셈 없이 보다 솔직하게 도움을 제시했기 때문이다.

화가는 자기 의자를 침대 가까이로 끌어당기더니 목소리를 낮추어 말을 계속했다. "어떤 종류의 석방을 원하는지 먼저 물어본다는 걸 깜빡했습니다. 세 가지 가능성이 있는데, 실질적인 무죄 판결, 외견상의 무죄 판결, 그리고 판결 지연이 그것입니다. 물론 가장 좋은 건 실질적인 무죄 판결이지만, 나로서는 그런 종류의 해결에는 아무런 영향력이 없습니다. 제 생각입니다만, 개인으로서 실질적인 무죄 판결이 내려지도록 영향력을 행사할 수 있는 사람은 아무도 없습니다. 이 경우에 결정적인 것은 아마 피고인의 무죄뿐일 겁니다. 당신은 죄가 없다고 하니, 오직 당신이 무죄만을 믿고 의존하는 것이 실제로 가능할 수도 있겠지요. 그런데 그런 경우에는 나뿐만 아니라 어느 누구의 도움도 필요 없는 셈이지요."

이처럼 논리 정연한 설명에 K는 처음에는 크게 당황했으나, 곧이어 화가처럼 조용한 어조가 되어 말했다. "내가 보기에 당신의 말에는 모순이 있군요." "어째서요?" 화가는 참을성 있게 묻고는 미소를 지으며 몸을 뒤로 기댔다. 그 웃음은 마치 K가 지금 화가의 말에서보다 재판 과정 자체에서 모순을 찾아내려 하고 있는 것이라는 느낌을 불러일으켰다. 그래도 그는 물러서지 않고 말했다. "당신은 앞서 법원은 어떤 논거를 제시해도 통하지 않는다는 말을 했고, 나중에는 그것을 공식 법정의 경우에 한정시켰다가, 이제 와서는 무죄인 사람은 법정에서 아무런 도움도 필요 없다고까지 말하고 있습니다. 거기에 벌써 모순이 있어요. 당신은 또 조금 전에는 판사들이 사적인 영향을 받을 수 있다고 말했지만, 지금은 당신이 말하는 실질적인 무죄 판결이라는 것은 결코 개인의 영향력으로 이끌어낼 수 있는 것이 아니라고 말하고 있어요. 여기에 두번째 모순이 있습니다." "그런 모순들은 간단히 해명될 수 있습니다." 화가가 말했다. "지금 여기서 얘기되는 것은 상이한 두 가지 사실입니다. 하나는 법에 적혀 있는 것이고, 다른 하나는 내가 개인적으로 직접 경험한 것인데, 그것을 혼동해서는 안 됩니다. 내가 읽어본 적은 없습니다만, 법에는 당연히 한편으로 죄가 없는 자는 무죄 판결을 받는다고 쓰여 있으나, 다른 한편으로 판사들은 외부의 영향을 받을 수 있다고 쓰여 있지는 않습니다. 그러나 내가 경험한 것은 그것과 정반대입니다. 나는 실질적인 무죄 판결에 대해서는 아는 바가 없지만, 판결에 영향력이 행사된 경우라면 수많은 사례를 알고 있습니다. 물론 제가 아는 사례에 국한해서만 무죄인 경우가 없었다고 할 수도 있겠죠. 하지만 그럴 가능성은 낮지 않을까요? 그렇게 많은 경우에 무죄가 단 한 번도 없다니요? 나는 이미 어렸을 때부터 아버지가 집에서 소송에 대해 이야기하시는 것을 주의 깊게 들었고, 아버지의 아틀리에를 방문한 판사들이 법원에 대해 하는 이야기들도 들었습니다. 우리 주변에서는 도대체 다른 주제로 이야기를 하는 사람이 없었어요. 직접 법원에 갈 기회가 생기면 난 항상 그 기회를 활용했습니다. 수많은 소송 사건들을 중요한 단계에서 직접 방청했고, 볼 수 있는 데까지 최대한 주의 깊게 봤어요. 그런데 인정하지 않을 수 없는 건, 단 한 번도 실질적인 무죄 판결을 본 적이 없다는 겁니다." "단 한 번의 무죄 판결도 없었단 말이지요?" K가 마치 자기 자신과 자신의 희망에게 이야기하듯이 말했다. "그것은 제가 법원에 대해 품었던 생각을 입증해주는군요. 그러니까 법원은 이 점에 있어서도 별 효용이 없는 것이지요. 단 한 명의 사형 집행인만 있으면 법원 전체를 대신할 수 있을 테니까요." "그렇게 일반화해서는 안 됩니다." 화가가 불쾌한 듯이 말했다. "나는 그저 내 경험만을 얘기했을 뿐입니다." "그것이면 충분합니다." K가 말했다. "아니면 혹시 예전에는 무죄 판결이 있었다고 하던가요?" "그런 무죄 판결이라면," 화가가 대답했다. "물론 있었다고들 하더군요. 다만 그걸 확인하는 건 매우 어려운 일이지요. 법원의 최종 판결은 공개되지 않으며, 판사들조차 열람할 수 없어요. 따라서 옛날의 재판 사례는 전설로만 남아 있습니다. 그런 전설에서는 실질적인 무죄 판결의 사례가 있지요. 그것도 많이 있습니다. 그걸 믿을 수는 있지만 입증할 수는 없습니다. 그래도 그것을 완전히 무시해서는 안 됩니다. 그런 전설에는 어느 정도 진실도 들어 있고, 또 매우 아름답기도 하지요. 나도 그런 전설을 내용으로 하는 그림을 몇 점 그렸습니다." "단순한 전설만으로 제 의견이 달라질 수는 없습니다." K가 말했다. "또한 법정에서 그런 전설을 증거로 끌어낼 수도 없지 않겠어요?" 화가가 웃음을 터뜨리면서 말했다. "맞습니다. 그럴 수는 없지요." "그렇다면 그에 대해 얘기하는 건 쓸데없는 일이군요." K가 말했다. 비록 화가의 의견이 허무맹랑하게 여겨지고 그가 들었던 다른 이야기들과 모순이 되더라도 일단은 그의 의견을 모두 받아들여야겠다고 생각했다. 지금은 화가가 한 모든 말의 진실 여부를 따져본다거나 반박할 시간적인 여유가 없었다. 비록 결정적이지는 않더라도 어떤 식으로든 자신을 도와주도록 화가의 마음을 움직일 수 있다면, 그것만으로도 이미 최대의 성과를 얻은 셈이었다. 그래서 그는 이렇게 말했다. "그럼 실질적인 무죄 판결에 대해서는 그만 이야기합시다. 당신은 다른 두 가능성도 언급했지요." "외견상의 무죄 판결과 판결 지연입니다. 어차피 중요한 건 이 두 가지입니다." 화가가 말했다. "그런데 그 이야기를 하기 전에 먼저 상의를 벗지 않으시겠습니까? 몹시 더우신 것 같군요." "알겠습니다." K가 말했다. 지금까지는 화가의 설명에만 정신을 집중하고 있었는데, 이제 생각이 더위에 미치자 이마에서 땀이 흥건히 배어나왔다. "견디기 힘들 정도군요." 화가는 K의 불편함을 충분히 이해한다는 듯 고개를 끄덕였다. "창문을 좀 열 수 없을까요?" K가 물었다. "그건 곤란합니다." 화가가 말했다. "벽에 단단히 고정된 유리판이어서 열 수가 없습니다." 그제야 K는 그동안 내내, 화가든 자기든 누구라도 창가로 달려가서 창문을 확 열어젖히기를 내심 바라고 있었다는 걸 깨달았다. 그는 입을 크게 벌리고 안개라도 들이마시고 싶은 심정이었다. 바깥 공기와 완전히 차단되어 있다는 느낌이 들자 현기증이 났다. 그는 옆에 있는 깃털 이불을 손으로 가볍게 두드리며 힘없는 목소리로 말했다. "저렇게 하면 불편하고 건강에도 안 좋겠어요." "아, 그렇지 않습니다." 화가가 자기 창문을 변호하며 말했다. "한 장짜리 유리창이지만 열리지 않게 되어 있어서 이중창보다 방 안의 온기를 더 잘 보존해줍니다. 나무판 틈새 곳곳으로 공기가 들어오기 때문에 별로 환기할 필요는 없지만,

하고 싶으면 방문 하나만 열어놓거나 아니면 둘 다 열어놓으면 됩니다." 이 설명을 듣고 다소 안심이 된 K는 두번째 문을 찾기 위해 주위를 둘러보았다. 화가가 이를 눈치채고 이렇게 말했다. "당신 뒤쪽에 있습니다. 문을 침대로 막아놓을 수밖에 없었어요." 그제야 K는 벽에 있는 그 작은 문을 알아보았다. "아틀리에라고 하기에는 너무 작은 방이지요." 화가가 K의 불평에 선수를 치듯이 말했다. "최대한 신경을 써서 물건들을 배치해야 했습니다. 문 앞에 침대가 있다는 것은 물론 아주 안 좋지요. 예를 들어 내가 지금 그리고 있는 판사는 언제나 침대 옆의 저 문을 통해 들어옵니다. 그래서 내가 없더라도 여기 아틀리에에 들어와 기다릴 수 있도록 저 문 열쇠를 하나 드렸지요. 그런데 대개 내가 아직 자고 있는 이른 아침에 찾아오더군요. 아무리 깊은 잠에 빠졌다가도 침대 옆에 있는 문이 열리면 확 깨어나게 되는 거죠. 이른 아침에 내 침대 위를 넘어오는 판사를 맞으면서 내가 내뱉는 욕설을 들으면, 당신은 아마 판사들에 대한 경외심 같은 건 싹 사라질 겁니다. 물론 열쇠를 뺏어버릴 수도 있겠지만, 그렇게 하면 일만 더 꼬일 뿐이지요. 여기 이 문들은 조금만 힘을 줘도 경첩이 마구 떨어져나갈 겁니다." 화가의 이런 이야기를 듣는 동안 K는 계속 상의를 벗을까 말까 하는 생각을 하고 있었다. 그러다가 안 벗으면 이 방에 더 오래 있지 못하겠다는 생각이 들어 상의를 벗기는 했으나, 상담이 끝나면 바로 입을 수 있도록 무릎 위에 올려놓았다. 그가 상의를 벗자마자 한 여자아이가 외쳤다. "저 사람이 상의를 벗었어!" 그러자 여자아이들 모두가 그 장면을 직접 보려고 나무 틈새로 몰려드는 소리가 났다. "저 아이들은 말이오," 화가가 말했다. "내가 당신을 그릴 걸로 알고 있어요. 그래서 옷을 벗는 거라 생각하는 겁니다." "그렇군요." K가 시큰둥하게 말했다. 이제 셔츠 바람으로 앉아 있어도 기분이 전보다 별로 더 나아지지 않았던 것이다. 거의 심통이 난 목소리로 그가 물었다. "다른 두 가능성은 뭐라고 하셨죠?" 그는 벌써 그 표현들을 잊어버리고 있었다. "외견상의 무죄 판결과 판결 지연입니다." 화가가 말했다. "어떤 것을 선택하느냐는 당신에게 달려 있습니다. 두 가지 모두 내 도움을 받으면 가능합니다. 물론 노력을 기울여야 하지요. 이와 관련해서 양자의 차이를 말하자면, 외견상의 무죄 판결은 일시적이지만 집중적인 노력이 필요하고, 판결 지연은 힘은 훨씬 적게 들지만 지속적인 노력이 필요합니다. 그럼 먼저 외견상의 무죄 판결에 대해 말씀드리지요. 만일 그쪽을 원한다면, 내가 당신의 무죄를 입증하는 확인서를 하나 작성합니다. 이 확인서의 문구는 나의 아버지한테서 직접 물려받은 거라서 흠잡을 데가 없습니다. 이 확인서를 들고 이제 내가 아는 판사들을 한차례 순회하는 겁니다. 가령 내가 지금 초상을 그리는 판사가 오늘 저녁 그림을 위해 방문하면, 먼저 그에게 확인서를 보여주는 데서부터 일을 시작하면 됩니다. 그에게 확인서를 내보이면서 당신이 죄가 없다는 걸 설명한 다음, 내가 당신의 무죄를 보증하는 것이지요. 그런데 그것은 형식적인 보증이 아니라 실질적이고 구속력이 있는 보증입니다." 화가의 눈빛에는 K가 그런 보증의 부담을 자기에게 지우려 한다는 비난 같은 것이 서려 있었다. "그건 참으로 고마운 일이군요." K가 말했다. "그러나 판사가 당신의 말을 믿는다 해도 실제로 나에게 무죄 판결을 안 내릴 수도 있지 않을까요?" "이미 말씀을 드렸지요." 화가가 대답했다. "모든 판사가 내 말을 믿어준다고는 결코 장담할 수 없습니다. 이를테면 어떤 판사는 당신을 직접 데려오라고 할 수도 있습니다. 그렇게 되면 함께 가야겠지요. 물론 그런 경우에는 일이 벌써 반쯤 성사된 겁니다. 왜냐하면 해당 판사 앞에서 당신이 어떻게 행동해야 하는지를 내가 당신한테 미리 자세히 가르쳐 줄 테니까요. 더 난감한 건 판사가 처음부터 아예 나를 거절하는 경우입니다. 그런 일도 일어날 수 있어요. 내가 몇 번 시도는 해보겠지만, 그런 판사들은 단념해야 합니다. 하지만 판사들이 개별적으로 일을 결정지을 수는 없기 때문에 그렇게 한다 해도 괜찮습니다. 이제 그 확인서에 판사들의 서명을 충분한 수만큼 받게 되면, 나는 그걸 들고 지금 당신 소송을 담당하는 판사를 찾아가는 겁니다. 아마도 그의 서명도 받게 될 테고, 그렇게 되면 이제 모든 것이 전보다 좀 더 빠르게 진행될 겁니다. 일반적으로 볼 때 그렇게만 되면 더는 방해될 만한 일이 별로 없고, 피고인으로서는 최고의 자신감을 갖게 되는 거죠. 사람들이 무죄 판결을 받을 때보다도 이 단계에서 더 확신에 가득 차게 되는데, 이상한 일이기는 하지만 사실입니다. 그렇게 되면 더 이상 특별히 애쓸 필요가 없습니다. 담당 판사는 확인서에 동료 판사들의 보증을 충분히 받아서 가지고 있으므로 안심하고 당신에게 무죄 판결을 내릴 수 있지요. 다만 여러 가지 형식적인 절차를 이행한 이후에, 결국 틀림없이 무죄 판결을 내려 나와 여러 사람을 기쁘게 할 겁니다. 그러면 당신은 법원에서 걸어나가 자유로운 몸이 되는 것입니다." "그런 다음에 내가 자유로워지는 것이군요." K가 머뭇거리며 말했다. "그렇습니다." 화가가 말했다. "하지만 그건 단지 겉보기로만 자유롭거나 혹은 좀 더 정확히 표현한다면 일시적으로만 자유로운 것입니다. 내가 알고 있는 판사들은 모두 최하위급 판사들인데, 그들에게는 최종적으로 무죄를 선고할 권한이 없거든요. 그런 권한은 당신이나 나나 우리 모두가 도저히 접근할 수 없는 최고 법원만 갖고 있습니다. 그곳이 어떻게 생겼는지 우리는 알지 못하며, 또 말이 나왔으니 말이지만, 알려고도 하지 않지요. 우리가 아는 판사들은 피고인을 고소에서 완전히 해방시키는 큰 권한은 갖고 있지 않지만, 고소로부터 느슨하게 풀어주는 권한은 갖고 있습니다. 다시 말해 당신이 그런 식으로 무죄 판결을 받을 경우 얼마 동안은 고소에서 벗어나게 되지만, 고소는 그 이후에도 계속 당신의 머리 위를 떠돌다가 상부의 명령이 내려지기만 하면 즉시 효력을 나타낼 수 있다는 의미입니다. 나는 법원과 좋은 관계에 있기 때문에, 법원 사무처 규정에서 실질적인 무죄 판결과 외견상의 무죄 판결의 차이가 순수하게 외적으로는 어떻게 나타나는지에 대해서도 당신에게 설명해줄 수 있습니다. 실질적인 무죄 판결의 경우에는 소송 관련 서류들이 완전히 폐기되어 소송 절차에서 모두 사라지는데, 기소장뿐만 아니라 소송 자체, 그리고 심지어 무죄 판결문까지도 소멸됩니다. 한마디로 모든 것이 소멸됩니다. 외견상의 무죄 판결은 다릅니다. 서류상으로 볼 때 무죄 확인서, 무죄 판결문 그리고 무죄 판결 사유서가 더 늘어나는 것 외에 그 이상의 변화는 일어나지 않습니다. 그런데 그 서류철은 소송 절차 속에 계속 남아 있으며, 법원 사무처들이 부단히 업무 교류를 하면서 요청하는 대로 상급 법원으로 이송되었다가 다시 하급 법원으로 반송되기도 하고 이런 식으로 위아래를 왔다 갔다 하는데, 그 간격이 때에 따라 커졌다 작아졌다 하고, 지체되는 경우 그 기간 또한 길어지기도 하고 짧아지기도 합니다. 서류의 이동 경로를 예측하기는 불가능합니다. 외부에서 보면 모든 것이 오래전에 이미 다 잊히고 서류도 어디론가 사라져 무죄 판결이 완전히 확정된 것 같은 인상을 줄 때도 더러 있습니다. 그러나 법원 내부를 잘 아는 사람이라면 그렇게 생각하지 않을 겁니다. 어떤 서류도 분실되는 법이 없으며, 법원에서는 잊어버리는 일 같은 건 없습니다. 어느 날, 아무도 예측하지 못한 상황에서, 어떤 판사가 그 서류를 유심히 살펴보다가 그 사건의 기소가 아직 살아 있다는 걸 깨닫고는 즉각적인 체포를 지시하는 겁니다. 여기서 나는 외견상의 무죄 판결과 새로운 체포 사이에 오랜 시간이 경과하는 경우를 가정하고 있습니다. 그것은 가능한 일이며, 그런 사례들도 알고 있습니다. 그러나 무죄 판결을 받은 사람이 법원에서 집에 돌아와 보니, 벌써 위임을 받은 자들이 그를 다시 체포하기 위해 와 있는 일도 역시 가능합니다. 그렇게 되면 당연히 자유로운 삶도 끝나게 되지요." "그러면 소송이 새로 시작되나요?" K가 거의 믿을 수 없다는 듯이 물었다. "물론입니다." 화가가 말했다. "소송은 새로 시작되는데, 이전과 마찬가지로 다시 외견상의 무죄 판결을 얻어낼 가능성도 있습니다. 다시 온 힘을 기울여야 하고 결코 항복해서는 안 됩니다." 화가가 나중 말을 덧붙인 것은 아마도 K가 좀 지친 것 같아 보였기 때문일 것이다. "그런데 두번째 무죄 판결을 얻어내는 건 첫번째보다 더 어렵지 않겠습니까?" K는 화가가 뭔가 또 새로운 걸 밝히지 못하게 선수를 쳐서 가로막으려는 듯이 물었다. "그 점에 관해서는 뭐라고 확실하게 말할 수 없습니다." 화가가 대답했다. "당신은 아마 판사들이 두번째 체포라는 사실 때문에 피고인에게 불리한 판결을 내리지 않을까 생각하시는 거겠죠? 그렇지 않습니다. 판사들은 외견상의 무죄 판결을 내릴 때 이미 이런 체포를 예상했으니까요. 그러니까 그런 것은 거의 영향을 주지 않습니다. 그러나 그 밖의 수많은 이유에서 판사들의 기분이나 사건에 대한 법률적 판단이 달라질 수도 있으므로, 두번째 무죄 판결을 받기 위해서는 변화된 상황에 따라 적절한 노력을 기울여야 하고, 일반적으로 첫번째 무죄 판결 때만큼 힘을 써야 합니다." "그런데 이 두번째 무죄 판결도 최종적인 건 아니겠군요." K가 냉담하게 고개를 돌리며 말했다. "물론 아닙니다." 화가가 말했다. "두번째 무죄 판결에 이어 세번째 체포가 따르고, 세번째 무죄 판결 다음에는 네번째 체포가 이어지며 계속 그런 식으로 진행됩니다. 외견상의 무죄 판결이라는 개념에는 바로 그런 것들이 포함됩니다." K는 잠시 침묵했다. "외견상의 무죄 판결이 당신한테는 별로 유리해 보이지 않는군요." 화가가 말했다. "아마도 당신에게는 판결 지연이 더 맞을지도 모르겠습니다. 판결 지연은 어떤 건지 설명해드릴까요?" K가 고개를 끄덕였다. 화가는 의자 등받이에 몸을 기대며 널브러지듯이 앉았다. 그러자 잠옷 앞자락이 넓게 벌어졌고, 그는 한 손을 거기로 집어넣어 가슴과 옆구리를 문질렀다. "판결 지연에 대해 말씀드리면……" 화가가 말을 꺼내면서 마치 꼭 맞는 표현을 찾는 듯 잠시 멍하니 앞을 바라보았다. "판결 지연이란 소송이 가장 낮은 단계에 머물러 있도록 잡아두는 걸 말합니다. 그렇게 하기 위해서는 피고인과 조력자, 이중에서도 특히 조력자가 법원과 끊임없이 사적인 접촉을 갖고 있어야 합니다. 다시 말하자면, 이경우에는 외견상의 무죄 판결을 얻어낼 때만큼 노력이 필요한 건 아니지만 주의력이 훨씬 더 필요합니다. 소송에서 눈을 떼지 말아야 하고, 일정한 간격으로, 그리고 특별한 기회가 있을 때마다 담당 판사를 찾아가 어떤 식으로든 호감을 사도록 노력해야 합니다. 담당 판사를 개인적으로 알지 못할 때는 잘 아는 판사를 통해 영향을 주어야 하며, 그렇다고 해서 직접 상담에 나서는 것도 아예 포기해서는 안 될 것입니다. 그런 점들을 게을리하지 않는다면, 소송이 그 첫 단계를 넘어서는 일이 없다는 것을 자신 있게 가정할 수 있습니다. 소송이 끝나는 건 아니지만, 피고인은 유죄 판결을 받을 염려가 없기 때문에 자유로운 신분이 된 거나 다름없습니다. 외견상의 무죄 판결에 비해 판결 지연은 피고인의 미래가 덜 불안하다는 장점이 있습니다. 피고인은 갑작스러운 체포로 놀라게 되는 일도 없고, 또한 가령 여타 상황이 아주 좋지 않을 때 하필 소송 관련 일이 겹쳐 외견상의 무죄 판결을 얻어내기 위해 겪어야 할 긴장이나 흥분에 대해서도 염려하지 않아도 됩니다. 물론 판결 지연도 피고인의 입장에서 보면 가볍게 넘길 수 없는 단점들이 있습니다. 피고인이 결코 자유로운 몸이 아니라는 점을 말하려는 것은 아닙니다. 외견상의 무죄 판결의 경우에도 피고인은 진정한 의미에서 자유로운 몸이 아닙니다. 내가 말하려는 것은 다른 종류의 단점입니다. 소송은 적어도 그럴듯한 이유가 없는 한 가만히 멈춰 서 있을 수 없다는 것입니다. 그렇기 때문에 외부에서 볼 때 소송에서 무슨 일이든지 일어나야 합니다. 그래서 때때로 이런저런 지시들이 내려져야 하고, 피고인은 심문을 받아야 하며, 심리가 행해지고, 그 밖의 또 다른 일들이 일어나야 합니다. 다시 말해 소송은 인위적으로 제한해놓은 작은 범위 내에서 계속 맴돌아야 합니다. 이로 인해 물론 피고인은 불편하고 짜증나는 일들을 겪게 되겠지만, 그런 불편함을 너무 나쁘게만 생각해서는 안 됩니다. 모든 것이 다 형식적일 뿐이니까요. 예를 들어 심문도 아주 짧게 행해질 뿐인데, 혹시 출두할 시간이 없다거나 심문에 가고 싶지 않을 때는 변명을 하면 됩니다. 심지어 판사에 따라서는 지시할 내용들의 장기 일정을 미리 상의해서 정할 수도 있습니다. 실제로 중요한 점은, 다만 피고인 신분이기 때문에 담당 판사를 찾아가 가끔씩 얼굴을 내밀어야 한다는 겁니다." 그런데 K는 마지막 말이 채 끝나기도 전에 상의를 팔에 걸치고는 자리에서 일어섰다. "저 사람이 일어섰어!" 즉시 문밖에서 외치는 소리가 났다. "벌써 가시게요?" 화가가 같이 자리에서 일어나면서 물었다. "틀림없이 이곳의 공기가 당신을 내몰고 있는 모양입니다. 참으로 난감한 일이군요. 아직 말씀드릴 것이 많은데요. 아주 간략하게 말씀을 드렸어야 하는 건데. 하지만 충분히 이해하셨기를 바랍니다." "아, 그럼요." K가 말했다. 그는 억지로 들어주느라 애를 쓰는 바람에 머리가 아팠다. K가 이해했다고 했는데도 화가는 돌아가는 그에게 위안의 말을 해주려는 듯이 모든 것을 다시 한 번 요약해 들려주었다. "두 방법은 피고인에 대한 유죄 판결을 저지한다는 공통점이 있습니다." "하지만 그 방법들은 동시에 실질적인 무죄 판결도 막고 있지요." K는 그런 사실을 깨달은 것이 부끄럽다는 듯 나지막한 목소리로 말했다. "문제의 핵심을 파악했군요." 화가가 재빨리 말했다. K는 자신의 코트에 손을 올려놓았지만 그걸 입을 결심을 할 수가 없었다. 모두 대충 챙겨 들고 바깥의 신선한 공기 속으로 뛰쳐나가고 싶었다. 여자아이들은 그가 옷을 입는다고 미리부터 호들갑을 떨며 서로에게 외쳐댔지만, 그들 역시 K가 옷을 입게 하지는 못했다. 화가는 어떻게든 K의 기분을 알아내는 것이 중요했으므로 이렇게 말했다. "내 제안에 대해 아직 결정을 내리지 못하신 것 같군요. 그럴 만도 하지요. 나로서도 바로 결정을 내리는 건 말리고 싶은 심정입니다. 장점들과 단점들의 차이는 사실 종이 한 장에 불과합니다. 모든 것을 세심하게 따져봐야 합니다. 물론 시간을 너무 많이 허비해서도 안 되지요." "곧 다시 오겠습니다." K는 이렇게 말하고는 갑자기 결심을 내린 듯 상의를 입고 코트를 어깨에 걸치고는 문 쪽으로 급히 걸어갔다. 그러자 문 뒤에 있던 여자아이들이 소리치기 시작했다. 소리치는 여자아이들이 문을 통해 보이는 것 같았다. "그런데 약속은 지켜야 합니다." 화가가 K를 뒤따르지 않은 채 말했다. "안 그러면 제가 은행으로 찾아가 직접 묻겠습니다." "어서 문을 좀 열어주시오." K는 이렇게 말하면서 손잡이를 힘껏 잡아당겼으나 반대편에서 느껴지는 힘으로 보아 여자아이들도 밖에서 손잡이를 꽉 잡고 있는 것 같았다. "아이들이 귀찮게 굴 텐데 괜찮겠어요?" 화가가 물었다. "차라리 이쪽 출구를 사용하세요." 그러면서 화가는 침대 뒤의 문을 가리켰다. K는 그의 말에 동의하고 침대 쪽으로 훌쩍 뛰어 되돌아갔다. 그러나 화가는 문은 열지 않고 침대 밑으로 기어들어가더니 그 밑에서 K에게 물었다. "잠깐만요. 그림을 하나 보시지 않겠습니까? 당신이 살 수 있는 겁니다." K는 예의 없다는 인상을 주고 싶지 않았다. 화가는 진정으로 자기를 염려해주었고 앞으로도 계속 도와주겠다고 약속했다. 또한 K가 깜빡 잊어버리는 바람에 사례금에 대해서는 아직 이야기를 꺼내지 않은 상황이어서 지금은 화가의 말을 거절할 수도 없었다. 그는 아틀리에에서 나가고 싶어 초조한 마음에 부들부들 몸이 떨릴 정도였지만 그림을 보여달라고 했다. 화가는 침대 밑에서 액자 없는 그림을 한 무더기 꺼냈는데, 온통 먼지투성이였다. 화가가 맨 위의 그림에 쌓인 먼지를 훅 불어내자 눈앞에서 먼지가 한참 동안 어지럽게 날리는 바람에 K는 제대로 숨을 쉬기가 어려웠다. "황야의 풍경입니다." 화가는 이렇게 말하면서 K에게 그림을 내밀었다. 어둑어둑한 들판에 여린 나무 두 그루가 서로 멀리 떨어진 채 서 있었다. 배경은 오색찬란한 일몰 장면이었다. "멋지군요." K가 말했다. "이걸 사죠." K는 별생각 없이 짧게 말했는데, 화가가 그것을 기분 나쁘게 받아들이지 않고 바닥에서 두번째 그림을 집어 들자 다행이라는 생각이 들었다. "이것은 앞의 그림과 짝을 이루는 겁니다." 화가가 말했다. 한 쌍의 그림으로 생각하고 그렸는지는 몰라도 첫번째 그림과 비교해 조금도 차이를 느낄 수 없었다. 여기는 나무들, 여기는 들판, 그리고 저기는 일몰 풍경이었다. 그러나 K에게는 그런 것이 중요하지 않았다. "아름다운 풍경들이군요." 그가 말했다. "두 그림을 모두 사서 제 사무실에 걸어놓겠습니다." "이런 모티프를 좋아하시나 봅니다." 화가는 이렇게 말하고는 세번째 그림을 꺼내 들었다. "여기 마침 딱 알맞게도 비슷한 그림이 하나 더 있습니다." 그런데 그 그림은 비슷한 게 아니라 완전히 똑같은 황야의 풍경이었다. 화가는 자신의 오래된 그림들을 팔 수 있는 기회를 십분 활용했다. "이 그림도 가져가겠습니다." K가 말했다. "세 작품 모두 얼마인가요?" "그건 다음에 이야기하도록 합시다." 화가가 말했다. "당신은 지금은 바쁜 상황이고 우리는 언제든 연락할 수 있으니까요. 하여튼 그림이 마음에 드신다니 기쁩니다. 이 아래에 있는 그림을 모두 드릴 테니 가져가세요. 전부 황야 풍경입니다. 저는 황야 풍경을 많이 그렸지요. 어떤 사람들은 이런 그림이 너무 음산하다고 싫어하기도 합니다만, 또 어떤 사람들은, 당신을 포함해서 말입니다, 바로 그런 음산한 점을 좋아하지요." 하지만 K는 지금은 이 가난한 화가의 직업적인 체험 같은 것에는 전혀 흥미가 없었다. "그 그림들을 전부 싸주세요." 그가 화가의 말을 가로막으며 큰 소리로 말했다. "내일 사환을 보내 가져오라고 하겠습니다." "그럴 필요 없습니다." 화가가 말했다. "지금 함께 갈 수 있는 짐꾼을 하나 구해보지요." 그러고 나서 그는 마침내 침대 위로 몸을 구부리더니 문을 열었다. "어려워 마시고 침대 위로 넘어가세요." 화가가 말했다. "여기 들어오는 사람은 누구나 그렇게 하니까요." K는 그런 권유를 받지 않았더라도 서슴없이 그렇게 했을 것이다. 그는 어느새 한쪽 발을 깃털 침구의 한가운데에 올려놓았는데, 바로 그 순간 열린 문을 통해 바깥쪽을 보더니 발을 다시 거두어들였다. "저게 뭔가요?" 그가 화가에게 물었다. "뭘 보고 그렇게 놀라십니까?" 화가도 따라 놀라면서 물었다. "법원 사무처입니다. 여기 법원 사무처가 있다는 걸 모르셨나요? 다락층이라는 데는 거의 어디에나 법원 사무처가 자리 잡고 있는데 여기라고 해서 왜 없겠습니까? 제 아틀리에도 사실은 법원 사무처에 속합니다만, 법원에서 저한테 쓰라고 내준 것이죠." K는 여기에도 법원 사무처가 있다는 것 때문에 그렇게 놀란 건 아니었다. 더 놀라운 것은 자기 자신, 즉 자기가 법원 사정에 대해 너무 무지하다는 사실이었다. 피고인은 언제나 마음의 준비가 되어 있어야 하고, 갑작스럽게 놀라는 일이 절대로 없어야 하며, 판사가 왼쪽에 있는데도 까맣게 모르고 오른쪽을 쳐다보는 일이 없도록 해야 했다. 그것이 그가 생각하는 피고인의 기본적인 행동 원칙이었다. 그런데 그는 바로 이 기본 원칙을 번번이 어기고 있었다. 그의 앞에는 긴 복도가 뻗어 있었고 거기서 바람이 불어왔는데, 그에 비하면 아틀리에의 공기가 차라리 상쾌한 편이었다. K를 담당하는 법원 사무처의 대기실처럼 복도 양쪽으로 긴 의자가 늘어서 있었다. 이런 사무처는 가구 배치와 관련해 상세한 지침이 있는 것 같았다. 지금은 소송 당사자들의 왕래가 그리 많지 않았다. 한 남자가 저쪽에 반쯤 누운 자세로 앉아 있는데, 얼굴을 양팔 사이에 파묻고 자는 것처럼 보였다. 또 한 남자는 어두컴컴한 복도 끝에 서 있었다. K는 이제 침대를 넘어갔고, 화가는 그림을 들고 그의 뒤를 따랐다. 그들은 곧 법원 정리와 마주쳤다. 정리들은 모두 사복에다 보통 단추들 사이에 금색 단추를 하나씩 달고 있기 때문에, K는 이제 금색 단추만 보고도 그들을 금방 알아보았다. 화가는 정리에게 그림을 들고 K를 따라가라고 지시했다. K는 제대로 걸어가지 못하고 비틀거렸고, 손수건을 입에 대고 꼭 누르고 있었다. 출구에 가까이 왔을 때 여자아이들이 그들을 향해 몰려왔다. 결국 K도 그 아이들의 손에서 벗어날 수가 없었던 것이다. 여자아이들은 분명 아틀리에의 두번째 문이 열리는 것을 보고, 반대 방향에서 그리로 들어오려고 길을 돌아온 것이었다. "더는 배웅할 수가 없군요!" 달려드는 여자아이들에게 밀린 화가가 웃으면서 소리쳤다. "안녕히 가세요! 그리고 너무 오래 고민하지는 마세요!" K는 화가를 돌아보지도 않았다. 길거리로 나서자 그는 자기 쪽으로 오는 첫번째 마차를 잡아탔다. 그로서는 법원 정리를 떼어내는 것이 중요했다. 다른 때 같으면 눈에 잘 띄지도 않았을 정리의 금색 단추가 지금은 유난히 K의 눈에 거슬렸다. 정리가 맡은 임무를 완수하고자 마부석에 앉으려고 하자, K가 그를 아래로 밀어냈다. 은행에 도착했을 때는 정오가 훨씬 지나 있었다. 그는 그림을 마차에 두고 내리고 싶었지만, 나중에 화가에게 그 그림들을 어떻게 처리했는지 설명해야 할 상황이 생기지 않을까 우려되었다. 그래서 그는 그림을 자기 사무실 안에 들여놓게 한 다음, 적어도 앞으로 며칠 동안만이라도 부행장의 눈에 띄지 않게 책상 맨 아래 서랍에 넣은 후 자물쇠를 채웠다.

상인 블로크
변호사와의 해약

마침내 K는 변호사에게 자신의 변호에서 손을 떼라고 하기로 결심했다. 그렇게 하는 것이 옳은 일인가 하는 의심을 완전히 지울 수는 없었지만 불가피하다는 확신이 훨씬 더 강했다. 이 결심으로 K는 변호사를 찾아가려고 했던 날 업무 능력이 현저히 떨어졌다. 업무 처리 속도가 유난히 더뎌지는 바람에 그는 아주 늦게까지 사무실에 남아 있어야 했다. 그가 마침내 변호사의 집 문 앞에 섰을 때는 벌써 열시가 넘었다. 그는 초인종을 누르기 전에, 직접 만나 설득하는 건 몹시 거북한 일인데 전화나 편지로 해약을 통보하는 쪽이 더 낫지 않을까 하는 생각도 해보았다. 그러나 K는 결국 직접 설득하는 쪽을 포기할 마음이 없었다. 다른 방식으로 해약을 통보하면 그저 아무 말 없이 받아들이거나 아니면 몇 마디 형식적인 말과 함께 받아들일 것이다. 그리고 만일 레니에게서 정보를 좀 얻어내지 못하면 변호사가 해약 통보를 어떻게 받아들였는지, 그리고 결코 무시할 수 없는 의견을 가진 변호사가 이 해약이 K에게 어떤 결과를 가져다줄 것으로 보는지에 대해 전혀 알아낼 길이 없을 것이다. 그러나 K와 마주 앉아 있다가 해약 통보를 듣고 놀라는 변호사를 보면, 변호사가 자기 심중을 별로 드러내지 않는다 해도 얼굴 표정이나 태도에서 K 자신이 알고 싶은 것들을 모두 쉽게 읽어낼 수 있을 것이다. 뿐만 아니라 아무래도 변호사에게 변호를 맡기는 것이 좋겠다는 확신이 들어 해약을 다시 철회하게 될 가능성도 배제할 수 없었다.

변호사의 집 현관에서 첫번째로 울리는 초인종 소리에는 언제나처럼 아무 대답이 없었다. '레니는 좀 더 빨리 나올 수도 있을 텐데' 하는 생각이 들었다. 그러나 종종 있는 일이지만 다른 의뢰인, 예를 들어 잠옷 차림의 남자나 다른 누군가가 나타나서 중간에 끼어들어 성가시게 구는 일만 없어도 다행이었다. K는 두번째로 초인종을 누르면서 다른 쪽 문을 쳐다보았지만, 오늘은 그 문도 닫혀 있었다. 드디어 변호사 집 문에 나 있는 구멍 창에 두 개의 눈동자가 나타났는데, 레니의 눈은 아니었다. 누군가가 문을 열기는 했지만, 일단 계속 등을 문에 대고 버티고 서서 집 안에다 "그 사람이에요!"라고 외치고서야 완전히 문을 열었다. K는 문을 막 밀쳤다. 등 뒤쪽에 있는 다른 집 문의 자물통에서 급히 열쇠 돌아가는 소리가 들렸기 때문이다. 마침내 자기 앞에 있는 문이 활짝 열리자 그는 곧바로 현관으로 뛰어들었다. 그때 레니가 셔츠 바람으로 방들 사이로 나 있는 복도를 통해 달아나는 모습이 눈에 들어왔다. 문을 열어준 남자가 경고성 외침을 보낸 사람은 바로 레니였던 것이다. K는 잠시 그녀의 뒷모습을 바라보다가 문을 열어준 남자에게 시선을 돌렸다. 턱과 볼에 덥수룩한 수염을 기른 작은 체구의 깡마른 남자였는데, 손에는 촛불을 들고 있었다. "여기서 일하시는 분인가요?" K가 물었다. "아닙니다." 남자가 대답했다. "이 집 사람이 아닙니다. 변호사님께 저의 변호를 의뢰했을 뿐이고, 법률적인 문제로 와 있습니다." "상의도 입지 않으시고?" K는 이렇게 말하면서 손짓으로 제대로 갖추어 입지 않은 남자의 옷차림새를 가리켰다. "아, 죄송합니다!" 남자는 이렇게 말하면서 자신도 이제야 자기 상태를 본다는 듯 촛불로 자기 몸을 비추었다. "레니가 당신의 애인인가요?" K가 짧게 물었다. 그는 두 다리를 약간 벌린 자세로, 모자를 든 두 손은 뒷짐을 지고 있었다. 그러면서 단지 두툼한 외투를 입고 있다는 사실만으로도 이 작고 깡마른 체구의 남자에 대해 상당한 우월감을 느꼈다. "아, 맙소사." 놀란 남자는 이렇게 말하면서 한 손을 얼굴 앞으로 들어 올려 방어 자세를 취했다. "아니, 그렇지 않습니다. 도대체 무슨 생각을 하시는 겁니까?" "정직한 분처럼 보이는군요." K가 미소를 지으며 말했다. "어쨌든 안으로 들어갑시다." K는 모자로 앞을 가리키면서 남자를 앞장세웠다. "그런데 성함이 어떻게 되나요?" 걸어가면서 K가 물었다. "블로크요. 상인 블로크입니다." 작은 체구의 남자가 말했다. 자기를 소개하면서 K 쪽을 돌아보았지만, K는 그가 멈춰 서 있게 두지 않았다. "진짜 이름인가요?" K가 물었다. "물론입니다." 남자가 대답했다. "어째서 의심을 합니까?" "이름을 숨기실 만한 이유가 있다는 생각이 들어서요." K는 이렇게 말하면서 아주 자유로운 느낌이 들었다. 이런 느낌은 보통 낯선 곳에서 열등한 위치의 사람들과 이야기하면서, 자신에 관한 이야기는 피하고 태연하게 상대방의 관심사에 대해서만 떠들어대다가, 상대방을 치켜세우기도 하고 또 원하면 깎아내릴 수도 있을 때 가질 수 있는 그런 느낌이었다. K는 변호사 사무실 문 앞에 이르자 걸음을 멈추고 문을 연 다음, 공손하게 계속 걸어가는 상인을 불러 세웠다. "그렇게 서둘지 마요! 여기 좀 비춰보세요!" K는 그곳에 레니가 숨어 있을 것이라 생각하고 상인에게 방 구석구석을 비춰보라고 했지만, 방 안은 텅 비어 있었다. 판사의 그림 앞에 이르자 K는 상인의 바지 멜빵끈을 뒤에서 잡아당겨 멈춰 서게 했다. "저 사람을 아십니까?" K가 집게손가락으로 위를 가리키면서 물었다. 상인은 촛불을 들어 올린 후 눈을 깜빡이며 그림을 올려다보면서 말했다. "판사입니다." "지위가 높은 판사인가요?" K는 이렇게 물으면서, 그림이 상인에게 어떤 인상을 주는지 살펴보기 위해 상인의 옆으로 옮겨 섰다. 상인은 경탄을 하면서 올려다보았다. "지위가 높은 판사입니다." 그가 말했다. "당신은 제대로 볼 줄 모르는군요." K가 말했다. "저 사람은 하급 예심판사 중에서도 제일 말단 판사입니다." "이제야 기억이 나는군요." 상인이 촛불을 내리면서 말했다. "저도 들은 적이 있습니다." "물론 그러시겠죠." K가 외쳤다. "나는 잊고 있었는데, 당신도 물론 틀림없이 들은 적이 있을 겁니다." "그런데 도대체 왜요, 왜 이러시죠?" 상인은 K의 두 손에 떠밀려 문 쪽으로 다가가면서 물었다. 복도로 나오자 K가 말했다. "당신은 레니가 어디 숨었는지 알고 있겠죠?" "숨었다고요?" 상인이 말했다. "그렇지 않습니다. 아마 부엌에서 변호사에게 줄 수프를 끓이고 있을 겁니다." "그럼 왜 진작 그렇게 말하지 않았나요?" K가 물었다. "거기로 안내하려고 하는데 당신이 나를 불러 세웠잖소." 상인은 앞뒤가 안 맞는 말 때문에 혼란스럽다는 듯이 대답했다. "당신은 자신이 아주 영리하다고 생각하는 모양이군요." K가 말했다. "그럼 안내해보시죠!" K는 부엌에는 아직 한 번도 들어가본 적이 없었는데, 놀라울 정도로 크고 시설이 잘 갖춰져 있었다. 화덕만 해도 보통 화덕보다 세 배 정도 큰 것이었다. 그러나 나머지 세세한 것들은 잘 알아볼 수가 없었는데, 조명이라고는 입구에 매달린 조그만 등 하나가 전부였기 때문이다. 화덕 앞에는 레니가 여느 때처럼 하얀 앞치마를 두르고 서서, 알코올 불 위에 얹어놓은 냄비 안에 달걀을 깨뜨려 넣고 있었다. "안녕, 요제프." 그녀가 힐끔 쳐다보며 말했다. "안녕." K는 인사를 받고는, 한쪽에 뚝 떨어져 있는 의자를 한 손으로 가리키며 상인에게 앉으라는 신호를 보냈다. 상인이 의자로 가서 앉자 K는 레니 뒤로 바짝 다가가 그녀의 어깨 너머로 몸을 구부리며 물었다. "저 남자는 누구지?" 레니는 한 손으로 수프를 저으면서 다른 손으로 K를 잡고 자기 앞쪽으로 끌어당기며 말했다. "불쌍한 사람이에요. 블로크라는 가여운 상인이지요. 저 사람 좀 보세요." 두 사람은 동시에 상인이 있는 곳을 돌아보았다. 상인은 K가 지시한 의자에 그대로 앉아 있었고, 이제는 필요 없게 된 촛불을 훅 불어 끄고는 연기가 나지 않도록 손가락으로 심지를 잡아 누르고 있었다. "당신은 셔츠 바람이었어." K는 이렇게 말하면서 손으로 그녀의 고개를 다시 화덕 쪽으로 돌렸다. 그녀는 대답하지 않았다. "저 남자가 당신 애인이야?" K가 물었다. 레니는 수프 냄비를 잡으려고 했다. 하지만 K가 그녀의 두 손을 잡으면서 말했다. "대답을 해봐!" 그녀가 말했다. "사무실로 가요. 모든 걸 설명해드리겠어요." "아니야." K가 말했다. "여기서 설명하는 게 좋겠어." 레니는 이제 그에게 매달려 키스를 하려고 했으나 K가 그녀를 떼어놓으며 말했다. "지금은 당신의 키스 같은 건 받고 싶지 않아." "요제프." 레니가 말하면서 애원하듯, 그러나 당당하게 그의 두 눈을 바라보았다. "설마 블로크 씨를 질투하는 건 아니겠지요." 이어 그녀는 상인 쪽으로 몸을 돌리며 말했다. "루디, 저를 좀 도와주세요. 보시다시피 제가 의심을 받고 있잖아요. 양초는 거기 내려놓아요." 상인은 별로 주의를 기울이지 않는 것처럼 보였지만 사실은 돌아가는 사정을 훤히 알고 있었다. "저도 선생님이 왜 질투를 해야 하는지 잘 모르겠군요." 별 호소력 없는 말이었다. "실은 나도 모르겠소." K는 이렇게 말하고는 빙긋이 웃으며 상인을 바라보았다. 레니가 큰 소리로 웃더니, K가 잠시 부주의한 틈을 타서 그의 팔에 매달리며 속삭였다. "저 사람은 이제 내버려둬요. 어떤 사람인지 보셨잖아요. 내가 좀 친절을 보였던 건 변호사의 중요한 고객이기 때문이지 다른 이유는 없어요. 그런데 당신은요? 당신은 오늘 꼭 변호사님과 상담을 할 건가요? 변호사님은 오늘 상당히 편찮으세요. 하지만 원하신다면 말씀드릴게요. 그런데 오늘 밤은 나랑 같이 있는 거예요. 꼭 그래야 돼요. 오랜만에 오신 거잖아요. 변호사님도 당신에 대해 물으셨어요. 소송 일을 결코 소홀히 하지 마세요! 내가 들은 이야기도 여러 가지 해드릴 게 있어요. 어쨌든 우선 외투부터 벗어요!" 그녀는 K가 외투 벗는 것을 거들어주고 모자를 받아 든 다음, 옷과 모자를 갖고 현관 앞으로 달려가 걸어놓고는 다시 달려와 수프를 살폈다. "변호사님께 우선 당신이 왔다고 알릴까요, 아니면 수프를 먼저 갖다드릴까요?" "내가 왔다는 말부터 전해줘." K가 말했다. 그는 은근히 화가 났다. 본래 그는 자신의 용무, 특히 해약 문제에 대해 레니와 자세히 상의해볼 작정이었는데, 상인이 와 있는 바람에 그런 마음이 사라져버린 것이었다. 그러나 지금은 이 보잘것없는 상인 때문에 결정적인 방해를 받기에는 자신의 문제가 너무 중요하다는 생각이 들었다. 그래서 그는 복도로 나선 레니를 다시 불러들였다. "우선 수프부터 갖다드리지." 그가 말했다. "변호사님이 나와 상담을 하려면 기운을 차려야 할 테니까. 그게 꼭 필요한 일일 거야." "당신도 변호사님의 의뢰인이군요." 상인이 마치 확인이라도 하려는 듯 구석에서 나지막하게 말했다. 그러나 K는 그 말을 좋게 받아주지 않았다. "그게 도대체 당신과 무슨 상관이오?" K가 말했다. 이번에는 레니가 상인을 향해 말했다. "당신은 좀 가만히 있어요." 이어 그녀는 수프를 접시에 부으면서 K에게 말했다. "그럼, 먼저 수프를 갖다드리고 올게요. 그런데 그분이 잠들까 봐 걱정이에요. 변호사님은 식사 후에는 곧 잠이 드시거든요." "내 이야기를 들으면 잠이 확 달아날 거야." K가 말했다. 그는 어떤 중대한 문제를 협의하려고 변호사를 찾아왔다는 점을 계속 넌지시 알리고 싶어 했다. 그는 레니가 무슨 일이냐고 먼저 물어오길 원했고, 그러면 그때 비로소 그녀에게 조언을 구할 생각이었다. 그러나 그녀는 그가 말한 것을 조금도 어김없이 이행할 뿐이었다. 그녀는 접시를 들고 그의 옆을 지나가면서 일부러 그를 살짝 건드리며 속삭였다. "변호사님이 수프를 다 드시면 곧바로 당신이 왔다고 알리겠어요. 그래야 당신을 가능한 한 빨리 다시 내 차지로 만들 수 있을 테니까요." "어서 가봐." K가 말했다. "어서 가라니까." "좀 더 다정하게 굴어요." 그녀는 이렇게 말하고는, 접시를 손에 들고 문에서 다시 한 번 몸을 돌렸다.

K는 그녀의 뒷모습을 바라보았다. 이제 그는 변호사와 해약하기로 최종 결정을 내렸으므로, 레니와 먼저 그 문제를 상의하지 않아도 된 것이 어쩌면 더 잘된 일인지도 몰랐다. 그녀는 전체 사안을 충분히 모르고 있으니 틀림없이 그렇게 하지 말라고 조언했을 것이며, 어쩌면 실제로 지금 시점에서 K가 해약하는 것을 포기하게 만들었을지도 모른다. 그렇게 되면 그는 계속해서 의혹과 불안에 사로잡혀 지내게 될 것이고, 그러다가 얼마 후에 결국 자신의 결심을 실행에 옮기게 될 것이다. 왜냐하면 해약하겠다는 그의 결심이 너무나 확고했기 때문이다. 결심을 실행에 옮기는 일이 빠를수록 손실은 그만큼 더 줄어들 것이다. 그런데 어쩌면 이 문제에 대해 상인에게서도 뭔가 들을 만한 의견이 있을지도 모른다.

K가 몸을 돌렸다. 상인이 그걸 알아차리고 곧바로 자리에서 일어나려고 했다. "그대로 앉아 있어요." K는 이렇게 말하고는 의자 하나를 그의 곁으로 끌어당겼다. "변호사의 오랜 고객인가요?" K가 물었다. "그렇습니다." 상인이 대답했다. "아주 오래된 소송 의뢰인이지요." "그가 당신의 변호를 맡은 지 몇 해나 되었죠?" K가 물었다. "무얼 물으시는지 잘 모르겠군요." 상인이 말했다. "저는 곡물 거래상인데, 사업상의 법률적 문제에 관해서는 제가 사업을 떠맡은 이후, 그러니까 약 이십 년 전부터 변호사님이 대신 일을 처리하고 있지요. 선생님은 제 소송 문제에 대해 말하는 것 같은데, 처음부터 역시 그분이 제 변호를 맡았어요. 그러니까 벌써 오 년이 넘었군요. 그래요, 오 년이 훨씬 넘었어요." 상인은 이렇게 말을 덧붙이면서 낡은 지갑을 꺼냈다.

"여기 전부 적어두었습니다. 원하신다면 정확한 날짜를 알려드리지요. 이 모든 걸 전부 기억한다는 건 어려우니까요. 제 소송은 더 오래된 것 같습니다. 아내가 죽고서 곧 소송이 시작됐으니까 벌써 오 년 반이 넘었습니다." K는 그에게 더 가까이 다가앉았다. "그럼 변호사는 일반 법률 문제도 맡고 있나요?" 그가 물었다. 법원과 법률 지식이 이렇게 연결될 수 있다는 건 K에게 무척 위안이 되는 것 같았다. "물론이지요." 상인이 이렇게 대답하고는 K의 귀에 대고 속삭였다. "그분은 다른 문제보다는 그런 일반 법률 문제에 더 유능하다고도 합니다." 그러나 곧 자기가 한 말을 후회하는 눈치더니, K의 어깨에 한 손을 얹으며 말을 계속했다. "제가 한 말을 발설하지는 말아주세요." K는 그를 안심시키려는 듯 그의 허벅지 부분을 가볍게 두드리며 말했다. "아니, 나는 누굴 배신하는 사람이 아닙니다." "그 사람은 보복을 잘 하거든요." 상인이 말했다. "하지만 당신처럼 충실한 의뢰인에게야 아무런 해도 가하지 않을 거요." K가 말했다. "오, 천만에요." 상인이 말했다. "그 사람은 화가 나면 앞뒤 가리는 게 없어요. 더구나 저는 그 사람에게 그리 충실하지도 않거든요." "어째서 충실하지 않다는 건가요?" K가 물었다. "믿고 털어놔도 될까요?" 상인이 미심쩍어하는 목소리로 물었다. "그렇게 하셔도 괜찮을 것 같습니다만." "그렇다면," 상인이 말했다. "조금만 말씀드리지요. 하지만 선생님도 저한테 비밀을 하나 털어놓으셔야 합니다. 그래야 우리가 변호사를 상대로 서로 뭉칠 수 있으니까요." "당신은 정말 조심성이 많군요." K가 말했다. "그렇다면 나도 당신이 완전히 마음을 놓을 만한 비밀을 하나 말씀드리지요. 어떤 점에서 변호사한테 충실하지 못하다는 건가요?" "저는," 상인이 주저하면서 뭔가 불명예스러운 것을 고백하는 투로 말했다. "저 사람 외에 다른 변호사들을 두고 있어요." "그건 그리 나쁜 일은 아닌데요." K가 약간 실망해서 말했다. "여기서는 사정이 다릅니다." 고백을 시작하면서부터 숨쉬기가 더 힘들었던 상인은 K의 말에 자신감을 얻고 말했다. "여기서는 그게 허용되지 않습니다. 더군다나 소위 공인된 변호사가 있는데 별도로 무면허 변호사를 더 둔다는 건 절대로 허용되지 않지요. 그런데 제가 바로 그렇게 했어요. 이 변호사 말고도 다섯 명의 무면허 변호사를 더 두고 있거든요." "다섯이나!" K는 이렇게 소리치면서 우선 그 숫자에 놀랐다. "이 사람 말고도 다섯 명의 변호사를 두었다고요?" 상인이 고개를 끄덕였다. "게다가 지금은 여섯번째 변호사와 교섭중입니다." "도대체 무엇 때문에 그렇게 많은 변호사가 필요한가요?" K가 물었다. "저는 그들 모두가 필요합니다." "그 이유를 좀 설명해주시겠소?" K가 물었다. "좋습니다." 상인이 말했다. "우선 소송에서 지고 싶지 않은 겁니다. 이건 당연한 일이지요. 따라서 제게 도움이 될 만한 건 하나도 놓쳐서는 안 돼요. 어떤 경우에는 도움이 될 가망이 거의 보이지 않더라도 절대 그 희망의 끈을 놓아버릴 수가 없는 거지요. 그래서 저는 갖고 있는 모든 것을 소송에 투입했습니다. 예를 들면 제 사업체에서 모든 돈을 빼내 쏟아 넣는 겁니다. 전에는 회사 사무실이 건물 한 층을 거의 차지했는데, 지금은 수습사원 하나와 함께 일하는 뒤채의 방 한 칸으로 만족하고 있지요. 이렇게 몰락하게 된 데는 물론 자금이 고갈된 탓도 있지만, 그보다는 저의 능력을 업무에 제대로 집중하지 못한 탓도 있습니다. 소송을 위해 무언가를 하려고 한다면 다른 일에는 거의 힘을 쏟을 수가 없으니까요." "그렇다면 당신은 법원에도 직접 관여하고 있나요?" K가 물었다. "바로 그 점에 대해 더 알고 싶습니다." "그 점에 대해서는 별로 말씀드릴 게 없습니다." 상인이 말했다. "처음에는 그렇게 하려고도 해봤지만 곧 그 만뒀습니다. 사람을 너무 지치게 하는 데다 성과도 별로 없었거든요. 거기서 직접 작업을 하고 교섭을 벌이고 하는 건, 하여튼 저한테는 도저히 불가능한 일이었습니다. 거기 그냥 앉아 기다리는 것만 해도 아주 고된 일이지요. 당신도 법원 사무처의 그 답답한 공기를 아시잖아요." "내가 거기 갔던 걸 어떻게 아시죠?" K가 물었다. "제가 대기실에서 기다리고 있는데 바로 당신이 거길 지나가더군요." "그것 참 대단한 우연이군요!" K는 이제 완전히 열중해, 지금껏 상인을 우습게 본 것도 잊어버린 채 소리쳤다. "그러니까 나를 보셨다는 말이군요. 내가 지나가던 그 대기실에 있었다고요. 맞아요. 거길 한 번 지나간 적이 있어요." "그리 대단한 우연은 아닙니다." 상인이 말했다. "저는 거의 매일 거기 가 있으니까요." "나도 이제는 꽤 자주 가야 할 것 같군요." K가 말했다. "그러나 그때처럼 그렇게 정중한 응대는 받지 못하겠지요. 모두가 자리에서 일어났거든요. 아마 내가 판사인 줄로 생각한 모양입니다." "그렇지 않습니다." 상인이 말했다. "그때 우리는 법원 정리에게 인사를 한 겁니다. 당신이 피고인이라는 건 우리도 알고 있었어요. 그런 소식은 아주 빨리 퍼지거든요." "그러니까 당신은 이미 알고 있었던 거군요." K가 말했다. "그렇다면 내 행동이 거만하게 보였겠네요. 사람들이 그에 대해 뭐라 하지는 않았나요?" "아닙니다." 상인이 말했다. "그 반대였어요. 하지만 모두 허튼소리입니다." "무엇이 허튼소리란 말인가요?" K가 물었다. "왜 그런 걸 물으시나요?" 상인이 짜증을 내며 말했다. "거기 있는 사람들을 아직 잘 모르시는 것 같군요. 그러니 아마 이해가 잘 안 되실 겁니다. 소송이 진행되는 동안에는 이성으로는 도무지 납득하기 어려운 수많은 얘기들이 오간다는 걸 아셔야 합니다. 사람들은 그저 너무 지쳐 있고 여러 일로 정신이 산란하여, 미신에 의지하는 것으로 위안을 삼기도 합니다. 다른 사람들 말을 하고 있지만, 저 자신도 나을 게 없습니다. 그런 미신 중 하나는, 많은 사람들이 피고인의 얼굴, 특히 입술 모양을 보고 소송의 결말을 예측할 수 있다는 겁니다. 그러니까 그 사람들은 선생님의 입술을 볼 때 곧 틀림없이 유죄 판결을 받을 것이라고 이야기하지요. 거듭 말하지만 그건 유치한 미신에 불과하고, 대부분의 경우 사실과도 전혀 부합하지 않아요. 하지만 그 사람들 속에서 지내다 보면 그런 생각에서 벗어나기 힘들지요. 그런 미신이 얼마나 큰 효과를 지니는지 한번 생각해보세요. 선생님은 거기서 어떤 사람에게 말을 건 적이 있지요, 그렇죠? 그런데 그 사람은 거의 대답을 하지 못했지요. 물론 거기 있다 보면 머릿속을 혼란스럽게 하는 여러 요인이 있지만, 선생님의 입술을 본 것도 그중 하나였습니다. 그 사람이 나중에 말하기를, 자기가 선생님 입술에서 유죄 판결을 받게 될 징조까지 보았다는 겁니다."
"내 입술에서요?" K는 이렇게 물으면서 손거울을 꺼내 자신을 들여다보았다. "나는 내 입술에서 특별히 이상한 점을 발견할 수 없는데요. 당신은 어떤가요?" "저도 마찬가지입니다." 상인이 말했다. "그런 건 전혀 찾을 수가 없습니다." "정말 미신에 사로잡힌 사람들이군요." K가 외쳤다. "제가 그렇다고 말씀드리지 않았습니까?" 상인이 말했다. "그런데 그들은 서로 그렇게 오랜 시간 교제하면서 의견을 나눈다는 말씀인가요?" K가 말했다. "나는 지금까지 아무런 교류도 없이 이렇게 동떨어져 지냈는데 말입니다." "보통은 서로 교제하며 함께 시간을 보내지는 않습니다." 상인이 말했다. "그럴 수가 없습니다. 워낙 사람이 많아서요. 서로 공통된 이해관계도 별로 없습니다. 어떤 그룹에서 때로 공통의 이해관계가 있다고 여겨질 때가 있지만 곧 착각인 것으로 드러납니다. 법원에 맞서 공동으로 관철시킬 수 있는 건 아무것도 없습니다. 모든 소송 건은 개별적으로 조사되며, 법원은 치밀하기 이를 데 없는 조직입니다. 따라서 공동으로는 아무것도 이뤄낼 수 없고, 다만 개별적으로만 때때로 비밀리에 뭔가 뜻을 이루기는 하지만 다른 사람들은 그것이 이루어진 다음에야 그 사실을 알게 되지요. 그것이 어떻게 이루어졌는지는 아무도 모릅니다. 그러니까 유대감 같은 건 없습니다. 때때로 대기실에서 만나기는 해도 대화를 나누는 일은 별로 없습니다. 미신 같은 얘기는 옛날부터 있었던 것인데, 그 숫자가 스스로 불어나고 있지요." "나도 그 대기실에 있던 사람들을 보았습니다." K가 말했다. "그런데 그렇게 기다리는 일은 별로 소용이 없어 보이던데요." "기다리는 게 소용없는 일은 아닙니다." 상인이 말했다. "정말 소용이 없는 건 독자적으로 개입하는 거지요. 이미 말씀드렸듯이 전 이 변호사 말고도 다섯을 더 두고 있습니다. 그래서 사람들은 이제는 제가 이 사안을 그들에게 완전히 맡겨버릴 수 있을 거라고 생각하겠지요. 저도 처음에는 그렇게 생각했습니다. 하지만 그건 아주 잘못된 생각입니다. 오히려 변호사가 한 사람만 있을 때보다도 이들에게 일을 더 맡길 수가 없습니다. 아마도 이해가 잘 안 되겠지요?" "그렇습니다." K가 대답했다. 그러면서 그는 상인이 너무 빨리 말하는 걸 막기 위해 달래듯이 자기 손을 상인의 손 위에 가만히 얹어놓았다. "그런데 이야기를 좀 천천히 해주셨으면 합니다. 저한테는 전부 매우 중요한 얘기들인데, 당신이 말하는 걸 미처 따라갈 수가 없어요." "잘 말씀해주셨습니다." 상인이 말했다. "선생님은 신참이고 아직 초보이니까요. 선생님의 소송은 이제 반년 정도 되었지요, 안 그런가요? 그래요, 저도 그 소송에 대해 들었습니다. 정말 아직 걸음마 단계에 있는 소송이지요! 그런데 이런 일들을 수도 없이 생각해오다 보니, 이제 그런 건 저한테는 세상에서 제일 뻔한 일이 됐거든요." "당신은 소송이 그렇게 많이 진척됐으니 분명 기쁘시겠죠?" K가 물었다. 그는 상인의 소송 일이 어떤 상태에 있는지 직설적으로 묻고 싶지는 않았다. 하지만 상인에게서 분명한 대답도 들을 수가 없었다. "그렇습니다. 저는 오 년 동안 소송을 해왔습니다." 상인은 말하면서 고개를 떨어뜨렸다. "결코 작은 성과라고는 할 수 없지요." 이 말을 하고 그는 잠시 침묵에 잠겼다. K는 이제 레니가 오지 않을까 하여 귀를 기울여보았다. 한편으로는 그녀가 오지 않기를 바랐다. 아직 물어볼 것도 많았고, 또 상인과 이렇게 친밀하게 이야기하는 모습을 레니에게 들키고 싶지 않기도 했다. 그러나 다른 한편으로는 자기가 와 있는데도 그녀가 너무 오랫동안, 수프를 가져다주는 데 필요한 시간보다 훨씬 더 오래 변호사한테 가 있는 것이 화가 났다. "저는 지금도 그때를 정확히 기억하고 있습니다." 상인이 다시 입을 열자, K는 곧바로 온 신경을 집중했다. "제 소송이 시작된 지가 대략 선생님 소송 정도 됐을 때였습니다. 당시에 저는 이 변호사에게만 소송을 맡기고 있었는데, 별로 만족스럽지 못했지요." K는 속으로 '이제 모든 것을 알게 되는구나'라고 생각하면서 열심히 고개를 끄덕였다. 마치 상인을 고무시켜 알아둘 가치가 있는 모든 것을 털어놓게 하겠다는 모습이었다. 상인이 말을 이었다. "제 소송은 진전이 없었습니다. 물론 몇 차례 심리가 열렸는데, 저는 그때마다 출석하고, 자료도 모았으며, 모든 사업 장부들을 법원에 제출했습니다. 그런데 나중에 알게 된 일이지만, 그런 건 필요하지도 않았더군요. 저는 계속해서 변호사한테 달려갔고, 변호사도 여러 가지 청원서를 제출했지요." "여러 가지 청원서라고요?" K가 물었다. "예, 그럼요." 상인이 대답했다. "그건 나한테 매우 중요한 정보입니다." K가 말했다. "내 경우에는 변호사가 여전히 첫번째 청원서를 작성하는 일에 매달려 있거든요. 그는 여태껏 한 일이 아무것도 없습니다. 그러고 보니 나를 수치스러울 정도로 홀대하고 있는 것이군요." "청원서가 아직 작성되지 않은 데에는 여러 정당한 사유가 있을 수 있어요." 상인이 말했다. "그리고 저의 경우를 보면 청원서라는 건 결국 전혀 쓸모없는 것으로 밝혀졌지요. 저는 어느 법원 직원의 호의로 청원서 하나를 직접 읽어보기까지 했습니다. 유식한 말로 작성된 것이었지만, 사실상 아무런 내용도 없는 글이었습니다. 우선 제가 이해할 수 없는 라틴어가 아주 많았고, 다음으로 법원에 대한 일반적인 탄원이 몇 쪽이나 계속되었으며, 이어 누구라고 구체적으로 거명한 건아니지만 그곳 사정을 잘 아는 사람이라면 충분히 짐작할 수 있는 몇몇 특정 관리들에 대한 아부의 말이 적혀 있었습니다. 그다음에는 변호사가 자화자찬하는 글, 그러면서도 법원에 대해 아주 비굴하게 자신을 비하하는 내용이 있었고, 마지막에 제 사건과 유사한 먼 과거의 법률적 사례들에 대한 분석이 적혀 있었습니다. 물론 그 분석 내용은 제가 따라갈 수 있는 한에서 본다면 아주 세밀하게 되어 있었어요. 제가 이런 걸 모두 말한다고 해서 변호사의 일에 어떤 판단을 내리려는 건 아닙니다. 게다가 제가 읽은 청원서는 여러 청원서 중 하나에 불과했어요. 그럼에도 불구하고 제가 말씀드리려는 건, 당시 저의 소송은 아무런 진전도 보이지 않았다는 겁니다." "어떤 식의 진전을 기대했나요?" K가 물었다. "아주 훌륭한 질문입니다." 상인이 미소를 지으며 말했다. "이런 소송에서는 어떤 진전을 보는 경우가 아주 드물지요. 그런데 당시에 저는 그걸 몰랐습니다. 저는 직업이 상인인데, 당시에는 지금보다 훨씬 더 철저한 상인이었어요. 그래서 손에 잡히는 뚜렷한 진전을 원했습니다. 사건 전체가 결말을 향해 움직이든지, 아니면 적어도 본격적인 단계로 접어들기를 기대했지요. 그런데 그러기는 고사하고 대개 이전과 똑같은 내용의 심문만 계속되었어요. 미사 때 사제와 신도들이 서로 주고받는 기도문처럼 전 답변할 말도 벌써 외워서 준비해두고 있었습니다. 일주일에 몇 번씩이나 법원 사환들이 회사나 집, 또는 저를 만날 수 있는 곳으로 찾아왔습니다. 물론 성가신 일이었지요. (요즘은 적어도 이 점에서는 훨씬 나아졌어요. 전화로 하면 훨씬 덜 성가시니까요.) 사업 친구들은 물론이고 특히 친척들 사이에 소송에 관한 소문이 퍼지기 시작했고, 사방에서 이런저런 피해가 생기더군요. 그런데도 가까운 시일 내에 첫 공판이 열릴 것 같은 조짐조차 보이지 않았습니다. 그래서 변호사한테 가서 하소연을 했지요. 변호사는 장황한 설명을 해주었지만, 제가 원하는 어떤 행동을 취하는 건 단호하게 거부했습니다. 그러면서 그 누구도 공판 기일을 확정하는 일에 영향력을 행사할 수 없고, 제가 요구한 대로 청원서를 통해 독촉하는 건 전례가 없는 일로서 변호사도 저도 모두 망하는 길이라고 했습니다. 저는 이 변호사가 할 생각도 없고 능력도 없어서 그렇지, 다른 변호사라면 할 의지도 있고 능력도 있을 것이라는 생각이 들었습니다. 그래서 다른 변호사를 물색했지요. 결과를 미리 말씀드린다면, 어떤 변호사도 공판 기일을 요구하거나 관철시키지 못했어요. 그것은 실제로 불가능한 일입니다. 물론 한 가지 유보적인 내용이 있는데, 그건 나중에 따로 말씀드리겠습니다. 그러니까 그 점에서는 변호사가 저를 속인 건 아니었지요. 그건 그렇다 치고, 제가 다른 변호사들을 찾아간 것이 후회스러운 건 아닙니다. 선생님도 아마 홀트 박사에게서 무면허 변호사들에 대해 이런저런 이야기를 들으셨겠지요. 그분은 틀림없이 그들을 매우 경멸스러운 존재로 표현했을 텐데, 그건 사실입니다. 다만 그분이 그들에 대해 이야기하면서 자기나 자기 동료들과 비교할 때는 사소한 것이긴 하지만 항상 그릇된 평가를 하는데, 말이 나온 김에 말씀드리지요. 그럴 때 그는 구별하기 위해 자기 부류의 변호사를 '대ㅅ변호사'라고 부른다는 겁니다. 그건 틀린 것입니다. 물론 누구든지 기분 내키면 스스로를 '대'자를 붙여 부를 수도 있겠지만, 이 경우에는 법원의 관습이 결정적으로 중요하지요. 다시 말해 법원의 관습에 따르면 무면허 변호사 외에도 소변호사와 대변호사가 있어요. 그런데 우리의 변호를 맡은 사람과 그의 동료들은 소변호사에 불과합니다. 대변호사는 저도 듣기만 했지 본 적은 없습니다만 소변호사에 비해 지위가 훨씬 높은데, 소변호사가 자신들이 멸시하는 무면허 변호사들에 비해 높다는 것과는 비교도 안 될 만큼 높습니다." "대변호사라고요?" K가 물었다. "그들은 도대체 어떤 사람들인가요? 어떻게 하면 그들과 접촉할 수 있나요?" "그러니까 당신은 아직 그들에 대해 들어본 적이 없군요." 상인이 말했다. "그들에 대한 이야기를 듣고 나면 한동안 그들에 관한 꿈을 꾸지 않는 피고인이 거의 없답니다. 그런 유혹에 넘어가지 말기 바랍니다. 저는 대변호사가 어떤 분들인지 잘 모르며, 그들과 접촉하는 것도 아마 불가능할 겁니다. 그 사람들이 관여했다고 확실하게 말할 수 있는 사건도 아직 본적이 없습니다. 그들의 변호를 받는 사람들이 간혹 있지만, 의뢰인들의 의지로 그런 변호를 받을 수는 없습니다. 그들은 변호하고 싶은 사건만 변호합니다. 그런데 그들이 맡는 사건은 하급 법원을 거쳐서 올라온 게 틀림없을 겁니다. 하여튼 그들에 대해서는 생각하지 않는 것이 더 좋습니다. 안 그러면 다른 변호사들과의 상담이나 조언, 법률적 지원 등 모든 것이 역겹고 쓸모없는 것으로 여겨질 테니까요. 제가 직접 경험한 것이기도 한데, 차라리 전부 다 때려치우고 집에 가서 침대에 드러누워 더 이상 아무 말도 듣고 싶지 않게 됩니다. 하지만 그것도 어리석기 짝이 없는 일이에요. 침대에 드러누워 있다고 마냥 마음이 편할 리도 없지요." "그러니까 당신은 그 당시에 대변호사를 생각하지 않은 건가요?" K가 물었다. "그렇게 오래 생각하지는 않았습니다." 상인이 다시 미소를 지으며 말했다. "유감스럽게도 완전히 잊어버릴 수는 없지요. 특히 밤에는 그런 생각을 하기 쉽습니다. 그러나 저는 당시에 즉각적인 성과를 얻고 싶었고, 그래서 무면허 변호사들을 찾아간 겁니다."

"거기서 두 사람이 꼭 붙어 앉아서 뭐하는 거예요!" 레니가 접시를 들고 돌아오다가 문가에 서서 외쳤다. 그들은 정말 바짝 다가앉아 있어서 고개를 살짝 돌리기만 해도 서로 머리가 부딪칠 지경이었다. 상인은 체구가 작은 데다 등까지 구부리고 있어서, 이야기를 잘 듣기 위해서는 K 자신도 몸을 깊이 구부려야 했다. "잠깐만 기다려!" K가 레니를 물리치듯이 외쳤다. 그러면서 여전히 상인의 손 위에 얹혀 있는 자신의 손을 초조한 듯이 움찔거렸다. "이분이 내 소송에 대해 듣고 싶어 하셔서요." 상인이 레니에게 말했다. "어서 이야기해줘요, 어서." 레니가 말했다. 그녀는 상인에게 다정하게 말을 건넸지만 깔보는 태도도 보였는데, 그것이 K의 마음에 거슬렸다. 이제야 그가 알게 된 이 상인은 만만히 볼 수 없는 나름의 가치를 지니고 있었다. 적어도 경험이 많았고, 그것을 잘 전달할 줄도 알았다. 레니는 그를 제대로 평가하지 못한 것 같았다. 레니는 이제 상인이 지금까지 내내 잡고 있던 초를 받아 들더니 앞치마로 그의 손을 닦아주고 나서, 곁에 쪼그리고 앉아 그의 바지에 떨어진 촛농을 긁어내고 있었다. K는 그것을 화난 얼굴로 바라보았다. "당신은 방금 무면허 변호사들에 대해 말해주려고 했지요?" K는 이렇게 말하면서 아무런 말도 없이 레니의 손을 밀어냈다. "도대체 왜 이러세요?" 레니는 이렇게 쏘아붙이며 K를 살짝 치고는 하던 일을 계속했다. "그렇습니다. 무면허 변호사들에 대한 얘기였지요." 상인이 말했다. 그는 뭔가를 생각하는 사람처럼 손을 이마에 갖다 대면서 말을 이었다. K가 그의 생각을 거들어주려고 이렇게 말했다. "당신은 즉각적인 성과를 거두고 싶어 무면허 변호사들을 찾아갔다면서요." "바로 그렇습니다." 상인이 말했다. 그러나 말을 계속하지는 않았다. '레니 앞에서는 그 이야기를 하고 싶지 않은 모양이군.' 이렇게 생각한 K는 당장 나머지 이야기를 듣고 싶은 조급한 마음을 억누르며 더 이상 상인을 독촉하지 않았다.

"내가 왔다고 변호사에게 말한 거야?" K가 레니에게 물었다. "그럼요." 레니가 말했다. "당신을 기다리고 있어요. 이제 블로크 씨는 놔주세요. 블로크 씨하고는 나중에라도 이야기를 할 수 있어요. 여기 계속 있을 테니까요." K는 잠시 망설이다가 상인에게 물었다. "여기 계속 계실 건가요?" 그는 직접 상인의 대답을 듣고 싶었다. 그는 레니가 상인을 마치 그 자리에 없는 사람처럼 말하는 것이 못마땅했다. 그는 오늘 레니에 대해 속으로 화가 잔뜩 나 있었다. 그런데 또다시 레니가 대답했다. "이분은 종종 여기서 주무세요." "여기서 잔다고?" K가 소리쳤다. 그는 다만 변호사와 이야기를 속히 끝내고 올 동안 상인을 기다리게 했다가, 함께 나가서 아무런 방해도 받지 않고 모든 것을 속속들이 이야기해볼 생각이었던 것이다. "그래요." 레니가 말했다. "요제프, 누구든지 당신처럼 아무 때나 찾아와 변호사님을 만날 수 있는 건 아니에요. 당신은 변호사님이 아픈데도 불구하고 밤 열한시에 당신을 만나주는 걸 별로 놀라워하지도 않는 것 같아요. 친구들이 당신을 위해 해주는 일을 당연하게 생각하고 있어요. 그런데 당신 친구들, 적어도 나는 그런 일을 기꺼이 해드리지요. 나는 따로 감사의 말 같은 것도 원하지 않고, 당신이 나를 좋아해주는 것 외에 다른 건 필요도 없어요." 순간 K는 그녀의 말을 곱씹어보았다. '좋아해달라고?' 그러다가 곧 다른 생각이 머리를 스쳐 지나갔다. '그래, 나는 이 여자를 좋아하고 있어.' 그러나 그는 다른 건 모두 무시한 채 이렇게 말했다. "변호사가 날 만나주는 건 내가 변호를 의뢰한 사람이기 때문이지. 변호사를 만나는 데도 다른 사람의 도움이 필요하다면 올 때마다 애걸하고 감사를 해야겠지." "저분은 오늘 아주 심사가 뒤틀려 있네요, 안 그래요?" 레니가 상인에게 물었다. '이제는 내가 이 자리에 없는 사람 취급을 받는군.' K가 이렇게 생각하고 있는데, 상인이 레니의 무례한 태도를 따라 자기 말을 늘어놓자 거기에도 기분이 상했다. "변호사님이 저분을 만나주시는 데는 다른 이유들도 있어요. 저분의 소송 건은 제 건보다 훨씬 흥미를 끌거든요. 게다가 저분의 소송은 아직 시작 단계에 있고 심리도 별로 진행되지 않은 상태여서 변호사님도 아직은 적극적으로 몰두하시는 것이겠죠. 나중에는 사정이 달라지겠지요." "그래요, 그럴 거예요." 레니는 이렇게 말하고는 빙긋이 웃으면서 상인의 얼굴을 쳐다보았다. "이 사람은 정말 말이 많지요! 그러니 당신은 이 사람 말을……" 그러면서 그녀는 K에게로 몸을 돌렸다. "한마디도 믿어서는 안 돼요. 좋은 사람이기는 하지만 말이 너무 많아요. 변호사님이 이 사람을 좋아하지 않는 건 아마 그 때문이기도 할 거예요. 하여튼 변호사님은 기분이 좋을 때만 이 사람을 만나주세요. 내가 그걸 바꿔보려고 많은 노력을 기울였지만 불가능한 일이에요. 한번 상상해보세요. 어떤 때는 블로크 씨가 왔다고 말씀드려도 사흘 만에야 만나주신다니까요. 그런데 변호사님이 부르는 그 순간에 블로크 씨가 그 자리에 없으면, 모든 것이 허사가 되어 새로 면담 신청을 해야 해요. 그래서 내가 블로크 씨를 여기서 주무시게 한 거예요. 변호사님이 한밤중에 블로크 씨를 부른 적도 있거든요. 그러니까 블로크 씨는 밤중에도 대기중이지요. 그런데 이제는 블로크 씨가 온 걸 아시고도 변호사님이 이분을 만나겠다는 말씀을 종종 취소해버리는 경우도 있어요." K는 사실인지 묻는 것 같은 표정으로 상인을 쳐다보았다. 상인은 고개를 끄덕이며 조금 전에 K와 이야기할 때처럼 솔직하게 말했는데, 부끄러운 나머지 얼떨떨한 모양이었다. "그렇습니다. 누구든지 시간이 지나면 변호사에게 아주 얽매이게 되지요." "겉으로만 불평하는 척하는 거예요." 레니가 말했다. "이 사람은 나한테 여러 번 고백했지만, 여기서 자는 걸 좋아해요." 그녀가 조그만 문 쪽으로 걸어가더니 그 문을 툭 쳐서 열었다. "이 사람의 침실을 좀 보시겠어요?" 그녀가 물었다. K는 그곳으로 가서 문지방에 선 채 창문 하나 없는 낮은 방을 들여다보았다. 좁은 침대 하나가 방 안을 꽉 채우고 있었다. 침대에 들어가려면 침대 기둥을 넘어가야 했다. 침대 머리맡에는 벽이 움푹 들어간 곳이 있었는데, 거기에는 초 한 자루, 잉크병과 펜, 그리고 소송 서류로 보이는 종이 묶음이 심하다 할 만큼 가지런하게 놓여 있었다. "당신은 하녀 방에서 자는 건가요?" K는 이렇게 물으면서 상인 쪽으로 몸을 돌렸다. "레니가 내주었어요." 상인이 대답했다. "아주 편한 방입니다." K는 그를 한참 동안 쳐다보았다. 그가 상인에게서 받았던 첫인상이 아무래도 맞는 것 같았다. 상인은 자신의 소송이 오래 지속되었으므로 이런 일에 대한 경험이 많았다. 그러나 그것은 이렇게 비싼 대가를 지불하고 얻은 경험이었던 것이다. 갑자기 K는 상인의 모습을 차마 더 봐줄 수가 없었다. "저 사람을 어서 침대로 데려다드려!" K가 레니에게 소리쳤다. 하지만 그녀는 그의 말을 전혀 알아듣지 못한 것 같았다. 그는 이제 변호사한테 가서 해약을 통보하고 변호사뿐만 아니라 레니와 상인에게서도 벗어나고 싶었다. 그러나 그가 문까지 채 가기도 전에 상인이 나지막한 목소리로 말을 건넸다. "선생님." K가 화난 얼굴로 돌아보았다. "저한테 하신 약속을 잊으셨군요." 상인은 이렇게 말하면서 앉은 자리에서 애원하듯이 K를 향해 몸을 쑥 내밀었다. "제게 비밀을 하나 말해주신다고 했지요." "그렇군요." K는 이렇게 말하면서 자신을 유심히 쳐다보는 레니한테도 힐끗 시선을 돌렸다. "그럼 잘 들으세요. 이제는 더 이상 비밀이라고 할 것도 없습니다. 나는 지금 해약하려고 변호사에게 가는 길입니다." "저 사람이 변호사와 해약을 한다는군요!" 상인은 이렇게 외치면서 벌떡 일어나 양팔을 쳐든 채 부엌 안을 왔다 갔다 했다. 그는 계속해서 외쳐댔다. "저 사람이 변호사와 해약을 한답니다!" 레니가 곧바로 K를 향해 달려가려고 했으나 상인이 그녀를 가로막았다. 그러자 그녀는 두 주먹으로 상인을 한 대 후려쳤다. 이어 그녀는 주먹을 움켜쥐고 K를 쫓아갔지만 그는 벌써 저만치 앞서 가고 있었다. 레니가 거의 따라잡았을 때는 그는 이미 변호사의 방에 들어서는 중이었다. 그가 방 안으로 들어가 문을 닫고 있는데, 레니가 발로 문이 닫히는 것을 막고는 그의 팔을 붙잡고 그를 다시 끌어내리려고 했다. 그러나 그가 손목을 세게 누르자 그녀는 신음 소리를 내며 그를 놓아주어야만 했다. 그녀는 곧장 방까지 들어설 엄두는 내지 못했고, K는 열쇠를 돌려 문을 아예 잠가버렸다.

"오래 기다렸소." 변호사가 침대에서 말을 건넸다. 그러면서 그는 촛불 빛으로 읽고 있던 문서 하나를 침대 옆 작은 탁자 위에 올려놓더니, 안경을 끼고 K를 날카롭게 쳐다보았다. K는 용서를 구하는 대신에 이렇게 말했다. "곧 가야 합니다." 사과하는 말이 아니었으므로 변호사는 K의 말을 못 들은 척하면서 말했다. "다음부터는 이렇게 늦은 시간에는 만나주지 않을 거요." "제 뜻도 역시 그렇습니다." K가 말했다. 변호사는 의아해하는 얼굴로 K를 바라보았다. "앉으세요." 변호사가 말했다. "그러죠." K는 이렇게 말하며 의자 하나를 침대용 탁자가까이로 끌어다 앉았다. "들어오면서 방문을 잠근 것 같은데." 변호사가 말했다. "맞습니다." K가 말했다. "레니 때문입니다." 그는 누구도 감싸줄 마음이 없었다. 그런데 변호사가 물었다. "그 아이가 또 그렇게 치근거리던가요?" "치근거리더냐고요?" K가 물었다. "그렇소." 변호사가 말했다. 그러면서 그는 웃음을 터뜨리더니 발작적으로 기침을 해댔고, 잠시 후 기침이 가라앉자 다시 웃기 시작했다. "그 아이가 얼마나 치근거리는지는 벌써 알아차렸겠지요?" 변호사가 이렇게 물으면서 멍하니 탁자를 짚고 있던 K의 손을 톡톡 건드리자, K는 재빨리 손을 거두었다. "당신은 그걸 별로 대수롭지 않게 여기는군요." K가 침묵을 지키자 변호사가 다시 입을 열었다. "그럼 더 잘됐소. 그렇지 않으면 내가 당신한테 사과부터 해야 하니까요. 그건 레니의 기이한 습성인데, 나야 오래전부터 묵인해왔으니 당신이 방금 문만 잠그지 않았더라면 얘기를 꺼내지도 않았을 겁니다. 그 아이의 그런 습성에 대해 당신한테 설명을 해야 할 필요는 없겠지만, 그렇게 당혹한 표정으로 나를 쳐다보고 있으니 말씀드리는 겁니다. 그 기이한 습성이란 레니가 대부분의 피고인을 매력적으로 본다는 겁니다. 그 애는 아무한테나 매달리고, 누구나 사랑하며, 또한 모두에게서 사랑을 받는 것 같습니다. 내가 허락만 하면 그 아이는 나를 재미있게 해주려고 이따금씩 그런 이야기를 들려주지요. 당신은 상당히 놀란 모양인데, 나는 그 일에 그 정도로 놀라지는 않습니다. 올바른 안목을 가진 사람이 본다면 피고인들이 실제로 매력적일 때가 많습니다. 그건 물론 이상한 현상이지만, 어떤 의미에서는 거의 자연과학적인 현상입니다. 물론 고소를 당했다는 사실 때문에 피고인의 외모에 정확히 단정할 만한 어떤 뚜렷한 변화가 나타나는 건 아닙니다. 여느 법적 사건과는 달리 피고인 대부분은 평소의 생활방식을 그대로 유지하고, 자신을 보살펴줄 변호사를 얻게 되면 소송 때문에 그리 방해를 받지도 않습니다. 그래도 이 분야에 경험이 있는 사람들은 피고인들이 아무리 많은 군중 속에 섞여 있어도 한 사람 한 사람 식별해낼 수 있답니다. 무엇을 근거로 알아내느냐고 당신은 묻겠지요. 내 대답이 만족스럽지 못할 겁니다. 그저 피고인들이 세상에서 가장 매력적인 사람들이기 때문입니다. 그들이 매력적인 게 죄 때문은 아닐 겁니다. 왜냐하면, 적어도 나는 변호사로서 이렇게 말씀드릴 수밖에 없는데, 모든 피고인이 죄가 있는 건 아니니까요. 그렇다고 장래에 받게 될 처벌이 그들을 미리 매력적으로 보이게 한다고도 할 수 없지요. 왜냐하면 모든 피고인이 다 처벌을 받는 것도 아니니까요. 그러니까 그들을 매력적으로 만드는 것은 바로 그 소송, 즉 그들에게 제기되어 계속 따라다니는, 그래서 도저히 벗어날 수 없는 소송일 수밖에 없습니다. 물론 어떤 피고인은 다른 피고인보다 더 매력적이기도 하지요. 그러나 피고인은 모두 매력적입니다. 저 한심한 인간 블로크조차도 그렇습니다."

변호사가 마침내 이야기를 마쳤을 때, K는 마음의 평정을 완전히 되찾은 상태였다. 그는 심지어 변호사의 마지막 말에 눈에 띄게 고개를 끄덕이면서 자신이 진작부터 품어왔던 확신을 새롭게 확인했다. 그것은 변호사가 늘 그렇듯이 이번에도 역시 사건과는 무관한 일반적인 이야기를 늘어놓아 정신을 산만하게 해놓고는, K의 사건을 위해 실제로 자신이 한 일이 무엇인가 하는 핵심적인 문제를 흐려버린다는 것이다. 변호사는 K가 이번에는 다른 때보다 더 강하게 자신에게 저항하고 있음을 분명히 깨달은 듯했다. 왜냐하면 그는 지금 K에게 말할 기회를 주려고 입을 다물었기 때문이다. 그래도 K가 계속 말이 없자 그가 물었다. "오늘은 특별한 용무가 있어 온 건가요?" "그렇습니다." K는 변호사를 더 잘 보기 위해 손으로 촛불을 살짝 가리면서 말을 이었다. "오늘은 제 변호 의뢰를 철회한다는 말씀을 드리려고 했습니다." "내가 제대로 알아들은 건가요?" 변호사는 이렇게 물으면서 침대에서 몸을 반쯤 일으키고는 한 손으로 베개를 짚고 몸을 지탱했다. "그렇다고 생각합니다." K가 말했다. 그는 몸을 꼿꼿이 세운 채로 빈틈없는 경계 태세를 취했다. "좋아요. 그럼 당신의 계획에 대해 의논해봅시다." 변호사가 잠시 후에 한 말이었다. "더 이상 계획이랄 것도 없지요." K가 말했다. "그럴지도 모르지요." 변호사가 말했다. "그래도 우리가 아직은 너무 서두르지 말아야 합니다." 그는 마치 K를 놓아줄 생각이 없으며, 변호는 맡지 않더라도 적어도 그의 상담자로는 남고 싶다는 듯이 계속 '우리'라는 말을 썼다. "서두르지 않았습니다." K는 이렇게 말하면서 천천히 일어나 앉아 있던 의자 뒤로 갔다. "아주 신중하게 생각해서 내린 결정이며, 어쩌면 너무 오래 생각했는지도 모르겠습니다. 이것은 최종적인 결정입니다." "그럼 몇 마디만 더 하게 해주시오." 변호사는 이렇게 말하면서 깃털 침구를 걷어치우더니 침대 가장자리에 앉았다. 허연 털이 난 그의 맨다리는 추위 때문에 덜덜 떨렸다. 그는 K에게 소파에 있는 담요를 좀 갖다달라고 부탁했다. K가 담요를 가져오면서 말했다. "추운데 공연히 일어나셨어요." "문제가 그만큼 중요하니까요." 변호사가 말했다. 그러면서 그는 깃털 침구로 상체를 덮고 담요로 두 다리를 감쌌다. "당신 숙부는 내 친구이고, 시간이 흐르면서 당신에게도 정이 많이 들었습니다. 이것은 나의 솔직한 고백입니다. 이렇게 말한다고 해도 부끄러울 것이 없어요." 노인의 이런 감상적인 말이 K는 전혀 달갑지 않았다. 그런 말은 그가 피하고 싶었던 장황한 설명을 어쩔 수 없이 하도록 만들기 때문이었다. 또한 그의 결심까지 돌려놓을 수는 없겠지만, 그 스스로 솔직히 인정하듯이 그런 말이 그를 당황하고 혼란스럽게 만들기는 했던 것이다. "이렇게 친절히 대해주셔서 감사합니다." K가 말했다. "그동안 선생님께서 저의 소송을 위해 할 수 있는 한, 그리고 선생님이 보시기에 저한테 유리하도록 힘을 써주셨다는 것도 인정합니다. 그렇지만 요즘 들어 저는 그것만으로는 충분하지 않다는 확신을 갖게 되었습니다. 물론 저보다 나이도 훨씬 많고 경험도 풍부하신 선생님 같은 분에게 제 의견을 납득시켜 받아들이도록 할 마음은 결코 없습니다. 혹시 본의 아니게 그랬던 적이 있었다면 용서해주십시오. 그런데 선생님도 말씀하셨듯이 저의 문제는 아주 중대합니다. 따라서 제 소신으로는, 소송에 대해 지금까지보다 훨씬 더 강력하게 대처해야 할 필요가 있다고 봅니다." "당신의 심정을 이해합니다." 변호사가 말했다. "당신은 조급하군요." "조급하지 않습니다." K는 약간 흥분이 되어 말했고, 자기가 내뱉는 말에도 그다지 신경을 쓰지 않았다. "제가 숙부님과 함께 선생님을 처음 방문했을 때 선생님은 제가 소송에 대해 별로 관심이 없다는 걸 아셨을 겁니다. 저한테 어떤 의미에서 억지로 상기시켜주시지 않았다면 저는 소송 문제를 완전히 잊어버렸을 겁니다. 그런데 숙부님이 제 변호를 선생님께 맡기라고 우기시는 바람에 숙부님의 뜻을 거스르지 않고자 그렇게 한 것입니다. 그러니 이제는 소송이 전보다 훨씬 수월해질 거라고 기대한 건 당연하겠지요. 왜냐하면 짐을 조금이라도 덜기 위해서 변호사에게 변호를 맡기는 것이니까요. 그런데 결과는 정반대였습니다. 선생님이 제 변호를 맡은 후부터 저는 소송 때문에 전에 겪지 않았던 큰 걱정을 떠안게 되었지요. 저 혼자였을 때는 제 사건과 관련해 아무 일도 하지 않았지만, 그걸 별로 의식하지도 않았습니다. 그런데 이제 변호인이 생겼고, 또 뭔가 일이 이루어지도록 만반의 조치를 취한 상태였습니다. 그러니 저로서는 끊임없이, 그리고 점점 더 긴장된 가운데 선생님이 어서 좀 나서주시기를 기대했지만, 그렇게 하지 않으셨어요. 물론 저는 선생님한테서 법원에 대한 여러 가지 정보를 많이 얻었고, 그런 정보는 제가 다른 누구한테서도 얻을 수 없는 소중한 것입니다. 그러나 소송이 비밀리에 점점 더 제 몸을 조여오는 지금 상황에서는 그것만으로 만족할 수 없습니다." K는 의자를 밀치고는 두 손을 상의 주머니에 집어넣은 채 꼿꼿이 서 있었다. "소송의 실무가 어느 시점에 이르게 되면 말입니다," 변호사가 나지막하고 차분한 목소리로 말했다. "그 시점부터는 본질적으로 새로운 일이 더 이상 일어나지 않아요. 얼마나 많은 소송 당사자들이 비슷한 소송 단계에서 당신처럼 그렇게 내 앞에 와서 비슷한 말을 했는지 몰라요." "그렇다면……" K가 말했다. "저와 비슷한 형편의 소송 당사자들이 모두 저와 마찬가지로 옳았던 것이군요. 그것은 저의 말을 반박하는 논거가 못 됩니다." "당신 말을 반박하려는 게 아니오." 변호사가 말했다. "다만 당신에게는 다른 사람들보다 나은 판단력을 기대했다는 말을 덧붙이고 싶어요. 특히 내가 당신한테는 법원 제도라든지 나의 활동에 대해 어떤 다른 의뢰인보다도 더 많은 통찰을 하도록 했기 때문이오. 그런데 지금은 그 모든 것에도 불구하고 당신이 나를 충분히 신뢰하지 않는다는 것을 깨달을 수밖에 없는 상황이군요. 당신은 내가 일을 편하게 할 수 있게 하지 않아요." 변호사는 어째서 K 앞에서 저렇게 비굴한 모습을 보이는 것일까! 바로 이런 경우에는 직업상의 명예가 가장 민감하게 작용할 텐데, 그런 명예 따위에 전혀 개의치 않는 모습이었다. 그런데 저 사람은 왜 저러는 것일까? 겉으로 봐서는 일거리가 많은 변호사고, 또 부자였다. 벌이가 조금 줄어든다거나 의뢰인 한 사람 잃는 것쯤이야 저 사람에게는 사실 대수롭지도 않은 일일 것이다. 게다가 몸도 안 좋은 상태니 일거리가 줄어들도록 신경을 써야 할 것이다. 그런데도 그는 K를 꽉 붙잡고서 놓아주지 않고 있다! 무슨 이유에서일까? 숙부에 대한 개인적인 배려에서일까, 아니면 K의 소송을 정말 아주 특별한 것으로 여겨서 K에게, 또는—이런 가능성도 완전히 배제할 수는 없었는데—법원의 친구들에게 자신의 수완을 보여주고 싶은 것일까? K가 당차게 그를 자세히 뜯어보았지만, 그에게서는 아무것도 읽어낼 수가 없었다. 의도적으로 무표정한 얼굴을 하고 자기 말의 효력이 나타나기를 기다리고 있는 게 아닌가 하는 생각까지 들었다. 그런데 그는 필시 K의 침묵을 자기한테 유리한 것으로 해석하고는 다시 말을 이었다. "당신은 내가 큰 사무실을 갖고 있으면서도 직원은 두지 않았다는 걸 알고 있을 겁니다. 전에는 그렇지 않았지요. 젊은 법률가 몇 명을 두고 일하던 시절도 있었는데, 지금은 혼자서 일하고 있어요. 그렇게 된 것은 당신

사건과 같은 종류의 일에만 점점 더 치중하는 방향으로 내 업무 방식을 바꾼 것과 일부 연관이 있고, 또 한편으로는 그런 사건들을 다루면서 얻게 된 보다 깊은 통찰과 연관이 있어요. 내 의뢰인들과 내가 맡은 과제에 대해 과오를 범하지 않으려면 그런 일을 남에게 맡겨서는 안 된다는 걸 깨달은 거지요. 그런데 모든 일을 스스로 하겠다는 결심에는 또 자연히 어떤 결과가 수반되더군요. 나는 거의 모든 변호 청탁을 거절해야 했고 특별히 관심이 가는 청탁만 수락하게 되었어요. 내 주변에만 하더라도 내가 버린 부스러기를 뭐든 주워 먹으려고 달려드는 인간들이 생겨났지요. 뿐만 아니라 과로한 나머지 나는 병까지 났습니다. 그렇지만 내 결심을 후회하지 않아요. 내가 실제로 거절한 것보다 더 많은 의뢰를 거절했어야 했는지도 모르지요. 그러나 일단 소송을 맡았으면 거기에만 전력을 기울이는 것이 절대로 필요하다는 게 입증되었죠. 그것은 승소라는 결과로 보상을 받았으니까요. 언젠가 평범한 소송 사건에 대한 변호와 이러한 소송 사건에 대한 변호의 차이점을 아주 훌륭하게 표현해놓은 글을 읽은 적이 있어요. 거기에는 이렇게 쓰여 있더군요. 어떤 변호사는 자기 의뢰인을 가느다란 실로 판결까지 이끌어가고, 또 어떤 변호사는 의뢰인을 목말 태워서 중간에 내려놓는 일 없이 판결까지, 아니 그 너머까지 짊어지고 간다는 겁니다. 실제로 그렇습니다. 그러나 내가 이렇게 큰 과제를 맡은 것을 절대로 후회하지 않는다고 말한다면, 그것은 전적으로 옳은 말은 아닙니다. 가령 당신의 경우처럼 내 수고가 완전히 오해를 받게 되면 거의 후회를 하게 되지요." K는 이런 말에 설득당하기보다는 오히려 초조해졌다. 그는 변호사의 말투에서, 그가 양보를 한다면 어떤 일들이 자신을 기다리고 있을지 읽어낼 수 있을 것 같았다. 그렇게 되면 다시 위로의 말들이 시작될 것이다. 청원서가 진전을 보이고 있다는 이야기, 법원 관리들의 분위기가 개선되었다는 이야기, 그러나 일과 관련해 여전히 직면해 있는 큰 어려움에 관한 이야기, 요컨대 넌더리가 날 정도로 잘 알고 있는 그 모든 이야기를 다시 들추어내어 막연한 희망으로 K를 기만하고 모호한 위협으로 그를 괴롭힐 것이다. 그런 일은 어떻게든 막아야 했다. 그래서 그는 이렇게 말했다. "제 변호를 계속 맡으신다면 제 사건과 관련해 어떤 일을 하실 건가요?" 변호사는 이런 모욕적인 질문에도 응대를 하며 이렇게 대답했다. "내가 이미 당신을 위해 해왔던 일들을 계속해나갈 것이오." "그럴 줄 알았습니다." K가 말했다. "이제 더 이상은 어떤 말도 필요 없습니다." "한 가지만 더 시도해보겠소." 변호사는 마치 K를 흥분시킨 일이 K가 아니라 도리어 자기를 화나게 만들었다는 듯이 말했다. "나는 이런 추측을 합니다. 그러니까 당신이 나의 법률적 지원에 대해 잘못된 판단을 하고 있을 뿐 아니라 부적절한 태도까지 보이는 것은, 당신이 피고인의 신분임에도 불구하고 너무 좋은 대우를 받기 때문이라는 추측입니다. 좀 더 정확히 표현하자면 당신을 느슨하게, 분명 느슨하게 방임해두고 있기 때문이라는 거죠. 당신이 그렇게 느슨한 대우를 받는 데에는 이유가 있어요. 자유로운 몸으로 있는 것보다 사슬에 묶여 있는 것이 더 나을 때가 많으니까요. 그런데 이제 당신에게 다른 피고인들이 어떤 대우를 받고 있는지 보여드리고 싶군요. 아마 그걸 보게 되면 뭔가 교훈을 얻을 거요. 이제 내가 블로크를 부를 것이오. 그러니 잠긴 문을 열고 여기 탁자 옆에 앉으시오." "좋습니다." K가 대답하면서 변호사가 요구하는 대로 했다. 그는 언제나 배울 준비가 되어 있었다. 그러나 어떤 경우에도 안전을 기하기 위해 한 번 더 물었다. "그렇지만 제가 변호 의뢰를 취소한다는 건 알아들으셨겠죠?" "그래요." 변호사가 말했다. "하지만 오늘 중으로 그 결정을 철회할 수도 있어요." 그는 다시 침대에 누워 깃털 침구를 턱까지 끌어올리고는 벽 쪽으로 몸을 돌렸다. 그런 다음 초인종을 눌렀다.

종소리가 울리는 것과 거의 동시에 레니가 나타났다. 그녀는 재빨리 여기저기를 살펴보면서 무슨 일이 일어났는지 알아내려고 했다. K가 변호사의 침대 곁에 조용히 앉아 있는 것을 보고 그녀는 안심하는 것 같았다. 그리고 굳은 표정으로 자기를 바라보는 K를 향해 미소를 지으며 고개를 끄덕였다. "블로크를 데려와." 변호사가 말했다. 그러나 레니는 그를 데리러 가는 대신에 문 앞까지만 걸어 나가 외쳤다. "블로크 씨! 변호사님께로 오세요!" 그러더니 변호사가 벽을 보고 돌아누운 채 아무 데도 신경을 쓰지 않았기 때문인지, 그녀는 잽싸게 K의 의자 뒤로 돌아가 섰다. 그때부터 의자 등받이 너머로 몸을 구부리거나 두 손으로 아주 부드럽고 조심스럽게 그의 머리카락을 쓸어보기도 하고, 그의 뺨을 어루만지기도 하면서 계속 그를 귀찮게 했다. 마침내 K는 그런 짓을 못 하게 그녀의 한쪽 손을 꽉 붙잡았다. 그녀는 약간 저항하는가 싶더니 그 손을 그에게 내맡겼다.

블로크는 부르는 소리에 즉시 달려왔으나 문 앞에 멈춰 서서 들어가야 할지 어떨지를 가늠해보는 눈치였다. 그는 눈썹을 치키고 고개를 갸우뚱 기울였는데, 마치 변호사 방으로 오라는 명령이 또 들려오지 않을까 하고 엿듣고 있는 것 같았다. K는 그에게 들어오라는 말을 해줄 수도 있었지만, 변호사뿐 아니라 이 집의 모든 사람과 결별하기로 확고히 결심한 상태였으므로 꼼짝하지 않고 가만히 있었다. 레니도 잠자코 있었다. 블로크는 적어도 아무도 자기를 내쫓지 않는 걸 깨닫고는 발꿈치를 들고 살금살금 안으로 들어왔다. 얼굴은 긴장되어 있고, 등 뒤에서는 뒷짐을 진 두 손이 경련을 일으켰다. 그러면서 되돌아 나갈 수도 있다는 생각에 문은 열어두었다. 그는 K 쪽은 거들떠보지도 않고 불룩하게 솟은 깃털 침구만 계속 쳐다보았다. 이불 속의 변호사는 몸을 벽에 바싹 붙이고 누워 있어 아예 그 형상조차 보이지 않았다. 그런데 그때 그의 목소리가 들렸다. "블로크 왔나?" 그가 물었다. 이 질문은 이미 상당한 거리까지 다가간 블로크의 가슴에 그야말로 일격을 가했고, 이어 등에도 일격을 가한 것 같았다. 블로크는 비틀거리더니 몸을 깊숙이 구부린 채 서서 말했다. "여기 대기하고 있습니다." "자네는 뭣 때문에 왔지?" 변호사가 물었다. "적절치 않을 때 왔어." "저를 부르신 게 아니었나요?" 블로크는 이렇게 물었는데, 그것은 변호사한테라기보다는 스스로에게 던진 질문이었다. 그러면서 그는 두 손을 앞으로 쳐들고는 방어 자세를 취했는데, 여차하면 그대로 달아날 태세였다. "부르긴 했지." 변호사가 말했다. "그래도 자네는 적절치 않을 때 왔어." 그리고 잠시 사이를 두었다가 이렇게 덧붙였다. "자네는 항상 적절치 않을 때 온단 말이야." 변호사가 말을 시작한 이후 블로크는 차마 침대 쪽을 쳐다보지는 못하고 방 한구석 어딘가에 시선을 고정시킨 채 귀를 기울여 듣기만 했는데, 마치 말하는 사람의 모습이 너무 눈부셔서 견딜 수 없다는 태도였다. 그런데 변호사는 벽을 향해 누워 낮은 목소리로 빠르게 말했기 때문에 듣는 것도 쉽지가 않왔다. "나가는 게 좋을까요?" 블로크가 물었다. "일단 왔으니," 변호사가 말했다. "그대로 있어!" 지금의 상황은 변호사가 블로크의 소원을 들어주는 것이 아니라 마치 몽둥이로 위협하는 것으로 생각할 수도 있는 상황이었다. 왜냐하면 그때 블로크가 실제로 부들부들 떨기 시작했기 때문이다. "내가 어제 말이야," 변호사가 말했다. "내 친구인 제3석 판사에게 갔는데, 서서히 자네 문제로 대화를 이끌어나갔지. 그 친구가 무슨 말을 했는지 알고 싶은가?" "예, 제발 들려주세요." 블로크가 말했다. 변호사가 얼른 답을 주지 않자, 블로크는 다시 간청을 하면서 무릎이라도 꿇으려는 듯 허리를 굽혔다. 그때 K가 호통을 치듯이 소리쳤다. "아니, 뭐하는 거요?" 그가 소리치는 것을 레니가 막으려 했기 때문에 그는 그녀의 다른 손도 잡았다. 사랑의 표시로 양손을 꽉 잡은 게 아니었기 때문에 그녀는 여러 차례 신음 소리를 내면서 손을 빼내려고 했다. 그런데 K가 소리친 데 대해 벌을 받은 사람은 블로크였다. 변호사는 이렇게 물었다. "도대체 누가 자네의 변호사인가?" "선생님이십니다." "나 말고 다른 사람은?" "선생님 말고는 아무도 없습니다." 블로크가 말했다. "그렇다면 나 말고는 어떤 사람의 말도 들어서는 안 되겠지." 변호사가 말했다. 블로크는 변호사의 말을 그대로 받아들이고는 화난 얼굴로 K를 흘겨보더니, 그를 향해 격렬하게 고개를 가로저었다. 말로 옮긴다면 거친 욕설에 해당하는 제스처였다. 그런데 K는 이런 자와 친분을 나누며 자기 사건에 대해 이야기를 하려고 했던 것이다! "나는 당신을 더 이상 방해하지 않겠소." K가 이렇게 말하면서 의자 뒤로 기댔다. "무릎을 꿇든 네 발로 기든 마음대로 하시오. 난 개의치 않을 거요." 그러나 블로크는 적어도 K에 대해서만큼은 자존심이 있었다. 그는 두 주먹을 휘두르며 K에게 다가서더니, 변호사 앞에서 감히 내지를 수 있을 만큼의 소리를 내어 외쳤다. "당신은 나한테 그런 식으로 말해선 안 돼요. 그런 식으로 말하는 건 용납할 수 없어요. 당신은 왜 나를 모욕하는 건가요? 그것도 여기 변호사님 앞에서 말이오. 변호사님은 당신이나 나 두 사람을 모두 그저 측은히 여기셔서 받아주고 계신 것이오. 당신은 나보다 나을 것도 없어요. 당신도 역시 고소를 당했고 소송중에 있으니까요. 그런데도 당신이 신사라면, 나 역시 더 훌륭하다고는 할 수 없어도 똑같은 신사요. 그러니 특히 당신은 나를 대등한 신사로 대접해주기 바라오. 그런데 당신 표현대로 내가 네 발로 기어다니는데 당신은 거기 앉아 편안히 이야기를 들을 수 있다고 해서 당신이 더 나은 대접을 받는다고 생각한다면, 이 법률 세계의 오래된 격언 하나를 말해주겠소. 피의자한테는 가만히 있는 것보다는 움직이는 것이 더 낫다는 격언이오. 왜냐하면 가만히 있는 자는 언제든 자기도 모르는 사이에 저울 접시에 올라가 자신의 모든 죄와 함께 저울질당할 수 있기 때문이오." K는 아무 말도 하지 않았고, 놀란 나머지 눈동자도 움직이지 않은 채 그저 이 혼란스러운 인간을 멍하니 바라보았다. 그사이 이 사람한테 대체 무슨 일이 있었기에 저렇게 돌변을 할 수 있단 말인가! 그를 이리저리 내던지고, 누가 친구이고 누가 적인지 구별도 못 하게 만든 것은 바로 소송이 아닐까? 변호사가 의도적으로 그의 자존심을 짓밟고 있으며, 그렇게 해서 노리는 건 오직 한 가지, 즉 K 앞에서 자기 권력을 과시해 K까지 굴복시키려는 것뿐임을 그는 보지 못하는 것일까? 그런데 만일 블로크가 그것을 깨달을 능력이 없거나, 또는 변호사를 너무 무서워하여 그걸 깨닫는다 해도 어떻게 할 수 없다면, 어떻게 그가 변호사를 속이고 다른 변호사들에게도 일을 맡기는 것을 숨길 수 있을 만큼 그토록 교활하고 대담할 수 있었을까? 그리고 K가 당장 자기 비밀을 폭로할 수도 있는데, 어떻게 감히 K에게 덤벼들 수 있단 말인가? 그런데 블로크는 그 이상의 짓도 감행했다. 그는 변호사의 침대로 가더니 K에 대해 불평을 늘어놓기 시작했다. "변호사님," 그가 말했다. "이 사람이 저한테 무슨 말을 하는지 들으셨지요? 이 사람의 소송은 아직 시간 단위로 헤아릴 수 있을 정도로 시작 단계에 있는데, 이런 사람이 오 년이나 소송중에 있는 저를 가르치려 듭니다. 심지어 저한테 욕까지 하고 있습니다. 아무것도 모르는 주제에 예절과 의무, 법원 관습 등이 요구하는 바를 미력이나마 힘닿는 데까지 자세히 공부해온 저한테 욕을 하고 있습니다." "다른 사람은 신경 쓰지 말게." 변호사가 말했다. "자네가 옳다고 생각하는 일이나 잘 해." "물론입니다." 블로크는 자기 스스로를 격려하기라도 하듯 이렇게 말하고는 슬쩍 곁눈질을 하더니, 이제는 침대에 바싹 붙어서 무릎을 꿇고 앉았다. "저는 벌써 무릎을 꿇었습니다, 변호사님." 그가 말했다. 그러나 변호사는 말이 없었다. 블로크는 한 손으로 조심스럽게 깃털 침구를 쓰다듬었다. 침묵이 흐르는 가운데 레니가 K의 손아귀에서 벗어나려고 하면서 말했다. "아파요. 나를 좀 놓아주세요. 블로크 씨에게 갈 거예요." 그녀는 그쪽으로 가서 침대 가장자리에 걸터앉았다. 레니가 가자 블로크는 무척 기뻐했다. 그는 즉시 그녀에게 절박한, 그러나 말없는 제스처로 자신을 위해 변호사한테 애써달라는 부탁의 뜻을 알렸다. 변호사가 알려주는 정보가 절박한 게 분명했다. 아마도 다른 변호사들이 그것을 이용할 수 있게 하려는 심산인 것 같았다. 레니는 어떻게 하면 변호사의 마음을 살 수 있는지 틀림없이 잘 알고 있을 것이다. 그녀는 변호사의 손을 가리키며 키스할 때처럼 입을 뾰족하게 내밀었다. 블로크는 얼른 변호사의 손에 키스를 한 후, 레니가 시키는 대로 두 번 더 했다. 그러나 변호사는 여전히 말이 없었다. 그러자 레니는 변호사의 몸 위로 상체를 구부렸는데, 그녀가 몸을 쭉 펴자 예쁜 몸매가 드러났다. 그녀는 변호사의 얼굴 쪽으로 깊숙이 몸을 기울인 채 그의 긴 백발을 쓰다듬었다. 그 덕분에 결국 변호사에게서 대답 하나를 간신히 얻어낼 수 있었다. "이 말을 저 사람에게 해줄까 망설이는 중이야." 변호사가 말했다. 그때 그가 머리를 약간 흔드는 모습이 보였는데, 레니의 손이 누르는 감촉을 더 많이 느끼려는 것 같았다. 블로크는 이렇게 가만히 귀를 기울여 듣는 것이 마치 무슨 계명이라도 범하는 짓인 것처럼 고개를 푹 숙이고 있었다. "왜 망설이시는 건가요?" 레니가 물었다. K는 마치 세심하게 연습한 대화를 듣는 것 같았다. 이미 수차례 되풀이되었고 앞으로도 자주 되풀이될 너무나도 익숙한 것인데, 블로크에게만은 언제나 새로운 것으로 남을 그런 대화였다. "오늘 저 친구 태도는 어땠지?" 변호사가 대답 대신 질문을 던졌다. 레니는 대답을 하기 전에 블로크 쪽을 내려다보면서 그가 두 손을 자기 쪽으로 쳐들고 애원하듯이 비는 모습을 잠시 지켜보았다. 마침내 그녀가 진지하게 고개를 끄덕이더니 변호사 쪽으로 몸을 돌려 말했다. "조용하고 열심이었어요." 긴 수염을 기른 나이 지긋한 상인이 나이 어린 처녀에게 유리한 증언을 해달라고 애원을 하고 있는 것이었다. 무슨 속셈이 있어 그런지는 모르겠지만, 그런 태도는 같은 인간의 눈으로 볼 때 조금도 정당화될 수 없는 것이었다. 그는 지켜보는 사람마저 거의 처참한 심정이 들게 했다. K로서는 변호사가 어떻게 이런 연극을 꾸미며 자신을 손에 넣을 생각을 할 수 있었는지 이해가 안 되었다. 변호사가 아직까지는 자기를 쫓아내지 못했지만, 이 장면만으로 그 효과는 충분했다. 그러니까 다행히도 K는 걸려들 만큼 오랜 시간 접하지는 않았지만, 변호사의 방법이라는 것은 의뢰인이 세상사를 다 잊고 소송이 끝날 때까지 이런 잘못된 길로 질질 끌려다니기를 스스로 바라게 만드는 것이었다. 그는 더 이상 의뢰인이 아니라 변호사의 개였다. 만일 변호사가 상인에게 개집에 기어 들어가듯 침대 아래로 기어 들어가 짖으라고 명령했다면, 그 사람은 기꺼이 그렇게 했을 것이다. K는 여기서 주고받는 모든 말을 정확히 기록해 상부에 고발할 보고서를 작성하라는 지시를 받은 사람처럼 주의를 기울이고 침착하게 듣고 있었다. "저 친구는 온종일 무슨 일을 했지?" 변호사가 물었다. "제가 저 사람을 가두어두었어요." 레니가 대답했다. "제 일을 방해하지 못하도록 저 사람이 평소에 머무는 하녀 방에 가두었지요. 그리고 가끔씩 통풍창을 통해 무얼 하는지 들여다보았어요. 저 사람은 내내 침대 위에 무릎을 꿇고 앉아서, 선생님께서 빌려주신 문서들을 창턱 위에 펼쳐놓고 읽고 있었어요. 그 모습이 제게 좋은 인상을 주었어요. 그 방의 창문은 통풍 기둥으로만 연결되어 있어 빛이 거의 들어오지 않거든요. 그런데도 블로크 씨가 거기서 글을 읽는 것을 보고, 저 사람이 정말 순종적인 사람이라는 것을 알았어요." "그런 이야기를 들으니 기쁘군." 변호사가 말했다. "그런데 저 녀석이 이해를 하면서 읽었을까?" 블로크는 이 대화가 진행되는 동안 끊임없이 입술을 움직였는데, 레니가 변호사에게 해주었으면 하는 대답을 표현하는 게 분명했다. "거기에 대해서는 물론 확실한 대답을 드릴 수는 없어요." 레니가 말했다. "하여튼 제가 보기에는 꼼꼼히 읽고 있었어요. 하루 종일 같은 페이지를 읽었는데, 손가락으로 한 줄 한 줄 더듬어가며 읽었어요. 읽는 게 매우 힘들었는지 제가 볼 때마다 한숨을 쉬었어요. 선생님이 저 사람에게 빌려주신 문서들은 분명히 이해하기 어려운 것이겠지요." "그럼." 변호사가 말했다. "물론이지. 나도 저 친구가 뭘 좀 이해할 거라고는 생각하지 않아. 그 문서들은 내가 저 친구의 변호를 위해 벌이는 싸움이 얼마나 힘든 것인지를 어렴풋하게 느낄 수 있게만 해주면 되는 거야. 그런데 내가 누구를 위해 이런 힘든 싸움을 하는 거지? 이런 말을 하기가 참으로 우스꽝스럽지만, 바로 블로크를 위해서지. 저 친구는 그게 무슨 의미가 있는지를 이해하는 법도 배워야 할 거야. 쉬지 않고 공부를 하던가?" "거의 쉬지 않고 했어요." 레니가 대답했다. "딱 한 번 저한테 마실 물을 좀 달라고 했어요. 그래서 통풍창을 통해 물을 한 잔 건네주었지요. 그러고 나서 여덟시에 저 사람을 나오게 해서 먹을 것을 주었어요." 블로크는 지금 자기를 칭찬하는 내용이 오가고 있고, 그것이 K에게도 틀림없이 깊은 인상을 주고 있다는 듯이 곁눈으로 K를 힐끔 쳐다보았다. 그는 이제 희망을 꽤 얻은 듯이 보였고, 한결 자유롭게, 무릎을 꿇은 채로 이리저리 몸을 움직였다. 그래서인지 변호사의 다음 말에 그의 몸이 뻣뻣하게 경직되는 모습이 더욱 역력하게 보였다. "너는 저 친구를 칭찬하는구나." 변호사가 말했다. "그런데 바로 그 때문에 내가 말을 꺼내기가 어려운 것이야. 판사는 블로크 저 친구에 대해서나 그의 소송에 대해서 별로 호의적으로 말하지 않았거든." "호의적이지 않았다고요?" 레니가 물었다. "어떻게 그럴 수가 있어요?" 블로크는 마치 레니라면 판사가 오래전에 말한 것을 지금이라도 자기에게 유리하게 바꿀 수 있다는 듯이 기대에 찬 눈빛으로 그녀를 바라보았다. "호의적이지 않았어." 변호사가 말했다. "내가 블로크에 대해 이야기를 꺼내자 판사는 심지어 불쾌한 내색까지 보였지. 그는 '블로크 얘기는 하지 마요'라고 했어. 그래서 나는 '제 의뢰인입니다'라고 말했지. 그러자 '당신이 이용당하고 있는 거요'라고 말하는 거야. 그래서 '저는 그의 사건이 가망 없다고 보지 않습니다'라고 말했지. 그러자 그는 '당신이 이용당하고 있는 거요'라고 재차 말했어. '저는 그렇게 생각하지 않습니다.' 나는 계속해서 이렇게 말했지. '블로크는 소송 일에 열성을 다하고 있고, 늘 자기 사건과 관련된 건 놓치지 않으려고 애쓰고 있습니다. 언제나 최신 정보를 얻어내려 하면서 우리 집에 살다시피 합니다. 그런 열성은 어디서도 찾기 어렵지요. 사실 그는 개인적으로 그리 호감이 가는 인물은 아닌데, 매너도 형편없고 지저분한 인간이지요. 하지만 소송 일과 관련해서는 나무랄 데가 없습니다.' 나는 나무랄 데가 없다고 말했어. 의도적으로 과장해서 말한 것이지. 그러자 판사가 이렇게 말하는 거야. '블로크는 그저 교활한 친구요. 그는 상당한 경험을 가지고 있어 소송을 지연시키는 법을 알고 있어요. 그런데 그의 무지함은 그의 교활함보다 더 심하지요. 만일 그가 자신의 소송이 전혀 시작되지도 않았다는 것을 알게 된다면, 누군가 아직 소송 개시를 알리는 종소리조차 울리지 않았다는 것을 말해준다면, 그가 과연 뭐라고 할지.' 가만히 있어, 블로크." 변호사가 말했다. 블로크가 무릎을 덜

덜 떨면서 일어나려고 했고, 또 분명 뭔가 해명을 하려는 조짐을 보였기 때문이었다. 변호사가 이렇게 자세히 말하며 블로크를 대면한 것은 이번이 처음이었다. 그는 지친 눈으로 반쯤은 아무 데나, 반쯤은 블로크를 내려다보았다. 그의 시선에 블로크는 다시 천천히 무릎을 꿇고 앉았다. "판사의 그따위 말은 아무 의미도 없는 거야." 변호사가 말했다. "그런 말에 일일이 놀라지 말게. 또다시 그런다면 앞으로는 자네한테 아무 얘기도 해주지 않겠어. 무슨 말만 시작하면 자네는 최종 판결이 내려지기라도 하는 것처럼 사람을 쳐다보니 말이야. 여기 내 의뢰인 앞에서 창피한 줄 알게! 자네는 또한 저 의뢰인이 나에게 갖고 있는 신뢰도 뒤흔들어놓고 있어. 대체 왜 그러는 거야? 자네는 아직 살아 있고, 여전히 내 보호를 받고 있어. 다 부질없는 걱정이야! 어떤 경우에는 최종 판결이라는 것이 임의의 입을 통해 임의의 시간에 예기치 않게 내려진다는 것을 자네는 어딘가에서 읽었을 거야. 여러 유보사항이 붙어야겠지만 그건 사실이야. 하지만 자네의 불안은 나한테 불쾌감을 주고, 내가 보기에는 그것이 꼭 필요한 신뢰의 부족 때문에 생긴다는 것 또한 사실이야. 내가 방금 한 말이 도대체 뭔가? 나는 어떤 판사의 말을 그대로 전한 것뿐이야. 자네도 알다시피 소송 과정에서는 그 주변에 각양의 견해들이 난무하여 꿰뚫어보기 어려울 정도가 되지. 예를 들어 나와 이야기를 나눈 그 판사는 소송의 시작과 관련해 그 시점을 나와는 다르게 보고 있는 것이지. 그것은 견해 차이일 뿐 그 이상 아무것도 아니야. 소송이 어느 단계에 이르면 오랜 관습에 따라 그것을 알리는 종소리가 울리지. 그 판사의 견해로는 그것으로 소송이 시작된다는 거야. 지금 자네한테 그것을 반박하는 의견을 다 말해줄 수는 없어. 말해줘도 자네는 이해하지도 못할 거야. 그와 다른 의견이 많다는 것쯤만 알고 있으면 충분해." 블로크는 당황한 나머지 침대 옆에 깔린 양탄자의 털을 손가락으로 이리저리 쓸고 있었다. 판사가 한 말 때문에 불안감에 휩싸여, 그는 잠시 자신이 변호사에 예속되어 있다는 것도 잊어버리고 자기 생각에만 골몰해 판사의 말을 이리저리 곱씹어보고 있었다. "블로크 씨." 레니가 경고하는 투로 말하면서 그의 상의 옷깃을 약간 위로 잡아당겼다. "이제 그 양탄자의 털은 그만 놔두고 변호사님 말씀이나 잘 들어요."

대성당에서

은행으로서는 매우 중요한 이탈리아인 고객 한 명이 이 도시를 처음 방문했는데, K는 그에게 도시의 예술 문화유적 몇 군데를 안내해주라는 지시를 받았다. 이런 지시는 다른 때 같으면 분명 명예롭게 여겼을 일이지만, 지금은 K가 은행에서 자신의 위신을 유지하기 위해 애를 많이 써야 하는 형편이어서 그 일을 맡으면서도 달갑지가 않았다. 그는 사무실을 떠나 있어야 할 때면 늘 걱정스러웠다. 사실 사무실에 있을 때도 업무시간을 예전만큼 효율적으로 활용할 수가 없었다. 궁색하기 이를 데 없이 겉으로는 실제 업무를 보고 있는 것처럼 꾸미면서 시간을 흘려보낼 때가 많았다. 그러나 사무실을 떠나 있으면 걱정은 더 컸다. 그를 노리는 부행장이 수시로 그의 사무실에 들어와서 책상에 앉아 그의 서류들을 샅샅이 뒤지고, 수년간 거의 친구나 다름없이 지내는 고객들을 대신 영접하며 이간질하는 모습이 눈에 선했다. 아니 어쩌면 부행장은 K의 실책까지 찾아낼지도 모른다. 요즘 들어 K는 실수 때문에 일을 하면서 온 사방에서 위협을 느끼고 있었지만, 지금의 그로서는 더 이상 실수를 피할 수도 없었다. 우연하게도 요즘 들어 업무상의 외출이나 간단한 출장을 다녀오라는 지시가 많아졌는데, 그런 지시를 받게 되면 그것이 아무리 명예로운 것이라도 그는 자신을 얼마간 사무실에서 내보내고 나서 자기 일을 조사하려는 게 아닌가, 또는 적어도 직장에서는 없어도 별 지장이 없는 사람으로 취급받는 게 아닌가 하는 추측이 쉽사리 들곤 했다. 대부분 거절할 수도 있는 지시이지만 그렇게 할 엄두가 나지 않았다. 만일 그의 염려가 조금이라도 근거가 있는 것이라면, 지시를 거절하는 것은 그의 불안한 마음을 고백하는 셈이었기 때문이다. 이러한 이유에서 그는 그런 지시들을 겉으로는 태연하게 받아들였고, 또 이틀간의 고된 출장을 다녀와야 할 상황에서도 심한 감기에 걸렸다는 사실조차 숨기고 말하지 않았다. 마침 비가 많은 가을철이라 고작 날씨 때문에 출장이 취소되는 일은 없게 하려는 것이었다. 심한 두통과 함께 출장에서 돌아오자마자, 그는 바로 다음날 이탈리아인 고객을 안내하는 일이 자신에게 맡겨졌다는 것을 알게 되었다. 적어도 이번 한 번만은 거절하고 싶은 유혹이 어지간히 컸다. 게다가 그에게 부여된 이번 일은 은행 업무와는 직접적인 연관도 없는 것이었다. 사업상의 고객에 대해 이런 사교적인 의무를 다하는 것이 그 자체로 꽤 중요하다는 것은 의심의 여지가 없었다. 그러나 K에게는 그렇지가 않았다. 그는 업무상의 성과를 통해서만 자기 자리를 유지할 수 있으며, 만일 그것을 잘

해내지 못하면 이 이탈리아인 고객에게 뜻밖의 감동을 선사한다 해도 아무 소용이 없다는 것을 잘 알고 있었다. 그는 단 하루도 업무 영역 밖으로 밀려나지 않고자 했다. 한번 밀려나면 다시 돌아오게 해주지 않을 것 같은 두려움이 너무나 컸다. 그는 이런 두려움이 지나치다는 것을 알고 있었지만, 그것을 떨쳐버릴 수가 없었다. 그런데 이번 경우에는 그럴싸한 핑계를 대는 것이 거의 불가능했다. K의 이탈리아어 실력은 그리 대단치는 않지만 그런대로 괜찮은 편이었다. 더구나 결정적인 것은, K가 예전부터 예술사에 대한 지식을 어느 정도 갖고 있다는 점이었다. 그 사실은 K가 단지 업무상의 이유로 한동안 시市 문화유적보존협회 회원이었다는 점 때문에 아주 과장되어 은행 안에 알려져 있었다. 그런데 소문에 의하면 그 이탈리아인 고객이 바로 예술 애호가라는 것이며, 따라서 K가 그의 안내자로 선정된 것은 당연한 일이었다.

그날 아침은 비가 몹시 내리고 바람이 세차게 불었다. 자기 앞에 놓인 하루 일과에 대해 화가 잔뜩 나 있던 K는, 방문객이 나타나 아무 일도 할 수 없게 되기 전에 최소한 몇 가지 일이라도 끝내기 위해 일곱시에 사무실로 나왔다. 약간이나마 준비를 해두기 위해 밤 시간의 절반쯤 이탈리아어 문법 공부를 하느라 그는 몹시 피곤한 상태였다. 요즘 들어 부쩍 자주 창가에 앉는 버릇이 생긴 탓인지 창문이 책상보다 더 유혹적이었지만, 이런 유혹을 뿌리치고 일을 하기 위해 책상에 앉았다. 그런데 유감스럽게도 바로 그때 사환이 들어오더니, 부장님이 혹시 벌써 출근했는지 알아보라는 행장의 지시를 전했다. 이탈리아 손님이 벌써 와 계시니 출근했으면 응접실로 좀 와달라는 것이었다. "금방 가겠네." K는 이렇게 말하고는 조그만 사전을 하나 호주머니에 넣고, 그 외국인을 위해 준비한 시내 관광명소 사진첩을 팔에 낀 채 부행장의 방을 지나 바로 행장실로 갔다. 일찍 사무실에 나왔다가 바로 이런 요구에 응할 수 있게 된 것이 기뻤다. 사실 그것은 정말 아무도 기대하지 못한 일이었을 것이다. 부행장의 사무실은 당연히 아직 한밤중인 것처럼 비어 있었다. 사환은 분명히 부행장도 응접실로 와달라는 말을 전하도록 지시를 받았겠지만, 그것은 이루어지지 못했다. K가 응접실에 들어서자, 두 신사가 깊숙한 안락의자에서 일어났다. 행장은 다정한 미소를 보냈는데, K가 와주어서 매우 기쁜 모양이었다. 행장이 즉시 소개를 하자 이탈리아인은 K의 손을 잡고 힘차게 흔들더니 소리 내어 웃고는, 누군가를 언급하며 '일찍 일어나는 사람'이라고 말했다. K는 그가 누구를 가리켜 하는 말인지 정확히 알아듣지 못했다. 더구나 표현도 특이해서 K는 잠시 후에야 그 뜻을 추측할 수 있었다. K가 막힘없이 몇 개의 문장으로 대답하자 이탈리아인은 다시 소리 내어 웃는 것으로 응수해주었고, 그러면서 덥수룩한 회청색 콧수염을 초조하게 여러 번 어루만졌다. 수염에는 향수를 뿌린 게 틀림없는데, 가까이 가서 냄새를 맡아보고 싶은 유혹이 들 정도였다. 모두가 자리에 앉아 간단한 인사말로 대화를 시작했는데, K는 이탈리아인이 말하는 것을 단편적으로밖에 알아들을 수 없자 영 거북한 기분이 들었다. 이탈리아인이 아주 차분하게 말하면 거의 알아들을 수 있었지만, 그런 경우는 매우 드물었다. 대개는 샘물이 솟아나듯이 입에서 말이 튀어나왔고, 그렇게 하면서 신이 나는 듯 머리를 흔들어댔다. 그런 식으로 말할 때는 K가 듣기에 더 이상 이탈리아어 같지도 않은 사투리가 주기적으로 튀어나왔는데, 행장은 그 말을 알아들을 뿐 아니라 자신도 구사하는 것이었다. 그것은 물론 K가 충분히 예상할 수 있었던 일이었다. 그 이탈리아인은 이탈리아 남부 출신인데, 행장도 몇 년 동안 그곳에서 살았던 적이 있다. 하여튼 K는 그 이탈리아인과 제대로 의사소통을 한다는 것이 원칙적으로 불가능하다는 것을 알게 되었다. 그 사람이 구사하는 프랑스어 또한 알아듣기 힘들었다. 입술이 움직이는 것을 보면 알아듣는 데 그나마 도움이 될 수도 있겠지만, 수염이 입술을 가리고 있어 그마저도 불가능했다. K는 이제 여러 불편한 일들이 일어나리라고 예상하면서, 일단은 이탈리아인의 말을 알아듣는 건 포기하고 떨떠름한 표정으로 그를 지켜보기만 했다. 이탈리아인의 말을 쉽게 알아듣는 행장이 있는데 구태여 자신이 그런 노력을 기울이는 것도 소용없는 일처럼 여겨졌다. 이탈리아인은 안락의자에 깊숙이, 그러면서도 경쾌하게 앉아, 윤곽이 뚜렷하게 재단된 짧은 상의를 가끔씩 잡아당기더니, 한번은 양팔을 들어 올리고 손을 가볍게 내흔들면서 무언가를 묘사하려 하기도 했다. K는 몸을 앞으로 구부린 채 그의 손에 시선을 집중했지만 그의 손동작이 무엇을 뜻하는지 이해할 수 없었다. 달리 하는 일도 없이 이야기가 오가는 것을 따라 시선만 기계적으로 움직이던 K에게 마침내 잊고 있던 피로감이 밀려왔다. 그렇게 넋을 놓고 있다가 그는 어느 순간 자신이 돌아가려고 자리에서 일어나고 있는 걸 깨닫고는 정신이 번쩍 들었다. 다행히도 제때에 알아차려서 큰 실례를 범한 것은 아니었다. 마침내 이탈리아인이 시계를 보더니 자리에서 벌떡 일어났다. 그는 행장과 작별인사를 하고는 K에게 다가왔는데, 너무 바짝 다가오는 바람에 K는 몸을 움직이기 위해 자신의 안락의자를 뒤로 밀어야 했다. 행장은 K의 두 눈에서 이탈리아어를 구사하는 데 어려움이 있다는 걸 눈치채고 대화에 끼어들었는데, 그 솜씨가 아주 재치 있고 부드러워서 외견상으로는 마치 간단한 조언만 하는 것으로 보였지만, 실제로는 이탈리아인의 말을 끈질기게 가로막으면서 그가 하는 모든 말을 간단히 요약해서 K가 알아듣게 알려주는 것이었다. 그렇게 행장의 말을 통해서 K는 이 이탈리아인이 우선 처리해야 할 몇 가지 볼일이 있다는 것, 또한 유감스럽게도 시간이 별로 없어 모든 관광 명소를 급하게 돌아다닐 생각이 없으니 차라리 대성당 하나만 구경하되, 그것만큼은 샅샅이 구경하려고 마음먹고 있음을 알았다. 그것은 물론 K의 동의를 전제로 한 것이며, 결정권은 오직 K에게 있다고 했다. 그는 또 이렇게 학식 있고 친절하신 분과 동행하여 이런 관광을 하게 되어 참으로 기쁘다고 했다. 여기서 친절하신 분이란 바로 K를 두고 한 말인데, K는 이탈리아인의 말은 건성으로 듣고 행장의 말만 재빨리 파악하려고 했다. 이탈리아인은 괜찮다면 두 시간 후, 즉 열시쯤에 대성당으로 나와주기를 부탁한다고 했다. 자신은 그 시간에 분명히 거기로 갈 수 있으리라는 얘기였다. K는 이에 몇 가지 알맞은 말로 대답했다. 이탈리아인은 먼저 행장과 악수를 하고 이어 K와, 그리고 다시 행장과 악수를 하는 두 사람의 배웅을 받으면서 여전히 몸의 절반은 그들에게로 돌린 채 말을 계속하면서 문 쪽으로 걸어갔다. 그러고 나서 K는 잠시 더 행장과 함께 있었는데, 행장은 오늘따라 평소보다 상태가 안 좋아 보였다. 두 사람은 다정하게 나란히 서 있었는데, 행장은 K에게 어떻게든 사과의 말을 해야겠다고 생각했는지, 처음에는 자신이 직접 이탈리아인을 안내할 생각이었지만 K를 대신 보내기로 결정했다는 말을 했다. 그러나 더 자세한 이유는 말하지 않았다. 또 이탈리아인의 말을 처음에는 곧바로 알아듣기 힘들겠지만 금방 알아듣게 될 것이니 당황해할 필요는 없다고도 했다. K가 제대로 알아듣지 못한다 해도 그 이탈리아인에게는 상대방이 자기 말을 알아듣는 것이 그다지 중요하지 않기 때문에 크게 염려할 것이 없다는 것이다. 그리고 K의 이탈리아어 실력은 놀라울 정도로 뛰어나기 때문에 일을 훌륭하게 해낼 것이라고도 했다. 이 말을 듣고 난 후 K는 행장과 헤어졌다. 그는 아직 남은 시간을 대성당의 안내에 필요한 여러 특별한 어휘들을 사전에서 발췌해 적으면서 보냈다. 그것은 지극히 성가신 일이었다. 사환들이 우편물을 가져왔고, 여러 가지 문의를 위해 들어왔던 직원들은 K가 바쁜 것을 보자 문가에 서서, K가 용건을 들어주기 전까지는 움직이지 않을 태세였다. 부행장도 K를 방해할 기회를 놓치지 않고 자꾸만 들어와서는, 그의 손에서 사전을 빼앗아 공연히 이리저리 뒤적거렸다. 사무실 문이 열리기만 하면 고객들까지 대기실의 어둑어둑한 빛 속에서 모습을 드러냈다. 그들은 머뭇머뭇 고개를 숙여 인사하면서 주의를 끌어보려 했지만, K가 자기네를 보았는지는 확신할 수 없었다. 이 모든 것이 K를 중심축으로 해서 돌아가고 있었으나 정작 K 자신은 필요한 단어의 리스트를 만들고, 그것을 사전에서 찾아낸 다음 옮겨 적고, 발음 연습도 하고, 나중에는 그 단어들을 외우느라 여념이 없었다. 그러나 전에는 좋았던 기억력이 이제는 그를 아주 떠나버린 것 같았다. 이따금 그는 자신을 이렇게 애먹이는 이탈리아인에 대해 울컥 화가 치밀어올라 더는 준비를 하지 않겠다고 단단히 마음을 먹고 사전을 서류들 속에 집어던지기도 했다. 그러나 벙어리처럼 아무 말도 안 하면서 이탈리아인과 대성당의 미술품 앞을 왔다 갔다 할 수는 없다는 것을 깨닫고는 더욱 화가 치민 가운데 다시 사전을 끄집어냈다.

아홉시 반이 되어 그가 사무실을 막 나서려고 하는데 전화가 왔다. 레니가 아침인사를 하면서 어떻게 지내느냐고 안부를 물었다. K는 얼른 고맙다고 말하고는 대성당에 가야 하기 때문에 지금은 통화를 할 수 없다고 말했다. "대성당에요?" 레니가 물었다. "그래, 맞아. 대성당에 가야 해." "도대체 대성당에는 왜요?" 레니가 물었다. K가 그 이유를 간단히 설명하려고 이야기를 꺼내려는데, 레니가 갑자기 이렇게 말했다. "그들이 당신을 뒤쫓고 있어요." K는 자신이 바라지도 않았고 기대하지도 않았던 동정에 참을 수가 없어서 한두 마디 말로 작별인사를 하고는 수화기를 내려놓았다. 그러면서 그는 반은 자신에게, 반은 들을 수도 없는 먼 곳에 있는 그녀에게 이렇게 말했다. "그래, 그들이 나를 뒤쫓고 있어."

그런데 벌써 시간이 늦어서 제시간에 도착하지 못할 위험도 있었다. 그는 택시를 타고 갔는데, 떠나기 직전에야 사진첩을 생각해냈다. 아까는 건네줄 기회가 없어 지금 가져가는 중이었다. 그는 사진첩을 무릎 위에 올려놓고 차를 타고 가는 동안 초조하게 그것을 두드렸다. 빗줄기는 가늘어졌지만 습하고 쌀쌀한 날씨인 데다 낮인데도 어둑어둑했다. 대성당 안은 잘 보이지도 않을 것이고, 거기 차가운 석판 바닥 위에 오래 서 있다 보면 K의 감기는 분명 더 악화될 것이다.

대성당 앞 광장은 텅 비어 있었다. 어렸을 때부터 K는 이 좁은 광장에 있는 집들의 거의 모든 창문에 항상 커튼이 쳐져 있는 걸 이상하다고 생각했는데, 지금 그 기억이 불쑥 떠올랐다. 오늘 같은 날씨에는 물론 그럴 법하다는 생각도 들었다. 대성당 안도 텅 비어 있는 것 같았다. 이런 때 이런 곳에 올 생각을 하는 사람은 아무도 없을 것이다. K는 양쪽 측랑을 따라 걸어가면서 성당 안을 둘러보았는데, 도중에 노파 한 사람만 보았을 뿐이다. 노파는 따뜻한 천을 몸에 두른 채 마리아 상 앞에 무릎을 꿇고 앉아 그것을 바라보고 있었다. 저 멀리에서 또 한 사람, 다리를 절뚝거리는 성당지기가 벽에 난 문으로 사라지는 모습이 보였다. K는 정각에 왔다. 그가 막 성당 안으로 들어설 때 시계가 열한시*를 쳤다. 그런데 이탈리아인은 아직 오지 않았다. K는 성당 정문 쪽으로 돌아가 한동안 마음을 정하지 못한 채 서 있다가, 혹시 이탈리아인이 양쪽 측문 중 어느 한쪽에서 기다리고 있는지 살펴보기 위해 빗속을 걸어 성당 주위를 한 바퀴 돌아보았다. 그러나 그는 어디에도 보이지 않았다. 행장이 혹시 시간을 잘못 알아들은 것일까? 그런 사람의 말을 누가 제대로 알아들을 수 있겠는가? 그러나 어찌 되었건 K는 적어도 반시간 정도는 그 사람을 기다려야 했다. 그는 온몸이 피곤한 상태였으므로 어딘가에 좀 앉고 싶어서 다시 성당 안으로 들어갔다. 어떤 계단 위에서 양탄자 비슷한 천 조각을 발견하고는, 가까이 있는 좌석 앞까지 그것을 발끝으로 끌어다놓은 뒤, 외투로 몸을 단단히 더 감싸고 옷깃을 세운 채 자리에 앉았다. 무료함을 달래기 위해 그는 사진첩을 펼쳐 몇 장 넘겨보았으나 그것도 곧 그만두어

---

* 문맥상으로는 '열시'가 맞지만, 역시 아직 교정을 보지 못한 카프카의 수기 원고에는 '열한시'로 되어 있다.

야 했다. 눈을 들어 가까운 측랑을 아무리 들여다보아도 그 세부 모습을 거의 분간할 수 없을 정도로 점점 더 어두워졌기 때문이었다.

멀리 중앙 제단에는 촛불의 불꽃 세 개가 커다란 세모꼴을 이루며 반짝이고 있었다. K는 조금 전에도 그 촛불들을 보았는지 확신할 수가 없었다. 아마 지금 막 불을 붙인 것 같았다. 성당지기들은 직업상 소리가 나지 않게 걸어 다니는 자들이어서 그들의 움직임을 알아차리기는 어려운 일이다. K가 우연히 몸을 돌렸더니, 뒤쪽 멀지 않은 곳에서도 기둥에 고정된 길고 굵은 초 한 자루가 타고 있는 게 눈에 들어왔다. 촛불은 아름답기는 했지만, 대부분 양쪽 측면 제단의 어둠 속에 걸려 있는 제단화들을 밝히기에는 턱없이 부족하여 오히려 어둠을 심화시킬 뿐이었다. 이탈리아인이 오지 않은 것은 무례하기는 하지만 현명한 처사였다. 이런 상태로는 아무것도 볼 수 없을 것이고, K의 손전등으로 그림 몇 개를 군데군데 살펴보는 것으로 만족해야 할 것이다. K는 그런 식으로 얼마나 볼 수 있는지 시험해보기 위해 가까이에 있는 조그만 측면 예배소로 걸어갔다. 계단 몇 개를 올라가 낮은 대리석 난간에 이른 그는, 그 너머로 몸을 구부린 채 손전등으로 제단화를 비추어보았다. 성체를 비추는 등불의 불꽃이 어른거려 방해가 되었다. K의 눈에 맨 먼저 들어오고, 또 부분적으로나마 짐작이 가능한 부분은 제단화의 가장 언저리에 그려진 갑옷 입은 장신의 기사 그림이었다. 기사는 자기 앞에, 풀줄기 몇 가닥만 여기저기 나 있는 맨땅에 칼을 찌르고 그에 의지해 서 있었다. 바로 눈앞에서 벌어지는 어떤 사건을 주의 깊게 지켜보고 있는 것 같았다. 그렇게 서 있기만 하고 가까이 다가가지 않는 게 이상했다. 아마도 그는 보초를 서야 하는 모양이었다. 손전등의 녹색 불빛이 거슬려 눈을 계속 깜빡거려야 했지만, 오랫동안 그림 구경을 못했던 K는 그래도 한참 동안이나 기사를 관찰했다. 그리고 나서 손전등 불빛으로 그림의 나머지 부분을 이리저리 비춰서 보니 그리스도의 매장 장면을 판에 박힌 전통 양식으로 그린 그림이었다. 게다가 비교적 최근의 그림이었다. 그는 손전등을 집어넣고 원래 자리로 다시 돌아왔다.

이제 이탈리아인을 더 기다릴 필요는 없을 것 같았다. 그러나 밖에는 비가 퍼붓고 있는 게 틀림없고, 성당 안은 생각보다는 춥지 않아 K는 잠시 더 머물기로 마음먹었다. 그의 자리에서 멀지 않은 곳에 커다란 설교단이 있었는데, 그 단의 자그마한 원형 지붕에는 아무 장식도 없는 두 개의 황금 십자가가 끝부분을 서로 맞댄 채 비스듬히 꽂혀 있었다. 설교단의 난간 앞부분과 설교단을 지탱하는 기둥의 연결 부분은 녹색 잎사귀 모양으로 장식되었고, 거기에는 또 활기차게 움직이거나 움직임 없이 조용한 모습의 꼬마 천사들이 잎사귀를 꽉 붙잡고 있었다. K는 설교단 앞으로 가서 그것을 여러 방향에서 살펴보았다. 돌의 세공 솜씨는 대단히 정교했고, 잎사귀 모양 장식과 그 배후에 생겨난 깊은 어둠은 마치 끼워 넣어서 단단히 붙여놓은 것처럼 보였다. K는 그 틈 속에 손을 넣어 조심스럽게 돌을 만져보았다. 이런 설교단이 거기 있었다는 걸 여태껏 모르고 있었다. 그러다가 그는 바로 가까이에 있는 좌석 열 뒤에 뜻밖에도 성당지기 한 사람이 와 있는 것을 알았다. 성당지기는 축 늘어지고 주름진 검은색 옷을 입고 서서, 왼손에는 코담뱃갑을 든 채 K를 지켜보고 있었다. '도대체 왜 그러지?' K가 속으로 생각했다. 내가 수상해 보이는 건가? 팁이라도 달

라는 건가? 그러나 성당지기가 이제 K가 자기를 알아보았다는 걸 깨
닫자, 두 손가락 사이에 아직 코담배를 한 줌 쥔 채로 오른손으로 어
딘지 확실치 않은 방향을 가리켰다. 도무지 이해하기 어려운 행동이
었다. K는 잠시 더 기다려보았지만, 성당지기는 손으로 계속 뭔가를
가리키면서 고개까지 힘차게 끄덕이는 것이었다. "대체 왜 그러는 거
지?" K가 나지막한 목소리로 물었다. 성당 안에서 감히 언성을 높일
수는 없는 일이었다. 그러다가 그는 지갑을 꺼내 들고 그 남자에게 다
가가기 위해 가장 가까운 좌석 열을 따라 움직였다. 그러나 그 남자는
즉시 손으로 거절하는 제스처를 취하더니, 어깨를 한 번 으쓱하고는
절뚝거리며 달아났다. 어렸을 때 K는 저렇게 절뚝거리며 급히 걸어
가는 것과 비슷한 걸음걸이로 말을 타고 달려가는 모습을 흉내 내려
한 적이 있었다. '유치한 노인이군.' K가 생각했다. '저런 머리로는 겨
우 성당지기밖에 못 해먹겠어. 내가 멈춰 서면 자기도 멈춰 서고, 내
가 계속 따라오는지 엿보기나 하고 있으니 말이야.' K는 빙긋이 웃으
면서 노인의 뒤를 따라 측랑을 지나 높은 중앙 제단까지 거의 이르렀
다. 노인이 계속 뭔가를 가리켰으나, 그것은 아마도 그가 뒤따라오는
걸 따돌리기 위한 것 외에 달리 이유가 없을 것이므로 K는 의도적으
로 몸을 돌리고 쳐다보지 않았다. 그는 결국 노인을 따라가는 것을 포
기했다. 노인을 너무 불안하게 하고 싶지 않았고, 혹시 이탈리아인이
올 경우를 생각해 이 도깨비 같은 사람을 완전히 몰아낼 마음도 없었
던 것이다.

그가 사진첩을 놓아두었던 본래의 자리를 찾기 위해 성당의 중앙
통로로 다시 발을 들여놓는데, 성가대석에 인접한 기둥에 조그마한

부설교단이 붙어 있는 것이 눈에 들어왔다. 밋밋하고 파르스름한 돌로 아주 간단하게 만든 것이었다. 너무 작아서 멀리서 보면 성상을 놓아두는 용도로 만들었으나 아직까지 비워놓은 움푹한 벽감壁龕처럼 보였다. 설교자는 난간에서 뒤로 한 걸음도 제대로 물러설 수 없을 것 같았다. 게다가 돌로 된 설교단의 둥근 천장은 특이하게 낮은 위치에서 시작되어 별 장식 없이 둥글게 휘어져 올라갔기 때문에, 보통 키의 남자라도 똑바로 서 있지 못하고 계속 난간 위로 몸을 내밀고 있어야 했다. 그 전체가 마치 설교자를 괴롭히기 위해 만들어진 것 같았다. 크고 장식도 훌륭한 다른 설교단을 사용하면 되는데 이런 설교단을 대체 어디에 쓰려고 만들었는지 이해가 가지 않았다.

 설교 직전에 불을 켜두는 등이 위쪽에 매달려 있지 않았더라면, 이 조그만 설교단은 K의 눈에 띄지도 않았을 것이다. 그렇다면 이제 설교가 시작된다는 것인가? 이 텅 빈 성당 안에서? K는 기둥에 달라붙어 설교단을 향해 감겨 올라간 계단을 위에서부터 눈으로 따라 내려와보았다. 계단은 너무 좁아서 사람이 오르내리기 위한 것이 아니라 단지 기둥을 장식하기 위해 만들어놓은 것처럼 보였다. 그런데 설교단 아래쪽에 정말로 신부가 서 있었다. 신부는 위로 올라가려고 난간을 잡은 채 K 쪽을 쳐다보고 있었다. K는 깜짝 놀라서 미소를 지었다. 이어 신부가 아주 가볍게 고개를 끄덕이자 K는 성호를 긋고 고개를 숙여 인사했는데, 좀 더 일찍 하는 편이 옳았을 것이다. 신부는 살짝 반동을 주어 몸을 가볍게 치올리더니 짧고 빠른 걸음으로 설교단에 올랐다. 정말 설교가 시작되는 것일까? 성당지기도 그렇게 분별력 없는 사람이었던 게 아니라, K를 설교자에게로 안내하려던 것이었을까? 청중도 없이 텅 비어 있는 성당에서는 그렇게 하는 것이 물론 꼭 필요한 일일 것이다. 아직 마리아 상 앞 어딘가에는 노파도 있는데, 그렇다면 그 노파도 오라고 했어야 한다. 그리고 설교가 시작되는 것이라면 왜 오르간으로 시작을 알리지 않는 것일까? 오르간은 여전히 조용했고, 그저 높다란 파이프만 어둠 속에서 희미한 금속성의 빛을 발하고 있을 뿐이었다.

K는 지금 빨리 여기서 나가야 하지 않을까 하고 생각했다. 지금 나가지 않으면 설교중에 나가는 건 더 가망 없는 일이고, 그러면 설교가 끝날 때까지 계속 있어야 할 것이다. 사무실에서도 많은 시간을 허비했고, 이탈리아인을 더 기다려줘야 할 의무는 이제 없었다. 그는 시계를 보았다. 열한시였다. 그런데 정말 설교를 할 수 있을까? K 혼자 청중이 되어 예배를 드린단 말인가? 만일 그가 그저 성당 구경만 하러 온 여행객이라면 어떻게 할 것인가? 사실상 그런 거나 마찬가지였다. 지금 열한시에, 평일이고 날씨마저 험한데 설교가 있을 거라고 생각하는 것 자체가 터무니없는 일이었다. 매끈하고 가무잡잡한 얼굴의 저 젊은 사람이 신부인 건 분명하나, 그는 단지 착오로 켜놓은 등불을 끄기 위해 올라간 게 틀림없었다.

그런데 K의 추측은 빗나갔다. 신부는 등불을 살펴보더니 오히려 심지를 약간 더 돋우고는, 천천히 난간 쪽으로 몸을 돌려 각이 진 모서리 부분을 두 손으로 잡았다. 그는 한동안 그렇게 서서 머리를 움직이지 않은 채 주위를 둘러보았다. K는 멀찌감치 뒤로 물러나 맨 앞줄 좌석에 팔꿈치를 기댄 채 서 있었다. 그러면서 성당지기가 딱히 성당 안 어디라고 말하기 어려운 지점에서, 임무를 마친 사람처럼 등을 구부린 채 평온하게 웅크리고 앉아 있는 모습을 불안한 눈으로 바라보았다. 지금 성당 안은 정말 정적만이 감돌고 있었다! 그러나 K는 그 정적을 깨지 않을 수 없었다. 여기에 더 머물 생각이 없었기 때문이다. 상황이 어떻든지 정해진 시간에 설교를 하는 것이 신부의 의무라면, 그렇게 하는 것은 그의 자유다. 그것은 K의 도움 없이도 잘 이루어질 것이고, K가 거기에 있다고 해서 효과가 더 커지는 것도 아닐 것이다. 그래서 K는 천천히 움직이기 시작했다. 발끝으로 좌석을 더듬어 나가다가 중앙 통로까지 나오자, 이제 아무런 방해 없이 걸을 수 있었다. 다만 돌로 된 바닥은 아무리 조용하게 발걸음을 옮겨도 소리가 울렸고, 둥근 천장은 그 소리를 규칙적인 간격으로 굴절시켜 희미하면서도 끊임없이 메아리치게 했다. 신부가 지켜보고 있을지도 모르는 가운데, 비어 있는 좌석들이 늘어선 사이를 혼자 걸어 나가면서 K는 어쩐지 버림받은 기분이 들었다. 그리고 성당의 크기가 인간이 견뎌낼 수 있는 한계를 넘어서는 것처럼 여겨졌다. 이전에 있었던 자리로 돌아오자, 그는 더 이상 머뭇거리지 않고 손을 뻗어 거기에 놓인 사진첩을 잽싸게 집어 들었다. 그리고 이제 좌석이 늘어선 구역을 거의 다 지나 좌석과 출구 사이에 있는 빈 공간을 향해 다가가는데, 처음으로 신부의 목소리가 들려왔다. 우렁차고 잘 단련된 목소리였다. 그 목소리는 그것을 받아들일 준비가 되어 있는 대성당 곳곳으로 퍼져나갔다! 그런데 신부는 성당의 회중을 향해 외친 것이 아니었다. 너무 분명해서 더 이상 빠져나갈 도리가 없었다. 신부는 바로 이렇게 외친 것이다. "요제프 K!"

K는 걸음을 멈추고 자기 앞의 바닥을 내려다보았다. 아직 당장은

자유로운 몸이었다. 계속 더 걸어 나가 저 앞에 멀지 않은 곳에 있는 짙은 색깔의 작은 나무문 세 개 중 하나를 통해 밖으로 나가버리면 그만이었다. 그렇게 하면 그가 부르는 소리를 알아듣지 못했거나, 아니면 알아들었지만 개의치 않겠다는 뜻이 될 것이다. 그러나 지금 돌아서면 붙잡힌 몸이 될 것이다. 왜냐하면 그것은 그가 잘 알아들었으며, 신부가 부른 사람이 바로 자기이고, 또한 그 부름에 따르겠다는 것을 고백하는 셈이었기 때문이다. 신부가 한 번 더 불렀더라면, K는 틀림없이 나가버렸을 것이다. 그러나 아무리 기다려봐도 사방이 조용하기만 해서 K는 고개를 약간 돌려보았다. 신부가 지금 뭘 하고 있는지 궁금했던 것이다. 신부는 조금 전처럼 설교단에 가만히 서 있었으나, K가 고개를 돌리는 것을 분명히 알아차린 것 같았다. 이제 K가 완전히 돌아서지 않는다면, 아이들 숨바꼭질 놀이처럼 되어버릴 상황이었다. 그가 돌아서자, 신부는 손가락으로 가까이 다가오라는 신호를 보냈다. 이제는 모든 것이 공공연해졌기 때문에 그는 큰 걸음으로 성큼성큼 설교단을 향해 날듯이 걸어갔는데, 호기심이 일기도 했고 빨리 용무를 끝내고 싶은 마음도 간절했다. 그가 맨 앞줄의 좌석 옆에 멈춰 서자, 신부는 아직 거리가 너무 멀다고 생각했는지 손을 뻗어서 집게손가락을 아래로 구부리고는 설교단 바로 앞의 지점을 가리켰다. K는 그 지시에 따랐다. 그 자리에서는 신부를 제대로 보려면 고개를 많이 젖혀야 했다. "당신이 요제프 K군요." 신부는 말하면서 한 손을 난간에서 들어 올렸는데, 좀 애매한 제스처였다. "그렇습니다." K가 말했다. 그러면서 그는 전에는 언제나 자기 이름을 떳떳하게 말할 수 있었다는 생각을 했다. 얼마 전부터는 자신의 이름이 부담스럽게 여겨졌다. 이제는 생전 처음 만나는 사람들까지도 그의 이름을 알고 있었다. 먼저 자기를 소개하고, 그런 다음에 서로 알게 된다는 것은 얼마나 좋은 일인가. "당신은 고소를 당했지요." 신부가 아주 낮은 목소리로 말했다. "그렇습니다." K가 말했다. "그렇게 통보를 받았습니다." "그렇다면 내가 찾고 있는 사람이 당신입니다." 신부가 말했다. "나는 교도소 신부입니다." "그러시군요." K가 말했다. "내가 당신을 이리로 오게 했습니다." 신부가 말했다. "당신과 이야기를 좀 나누고 싶어서입니다." "전 그런 줄 몰랐습니다." K가 말했다. "제가 여기 온 것은 어느 이탈리아인에게 대성당을 보여주기 위해서였습니다." "그런 하찮은 일은 잊어버려요." 신부가 말했다. "손에 들고 있는 것이 뭔가요? 기도서인가요?" "아닙니다." K가 대답했다. "시내 관광명소 사진첩입니다." "그건 옆에 내려놓아요." 신부가 말했다. K가 거칠게 내던지는 바람에 사진첩이 확 펼쳐졌고, 책장이 구겨진 채 바닥 위로 얼마간 미끄러져갔다. "당신의 소송이 안 좋은 상황이라는 걸 알고 있나요?" 신부가 물었다. "제가 보기에도 그렇더군요." K가 말했다. "저로서는 온갖 노력을 다했으나, 지금까지 아무런 성과가 없습니다. 물론 아직 청원서도 완성하지 못한 상태입니다." "당신은 결말이 어떻게 날 것이라고 생각하나요?" 신부가 물었다. "처음에는 틀림없이 좋게 끝날 거라고 생각했습니다." K가 말했다. "지금은 때때로 의심이 들기도 합니다. 어떻게 끝날지 모르겠어요. 신부님은 아십니까?" "모릅니다." 신부가 대답했다. "그러나 좋지 않은 결말로 끝나게 되지 않을까 걱정입니다. 저들은 당신이 죄가 있다고 여기고 있어요. 당신의 소송은 아마 하급 법원을 벗어나지 못할 겁니다. 적어도 현재 상황에서는 당신의 죄가 입증된 것으로 여겨지고 있어요." "그렇지만 저는 죄가 없습니다." K가 말했다. "뭔가 잘못된 겁니다. 도대체 인간이라는 사실이 어떻게 죄가 될 수 있단 말입니까? 이 땅에서 우리는 너나 할 것 없이 모두 인간입니다." "그건 맞는 말입니다." 신부가 말했다. "하지만 죄 있는 사람들이 늘 그런 식으로 말하지요." "신부님도 저에 대해 편견을 갖고 계신가요?" K가 물었다. "난 당신에 대해 편견을 갖고 있지 않습니다." 신부가 말했다. "감사합니다." K가 말했다. "그러나 소송에 관여하는 다른 사람들은 모두 저에 대해 편견을 갖고 있습니다. 그들은 소송과 무관한 사람들에게도 그런 편견을 주입합니다. 제 입장이 점점 더 어려워지고 있습니다." "당신은 사실을 잘못 이해하고 있군요." 신부가 말했다. "판결은 어느 시점에 단번에 내려지는 것이 아니라 소송이 서서히 판결로 넘어가는 것이지요." "그렇군요." K가 말하면서 고개를 숙였다. "당신 사건과 관련해 앞으로 어떻게 할 작정입니까?" 신부가 물었다. "도움을 더 구해볼 생각입니다." K가 말했다. 그러면서 신부가 이를 어떻게 판단하는지 보기 위해 고개를 쳐들었다. "제가 아직 이용해보지 못한 모종의 수단이 분명히 있을 겁니다." "당신은 남의 도움을 너무 많이 구하고 있어요." 신부가 못마땅해하며 말했다. "특히 여자들한테서 말이오. 그것이 진정한 도움이 아니라는 걸 깨닫지 못했나요?" "어떤 경우는, 아니 많은 경우에, 신부님의 말씀이 옳다는 걸 인정합니다." K가 말했다. "하지만 항상 그런 것은 아닙니다. 여자들은 대단한 힘을 갖고 있습니다. 만일 제가 아는 몇몇 여자들의 마음을 움직여 저를 위해 힘을 합해 일하게 할 수만 있다면, 저는 반드시 뜻을 이룰 수 있을 것입니다. 주로 여자 꽁무니를 따라다

니는 인간들로 이루어진 이 법원에서는 특히 더 그렇습니다. 예심판
사에게 멀리서 여자를 한 명 보여줘보십시오. 여자를 놓치지 않으려
고 법원 탁자고 피고인이고 죄다 밀치면서 달려들 겁니다." 신부가
난간 쪽으로 머리를 기울였다. 이제야 설교단 지붕이 위에서 내리누
른다는 느낌이 든 모양이었다. 밖에는 얼마나 고약한 날씨가 기승을
부리고 있는 것일까? 이제는 더 이상 흐린 낮이 아니라 깊은 밤중이
었다. 대형 유리창의 스테인드글라스도 그 희미한 빛만으로는 어두
운 벽을 밝힐 수가 없었다. 그때 하필이면 성당지기가 중앙 제단 위
의 촛불을 하나씩 끄기 시작했다. "저한테 화가 나셨나요?" K가 신부
에게 물었다. "신부님은 자신이 봉사하는 법원이 어떤 곳인지 잘 모
르시는 것 같습니다." 아무 대답이 없었다. "하기야 제 개인적인 경험
에 불과할 뿐이겠지요." K가 말했다. 위에서는 여전히 아무 소리도 없
었다. "신부님을 모욕하려고 한 말은 아닙니다." K가 말했다. 그때 신
부가 K를 향해 아래로 소리쳤다. "당신은 도대체 두 걸음 앞도 못 보
는 건가요?" 그것은 분노의 음성이기도 했지만, 동시에 누군가가 넘
어지는 것을 보고 놀라서 자기도 모르게 무심코 외치는 소리 같기도
했다.

이제 두 사람은 한참 동안 아무 말이 없었다. 물론 신부는 아래쪽
이 어두워서 K를 잘 알아볼 수 없었지만, K는 작은 등불의 불빛 속에
서 신부를 또렷하게 볼 수 있었다. 신부는 어째서 아래로 내려오지 않
는 것일까? 그는 설교를 한 것이 아니라 K에게 몇 가지 얘기를 전해
준 것뿐인데, 그 얘기도 잘 생각해보면 K에게 득이 되기보다는 오히
려 해가 될 것 같은 내용이었다. 그러나 K가 보기에 신부의 선의는 의

심의 여지가 없었다. 만일 신부가 내려온다면, 그와 의견의 일치를 보는 것도 불가능하지 않을 것이다. 그리고 신부로부터 결정적인, 그리고 받아들일 만한 충고들을 얻는 것도 불가능하지 않을 것이다. 이를테면 소송에 영향을 줄 수 있는 방법이 아니라 소송에서 탈출하고, 소송을 피하고, 소송에서 벗어나 살 수 있는 방법이 있을 것이다. 그럴 가능성은 틀림없이 있었다. 요즘 들어 K는 그 가능성에 대해 몇 번이나 생각해보았다. 그런데 만일 신부가 그런 가능성을 알고 있다면, 비록 법원에 소속되어 있고, 또 K가 법원을 공격했을 때 자신의 부드러운 본성을 누르고 고함을 치기는 했지만, K가 부탁하면 그 가능성에 대해 말해줄 것이다.

"이리로 내려오시지 않겠습니까?" K가 말했다. "설교를 할 것도 아니잖습니까. 저한테로 내려오십시오." "이제 내려가지요." 신부가 말했다. 그는 벌써 자신이 소리친 것을 후회하고 있는 것 같았다. 그가 등불을 걸이에서 빼내면서 말했다. "처음에는 당신과 거리를 두고 이야기를 해야 했습니다. 그렇게 하지 않으면 너무 쉽게 영향을 받아 내 직분을 잊어버리니까요."

K는 계단 아래쪽에서 그를 기다렸다. 신부는 내려오면서 벌써 위쪽에 있는 계단에서부터 K를 향해 손을 내밀었다. "저를 위해 시간을 좀 내주시겠습니까?" K가 물었다. "당신이 필요로 하는 만큼 얼마든지요." 그러고는 신부는 작은 등불을 K에게 넘겨줘 그가 들고 있게 했다. 가까이 있어도 신부의 몸에서는 여전히 어떤 엄숙한 기운이 감돌았다. "신부님은 제게 정말 친절하시군요." K가 말했다. 그들은 나란히 서서 어두운 측량 안을 왔다 갔다 했다. "법원에 속해 있는 사람

들 중에 신부님만 예외이십니다. 법원 사람들을 많이 알게 되었습니다만, 누구보다도 신부님께 신뢰가 갑니다. 신부님이라면 터놓고 얘기할 수 있겠습니다." "자신을 기만하지 마세요." 신부가 말했다. "어떤 점에서 제가 자신을 속이고 있다는 건가요?" K가 물었다. "당신은 법원과 관련해 자신을 기만하고 있습니다." 신부가 말했다. "법의 서문에는 그런 기만에 대해 이렇게 적혀 있습니다.* 법 앞에 문지기가 한 사람 서 있다. 시골에서 온 한 남자가 이 문지기에게 와서 법 안으로 들여보내달라고 부탁한다. 그러나 문지기는 지금은 그를 들여보내줄 수 없다고 말한다. 남자는 곰곰이 생각하다가 그러면 나중에는 들어갈 수 있겠느냐고 묻는다. '그럴 수 있지.' 문지기가 말한다. '그러나 지금은 안 돼.' 법으로 들어가는 문은 언제나 열려 있고 문지기는 옆으로 비켜서 있기 때문에, 남자는 문 너머로 안을 들여다보기 위해 몸을 구부린다. 문지기가 그것을 보고는 웃음을 터뜨리며 말한다. '그렇게 마음이 끌리거든 내 금지를 어기고 어디 감히 들어가보게. 그러나 내가 힘이 세다는 걸 명심하게. 그리고 나는 제일 말단 문지기에 지나지 않아. 홀마다 문지기가 서 있는데, 안으로 들어갈수록 점점 더 힘이 센 문지기가 지키고 있지. 세번째 문지기만 해도 나는 그 모습을 똑바로 쳐다보지 못할 정도야.' 시골에서 온 남자는 이런 어려움이 있으리라고는 미처 예상치 못했다. 법이란 누구나 언제든지 다가갈 수

---

* 이어 전개되는 내용은 소설 속에서 신부가 K에게 들려주는 일종의 비유담이다. 카프카는 이 비유담을 소설에서 따로 떼어내 1915년 「법 앞에서 *Vor dem Gesetz*」라는 제목으로 출간했다. 유대교의 관점에서 '법'은 '토라(율법)'에 해당하고, '시골에서 온 남자'는 단순하고 무지한 사람으로 일반적으로 율법을 잘 알지 못하고 지키지 않는 사람을 뜻한다.

있는 것이어야 한다고 생각하지만, 이제 그는 모피 외투를 걸친 문지기, 그의 커다란 뾰족코, 길고 숱이 적은 타타르풍의 검은 수염을 찬찬히 뜯어보고는 차라리 들어가는 것을 허락해줄 때까지 기다리기로 결심한다. 문지기는 그에게 걸상을 하나 가져다주면서 문 옆에 앉아 있게 한다. 그는 거기서 몇 날 몇 해를 그렇게 앉아 있다. 그는 입장을 허락받고자 많은 시도를 하며, 자꾸 부탁을 함으로써 문지기를 지치게 한다. 문지기는 때로 그를 상대로 간단한 심문을 하는데, 그의 고향이나 다른 여러 것에 대해 캐묻는다. 그러나 그것은 지체 높은 양반들이 그냥 건네는 것과 같은 무관심한 질문들이다. 그러다가 문지기는 결국 아직은 그를 들여보내줄 수 없다는 말만 계속 되풀이한다. 여행을 위해 많은 것을 장만해온 시골 남자는, 문지기를 매수하기 위해 아무리 값나가는 물건이라도 개의치 않고 자신이 가진 모든 것을 사용한다. 문지기는 주는 대로 다 받기는 하지만, 그때마다 이렇게 말하곤 한다. '내가 이걸 받는 건 다만 자네가 뭔가를 소홀히 했다는 생각을 하지 않도록 하기 위해서야.' 남자는 여러 해가 지나도록 거의 중단 없이 문지기를 관찰한다. 그는 다른 문지기들은 잊어버린다. 그에게는 이 첫번째 문지기야말로 법 안으로 들어가는 데 유일한 장애물인 것처럼 보인다. 그는 처음 몇 년간은 자신의 불행한 운명을 큰 소리로 저주하다가, 나이가 들어가면서 나중에는 단지 혼잣말로 구시렁거릴 뿐이다. 그는 이제 유치해져가고, 문지기에 대한 다년간의 연구로 문지기의 모피 옷깃에 있는 벼룩까지 알게 되었고, 이제 그 벼룩들한테도 자기를 도와 문지기의 마음을 돌려달라고 부탁한다. 마침내 그의 시력은 약해지고, 그는 자기 주위가 정말 어두워지고 있는 것인지 아니면 단지 자신의 눈이 그를 속이고 있는 것인지 알아차리지 못한다. 그런데 그 어둠 속에서 그는 이제 법의 문에서 꺼질 줄 모르고 흘러나오는 광채를 알아본다. 이제 그는 살날이 얼마 남지 않았다. 죽음을 앞두고 그의 머릿속에서는 지난 세월의 모든 경험이 하나의 질문으로 집약되는데, 그것은 그가 여태껏 문지기에게 한 번도 던져보지 못했던 질문이다. 그는 점점 굳어져가는 자신의 몸을 더 이상 일으킬 기력도 없어 문지기에게 손짓으로 신호를 보낸다. 문지기는 그에게 몸을 깊숙이 기울일 수밖에 없다. 남자의 체구가 현저히 줄어들어 키 차이가 크게 벌어졌기 때문이다. '이제는 도대체 무엇을 알고 싶은 거지?' 문지기가 묻는다. '자네는 정말 만족을 모르는 끈질긴 사람이야.' '모든 사람이 법에 이르고자 애를 쓰고 있는데……' 남자가 말했다. '그 긴 세월 동안 나 말고는 아무도 입장을 요구하는 사람이 없으니 도대체 어떻게 된 건가요?' 문지기는 남자의 임종이 가까웠음을 깨닫고는 꺼져가는 그의 청력으로도 알아들을 수 있게 그를 향해 큰 소리로 외친다. '여기는 자네 말고는 아무에게도 입장이 허락되지 않아. 왜냐하면 이 입구는 단지 자네만을 위한 것이었거든. 이제는 가서 그 입구를 닫아야겠네.'"

"그러니까 문지기가 그 남자를 기만한 것이군요." 신부의 이야기에 매우 강하게 끌렸던 K가 즉시 말했다. "속단하지 마요." 신부가 말했다. "다른 사람의 의견을 제대로 생각해보지도 않고 받아들이지 마요. 나는 이 이야기를 글에 적혀 있는 그대로 전했을 뿐이오. 거기에는 기만에 대해서는 아무것도 적혀 있지 않아요." "하지만 그건 분명합니다." K가 말했다. "신부님의 첫번째 해석이 아주 옳았습니다. 문지기는 시골 남자에게 더 이상 아무런 소용도 없게 되었을 때에야 결정적인 구원의 말을 한 것입니다." "그 이전에는 질문을 받지 않았으니까요." 신부가 말했다. "그가 한낱 문지기에 불과했다는 것도 또한 염두에 두어야 합니다. 그는 문지기로서 자신의 의무를 다했습니다." "신부님은 어째서 그가 의무를 다했다고 생각하시나요?" K가 물었다. "그는 의무를 다한 것이 아닙니다. 그의 의무는 낯선 자들을 모두 막아내는 것이었겠지요. 그 입구로 들어가도록 정해진 그 시골 남자는 마땅히 들여보내야 했습니다." "당신은 그 글을 제대로 존중하지 않고 이야기를 바꾸고 있군요." 신부가 말했다. "이 이야기에서 문지기는 법 안으로 들여보내는 문제와 관련해 두 가지 중요한 설명을 하는데, 하나는 시작 부분에 또 하나는 끝 부분에 있습니다. 첫 부분은 '지금은 그를 들여보낼 수 없다'는 것이고, 다른 부분은 '이 입구는 다만 자네만을 위한 것'이라는 말입니다. 이 둘 사이에 모순이 있다면 당신 말이 옳으며 문지기가 그 남자를 기만한 것이겠지요. 그런데 거기에는 모순이 없어요. 그 반대로 첫번째 설명은 두번째 설명을 암시하기까지 해요. 문지기가 그 남자에게 앞으로 들여보내줄 수 있다는 가능성을 내비친 것은 자기 의무를 넘어선 것이라고 할 수도 있을 것입니다. 당시에는 그 남자를 돌려보내는 것만이 그의 의무였던 것으로 보여요. 사실 이 글을 해석하는 많은 사람들이 문지기가 그런 암시를 한 것에 대해서 놀라워합니다. 왜냐하면 문지기는 정확한 것을 좋아하는 것 같고, 자신의 임무를 엄격하게 수행하고 있기 때문입니다. 그 오랜 세월 동안 그는 한 번도 자기 위치를 벗어난 적이 없고, 맨 마지막까지 기다렸다가 문을 닫습니다. '나는 힘이 세다'고 말하는 것으로 보아 그는 자기 직무의 중요성을 잘 알고 있고, '나는 말단 문지기에 불과하다'고 말하는 것으로 보아 상급 문지기들에 대해 경외심을 갖고 있습니다. 또한 시골 남자에 대해 '그는 자꾸 부탁을 함으로써 문지기를 지치게 한다'고 되어 있는 것으로 보아, 문지기는 의무를 이행함에 있어서 동정을 하거나 화를 내지도 않습니다. 그는 긴 세월이 흐르는 동안에 '무관심한 질문들'만 할 뿐이라는 것으로 보아 수다스럽지도 않습니다. 또 선물에 대해 '내가 이걸 받는 건 다만 자네가 뭔가를 소홀히 했다는 생각을 하지 않도록 하기 위해서야'라고 말하는 것으로 보아 잘 매수되지도 않는 인물입니다. 끝으로 뾰족한 코에 길고 숱이 적은 타타르풍의 검은 수염을 기른 그의 외모도 깐깐하기 그지없는 현학적인 성격을 암시합니다. 이보다 더 의무에 충실한 문지기가 있을까요? 그런데 이 문지기는 또 다른 본질적인 특성들도 함께 지니고 있습니다. 그런 특성들은 들여보내줄 것을 요구하는 사람에게는 아주 유리한 것이고, 또 그가 앞으로 들여보내줄 수 있다는 가능성을 암시하는 대목에서 자기 의무를 어느 정도 넘어섰을 수도 있음을 수긍하게 해줍니다. 즉 그가 약간 단순하고, 또 약간 우쭐대는 인물이라는 겁니다. 자신의 힘과 다른 문지기들의 힘, 그리고 그 자신도 똑바로 바라보기가 두려운 다른 문지기들의 모습에 대해 그가 한 말들을 생각해봅시다. 내가 보기에 그 모든 말이 그 자체로는 옳다고 하더라도, 그런 발언을 하는 방식은 단순함과 자만심 때문에 그의 이해력이 흐려졌음을 말해주는 겁니다. 이 점에 대해서 해석자들은 이렇게 말하지요. '동일한 사안을 올바로 이해하는 것과 잘못 이해하는 것은 완전히 이율배반적인 것이 아니다.' 그러나 어쨌든 그런 단순함과 자만심은 아무리 가볍게 표출된다 해도 입구를 지키는 임무를 취약하게 만들 수 있습니다. 그것이 바로 문지기의 성격에 내재된 허점입니다. 게다가 문지기는 천성적으로 친절한 것 같습니다. 언제나 철저하게 공직을 수행하는 자의 모습은 아닙니다. 처음 순간부터 그는 엄연히 금지되어 있는데도 시골 남자에게 농담하듯이 들어가보라고 권하기도 하고, 그러고 나서 그 남자를 쫓아버리지 않고 글에 쓰인 바에 따르면 걸상을 내주어 문 옆에 앉아 있게도 합니다. 그가 그 긴 세월 내내 시골 남자의 끈질긴 간청을 견뎌내는 인내심, 간단한 심문들, 선물을 받는 것, 그리고 그곳에 문지기를 세워둔 불행한 운명에 대해 시골 남자가 옆에서 아무리 큰 소리로 저주해도 그대로 용인하는 초연한 자세를 보세요. 모든 것은 결국 동정심의 발로라고 추론할 수 있습니다. 모든 문지기가 그렇게 행동하지는 않았을 것입니다. 마지막에 그는 시골 남자의 손짓 한 번에 그 남자에게 몸을 깊숙이 구부리고는 마지막 질문을 할 기회를 줍니다. 다만 '자네는 만족할 줄 모르는 끈질긴 사람'이라는 말에는 약간의 초조함이 배어 있습니다. 물론 문지기는 모든 것이 끝나가고 있음을 알고 있지만 말입니다. 어떤 사람들은 이런 식의 해석에서 한 걸음 더 나아가 '만족할 줄 모르는 끈질긴 사람'이라는 말이 낮추어 보는 의미도 없지는 않지만 일종의 다정한 감탄을 표현한 것이라고 생각하지요. 어쨌든 간에 문지기라는 인물은 당신이 생각하는 것과는 상당히 다르다고 할 수 있어요." "신부님은 이 이야기를 저보다 정확하게, 그리고 더 오래전부터 알고 계셨으니까요." K가 말했다. 두 사람은 잠시 말이 없었다. 그러다가 K가 다시 입을 열었다. "그러니까 신부님은 시골 남자가 기만을 당한 게 아니라고 생각하시나요?" "내 말을 오해하지 마요." 신부가 말했다. "나는 다만 그에 관한 여러 의견을 들려줄 뿐입니다. 당신이 그런 의견들에 너무 신경을 쓸 필요는 없어요. 글은 불변하는 것이고, 해석들은 종종 글에 대한 절망의 표현인 경우가 많습니다. 그런 경우 심지어 문지기야말로 기만을 당한 자라는 의견까지 있어요." "그건 너무 지나친 의견이군요." K가 말했다. "무슨 근거에서 그런 의견이 나온 건가요?" 이에 대해 신부는 이렇게 대답했다. "문지기의 단순한 성격이 근거가 되고 있습니다. 그는 법의 내부에 대해서는 모르고 늘 반복해서 왔다 갔다 해야 하는 입구 앞의 길만 알고 있을 뿐입니다. 그가 내부에 대해 갖고 있는 생각들이라는 것도 유치한 수준이며, 시골 남자에게 두려움을 주고자 언급했던 대상에 대해 자기 스스로도 두려워하고 있다고 보는 것이지요. 아니, 문지기는 시골 남자보다 더 두려워하고 있습니다. 시골 남자는 법 내부의 무서운 문지기들에 대한 얘기를 듣고도 내부로 들어가려고만 하는데, 문지기는 아예 들어가려고도 하지 않기 때문입니다. 하여튼 그 점에 대해서는 우리는 아무것도 들은 바가 없습니다. 다른 사람들은 물론 문지기가 틀림없이 내부에 들어가본 적이 있을 것이라고 말합니다. 왜냐하면 그는 법에 봉사하도록 채용되었고, 그런 일은 내부에서만 일어날 수 있기 때문이라는 것입니다. 이에 대한 답변으로는 그가 내부로부터 부름을 받아 문지기로 임명되었다 하더라도 세번째 문지기를 보는 것만으로도 참을 수 없어 하는 것을 보면, 적어도 내부 깊숙이 들어가본 적은 없을 것이라는 견해가 있습니다. 게다가 그토록 여러 해가 지나는 동안 그가 다른 문지기들에 대해 언급한 것 말고는 법의 내부에 대해 무엇인가를 얘기했다는 내용이 글에는 들어 있지 않습니다. 그런 얘기를 하는 것이 금지되었을 가능성도 없지 않지만, 그런 금지에 대해서도 그는 아무런 얘기를 한 적이 없습니다. 이 모든 것으로 미루어볼 때 문지기가 내부의 모습이나 의미에 대해 아는 바가 아무것도 없으며, 그것과 관련해 기만을 당하고 있다는 결론이 내려집니다. 그런데 그가 시골 남자에 대해서도 잘못된 망상에 빠져 있다는 견해가 있습니다. 왜냐하면 그는 시골 남자보다 낮은 위치에 있는데 그 사실을 모르기 때문입니다. 그가 시골 남자를 자기보다 낮은 사람으로 다루고 있다는 것은 당신이 아직 기억하고 있을 여러 대목에서 알 수 있습니다. 그러나 이 견해에 따르면, 그가 실제로 시골 남자보다 낮은 위치에 있다는 점도 마찬가지로 명백하게 드러납니다. 무엇보다도 자유로운 사람이 매여 있는 사람보다는 우월하니까요. 그런데 자유로운 사람은 사실 시골 남자입니다. 그는 가고 싶은 곳이면 어디든지 갈 수 있으며, 다만 법 안으로 들어가는 것만 금지당하고 있을 뿐인데, 그것도 단 한 사람, 즉 문지기에 의해서만 금지당하는 것이지요. 시골 남자가 문 옆에 놓인 걸상에 앉아 평생을 거기 머물러 있다고 할 때, 이는 자유의지에 의한 것이지 강요에 의한 것이라는 얘기는 없습니다. 반면에 문지기는 직무 때문에 자기 자리에 매여 있는 처지이고 자리를 벗어나 외부로 나갈 수가 없으며, 또 보아하니 그가 아무리 원한다고 해도 내부로도 들어갈 수 없는 것이 분명합니다. 이외에도 그가 비록 법에 봉사하고 있다고는 하지만 실은 그 입구를 위해, 그러니까 그 입구로 들어가도록 정해진 그 남자만을 위해 봉사하고 있을 뿐입니다. 이를 보아도 그는 시골 남자보다 열등한 위치에 있습니다. 그는 여러 해 동안, 즉 한 남자가 성숙해지는 동안, 어떤 의미에서는 헛된 봉사를 했다고 할 수 있을 것입니다. 왜냐하면 한 남자, 다시 말해 성숙한 나이의 어떤 사람이 찾아온 것인데, 문지기는 자신의 존재 목적을 달성하기 위해 오랫동안 기다려야 했다고 적혀 있기 때문입니다. 사실상 문지기는 결국 자신의 자유의지에 따라 찾아온 그 남자가 원하는 만큼 기다려야 했던 것입니다. 그러니까 문지기의 봉사가 끝나는 것도 그 시골 남자의 삶이 언제 끝나는가에 따라 정해지는 것이고, 문지기는 결국 마지막까지 그 남자보다 열등한 위치에 있는 것입니다. 그리고 이 모든 점에 대해 문지기가 아무것도 모르는 것 같다는 점이 거듭 강조되고 있습니다. 그러나 그 점은 하나도 이상하게 보일 것이 없습니다. 왜냐하면 이런 의견에 따르면, 문지기는 자신의 직무와 관련해 훨씬 더 심각한 기만 상태에 빠져 있기 때문입니다. 맨 마지막에 그는 입구에 관해 언급하면서 '이제는 가서 그 문을 닫아야겠네'라고 말하는데, 처음 부분에는 법으로 들어가는 문은 언제나 열려 있다고 되어 있지요. 그런데 그 문이 언제나 열려 있는 것이라면, 다시 말해 그 문으로 들어가도록 지정된 남자의 생존 기간과는 무관하게 항상 열려 있는 것이라면, 문지기 역시 그 문을 닫을 수 없는 것이겠지요. 여기에 대해서는 의견이 분분합니다. 예를 들어 문지기가 문을 닫겠다고 한 것은 단지 대답을 준 것에 불과하다는 의견, 그것은 직무상의 의무를 강조한 것이라는 의견, 또는 시골 남자를 마지막 순간에 후회와 슬픔에 빠지게 하려는 것이라는 의견 등이 있습니다. 그러나 문지기도 그 문을 닫을 수 없을 것이라는 점에서는 많은 사람들의 의견이 일치합니다. 그들은 심지어 문지기가 적어도 끝 부분에서는 지식에 있어서도 시골 남자보다 열등한 상태에 있다고까지 여깁니다. 왜냐하면 시골 남자는 법의 문에서 흘러나오는 광채를 보고 있는 반면에 문지기는 아마도 문을 등지고 서 있을 것이며, 그가 무슨 변화를 알아차렸다는 것을 확인해줄 만한 언급이 어디에도 없기 때문이라는 것입니다." "아주 훌륭한 논거를 갖춘 설명이군요." K가 신부가 설명한 말을 한 구절 한 구절 작은 소리로 혼잣말처럼 되뇌다가 말했다. "아주 훌륭한 설명이라서 저도 이제는 문지기가 기만을 당한 것이라고 생각합니다. 그렇다고 해서 제가 앞서 가졌던 의견을 포기한 것은 아닙니다. 두 의견이 부분적으로는 일치하기 때문입니다. 문지기가 명확히 보고 있는가, 아니면 기만을 당하고 있는가 하는 것은 결정적인 것이 아닙니다. 저는 시골 남자가 기만을 당한 것이라고 했습니다. 만일 문지기가 명확히 보고 있다면 저의 의견을 의심해볼 수도 있겠지만, 만일 문지기가 기만을 당한 것이라면 그의 착각은 필연적으로 시골 남자에게로 옮겨가지 않을 수 없습니다. 그렇다면 문지기는 사기꾼은 아니지만 너무 단순한 자이므로 직무를 즉시 그만두어야 할 것입니다. 문지기가 빠져 있는 망상의 상태가 자기에게는 아무런 해를 주지 않겠지만 시골 남자에게는 엄청난 해를 끼친다는 점을 신부님께서는 생각하셔야 할 것입니다." "그런 견해에는 반대 의견이 있습니다." 신부가 말했다. "즉 이렇게 말하는 사람들도 있습니다. 이 이야기가 어느 누구에게도 문지기에 대해 판단할 권한을 주지는 않는다는 것입니다. 우리 눈에 어떻게 보이든 문지기는 어디까지나 법에 봉사하는 사람이고 법에 속한 사람이므로 인간적인 판단에서 벗어나 있다는 것입니다. 그렇게 본다면 문지기가 시골 남자보다 열등한 위치에 있다고 생각할 수도 없습니다. 자신의 직무 때문에, 또한 오직 법의 문에만 매여 있다는 것은 세상에서 그냥 자유롭게 사는 것과는 비교할 수 없을 정도의 큰 의미가 있는 것이니까요. 시골 남자는 이제 비로소 법에 들어가려고 오고 있는데, 문지기는 이미 거기에 있습니다. 문지기는 법에 의해 그 직위에 임명되었고, 따라서 그의 존엄성을 의심하는 것은 법을 의심하는 것과 같다는 것이지요." "저는 그 의견에 동의할 수 없습니다." K가 고개를 가로저으며 말했다. "그런 의견에 동의한다면 문지기가 한 말은 모두 진실이라고 생각해야 하기 때문입니다. 그러나 그것이 가능하지 않다는 점은 신부님 스스로 이미 상세하게 논증해주셨습니다." "그것은 그렇지가 않아요." 신부가 말했다. "모든 것을 진실이라고 생각할 필요는 없어요. 그것을 다만 필연적인 것이라고 생각하기만 하면 됩니다." "우울한 의견이로군요." K가 말했다. "허위가 세계 질서가 되어 있으니까요."

K는 결론적으로 이렇게 말했지만, 그것이 그의 최종 판단은 아니었다. 그는 너무 피곤해서 그 이야기에서 나온 모든 추론을 전체적으로 파악할 수 없었다. 그 이야기를 통해 그가 접한 것은 생소한 추론들이고 비현실적인 것이어서, 그에게보다는 법원 관리들의 토론 모임에나 적합했다. 소박한 이야기가 형체가 없는 것이 되어버렸다. 그는 그것에 대한 생각을 떨쳐버리고자 했다. 그리고 이제 섬세한 감수성을 입증해 보인 신부는 K가 그렇게 하도록 허용하고, 자기 생각과 분명히 일치하지 않는데도 K의 말을 묵묵히 받아들였다.

두 사람은 한동안 말없이 계속 걸었다. K는 어두워서 자신이 어디 있는지도 분간할 수 없었기 때문에 신부 옆에 바싹 붙어 있었다. 그가 들고 있던 손전등은 꺼져버린 지 이미 오래였다. 한번은 바로 앞에서 어느 성인의 은색 입상立像이 은빛을 한 번 깜빡이더니 이내 어둠속으로 숨어버렸다. K는 신부에게만 완전히 의지하지 않으려고 물었다. "이제 중앙 출입구 근처에 오지 않았나요?" "아닙니다." 신부가 말했다. "거기서 멀리 떨어져 있습니다. 벌써 가려는 건가요?" K는 지금 그 생각을 하고 있던 건 아니지만 얼른 이렇게 말했다. "그럼요, 가봐야 합니다. 저는 은행의 부장인데, 은행에서 저를 기다리고 있습니다. 제가 여기 온 건 어떤 외국인 고객에게 이 대성당을 보여주기 위해서였습니다." "그렇다면 가보세요." 신부가 이렇게 말하면서 K에게 손을 내밀었다. "하지만 어두워서 혼자서는 길을 찾을 수가 없습니다." K가 말했다. "왼쪽으로 벽을 향해 가세요." 신부가 말했다. "그런 다음 계속 벽을 따라 가되, 그 벽을 떠나지 마세요. 그러면 출구가 나타날 것입니다." 신부가 몇 걸음 정도 멀어졌을 뿐인데 K는 아주 큰 소리로 외쳤다. "제발, 잠깐만 기다려주세요!" "기다리고 있습니다." 신부가 말했다. "저한테 뭔가 더 바라시는 게 있습니까?" K가 물었다. "없습니다." 신부가 말했다. "신부님은 조금 전에 저한테 그토록 친절하셨습니다." K가 말했다. "그리고 모든 것을 설명해주셨어요. 그런데 이제는 아무 관심도 없는 것처럼 절 이렇게 그냥 가게 버려두시는군요." "가야 한다면서요." 신부가 말했다. "그렇기는 합니다." K가 말했다. "그럴 수밖에 없는 제 사정을 헤아려주십시오." "당신은 먼저 내가 누구인지 알아야 합니다." 신부가 말했다. "당신은 교도소 신부님이시지요." K는 이렇게 말하고 신부에게 다가갔다. 은행으로 즉시 돌아가야 한다는 것이 그가 말했던 것만큼 그렇게 급박하지는 않았다. 그는 아직 여기에 더 있어도 괜찮았다. "그러니까 나는 법원에 속한 사람입니다." 신부가 말했다. "그러니 내가 당신에게 무엇을 더 바랄 것이 있겠습니까. 법원은 당신에게 아무것도 원하지 않습니다. 법원은 당신이 오면 받아들이고, 가면 내버려둘 뿐입니다."

종말

K의 서른한번째 생일 전날 저녁에 두 명의 신사가 그의 하숙집에 나타났다. 저녁 아홉시 무렵으로 거리가 조용한 시각이었다. 두 남자는 프록코트를 입고, 창백한 얼굴에 살이 쪘으며, 머리에는 실크해트를 단단히 고정시킨 듯이 푹 눌러 쓰고 있었다. 누가 먼저 들어가느냐를 두고 현관문 앞에서 잠시 의례적인 말이 오가더니, K의 방문 앞에서는 그런 의례적인 말이 좀 더 요란하게 되풀이되었다. 그들의 방문이 예고된 건 아니었지만, K는 그들과 마찬가지로 검은 옷을 입고는 문 가까이에 있는 의자에 앉아 손님을 기다리는 태도로 손가락에 꼭 끼는 새 장갑을 천천히 끼고 있었다. 그는 곧바로 일어나 호기심에 찬 눈으로 두 신사를 쳐다보았다. "저 때문에 오신 거군요?" K가 물었다. 두 신사는 고개를 끄덕이더니 손에 든 실크해트로 서로 상대방을 가

리켰다. K는 속으로 이런 사람들이 올 줄은 몰랐다는 생각을 했다. 그는 창가로 가서 어두운 거리를 다시 한 번 내다보았다. 길 건너편 창문들은 거의 모두 어두웠고, 많은 창문에 커튼이 내려져 있었다. 같은 층의 불 켜진 창문에서는 격자 창살 뒤로 젖먹이 아이 둘이 서로 장난치며 놀고 있는 것이 보였다. 아직은 몸을 움직여 다가갈 수가 없는 아이들이라 자기 자리에서 고사리 같은 손으로 서로를 향해 더듬거릴 뿐이었다. '늙은 조연 배우들을 내게 보냈군.' K는 이렇게 생각하며, 그 사실을 다시 확인하기 위해 돌아보았다. '값싼 방법으로 나를 처리하려고 하다니.' K가 갑자기 그들에게로 몸을 돌리며 물었다. "당신들은 어느 극장에 출연하나요?" "극장이라고?" 한 남자가 입언저리를 씰룩거리며 다른 남자에게 조언을 구하려고 몸을 돌렸다. 다른 남자는 매우 다루기 힘든 발성기관과 싸움을 벌이는 벙어리처럼 제스처를 취했다. '질문을 받을 준비가 안 되어 있군.' K는 이렇게 생각하고는 모자를 가지러 갔다.

두 남자는 벌써 계단에서부터 K의 팔짱을 끼려고 했으나, K가 말했다. "거리에 나가서나 합시다. 난 환자가 아니오." 그들은 집 밖으로 나서기가 무섭게 그의 팔짱을 꼈는데, K가 지금껏 한 번도 경험해본 적이 없는 방식이었다. 그들은 양옆에서 K의 어깨 뒤에 자기들의 어깨를 밀착시켜 팔을 꺾지 않고 쭉 펴서 K의 팔 전체를 휘감았고, 아래에서는 잘 훈련되고 숙달된 방식으로 K의 양손을 붙잡아 저항할 수 없게 했다. K는 몸을 뻣뻣하게 편 상태로 두 사람 사이에 끼여 걸어갔다. 그들 세 사람은 이제 거의 한 덩어리처럼 되어, 만일 누가 그들 중 한 사람을 내려친다면 세 사람 모두가 무너져내릴 것만 같았다. 생명이 없는 무생물만이 형성할 수 있는 그런 형체와 같았다.

그렇게 서로 꼭 붙어서 걸어가며 옆 사람을 본다는 건 무척 어려운 일이었지만, K는 가로등 불빛 아래에서 동행자들의 모습을 자기 방의 어스름 빛 속에서보다 더 뚜렷하게 보기 위해 여러 차례 애를 썼다. '아마 테너 가수들인 모양이야.' 그들의 묵직한 이중턱을 바라보면서 그는 이런 생각을 했다. 그들의 말쑥한 얼굴을 보자 구역질이 날 지경이었다. 그 얼굴을 말쑥하게 하려고 그들의 손이 눈 가장자리를 비비고, 윗입술을 문지르며, 턱의 주름을 긁어대는 모습이 선명하게 그려졌다.

K가 이런 생각으로 걸음을 멈추자 두 사람도 따라 멈춰 섰다. 그들은 화단으로 장식된, 탁 트이고 인적이 없는 광장의 언저리에 와 있었다. "왜 하필 당신들을 보낸 거지!" 그의 말은 질문이라기보다는 소리를 지르는 쪽에 가까웠다. 두 사람은 무슨 대답을 해야 할지 모르는 것 같았다. 그들은 환자가 쉬고 싶어 할 때 간병인들이 대개 그러는 것처럼 자신들의 팔을 축 늘어뜨리고 기다렸다. "난 가지 않겠소." K가 그들의 마음을 떠보려고 이렇게 말했다. 그런 말에 두 사람은 대꾸할 필요도 없었다. 그저 팔짱을 그대로 유지한 채 K를 그 자리에서 밀어 앞으로 끌고 가기만 하면 되었다. K는 저항해보았다. '더 힘쓸 일도 없을 테니 지금 있는 힘을 다 써야겠어.' 그는 이렇게 생각했다. 끈끈이 막대에 달라붙은 파리가 다리를 떼어내려고 버둥거리는 모습이 갑자기 눈에 떠올랐다. '이자들은 이제 곤욕을 좀 치르게 될 거야.'

그때 아래쪽 길에서 광장을 향해 나 있는 작은 계단에 뷔르스트너 양이 모습을 드러냈다. 그녀가 맞는지는 확실치 않았지만, 분명 비슷한 점이 많았다. 그러나 그것이 정말 뷔르스트너 양인지 아닌지는 K에게 전혀 중요하지가 않았다. 곧 그의 의식에는 저항하는 것이 아무 소용이 없다는 사실만이 떠올랐다. 저항하고, 그래서 두 사람을 힘들게 하고 항거하면서 생명의 마지막 빛을 즐기려 애써보았자 결코 영웅적인 것도 아니었다. 그는 다시 움직이기 시작했고, 그렇게 하여 두 사람을 기쁘게 했다. 그들이 기뻐하자 그도 얼마쯤은 기뻤다. 그들은 이제 그가 어느 방향으로 길을 잡아도 묵인했다. 그래서 그는 그들 앞쪽에서 그 아가씨가 걷고 있는 길을 따라 방향을 잡았다. 그것은 그녀를 따라잡는다거나 그녀를 가능한 한 오래 보고 싶어서가 아니라, 단지 그녀의 출현이 그에게 주는 의미심장한 암시를 잊지 않기 위해서였다. '지금 내가 할 수 있는 유일한 일은,' 그가 스스로에게 말했다. 그러면서 자신의 발걸음과 다른 두 사람의 발걸음이 일치하는 것은 자신의 판단이 옳음을 확인해주는 것이라는 생각을 했다. '지금 내가 할 수 있는 유일한 일은, 차분하게 분별할 수 있는 이성을 끝까지 유지하는 거야. 나는 늘 스무 개의 손을 가지고 세상에 뛰어들고자 했으며, 더구나 그다지 합당하지 않은 목적을 이루고자 그렇게 했지. 그건 잘못이었어. 이제 일 년에 걸친 소송조차도 내게 아무런 가르침을 주지 못했다는 걸 사람들에게 보여주어야 하나? 정말 우둔한 인간이라는 이미지만 남기고 이 세상을 하직해야 하는 것인가? 소송이 시작될 때 그것을 끝내려고 했으며, 소송이 끝나가는 지금 그걸 다시 시작하려 한다고 세상 사람들의 입방아에 올라도 좋단 말인가? 나는 세상 사람들이 그렇게 말하는 걸 원치 않는다. 나의 이 길에 이런 반벙어리에다 아무것도 모르는 한심한 작자들을 동행으로 붙여준 것, 그리고 내가 꼭 해야 할 말을 스스로에게 할 수 있도록 해준 건 고마운 일이야.'

젊은 여자는 그사이에 옆길로 접어들었지만, 이제 K는 그녀가 없어도 괜찮았다. 그는 동행자들에게 자신을 내맡겼다. 이제 세 사람은 완전히 일체가 되어 달빛이 비치는 어느 다리 위를 지나고 있었다. K가 조금만 움직여도 두 사람은 기꺼이 따라주었다. K가 난간 쪽으로 몸을 약간 돌리자 그들도 그쪽으로 몸을 전부 돌렸다. 달빛에 반짝이며 출렁거리는 강물이 작은 섬을 가운데에 두고 양쪽으로 갈라져 흘렀는데, 섬 위에는 교목과 관목의 낙엽더미가 눌러 다져지는 것처럼 수북이 쌓이고 있었다. 낙엽더미 아래에는 지금은 보이지 않지만 안락한 벤치가 있는 자갈길이 나 있는데, K는 여름이면 여러 차례 그 벤치에 와서 몸을 쭉 펴고 앉아 쉬곤 했다. "걸음을 멈추려던 건 아니었습니다." K는 동행자들의 싹싹한 태도에 쑥스러운 마음이 들어 이렇게 말했다. K의 등 뒤에서 한 남자가 다른 남자에게 오해로 걸음을 멈춘 데 대해 부드럽게 핀잔을 주는 것 같았다. 그러고 나서 그들은 다시 걸어갔다.

그들은 몇 차례 좁은 오르막길을 올라갔는데, 길 여기저기에 경찰관들이, 때로는 멀찌감치 때로는 아주 가까이에 서 있기도 하고 또 걷기도 했다. 그중 콧수염을 덥수룩하게 기른 한 경찰관이 사브르의 손잡이에 손을 댄 채, 어딘가 수상해 보이는 이들 일행에게 무슨 볼일이 있는 듯 가까이 다가왔다. 두 남자가 걸음을 멈추었고 경찰관이 막 입을 열려는 것처럼 보이자, K는 힘을 써서 두 남자를 앞쪽으로 끌어당겼다. 혹시 경찰관이 따라오지나 않나 해서 그는 조심스럽게 몇 번 뒤를 돌아보았다. 모퉁이를 돌아 경찰관이 더 이상 보이지 않자 K는 달리기 시작했고, 그러자 두 남자도 숨을 헐떡거리면서 함께 달려야만 했다.

이렇게 해서 그들은 빠르게 도시를 벗어났다. 그들이 가고 있는 방향으로는 변화해가는 중간지대도 거의 없이 도시에서 곧바로 들판으로 이어졌다. 아직 도회지적인 냄새가 물씬 풍기는 한 건물 가까이에 작은 채석장 하나가 방치된 모습으로 황량하게 놓여 있었다. 여기가 애초부터 그들의 목적지였는지, 아니면 계속 더 달려갈 수 없을 정도로 지쳐버린 탓인지, 두 남자는 거기서 발걸음을 멈추었다. 이제 그들은 말없이 기다리는 K를 놓아주고는, 실크해트를 벗은 다음 손수건으로 이마의 땀을 닦아내면서 채석장 안을 둘러보았다. 다른 빛에서는 볼 수 없는 특유의 자연스러움과 평온함을 지닌 달빛이 사방에 비치고 있었다.

두 남자는 다음 임무를 수행할 사람이 누구인지를 두고 몇 차례 의례적인 양보의 말을 주고받았다. 그들은 특별히 역할을 분담하지 않고 임무를 부여받은 모양이었다. 이어 한 남자가 K에게 다가와서 상의와 조끼를 벗긴 다음 셔츠까지 벗겼다. K가 자기도 모르게 몸을 부르르 떨자 남자는 진정시키려는 듯 그의 등을 가볍게 툭 쳤다. 이어 그는 당장은 아니더라도 조만간에 사용할 물건이라도 되는 듯 그의 옷들을 가지런히 개켜놓았다. 남자는 차가운 밤공기 속에 K를 움직이지도 못하게 해놓고 가만히 세워두지 않기 위해 K의 겨드랑이 아래를 받치고 잠시 이리저리 거닐었다. 그사이에 다른 남자는 채석장 어딘가에 적당한 자리를 찾고 있었다. 그가 적당한 자리를 찾고 나서 손짓을 보내자, 그의 동료가 K를 데려갔다. 부서진 암벽 근처였는데, 깨져서 따로 떨어져나온 돌덩이 하나가 놓여 있었다. 두 남자는 K를 땅바닥에 주저앉힌 다음, 그의 몸을 돌덩이에 기대게 하고 머리를 그 위에 눕혔다. 그들이 숱하게 노력을 기울이고 또 K도 하라는 대로 순순히 따라했는데도, 그의 자세는 몹시 억지스럽고 어색해 보였다. 그래서 한 남자가 다른 동료에게 K의 자리 잡는 일을 잠시 혼자 해보겠다고 부탁했지만, 그렇게 해도 더 나아지질 않았다. 결국 그들은 K를 어떤 자세로 눕혀놓았는데, 그 자세가 지금까지의 자세 중에서 가장 낫다고 할 수는 없었다. 이어 한 남자가 자신의 프록코트를 벌리고, 조끼 둘레의 혁대에 달린 칼집에서 양날이 선 길고 얇은 정육점 칼을 빼내 높이 쳐들더니, 칼날을 달빛에 비추어 살펴보았다. 또다시 그 의례적인 양보의 제스처가 시작되었는데, 한 사람이 K의 머리 위로 다른 동료에게 칼을 건네주면 그 동료는 다시 그것을 K의 머리 위로 돌려주는 것이었다. 이제 K는 칼이 자기 머리 위에서 이 손에서 저 손으로 왔다 갔다 하고 있을 때 그것을 붙잡아 자기 몸 안에 찔러 넣는 것이 자신의 의무라는 것을 분명히 알았다. 그러나 그는 그렇게 하지 않고, 아직은 자유롭게 움직일 수 있는 목을 돌려 주위를 둘러보았다. 그는 마지막 의무를 다함으로써 나무랄 데 없는 모습을 보여줄 수는 없었고, 관청이 할 일을 자신이 다 떠맡을 수도 없었다. 이 마지막 과오에 대한 책임은, 그런 행동을 하는 데 필요한 조그만 힘마저 그에게 허용하지 않은 자가 져야 할 것이다. 그의 시선은 채석장에 인접한 건물 맨 꼭대기 층에 가 닿았다. 불빛이 번쩍이는 것처럼 창문의 양쪽 문짝이 활짝 열리더니, 너무 멀고 높은 곳에 있어서 약하고 여위어 보이는 어떤 사람이 몸을 앞으로 쑥 내밀고는 양팔을 앞으로 쭉 뻗었다. 누굴까? 친구일까? 좋은 사람일까? 관련된 사람일까? 도와주려는 사람일까? 한 사람일까? 아니면 전체일까? 아직 도움이 가능한 것일까? 생각해내지 못한 반대 변론이라도 있는 걸까? 틀림없이 그런 것이 있을 것이다. 아무리 확고부동한 논리라 하더라도 살려고 하는 사람을 당하지는 못하는 법이다. 그가 한 번도 보지 못한 판사는 어디에 있는 것일까? 그가 아직 이르지 못한 상급 법원은 어디에 있는 것일까? 그는 두 손을 쳐들고 손가락을 쫙 펼쳤다.

그러나 K의 목에 한 남자의 양손이 놓이더니 동시에 다른 남자가 그의 심장에 칼을 찔러 넣고 두 번 돌렸다. K는 흐려져가는 눈으로 두 남자가 바로 자기 눈앞에서 서로 뺨을 맞대고서 최종 판결을 지켜보는 것을 보았다. "개 같군!" 그가 말했다. 그가 죽은 후에도 치욕은 살아남을 것 같았다.

미완성
장들

B의 여자 친구

그 후 얼마 동안 K는 뷔르스트너 양과 몇 마디 말도 나눌 수가 없었다. 그는 여러 방법으로 그녀에게 접근하고자 했으나 그녀는 그런 접근을 매번 잘도 피했다. 그는 사무실에서 바로 집으로 돌아와, 불도 켜지 않은 채 자기 방 소파에 앉아 현관 쪽을 관찰하는 데 모든 신경을 집중했다. 하녀가 우연히 지나가다가 방이 비어 있는 줄 알고 그의 방문을 닫으면, 그는 잠시 후에 일어나서 다시 열어놓았다. 아침에는 혹시 뷔르스트너 양이 출근할 때 단둘이 만날 수 있지 않을까 하여 평소보다 한 시간 일찍 일어나기도 했다. 그러나 이런 시도들은 하나도 성공하지 못했다. 그러자 그는 그녀의 사무실과 하숙집으로 편지를 보냈는데, 이 편지에서 그는 다시 한 번 자신의 행동을 변명하면서 어떤 보상이라도 할 용의가 있음을 밝혔다. 아울러 그는 다시는 그녀가 정한 경계선을 넘지 않겠다고 약속하고, 특히 그녀와 먼저 상의하지 않으면 그루바흐 부인과도 사안을 정리하기가 어려운 상황이므로 제발 한번 만나서 이야기할 기회를 달라고 간청했다. 끝으로 그는 이번 일요일에는 하루 종일 자기 방에 머물면서 요청에 응한다는 그녀의 회신을 기다리겠지만, 만일 그녀가 요청을 들어줄 수 없더라도 그녀의 뜻에 따르겠다고 약속하면서, 적어도 왜 그의 요청을 들어줄 수 없는지 알려주는 회신이라도 받고 싶다고 썼다. 편지들이 반송되지는 않았지만 아무런 답장도 없었다. 그런데 일요일에는 그 뜻이 분명해 보이는 어떤 조짐이 하나 있었다. 아침 일찍 K는 열쇠 구멍을 통해 응접실의 어떤 특이한 움직임을 감지했는데, 그것이 무엇인지는 곧 밝혀졌다. 이제까지 자기 방에 혼자 살고 있던 프랑스어 여교사가 뷔르스트너 양의 방으로 이사하고 있었던 것이다. 그녀는 독일 여자로 이름은 몬타크였는데, 창백한 얼굴에 다리를 약간 절고 연약해 보이는 처녀였다. 그녀는 몇 시간 동안이나 발을 질질 끌면서 응접실을 오가고 있었다. 번번이 속옷이나 작은 이불, 책 한 권 등을 잊어버렸다가 따로 가지러 가서 새 방으로 옮겨야 했던 것이다.

그루바흐 부인이 K에게 아침식사를 가져왔을 때, 그는 닷새 만에 처음으로 그녀에게 말을 걸지 않을 수 없었다. 부인은 K를 그토록 화나게 한 이후로 아무리 사소한 일이라도 하녀에게 맡기지 않았다. "도대체 응접실이 오늘따라 왜 저렇게 소란스러운가요?" 그가 커피를 따르면서 물었다. "그만하게 할 수 없나요? 하필 일요일에 집 안 청소를 해야 하나요?" K는 그루바흐 부인을 올려다보지 않았지만, 그녀가 안도의 한숨을 내쉬는 것을 느꼈다. K의 이런 냉담한 질문조차 그녀에게는 용서 또는 용서의 시작으로 여겨졌던 것이다. "청소를 하는 게 아네요, K씨." 그녀가 말했다. "몬타크 양이 뷔르스트너 양한테로 이사를 가면서 짐을 옮기고 있는 거예요." 그녀는 더 이상 말을 하지 않고 K가 이 말을 어떻게 받아들이는지, 그리고 그녀가 말을 계속하는 것을 용납할 것인지를 지켜보며 기다렸다. 그러나 K는 오히려 그녀를 떠보는 중이었고, 생각에 잠긴 채로 커피를 저으면서 우선은 아무 말도 하지 않았다. 그러다가 K는 그녀를 올려다보면서 말했다. "부인이 뷔르스트너 양에 대해 가졌던 의심은 이제 버리신 건가요?" "K씨!" 이 질문이 나오기만을 기다렸던 그루바흐 부인은 이렇게 외치면서 합장한 두 손을 K에게 내밀었다. "제가 어쩌다가 한 말을 너무 심각하게 받아들이셨어요. 저는 당신이나 그 누구를 마음 상하게 할 생각은 조금도 없었어요. 그 정도는 믿어주실 정도로 저를 아신 지가 오래되었지요. 지난 며칠 동안 제가 얼마나 괴로워했는지 모르실 거예요! 제가 저의 하숙집 사람들을 험담하다니요! 그런데 당신은 그렇게 생각하셨어요! 그리고 저한테 당신을 하숙집에서 내보내야 할 거라고까지 말씀하셨어요! 당신을 내보내야 한다고요!" 그녀의 마지막 외침은 눈물 때문에 이미 막히고 말았다. 그녀는 앞치마를 얼굴로 들어 올리면서 큰 소리로 흐느꼈다.

"울지 마세요, 그루바흐 부인." K는 이렇게 말하면서 창밖을 내다보았다. 그러면서 그는 오직 뷔르스트너 양에 대해, 그리고 그녀가 낯선 여자를 자기 방에 들여놓았다는 것에 대해 생각했다. "제발 울지 마세요." 그는 다시 한 번 이렇게 말하고는 방 쪽으로 몸을 돌렸다. 그루바흐 부인은 여전히 울고 있었다. "저도 그때 그렇게 나쁜 뜻으로 말한 건 아니었습니다. 우리는 다만 서로를 오해했던 거지요. 그것은 오랜 친구 사이에도 있는 일입니다." 그루바흐 부인은 K가 정말로 용서를 한 건지 살펴보려고 앞치마를 살짝 눈 아래로 내렸다. "그럼요, 그런 것이지요." K는 이렇게 말하면서, 그루바흐 부인의 태도로 보아 대위가 아무 말도 하지 않은 것 같아 말을 덧붙일 용기가 났다. "부인은 정말 제가 어떤 낯선 아가씨 때문에 부인과 원수가 될 거라고 생각하시나요?" "바로 그거예요, K씨." 그루바흐 부인이 말했다. 그런데 마음이 풀린 탓인지 금방 허튼소리를 하고 만 것이 그녀로서는 불행이었다. "저는 스스로에게 늘 이렇게 물었지요. 어째서 K씨는 그렇게 뷔르스트너 양에 관심을 보이는 것일까? 어째서 그 여자 때문에 나와 말다툼을 하는 것일까? 당신에게 조금이라도 불쾌한 말을 들으면 내가 잠을 이루지 못하는 걸 아시면서 말이에요. 그 아가씨에 대해서는 제가 두 눈으로 본 것만을 말했을 뿐이거든요." 이에 대해 K는 아무 말도 하지 않았다. 그녀가 첫마디를 꺼냈을 때 방에서 내쫓았어야 했는데, 그는 그렇게 하고 싶지 않았다. 커피를 마시면서 그루바흐 부인에게 더 있을 필요가 없다는 걸 느끼게 해주는 것으로 만족했다. 밖에서는 다시 응접실을 가로질러 가는 몬타크 양의 질질 끄는 발소리가 들려왔다. "저 소리가 들리나요?" K는 물으면서 손으로 문을 가리켰다. "그래요." 그루바흐 부인이 말하며 한숨을 내쉬었다. "저도 직접 도와주려고 했고, 또 하녀를 시켜 도와주려고도 했어요. 하지만 저 아가씨는 고집불통이어서 모든 걸 혼자 옮기겠다는 거예요. 저는 뷔르스트너 양이 참 이상해요. 저는 몬타크 양이 우리 집에 하숙하고 있는 것만도 부담스러울 때가 많은데, 뷔르스트너 양은 그 여자를 심지어 자

294

기 방에 들이고 있어요." "그건 부인이 신경 쓸 일이 아니지요." K는 이렇게 말하면서 커피 잔 속에 남아 있는 설탕을 으깼다. "그렇다고 무슨 손해될 일이라도 있나요?" "그렇진 않아요." 그루바흐 부인이 대답했다. "그 자체로는 아주 환영할 만한 일이지요. 그렇게 되면 방이 하나 비게 되니까 대위인 제 조카에게 그 방을 쓰게 할 수 있답니다. 지난 며칠 동안 제 조카를 옆에 있는 거실에서 지내게 할 수밖에 없었는데, 혹시 당신에게 방해가 되지 않을까 해서 진작부터 걱정했어요. 조카는 배려심이 별로 없거든요." "무슨 그런 생각을 다 하세요!" K가 일어나면서 말했다. "당치도 않은 말씀입니다. 몬타크 양이 오가는 걸, 지금은 다시 돌아가고 있군요, 그 소리를 못 참겠다고 한 것 때문에 저를 신경과민이라고 여기시는 것 같군요." 그루바흐 부인은 당황하여 어찌할 바를 몰랐다. "K씨, 아가씨더러 남은 이삿짐은 나중에 옮기라고 할까요? 원하신다면 당장 그렇게 하지요." "하지만 아가씨가 뷔르스트너 양한테 이사 가는 거라고 하셨잖아요!" K가 말했다. "그래요." 부인은 이렇게 대답했지만, K가 말하는 뜻을 제대로 이해하지 못했다. "뭐, 그렇다면," K가 말했다. "그렇다면 짐을 옮겨야지요." 그루바흐 부인은 고개만 끄덕였다. 침묵의 형태로 나타난 이런 속수무책의 태도는 겉으로는 저항의 뜻으로밖에 보이지 않았는데, 그것이 K를 더욱 화나게 했다. 그는 창가와 문 사이를 왔다 갔다 하면서 그루바흐 부인이 방에서 나갈 기회를 주지 않았는데, 그렇게 하지 않았더라면 부인은 벌써 나가버리고 말았을 것이다.

K가 다시 문 앞에 왔을 때 방문을 두드리는 소리가 났다. 하녀였는데, 몬타크 양이 K씨와 몇 마디 나누고 싶어 식당에서 기다리고 있으

니 좀 와주셨으면 한다는 말을 전했다. K는 하녀의 말을 주의 깊게 듣고는 깜짝 놀란 그루바흐 부인을 향해 거의 경멸에 가까운 시선을 던지며 몸을 돌렸다. 그 시선은 K가 몬타크 양의 초대를 이미 오래전부터 예상했으며, 그가 일요일 오전부터 그루바흐 부인의 하숙인들 때문에 겪어야 했던 고통에 아주 적절한 초대임을 말해주는 것 같았다. 그는 곧 가겠다는 대답을 주어 하녀를 돌려보낸 다음, 상의를 갈아입기 위해 옷장으로 갔다. 그러고는 그 성가신 아가씨에 대해 낮은 목소리로 불평을 하는 그루바흐 부인에게는 아침식사 그릇을 좀 치워달라는 부탁만 했다. "거의 손도 대지 않으셨어요." 그루바흐 부인이 말했다. "아, 어서 가져가세요." K가 소리쳤다. 그러면서 그는 어쩐지 몬타크 양이 이 모든 일에 연루되어 있는 것 같아 몹시 언짢아졌다.

그는 응접실 현관을 지나가면서 뷔르스트너 양의 닫힌 방문을 바라보았다. 하지만 그가 초대를 받은 곳은 그 방이 아니라 식당이었다. 그는 노크도 하지 않고 식당 문을 열어젖혔다.

식당은 매우 길지만 폭이 좁고, 창문이 하나밖에 없는 방이었다. 그곳은 문이 있는 쪽 양 구석에 찬장 두 개를 겨우 비스듬히 세울 수 있을 정도로 공간이 좁았다. 긴 식탁이 나머지 공간을 완전히 차지했는데, 식탁은 문 근처에서 시작해 거의 큰 창문 바로 아래까지 펼쳐져 있어서 창문 쪽으로 가는 것이 사실상 불가능했다. 일요일에는 거의 모든 하숙인이 거기서 점심식사를 하기 때문에 식탁은 이미 여러 사람이 식사를 할 수 있도록 준비가 되어 있었다.

K가 들어서자 몬타크 양이 창가로부터 식탁의 한쪽 면을 따라 그에게 다가왔다. 두 사람은 말없이 서로 인사를 나누었다. 이어 몬타크

양은 늘 그러듯이 머리를 이상하게 곤추세운 채 입을 열었다. "저를 아시는지 모르겠어요." K는 두 눈을 가늘게 뜨고 그녀를 쳐다보았다. "그럼요." 그가 말했다. "벌써 오래전부터 그루바흐 부인 집에서 살고 계시지요." "하지만 제가 보기에 선생님은 하숙집 일에 크게 신경을 쓰지 않는 것 같던데요." 몬타크 양이 말했다. "그건 맞아요." K가 말했다. "앉으시지 않겠어요?" 몬타크 양이 말했다. 두 사람은 말없이 식탁 맨 끝에 있는 의자를 두 개 끌어내고는 마주 앉았다. 그러나 몬타크 양은 창문턱에 두고 온 작은 핸드백을 가지러 가려고 금방 다시 몸을 일으켰다. 그녀는 방 끝까지 느릿느릿 걸어갔다. 그리고 핸드백을 가볍게 흔들면서 돌아와 말했다. "저는 단지 친구의 부탁으로 선생님과 몇 마디 얘기를 나누고 싶은 것뿐이에요. 친구가 직접 오려고 했지만, 오늘은 몸이 좀 불편해요. 그래서 선생님께 양해를 구하며, 친구 대신 제 말씀을 들어주셨으면 해요. 친구가 직접 왔다고 해도 제가 지금 드릴 말씀 외에는 더 할 말이 없을 거예요. 오히려 제가 선생님께 더 많은 말씀을 드릴 수 있을 것 같네요. 저는 비교적 사건에 관여되지 않았으니까요. 그렇게 생각하지 않으세요?" "도대체 무슨 말씀을 하시려는 건지!" K가 대답했다. 그러나 그는 줄곧 자신의 입술에 고정되어 있는 몬타크 양의 눈을 바라보는 것이 피곤했다. 그렇게 함으로써 그녀는 그가 말하려고 하는 것을 통제할 수 있을 것이라 생각한 모양이었다. "보아하니 뷔르스트너 양은 내가 요청했던 개인적인 의견 교환을 승낙할 의사가 없나 보군요." "그래요." 몬타크 양이 말했다. "아니, 전혀 그렇지 않다고 할 수도 있어요. 선생님은 너무 날카로운 표현을 사용하시는군요. 일반적으로 의견 교환이라는 것은 승낙이나 거절의 대상은 아니니까요. 그렇지만 의견 교환이 불필요하다고 생각하는 경우도 있을 수 있는데, 이번 경우가 그래요. 선생님의 말씀을 듣고 보니 저도 솔직하게 말할 수 있겠어요. 선생님은 제 친구에게 글이나 말로 면담을 요청했지요. 그런데 적어도 제가 짐작하기에는 그 친구는 그 면담에서 무엇에 대해 의견 교환이 있을지 알고 있으며, 따라서 그 친구는, 저야 그 이유를 잘 모르겠지만, 설령 면담을 한다 해도 아무한테도 득이 되지 못할 것이라고 확신하고 있어요. 그리고 제 친구는 어제야, 그것도 슬쩍 지나가는 말로 제게 그 이야기를 해주었는데, 친구 말로는 선생님한테도 그 면담은 하여튼 그리 중요하지 않은 문제라는 거였어요. 왜냐하면 선생님은 그저 어떤 우연한 일로 그런 생각을 하게 되셨을 것이고, 특별한 설명이 없어도 전체 사안이 무의미하다는 걸 지금은 아니지만 조만간 깨닫게 될 것이기 때문이라고 했어요. 거기에 대해 저는 그 말이 맞을지도 모른다, 하지만 문제를 말끔히 해명하기 위해서는 분명한 답변을 드리는 편이 나을 거라고 대답했지요. 제가 그 일을 자청하고 나서자, 친구는 잠시 망설이다가 제 뜻에 따랐어요. 제가 선생님의 뜻에도 맞게 행동한 것이었으면 합니다. 아무리 사소한 일이라도 뭔가 불확실한 구석이 있으면 내내 마음이 괴로우니까요. 그리고 이번 경우처럼 불확실한 구석을 쉽게 제거할 수 있다면 당장 그렇게 하는 편이 나을 테니까요. "아가씨에게 감사드립니다." K는 즉시 이렇게 말하면서 천천히 자리에서 일어나 몬타크 양을 바라본 다음, 식탁 위를 지나 이어 창밖을 내다보았다. 건너편 건물에는 햇살이 비치고 있었다. 이어 그는 문 쪽으로 갔다. 몬타크 양은 그를 완전히 믿을 수는 없다는 듯이 몇 걸음 그의 뒤를 따라갔다. 하지만 두 사람은 문 앞에서 뒤로 물러나야 했는데, 문이 열리면서 란츠 대위가 들어왔기 때문이었다. K는 처음으로 그를 가까이서 보았다. 키가 크고 나이는 마흔쯤 되어 보였는데, 통통한 얼굴은 갈색으로 그을려 있었다. 대위는 가볍게 몸을 굽혀 K에게까지도 인사를 한 후, 이어 몬타크 양에게로 다가가 그녀의 손에 정중하게 키스를 했다. 동작이 매우 세련되어 보였다. 몬타크 양에게 보인 그의 공손한 태도는 그녀가 K에게서 받은 대접과는 현격한 차이가 있었다. 그러나 몬타크 양은 K에게 화가 난 것 같지는 않았다. K가 보기에 그녀는 심지어 그를 대위에게 소개까지 하려는 것 같았기 때문이다. 그러나 K는 소개를 원치 않았다. 그는 대위나 몬타크 양에게 다정하게 굴 수가 없을 것 같았다. 겉으로는 전혀 어떤 의도나 사심을 보이지 않아도, 그녀의 손에 키스하는 것을 보니 두 사람이 한패가 되어 자신을 뷔르스트너 양에게서 떼어놓으려 한다고 여겨졌던 것이다. 그러나 K는 그것만 간파한 것이 아니라, 몬타크 양이 목적을 달성하기 위해 선택한 수단이 좋은 것이기는 하지만 양날의 칼과 같은 것이라는 사실도 알아차렸다. 그녀는 뷔르스트너 양과 K의 관계가 갖는 의미를 과장했다. 특히 K가 요청했던 의견 교환의 의미를 과장하고는, 오히려 K가 모든 것을 과장하고 있는 것처럼 사태를 왜곡시키려 했다. 그녀가 착각한 것이다. K는 아무것도 과장할 생각이 없었고, 뷔르스트너 양이 자신에게 그리 오래 저항할 수 없는 평범한 타이피스트에 불과하다는 것을 알고 있었다. 여기서 그는 뷔르스트너 양에 대해 그루바흐 부인에게서 들은 이야기는 일부러 계산에 넣지 않았다. 그는 인사도 제대로 하지 않고 식당을 나오면서 이 모든 것을 곰곰이 생각해보았다. 그는 곧바로 자기 방으로 가려고 했다. 그러나 등 뒤 식당에서 몬타크 양의 작은 웃음소리가 들려오자, 대위와 몬타크 양 두 사람을 모두 놀라게 해줄 만한 일이 없을까 하는 생각이 들었다. 주위를 둘러보며 어디 가까운 방에서 혹시 누가 방해라도 하지 않을까 싶어 귀를 기울여보았으나, 사방은 온통 조용했다. 식당에서 이야기 나누는 소리만 들렸고, 부엌으로 통하는 복도에서는 그루바흐 부인의 목소리만 들릴 뿐이었다. 좋은 기회인 것 같았다. K는 뷔르스트너 양의 방문 앞으로 가서 문을 가볍게 노크했다. 아무런 인기척이 없어 다시 한 번 문을 두드렸지만 계속 응답이 없었다. 그녀는 자고 있는 것일까? 아니면 정말로 몸이 불편한 것일까? 아니면 이렇게 조용히 문을 두드리는 사람은 K뿐일 거라 짐작하고 방에 없는 척하는 것일까? K는 그녀가 안에 있으면서 없는 척하는 것이라 생각하고 더 세게 문을 두드렸다. 그래도 아무 응답이 없자 그는 마침내 문을 조심스럽게 열어보았는데, 무슨 부당한 짓이나 쓸데없는 짓을 하고 있다는 생각은 들지 않았다. 방 안에는 아무도 없었다. 게다가 그 방은 더 이상 K가 알고 있던 모습이 아니었다. 벽에는 두 개의 침대가 연이어 놓여 있었고, 문 가까이에 있는 세 개의 의자에는 옷과 내의가 수북이 쌓여 있었으며, 옷장 하나가 열린 채였다. 뷔르스트너 양은 몬타크 양이 식당에서 K와 이야기를 하는 동안에 나가버린 모양이었다. K는 별로 놀라지 않았다. 사실 뷔르스트너 양을 그리 쉽게 만날 수 있을 것이라고 기대하지도 않았다. 이런 일을 시도한 것은 순전히 몬타크 양에 대한 반발심 때문이었다. 그러나 방문을 닫고 돌아서 나올 때, 열려 있는 식당 문 안쪽에서 이야기를 나누는 몬타크 양과 대위를 보자 그는 더욱 곤혹스러워졌다. 아마 그들은 K가 처음 그녀의 방문을 열었을 때부터 거기에 서 있었을 것이다. 그들은 K를 관찰하고 있다는 인상은 조금도 주지 않았고, 나지막한 목소리로 이야기를 나누면서 이야기 중에 그저 별 생각 없이 주위를 둘러보는 것뿐이라는 눈길로 K의 거동을 살피고 있었다. 하지만 그들의 시선이 몹시 부담스럽게 느껴진 K는 벽을 따라 얼른 자기 방으로 들어가버렸다.

검사

    K는 오랫동안 은행에 근무하면서 사람에 대한 이해나 세상 경험을 많이 얻을 수 있었지만 단골 술집의 사교모임만큼은 늘 특별히 소중하게 여겼고, 자신이 그런 모임의 일원이라는 것이 커다란 명예임을 한 번도 부인한 적이 없었다. 그 모임은 거의 판사와 검사 그리고 변호사들로만 구성된 모임이었다. 몇몇 아주 젊은 관리들과 변호사 시보들도 더러 참석이 허락되었지만, 그들은 식탁의 말석에 자리를 잡았고 특별한 질문을 직접 받았을 때만 토론에 끼어들 수 있었다. 그러나 그런 질문을 하는 경우는 대개 좌중의 흥을 돋우려고 할 때뿐이었다. 특히 늘 K의 옆자리에 앉는 하스테러 검사는 그런 식으로 젊은 사람들을 무안하게 만드는 걸 좋아했다. 그가 털이 수북한 큰 손을 식탁 한가운데에 쫙 벌리고 말석 쪽을 쳐다보면 즉시 모두가 귀를 기울

였다. 그리고 이어 말석의 누군가가 질문을 받기는 했으나 그것을 제대로 이해조차 하지 못하거나, 고민을 하느라고 맥주잔만 들여다보거나, 말을 하는 대신 어금니만 꽉 물고 있거나, 또는 최악의 경우로서 잘못된 의견이나 검증받지 못한 의견을 계속 늘어놓기라도 하면, 나이 든 양반들은 빙긋이 웃으면서 자기 자리로 몸을 돌려 바로 앉았는데, 그제야 기분이 좋아진 것 같은 얼굴이었다. 정말 진지하고 전문적인 대화는 그들 사이에서만 이루어졌다.

K는 은행의 법률고문인 한 변호사를 통해 이 모임에 참석하게 되었다. 언젠가 이 변호사와 저녁 늦게까지 남아 장시간 협의를 해야 할 때가 있었는데, 상담 후 자연스럽게 변호사의 단골 술집에서 저녁식사를 함께하게 되었고, 거기서 알게 된 이 사교모임에 호감을 갖게 되었던 것이다. 그가 이 모임에서 만난 사람들은 모두 학식과 명망이 높고 어떤 의미에서 권력도 지닌 양반들이었는데, 이들은 일상적인 삶과는 동떨어진 어려운 문제들을 풀기 위해 씨름하는 것으로 기분전환을 했다. K 자신은 물론 거의 끼어들 수 없었지만, 조만간 은행 업무에서도 유용하게 써먹을 수 있는 많은 것들을 배울 수 있었다. 게다가 언제나 도움이 되는, 법원과의 개인적인 친분도 맺을 수 있었다. 그 모임의 사람들 역시 그를 기꺼이 받아주는 것 같았다. 그는 곧 사업 전문가로 인정을 받았고, 물론 빈정거리는 사람이 전혀 없는 건 아니었지만, 사업 관련 문제에 대한 그의 의견은 반박할 수 없는 결정적인 것으로 간주되었다. 어떤 법률 문제에 대해 서로 의견이 다를 때는 그 사실관계에 대해 K의 견해를 묻는 경우도 드물지 않았는데, 이런 경우 K의 이름은 주장과 반론이 오가는 가운데 수시로 거론되었고,

그가 더 이상 따라잡기 힘든 지극히 추상적인 논의에까지 이름이 오르내리기도 했다. 물론 그는 점차 많은 것을 깨우쳐가게 되었는데, 이 것은 특히 하스테러 검사가 곁에서 늘 훌륭한 조언자 역할을 해준 덕분이었다. 검사는 그와 점점 가까워져서 친구 같은 사이가 되었고, 그리하여 밤늦게 K가 그와 함께 귀가하는 경우도 심심치 않게 있었다. 그러나 K가 이 거구의 남자와 팔짱을 끼고 걷는 데 익숙해지기까지는 오랜 시간이 걸렸다. 얼마나 몸집이 큰지, K가 그의 둥근 망토 속에 감쪽같이 숨을 수도 있을 정도였다.

시간이 흘러감에 따라 두 사람은 학력이나 직업, 나이의 차이가 모두 무시될 정도로 친밀한 사이가 되었다. 그들은 마치 옛날부터 단짝이었던 것처럼 행동했고, 가끔 두 사람의 관계에서 한 사람이 더 우위에 있는 것처럼 보이는 경우가 있다면 그것은 하스테러 쪽이 아니라 K 쪽이었다. 왜냐하면 K가 현실과 직접 부딪치며 쌓아올린 실제적인 경험은 법정 책상에 앉아서는 결코 얻을 수 없는 것이어서 대개 옳은 것으로 입증되기 때문이었다.

이런 우정은 곧 단골 술집 모임 전체에 알려졌고, K를 처음 모임에 데려온 사람이 누군지에 대해서는 아무도 신경을 쓰지 않게 되었다. 이제 K를 감싸주는 사람은 어쨌든 하스테러였다. 만일 누군가가 K가 이 모임에 앉아 있을 자격이 있는지 의문을 제기하고 나선다면, K는 하스테러 검사를 지원군으로 내세워 완전하게 그 정당성을 주장할 수 있었다. 이렇게 하여 K는 특권을 가진 위치를 차지하게 되었는데, 이는 하스테러가 명망이 있으면서도 두려움을 느끼게 하는 존재였기 때문이다. 그의 법률적인 사고에 담긴 힘이나 능숙함은 매우 경탄할 만한 것이었지만, 이런 점만 본다면 최소한 그와 대등한 정도의 수준에 있는 사람은 많이 있었다. 그러나 그가 자신의 의견을 방어할 때 보이는 맹렬한 자세는 감히 따라올 자가 없었다. K는 하스테러가 상대방을 설득할 수 없을 때는 적어도 공포심을 느끼게 만든다는 인상을 받았는데, 그가 집게손가락을 치켜들기만 해도 많은 사람들이 움츠러들곤 했던 것이다. 그럴 때면 상대방은 자신이 훌륭한 지인과 동료들의 모임에 있다는 사실, 지금 논의되는 것은 단지 이론적인 문제일 뿐이며 실제로 자신에게는 아무 일도 일어나지 않는다는 사실을 잊어버리는 것 같았다. 그래서 상대방은 잠자코 입을 다물게 되며, 고개를 가로젓는 행동을 하는 데도 용기가 필요했다. 상대방이 멀리 떨어져 앉아 있을 때면, 하스테러는 그런 거리에서는 의견의 일치를 볼 수가 없다고 생각하여 음식이 담긴 접시를 밀어내고는 직접 그 사람 곁으로 가기 위해 천천히 일어설 때도 있었다. 그 광경은 차마 보고 있기가 민망할 정도였다. 그럴 때 가까이에 있는 사람들은 그의 얼굴을 살피기 위해 고개를 뒤로 젖히기도 했다. 물론 그런 일은 비교적 드물게 일어나는 우발적인 경우였다. 왜냐하면 그가 잘 흥분하는 경우는 대체로 법률적인 문제를 논할 때였고, 특히 자신이 직접 다루었거나 다루고 있는 소송에 관해 그런 문제가 제기되었을 때였다. 그런 문제가 아니면 그는 다정하고 조용한 편이었으며, 그의 웃음은 온화했고, 그의 열정은 먹고 마시는 일에 집중되었다. 때로 그는 사람들의 이야기에 귀를 기울이지 않고 K에게 몸을 돌리고 의자 등받이에 팔을 걸친 채 작은 소리로 은행 일에 대해 자세히 물어보다가 자신의 업무에 관한 이야기, 또는 법원 일만큼이나 골치 아픈 자신의 여성 편력에 관한 이야기를 늘어놓기도 했다. 그가 모임의 어느 누구와도 그런 식으로 이야기하는 모습은 볼 수 없었으며, 실제로 하스테러에게 뭔가 부탁할 일이 있으면 먼저 K에게 와서 다리를 놓아달라고 부탁하는 일도 자주 있었다. 대개는 동료와 화해를 하기 위한 부탁이었는데, K는 언제나 기꺼이 그리고 선선히 그런 부탁을 들어주었다. 그는 이런 일에서, 예를 들어 하스테러와 자신의 관계를 이용하는 일 없이 모두에 대해 매우 공손하고 겸손했으며, 또 공손이나 겸손보다 더 중요한 것으로, 사람들 간의 서열관계를 잘 구분해서 사람들을 서열에 맞게 대하는 법을 터득하고 있었다. 그것은 물론 하스테러가 그에게 끊임없이 가르쳐준 것이었고, 하스테러 자신이 논쟁중에 아무리 흥분해도 절대 범하지 않는 유일한 규칙이기도 했다. 그래서 하스테러는 아직 서열이란 것이 거의 없이 말석에 앉은 젊은 친구들에게는 경칭을 쓰지 않고 언제나 가장 일반적인 호칭만 썼는데, 그것은 마치 그들이 개별적인 인격체가 아니라 그저 하나로 뭉쳐 있는 덩어리에 불과하다는 태도였다. 그런데 하스테러에게 최고의 경의를 표하는 사람들은 바로 이 젊은 친구들이었다. 하스테러가 열한시쯤에 집에 가기 위해 자리에서 일어나면 곧바로 그들 중 한 친구가 달려와 무거운 외투 입는 것을 거들어주었고, 또 한 친구는 깊숙이 허리 숙여 인사하면서 문을 열고는, K가 하스테러를 따라 방에서 나갈 때까지 그대로 문을 잡고 있기도 했다.

초기에는 귀가할 때 K가 하스테러를 얼마간 바래다주거나 또는 하스테러가 K를 바래다주거나 했는데, 나중에는 하스테러가 K에게 자기 집에 잠시 들어왔다 가라고 청하면서 함께 보내는 저녁 시간이 좀 더 늦게 끝나게 되었다. 그럴 때면 대개 한 시간 정도 앉아서 브랜디를 마시고 시가를 피우며 보냈다. 그렇게 저녁 시간을 보내는 것이 좋았던 하스테러는, 자기 집에서 헬레네라는 여자와 몇 주 동안 함께 살 때도 K와의 저녁 시간을 포기하지 않았다. 헬레네는 누르스름한 피부에 검은 곱슬머리가 이마 주변까지 고불고불 말려 있는 통통한 중년 여자였다. 처음에 K는 그녀가 침대에 들어가 있는 모습만 보았는데, 그녀는 아무 부끄러운 기색도 없이 거기 누워서 시리즈로 된 소설책을 읽으며 남자들의 대화에는 신경을 쓰지 않았다. 시간이 늦어지면 그제야 그녀는 몸을 쭉 뻗으며 하품을 했고, 다른 방법으로 자신에게 주의를 끌 수 없으면 하스테러에게 소설책 한 권을 집어던지기도 했다. 그러면 하스테러는 빙긋이 웃으며 일어났고, K는 작별인사를 했다. 나중에 하스테러가 헬레네에게 싫증을 내기 시작했을 때쯤부터 그녀는 두 남자의 저녁 만남에 대해 민감한 반응을 보이며 훼방을 놓았다. 이제 그녀는 옷을 완전히 갖춰 입고 두 남자를 기다렸는데, 대개 그 옷은 그녀가 보기에는 값도 비싸고 자신에게 잘 어울리는 것 같았는지 몰라도 사실은 장식이 너무 많은 야회복이었다. 장식용으로 매달려 있는 몇 가닥의 기다란 술은 특히 눈에 거슬렸다. K는 이 옷이 정확히 어떻게 생겼는지 사실 잘 몰랐다. 그녀를 쳐다보는 것이 좀 거북해서 몇 시간 동안 눈을 반쯤 내리깔고 앉아 있었던 것이다. 반면에 그녀는 엉덩이를 흔들며 방 안을 이리저리 돌아다니거나 K 가까이에 앉아 얼씬거렸다. 자신의 지위가 점점 더 불안해지자 나중에는 궁여지책으로 K에게 호감을 보이는 척하면서 하스테러의 질투심을 불러일으키려고도 했다. 그녀는 둥그스름하고 살이 찐 등을 드러낸 채 탁자 위로 몸을 굽히면서 얼굴을 K에게 가까이 가져가 K가 자신을 올려다보지 않을 수 없게 만들기도 했는데, 그것은 악의에서라기보다는 그저 궁한 처지에서 나온 행동이었다. 그렇게 해서 그녀가 얻어낸 것이라고는, 단지 K가 다음번에 하스테러의 집에 가는 것을 거절하게 만든 것뿐이었다. 얼마 후 다시 그곳에 갔을 때 헬레네는 결국 내쫓기고 없었다. K는 그것을 당연한 일로 받아들였다. 그날 저녁에 두 사람은 유난히 오랜 시간을 함께 보내며, 하스테러의 제안으로 의형제 맺는 의식을 치르기도 했다. 술과 담배 때문에 K는 집에 돌아오는 길에 약간 정신이 몽롱한 상태였다.

바로 다음날 아침 은행에서 업무상 대화를 나누던 중에, 행장이 어제저녁에 K를 본 것 같다는 말을 꺼냈다. 자신이 잘못 본 것이 아니라면 K가 하스테러 검사와 팔짱을 끼고 걸어가더라는 것이었다. 행장은 그것을 아주 이상하게 여기는 듯했는데, 이것은 물론 그의 빈틈없는 평소 성격과도 부합하는 것이었다. 행장은 어느 교회의 이름까지 말하면서, 교회 건물 옆에 있는 분수 근처에서 그들을 보았다고 말했다. 만일 그가 신기루를 보고서 묘사하고자 했더라도 그렇게밖에 표현할 수 없었을 거라는 말이었다. 그래서 K는 그에게 검사가 자기 친구이며, 실제로 어제저녁때 교회 옆을 지나갔다고 설명했다. 행장은 놀란 듯 미소를 지으며 K에게 앉으라고 권했다. 그것은 K가 행장을 좋아하게 된 순간들 중 하나였는데, 병약하고 기침을 해대며 책임이 막중한 일에 짓눌려 사는 이 남자가 K의 행복과 미래에 대해 일종의 염려를 내비치는 순간이었던 것이다. 그런데 행장에게서 이와 유사한 경험을 했던 다른 직원들의 말에 따르면, 행장이 보이는 그런 염려는 차

갑고 피상적인 것으로서, 이 분 정도의 자기 시간을 희생해 유능한 직원을 몇 해 동안 붙잡아두는 훌륭한 술책에 불과한 것이었다. 행장의 염려가 정말 그런 종류의 것인지는 몰라도 어쨌든 K는 그런 순간에는 행장에게 굴복당하고 말았다. 어쩌면 행장이 K와 이야기할 때는 다른 사람들과 이야기할 때와는 조금 다른 방식으로 이야기한 것일 수도 있었다. 그가 상급자로서의 자기 지위 같은 건 무시해버리고 K를 동급의 위치에 두었다는 말은 아니다. 오히려 일상적인 업무를 볼 때는 대개 그런 태도를 유지하기도 했지만 말이다. 그보다는 지금 행장은 K의 지위를 잊어버린 것 같았고, 그래서 K와 대화를 하면서 마치 어린아이를 대하듯이, 또는 처음 일자리를 구하는 순진한 젊은이에게 알 수 없는 어떤 이유에서 크게 호감을 느낀 것 같은 태도로 말을 했다. 만일 행장의 염려가 진심이 아닌 것으로 보였거나, 또는 적어도 그런 순간에 보이는 염려가 그를 완전히 매혹시키지 않았더라면, K는 행장이든 아니면 다른 어떤 사람이든 그 누구의 말이라도 그런 식의 말투를 참지 못했을 것이다. K는 자신의 약점을 잘 알고 있었다. 그는 아버지가 아주 젊은 나이에 돌아가셔서 아버지의 사랑을 제대로 경험해보지 못하고 일찍 집에서 나와 살았다. 반쯤 장님이 되어버린 어머니는 도무지 변화라고는 모르는 조그만 소도시에서 아직 살고 있었다. 어머니의 사랑을 받으려 하기보다는 오히려 거부해왔던 그였다. 그가 어머니를 마지막으로 방문한 것은 약 이 년쯤 전이었다. 아마 그가 안고 있는 약점은, 이런 면에서 정말 아직도 그의 마음속에 어떤 어린아이 같은 구석이 남아 있는 데서 기인할 것이다.

"그런 친구 관계가 있는 줄은 전혀 몰랐습니다." 행장은 이렇게 말

했는데, 그 말의 엄격한 분위기를 부드럽게 해주는 것은 다만 행장의
입가에 연하게 감도는 다정한 미소뿐이었다.

엘자에게로

어느 날 저녁 막 퇴근을 앞두고 있던 K는 즉시 법원 사무처에 출두하라는 전화 통보를 받았다. 아울러 그는 불복종의 태도를 보이지 말라는 경고도 받았다. 그의 부적절한 발언들, 즉 심문은 무익하고 아무런 성과도 내지 못하며 낼 수도 없다는 것, 이제 그는 심문을 받으러 출두하지 않으리라는 것, 그리고 전화나 서신으로 소환을 받아도 무시할 것이고 전령을 보내도 문밖으로 내쫓겠다는 것, 이 모든 발언이 전부 기록되어 있으며 이미 그에게 상당한 손해를 입혔다는 것이다. 그런데 그는 도대체 왜 복종하려 하지 않는 것인가? 법원은 그동안 시간과 비용을 고려치 않고 그의 복잡한 사건을 해결하려고 노력해오지 않았는가? 그는 방종하게도 그런 노력을 방해하고, 법원으로 하여금 이제까지 그에 대해 유예해왔던 강제 조치를 취하게 할 셈인가? 오늘의 소환은 마지막 시도가 될 것이다, 라고 법원은 말했다. 그는 원하는 대로 할 수 있겠지만, 고등법원이 가만히 조롱만 당하고 있지는 않을 것이라는 점을 명심해야 한다는 것이었다.

그런데 K는 이날 저녁 엘자에게 찾아가겠다고 미리 약속을 했으므로, 이것만 해도 법원에 출두하지 않을 충분한 이유가 되었다. 그는 이런 이유로 법원에 나가지 않는 것을 정당화할 수 있어서 기뻤다. 물론 그는 실제로 이 핑계를 대지는 않을 것이며, 그날 저녁에 다른 선약이나 할 일이 전혀 없었더라도 아마 법원에 출두하지 않았을 것이다. 그래도 그는 자신의 충분한 권리를 의식하면서 만일 출두하지 않으면 어떻게 되느냐고 전화로 물어보았다. "우리는 당신을 찾아낼 것입니다." 이것이 들려온 대답이었다. "그리고 나는 자발적으로 오지 않았다는 이유로 처벌을 받겠군요?" K는 이렇게 물으면서, 무슨 대답을 듣게 될지 기대하며 미소를 지었다. "아닙니다." 상대방의 대답이었다. "다행이군요." K가 말했다. "그렇다면 내가 오늘 소환에 응해야 하는 이유는 무엇인가요?" "공연히 법원을 자극해 자신을 상대로 권력 수단을 행사하도록 하지는 말아야지요." 전화기 속의 목소리는 이렇게 말하고는 점점 약해지다가 결국 사라져버렸다. '그런 자극을 안 한다는 건 아주 지각없는 짓이지.' K는 사무실에서 나가면서 속으로 생각했다. '그런 권력 수단이라는 게 도대체 어떤 건지는 한번 겪어볼 필요가 있잖아.'

그는 망설이지 않고 바로 엘자에게로 갔다. 마차 구석에 편안히 기댄 그는, 날이 벌써 쌀쌀해지기 시작하여 양손을 외투 주머니에 찔러넣은 채 활기찬 거리를 내다보았다. 만약 법원이 정말로 활동을 하고 있다면, 자신이 법원에 적지 않은 어려움을 안겨준 것이라고 생각하면서 그는 일종의 만족감을 느꼈다. 그는 법원에 출두할지 여부에 대해 분명하게 의사를 밝히지 않았던 것이다. 그러니 판사는 기다릴 것이고, 어쩌면 모임 전체가 그를 기다릴 것이다. 오직 K만이 나타나지 않으면, 특히 회랑 쪽 사람들이 실망할 것이다. 그는 법원 일로 인해 동요되지 않고 자신이 원하던 곳을 향해 가고 있었다. 그러면서 그는 순간적으로, 혹시 무심결에 마부에게 법원 주소를 일러준 게 아닌지 확신이 서지 않았다. 그래서 그는 마부에게 엘자의 주소를 크게 외쳤다. 마부가 고개를 끄덕였다. 조금 전에도 다른 주소를 일러준 건 아니었던 것이다. 그때부터 K는 서서히 법원에 대한 생각은 잊어버렸으며, 이전처럼 은행에 대한 생각이 다시 그의 머릿속을 가득 채우기 시작했다.

부행장과의 싸움

어느 날 아침 K는 평소보다 훨씬 상쾌하고 투지가 강해진 느낌이 들었다. 그는 법원에 대해서는 거의 생각하지 않았다. 그러나 법원 생각이 간혹 날 때는, 전체를 조망하기 힘들 정도로 거대한 조직이라 해도 어떤 취약한 손잡이만 찾아낸다면 쉽게 붙잡고, 뜯어내고, 부숴버릴 수 있을 거라는 생각이 들었다. 그런 손잡이는 물론 숨어 있기 때문에 어둠 속을 더듬고 다녀야 겨우 찾아낼 수 있을 것이다. 평소와는 달리 이렇게 컨디션이 좋았으므로, K는 심지어 부행장을 자기 사무실로 오게 해서 얼마 전부터 밀려 있는 업무상의 용건을 함께 논의해보고 싶은 마음까지 들었다. 그런 계기가 있을 때면 언제나 부행장은 K와 자신의 관계가 지난 몇 달 사이에 조금도 변하지 않은 것처럼 행동했다. 그는 예전에 K와 경쟁관계에 있을 때처럼 조용히 들어와

K의 설명을 묵묵히 경청하고, 친밀하면서도 동료로서의 우정이 담긴 말을 몇 마디 건네는 식으로 관심을 표명했다. 무슨 의도가 있어서 그러는 것 같지는 않았지만 업무상의 핵심 문제에서 결코 벗어나는 일이 없었고, 그야말로 자신의 존재 깊은 곳에서부터 그 문제에만 집중하는 자세를 취하여 K를 당황스럽게 했다. 반면에 귀감이 될 만큼 본분에 철저한 부행장의 이런 태도 앞에서 K의 생각은 곧 사방으로 흩어지기 시작했고, 그는 결국 거의 아무런 거부감도 없이 사안을 부행장에게 일임하지 않을 수 없었다. 한번은 부행장이 갑자기 일어나 말없이 자기 방으로 돌아갈 때에야 비로소 그 사실을 알아차렸을 정도로 K의 상태가 좋지 않았던 적도 있었다. K는 무슨 일이 있었는지 알 수가 없었다. 상담이 적절히 마무리되었을 가능성도 있지만, K가 자기도 모르게 부행장의 기분을 상하게 했거나, 아니면 터무니없는 말을 했거나, 또는 K가 얘기를 듣지 않고 다른 일에 정신을 팔고 있는 게 분명하다고 생각해서 부행장이 회의를 중단했을 가능성도 있었다. 그런데 K가 어처구니없는 결정을 내렸거나, 아니면 부행장이 그런 결정을 내리도록 그를 유도한 후 신속하게 실행에 옮겨 K에게 쓴맛을 보여주기 위해 서둘러 나갔을지도 모른다. 그러나 그 사안은 두 번 다시 거론되지 않았다. K는 그것을 다시 회상하고 싶지 않았고, 부행장도 그 문제에 대해 입을 열지 않았던 것이다. 물론 당분간은 가시적인 변화가 나타나지 않았다. 어쨌든 K는 그 사건으로 인해 기가 죽지는 않았다. 그저 적당한 기회가 오고 컨디션이 웬만하기만 하면 부행장에게 가거나, 아니면 그를 자기 방으로 오게 하기 위해 언제든지 그의 방문 앞에 설 용의가 있었던 것이다. 이제는 예전에 그랬던 것처럼 그

를 피해 몸을 숨기고 있을 때가 아니었다. K는 단숨에 자기를 모든 걱정에서 해방시켜주고 부행장과의 관계를 이전의 모습으로 저절로 회복시켜줄 만한 신속하고도 결정적인 성과 같은 것은 더 이상 바라지 않았다. K는 지금 이 상태에서 포기해서는 안 된다는 것을 깨달았다. 상황으로 보아서는 포기해야 할 것 같았지만, 상황이 요구하는 대로 지금 물러선다면 다시는 앞으로 나아가지 못할 우려가 다분히 있었다. 부행장으로 하여금 K가 이제 끝장났다는 믿음을 갖게 해서는 곤란했다. 부행장이 그런 믿음을 가지고 편안하게 사무실에 앉아 있게 해서는 안 되고, 그의 마음을 불안하게 만들어야 할 것이다. K가 아직 살아 있으며, 비록 지금은 별로 위협적으로 보이지 않을지 몰라도 살아 있는 모든 존재와 마찬가지로 어느 날 홀연히 놀라운 능력을 보여줄 수도 있다는 점을, 가능하면 그가 자주 깨닫도록 해줘야 할 것이다. K는 단지 자신의 명예를 지키기 위해서 이렇게 싸우고 있는 것이라고 때때로 스스로에게 다짐하곤 했다. 왜냐하면 그가 이렇게 약해진 상황에서 부행장에게 맞서보았자 사실상 득 될 것이 아무것도 없고, 권력에 대한 부행장의 감각만 키워줄 뿐이며, 부행장에게 자기를 관찰할 기회를 더 많이 제공하여 그때그때의 상황에 맞게 적절한 조치를 취할 수 있는 능력만 길러주는 것이기 때문이었다. 하지만 K는 자신의 태도를 바꿀 수가 없었다. 그는 자기기만에 빠져 있었고, 때때로 지금이야말로 아무 염려 없이 부행장과 한번 겨루어볼 만하다고 확신을 갖기도 했다. 아무리 불행한 일들을 겪어도 그는 교훈을 얻지 못했고, 모든 일이 하나같이 줄곧 불리하게 돌아가는데도 열 번 시도해서 이루지 못한 일을 열한번째에는 해낼 수 있다고 믿었다. 이런 식의 면담이 끝난 후에 기진하여 땀을 흘리며 머릿속이 텅 빈 상태로 혼자 남게 되면, 그는 자기를 부행장에게 가게 만든 것이 희망이었는지 아니면 절망이었는지 알 수가 없었다. 그러나 다음번에 그가 다시 부행장의 방문을 향해 달려갈 때는, 그때는 오직 희망만을 품고 갈 것이라는 점은 분명했다.

오늘도 마찬가지였다. 부행장은 곧바로 들어왔는데, 문 가까이에 멈춰 서더니 새로 생긴 버릇대로 코안경을 닦고 나서, 우선은 K를 바라본 다음, 너무 눈에 띄게 K만 주시하고 있다는 인상을 피하기 위해 방 안 전체를 자세히 살펴보는 것이었다. 그는 마치 이 기회를 이용해 자기 시력을 테스트해보려는 것 같았다. K는 그 시선에 맞서 살짝 미소까지 지으며 부행장에게 앉으라고 권했다. 그리고 자신은 팔걸이의자에 털썩 주저앉은 다음, 의자를 되도록 부행장에게 가까이 끌어놓고, 곧바로 필요한 서류를 책상에서 집어 들고 보고를 시작했다. 부행장은 처음에는 거의 귀를 기울이는 것 같지 않았다. K의 책상 상판에는 얕은 조각새김으로 장식을 한 난간이 둘려 있었다. 책상 전체가 훌륭한 세공품이었고, 난간 역시 나무에 단단히 붙어 있었다. 그러나 부행장은 마치 방금 거기서 느슨해지는 부분을 발견하기라도 한 것처럼, 집게손가락으로 난간을 톡톡 쳐서 그 잘못된 부분을 고치려 하고 있었다. 그래서 K가 보고를 중단하려고 하자, 부행장은 모든 것을 다 듣고 있으며 잘 이해하고 있으니 보고를 계속하라고 재촉했다. 그러나 부행장에게서 K가 보고한 업무와 관련된 적절한 논평은 듣지 못하고 있는 사이에, 난간에는 특별한 조처가 필요했던 모양이었다. 부행장이 이제는 주머니칼을 꺼내 들고 K의 자를 지렛대로 삼아 난간을 들어 올리려 하고 있었던 것이다. 아마도 그런 후에 그것을 좀 더 쉽게, 그리고 더 깊이 박아 넣으려는 것 같았다. K는 자신의 보고에 부행장에게 특별한 인상을 줄 것으로 예상되는 새로운 제안을 집어 넣었는데, 지금 막 그 내용에 이르게 되자 잠시도 보고를 멈출 수가 없었다. 그만큼 그가 자신의 일에 사로잡힌 것이다. 아니면 자신이 아직 이 은행에 중요한 인물이며, 자기 아이디어가 아직은 자신의 가치를 증명해줄 힘이 있다는 확신을 갖게 되자 그만큼 기뻤던 건지도 모른다. 사실 그가 이런 확신을 갖는 경우는 그사이 점점 드물어졌다. 어쩌면 이런 식으로 자기를 변호하는 것이 은행에서뿐만 아니라 소송에서도 최선의 방식이고, 그가 지금껏 시도했거나 계획하는 어떤 자기변호보다 훨씬 나을지도 모를 일이었다. K는 서둘러 말을 하느라고 부행장이 책상의 난간 작업을 하는 것을 확실하게 말릴 시간적인 여유도 없었다. 그는 보고서를 읽어나가는 동안 상대방을 진정시키려는 듯 다른 손으로 난간 위를 두세 번쯤 쓰다듬었다. 자신도 완전히 의식한 것은 아니지만, 그의 이런 행동은 부행장에게 난간에는 아무 문제가 없다는 것, 그리고 비록 한 군데쯤 결함이 있다 하더라도 지금은 그걸 고치는 것보다 자기 이야기를 경청하는 것이 더 중요하며 더 적절한 행동이라는 사실을 전달하기 위한 것이었다. 그러나 활달하면서도 주로 정신적인 활동에 몰두하는 사람들에게서 흔히 볼 수 있듯이, 부행장은 난간을 만지는 이 수공작업에 열을 내며 몰두했다. 그리고 난간 한쪽을 실제로 들어 올리더니, 이제는 거기 달린 자그마한 기둥들을 다시 제 구멍에 끼워 맞추는 작업을 하고 있었다. 그 일은 지금까지 했던 어떤 작업보다 더 힘들었다. 부행장은 자리에서 일어나

두 손으로 난간을 잡고 눌러 상판 안으로 밀어 넣으려 했다. 그러나 아무리 애를 써도 난간은 잘 들어가지 않았다. 보고서를 읽고, 또 즉석에서 떠오르는 생각도 많이 섞어 덧붙이던 K는 부행장이 자리에서 일어나는 것을 아주 어렴풋이 알아차렸다. 그는 부행장의 움직임을 거의 놓치지 않고 지켜보고 있었지만, 부행장의 동작이 그래도 자신의 보고와 어떤 식으로든 연관이 있을 것으로 추측했다. 그래서 그도 따라 일어나서 손가락으로 어떤 숫자 아래를 누른 채 부행장에게 서류 한 장을 내밀어 보였다. 그런데 부행장은 그사이 양손으로 누르는 것만으로는 충분치 않다는 걸 깨닫고는 대뜸 난간 위에다 자신의 체중을 실어 내리눌렀다. 물론 이번에는 성공이었다. 가느다란 기둥들이 삐걱거리면서 구멍 안으로 들어갔다. 그러나 급히 눌러대는 바람에 기둥 하나가 휘어져 꺾이면서 윗부분 어딘가의 약한 살 하나가 둘로 쪼개져버렸다. "품질이 형편없는 나무로군." 부행장은 짜증을 내며 이렇게 말하고는 책상에서 물러나 자리에 앉았다.

관청

　처음에는 무슨 의도를 가지고 그런 것은 아니었지만, K는 이런저런 기회가 있을 때 자신의 사건에 대해 처음으로 고소가 이루어진 관청의 소재지가 어딘지 알아내려고 했다. 그것은 어렵지 않게 알아낼 수 있었다. 티토렐리는 물론 볼프하르트도 그가 처음 물었을 때 그 관청의 정확한 주소를 알려주었다. 티토렐리는 자신에게 평가해달라고 요청하지 않은 비밀스러운 내용은 항상 묘한 미소를 지으며 언급하곤 했는데, 나중에 그는 바로 그런 미소를 지으면서 그 관청은 전혀 중요하지 않고, 단지 임무로 부과된 것을 통보만 해주는 곳이며, 소송 당사자들이 접근할 수 없는 거대한 검찰 조직의 말단 기구에 불과하다고 주장함으로써 자신의 정보를 보완해주었다. 그러니까 그 검찰 기구에 뭔가 청원할 일이 있는 경우라면 자기가 언급한 그 하급 관청에 문의를 해야 한다는 것이다. 그런데 청원할 일은 당연히 늘 많지만, 그것을 말로 표현하는 것이 꼭 현명하다고는 할 수 없으며, 하급 관청에 문의를 한다고 해서 직접 본래의 검찰 기구에 들어가게 되는 것도 아니고, 자기 청원을 그곳으로 전달하게 되는 것도 아니라는 것이다.

K는 이미 화가의 본성을 잘 알고 있었으므로 반대 의견을 말하지 않았고, 더 이상 캐묻지도 않았으며, 그저 고개만 끄덕이는 것으로 그의 말을 그대로 받아들였다. 최근 들어 종종 생각하는 것이지만, 괴롭히는 일에 있어서는 티토렐리가 변호사보다 못할 게 없는 것 같았다. 차이점이 있다면 다만 K가 티토렐리에게는 자신을 그다지 의탁하고 있지 않아서 원하기만 하면 언제든지 그를 떨쳐버릴 수 있다는 것, 또 티토렐리는 전에는 더 심했지만 이야기하기를 너무 좋아해 수다스럽기까지 하다는 것, 그리고 K 쪽에서도 충분히 티토렐리를 괴롭힐 수 있다는 것이었다.

이번 일과 관련해서도 K는 그렇게 했다. 즉 그는 그 관청에 대해 이야기할 때 티토렐리에게 뭔가 숨기고 있는 듯이, 또 자신이 그 관청과 모종의 접촉이 있기는 하지만 그것이 아직은 충분한 연줄은 아니어서 남에게 알리기에는 위험하다는 식으로 말했다. 하지만 티토렐리가 더 자세히 말해달라고 재촉하면, K는 갑자기 화제를 돌리고는 오랫동안 그에 대해서는 언급하지 않았다. 그는 이런 작은 성공들이 기뻤다. 그럴 때면 이제 자신이 법원 주변의 그런 사람들을 훨씬 잘 이해하게 되었다는 생각이 들었다. 즉 그는 그들과 장난치며 어울릴 수 있는 정도가 되었고, 그들 속에 뒤섞여 들어가 거의 같은 부류의 사람이 되었으며, 법원의 첫 계단이라고 할 수 있는 위치에서 그들이 가진 그 세계에 대한 보다 나은 통찰력을 그 자신도 잠시나마 갖게 되었다고 생각하는 것이었다. 그런데 만일 그가 이 아래쪽에 위치한 자신의 지위를 잃게 된다면 어떻게 될까? 그렇게 되더라도 아직은 구원의 가능성이 있었다. 그들의 대열에 슬며시 끼어들어가기만 하면 되는 것이다. 설사 그들이 지위가 낮아서, 또는 다른 이유에서 그의 소송에 도움을 줄 수 없다 해도, 그들은 그를 받아주고 숨겨줄 수는 있었다. 그가 모든 일을 충분히 심사숙고하고 비밀리에 진행한다면, 그들은 그런 식으로 그를 도와주는 것을 절대 거절하지 않을 것이다. 특히 티토렐리는 그럴 수 없을 것이다. 왜냐하면 K는 이제 그의 가까운 지인이자 후원자가 되었기 때문이다.

K가 매일같이 이런저런 희망들을 품고 살았던 건 아니었다. 그는 대체로 여전히 사태를 정확히 파악했으며, 어떤 어려움도 간과하거나 생략하고 넘어가는 일이 없도록 조심했다. 그러나 때때로, 대개 일을 끝내고 녹초가 되는 저녁 시간에, 그는 낮에 있었던 사소하기 짝이 없고 심지어 애매하기도 한 사건들에서 위안을 찾기도 했다. 그럴 때면 그는 보통 사무실 소파에 누운 채 관찰한 내용들을 머릿속에서 짜맞추었는데, 이제는 한 시간 정도 소파에 누워 쉬지 않고는 사무실을 떠날 수 없었다. 이때 그의 생각은 협소하게 법원과 연관된 사람들에만 국한되지 않았다. 이렇게 반쯤 수면상태에 있으면 모든 사람이 뒤섞여 나타났다. 그럴 때면 그는 법원의 거대한 업무에 대해서는 잊어버리고, 마치 자기가 유일한 피고인이며 다른 사람들은 모두 직원이나 법률가로서 법원 건물과 복도를 마구 뒤섞여 지나가는 것 같은 느낌이 들었다. 아무리 아둔한 자라고 하더라도 고개를 푹 숙이고 입술

을 삐죽 내밀고는, 무거운 책임감에 눌려 깊은 생각에 사로잡힌 듯 시
선을 한곳에 고정시키고 있었다. 그럴 때면 언제나 그루바흐 부인 집
에 하숙하는 사람들이 무리를 지어 나타났는데, 그들은 서로 머리를
맞댄 채 마치 고발하는 역을 맡은 합창대처럼 입을 벌리고 서 있었다.
그들 중에는 모르는 사람도 많았다. K가 이미 오래전부터 하숙집 일
에는 전혀 신경을 쓰지 않았기 때문이다. 모르는 사람들이 너무 많아
그 무리를 더 자세히 살펴보고 싶지는 않았지만, 거기서 뷔르스트너
양을 찾아내려면 때때로 그렇게 하는 수밖에 없었다. 이를테면 그 무
리를 이리저리 훑어보고 있는데, 갑자기 전혀 낯선 두 개의 눈이 그를
향해 반짝거리며 그를 멈춰 세웠다. 그러면 그는 뷔르스트너 양을 찾
을 수가 없었다. 하지만 이어 그가 어떤 실수도 하지 않겠다는 각오로
다시 한 번 찾아보면, 그녀가 바로 무리 한가운데에서 자기 양옆의 두
남자에게 팔을 두르고 서 있었다. 그 광경은 그에게 별 인상을 주지
못했는데, 특히 그 장면은 새로운 것이 아니라 그가 전에 뷔르스트너
양의 방에서 본 적이 있는 해수욕장 사진에 대한 지울 수 없는 기억
에 불과했기 때문이다. 어쨌든 그 장면 때문에 K는 그 무리에서 눈을
돌렸다. 그러고 나서도 그는 다시 가끔 그쪽을 돌아보기는 했으나, 이
제는 법원 건물 안의 이곳저곳을 큰 걸음으로 급히 돌아다녔다. 그는
모든 공간들을 상당히 잘 알고 있었고, 그가 한 번도 가본 적이 없는
황량한 복도까지도 예전부터 살아왔던 자기 집 복도처럼 친숙하게
여겨졌으며, 세세한 것들이 고통스러울 정도로 또렷하게 그의 뇌리에
계속 떠올랐다. 예를 들면 한 외국인이 대기실 안을 거닐고 있는데 투
우사 비슷한 복장을 하고 있었고, 허리선은 칼로 베어놓은 듯 움푹 들

어갔고, 몸에 꼭 붙는 아주 짧고 조그만 상의는 거칠게 짠 노르스름한 레이스로 만들어진 것이었다. 그런데 그 남자는 조금도 멈추지 않고 이리저리 걷고 있어, K는 놀란 눈을 그에게서 뗄 수가 없었다. K는 몸을 구부린 채 살그머니 그 남자의 주위를 돌며 점점 다가가서는 휘둥그레진 눈으로 그를 바라보았다. K는 이제 레이스의 온갖 모양, 낡고 닳은 모든 장식 술, 조그만 상의의 곡선들까지 모두 잘 알고 있었지만, 아직도 싫증이 나지 않았다. 어쩌면 이미 오래전에 실컷 보아서 싫증이 난 것일 수도 있었다. 아니, 좀 더 정확히 말하면 보고 싶지 않았지만 보지 않을 수 없었는지도 모른다. '외국에서는 무슨 이런 가장 무도회를 하는 걸까!' 그는 이렇게 생각하면서 두 눈을 더 크게 떴다. 그는 계속 남자 뒤를 쫓아다니다가, 마침내 소파 위에서 몸을 이리저리 뒤척이더니 가죽 커버에 얼굴을 묻었다.

어머니에게로 가는 길

점심식사를 하다가 불현듯 그는 어머니를 찾아뵈어야겠다는 생각이 들었다. 벌써 봄도 거의 다 지났으니 삼 년째 어머니를 뵙지 못한 것이었다. 삼 년 전에 어머니는 그의 생일에는 와달라고 당부했고, 그는 몇 가지 어려움이 있었음에도 불구하고 그 당부에 화답하여 생일 때마다 어머니 곁에서 보내겠다고 약속까지 했었다. 그 약속을 이미 두 번이나 지키지 못한 것이다. 그래서 그는 이제 두 주 후면 다시 생일이 오지만 그때까지 기다리지 않고 당장 달려가고자 했다. 마음속으로는 지금 당장 달려가야 할 특별한 이유는 없지 않나 하는 생각도 들었다. 어머니가 사는 소도시에는 사촌이 하나 있어, 가게를 운영하면서 그가 어머니에게 보내주는 돈을 관리하고 있었는데, 사촌한테서 두 달에 한 번씩 정기적으로 전해 듣는 소식은 예전의 그 어느 때보다도 오히려 안심이 되는 것이었다. 어머니의 시력이 점점 약해지고 있다지만, 그것은 K도 의사들의 이야기를 듣고 여러 해 전부터 예상했던 일이었다. 그것을 제외하고는 어머니의 건강은 더 좋아졌는데, 노년의 여러 지병도 악화되기는커녕 오히려 누그러졌으며 적어도 불편을 호소하는 일이 줄었다고 한다. 사촌은 그것이 지난 몇 년 동안 어머니의 신앙심이 매우 깊어진 것과 관련이 있는 것 같다고 했다. K는 지난번에 방문했을 때 그런 조짐이 느껴져서 마음이 언짢았었다. 사촌은 편지에서, 전에는 몸을 간신히 움직이던 노인네가 이제는 일요일에 교회에 모시고 갈 때면 자기 팔을 잡고 제법 잘 걸어갈 수 있게 되었다고 아주 생생하게 서술했다. 사촌의 말이라면 K는 믿을 수가 있었다. 왜냐하면 사촌은 평소 걱정을 많이 하는 소심한 성격이었고, 그런 이야기를 할 때 좋은 면보다는 부정적인 면을 과장해서 표현하는 경향이 있기 때문이다.

그러나 어찌 되었든 간에 K는 지금 어머니에게 가기로 결심한 상태였다. 달갑지 않은 일에 속하는 것인데, 그는 최근에 자신이 자기 연민에 빠지는 성향이 있음을 깨달았다. 그것은 하고 싶은 일이 생기면 무엇이든 거의 절제하지 못하고 그것을 이루고자 하는 맹목적인 의지로 나타났다. 그런데 이번에는 이러한 그의 약점이 적어도 어떤 좋은 목적에 기여한 것이었다.

그는 생각을 좀 가다듬기 위해 창가로 갔다. 그런 후에 곧바로 식사를 치우게 한 뒤 그루바흐 부인에게 사환을 보내 자신이 여행을 떠난다는 것을 알리고, 그녀가 보기에 필요할 것 같은 물건들을 싸달라고 해서 가방을 가져오도록 시켰다. 이어 그는 퀴네 씨에게 자신이 없는 동안 처리해야 할 몇 가지 업무상의 지시를 내렸다. 퀴네 씨는 이제는 습관이 되어버린 무례한 태도로 얼굴을 옆으로 돌린 채 그의 지시를 받았다. 마치 자기가 무엇을 해야 하는지 잘 알고 있으므로 그런 지시는 그저 형식상 들어준다는 태도였는데, K는 그런 태도에 대해 이번에는 거의 화를 내지 않았다. 마지막 순서로 K는 행장에게 갔다. 그가 행장에게 어머니를 찾아뵈어야 하므로 이틀간 휴가를 얻고 싶다고 요청하자, 행장은 자연스럽게 어머니가 어디 편찮으시냐고 물었다. "아닙니다." K가 더 이상의 설명은 하지 않은 채 말했다. 그는 뒷짐을 진 자세로 방 한가운데 서 있었다. 그러면서 이마를 찌푸리고는 곰곰이 생각해보았다. 혹시 여행 준비를 너무 성급하게 서두른 게 아닐까? 여기 있는 게 낫지 않을까? 거기 가서 뭘 하겠다는 건가? 괜히 감상적인 기분에 젖어서 가려는 건 아닐까? 그리고 감상적인 기분에 젖어 여기서 혹시 중요한 일, 즉 소송에 개입할 기회를 놓치는 건 아닐까? 소송이 이제 몇 주일 동안이나 중지된 상태인 것 같고 그에게 들어오는 소식은 아무것도 없는 상황에서 그런 기회는 어느 날, 어느 때라도 생길 수 있는 것이었다. 그리고 혹시 노인네를 놀라게 하는 건 아닐까 하는 생각도 들었다. 그것은 물론 그가 의도하는 바는 아니지만, 그의 의지에 반해 얼마든지 일어날 수 있는 일이었다. 지금은 많은 일들이 그의 의지에 반해 일어나고 있기 때문이다. 그리고 어머니가 그에게 와달라고 하는 것도 아니었다. 전에는 사촌의 편지에 한번 다녀가라는 어머니의 간곡한 요청이 주기적으로 반복되었으나, 얼마 전부터는 그것도 보이지 않았다. 그러니까 그가 어머니 때문에 가는 게 아님은 분명했다. 그럼에도 그가 자기 자신을 위해 어떤 막연한 희망을 품고 가는 거라면 그는 완전히 바보인 셈이고, 자신의 어리석음에 대한 대가로 그곳에서 결국 절망만을 맛보게 될 것이다. 그러나 이 모든 의심은 마치 자신이 아니라 남들이 그에게 불어넣으려는 것이라는 듯, 그는 상념에서 확 깨어나며 가겠다는 결심을 바꾸지 않았다. 그러는 동안에 행장은 우연인지, 아니면 이쪽이 더 개연성이 있어 보이는데, K를 배려해서인지 몸을 구부린 채 신문을 보고 있었는데, 이제 행장도 눈을 들고 자리에서 일어나면서 K에게 손을 내밀더니, 더 이상 아무 질문도 하지 않고 잘 다녀오라는 인사만 했다.

그리고 나서 K는 자기 사무실 안을 왔다 갔다 하면서 사환이 오기만을 기다렸다. K가 여행을 떠나는 이유를 묻기 위해 부행장이 여러 차례 들어왔지만 K는 가능하면 말을 하지 않으면서 그를 외면했다. 그리고 마침내 가방을 건네받자 K는 미리 예약해놓은 자동차가 기다리는 곳으로 서둘러 내려갔다. K가 이미 계단을 내려가고 있는데, 그 마지막 순간에 계단 위쪽에 직원 쿨리히가 나타났다. 그는 쓰기 시작한 편지를 손에 들고 있었는데, 그 편지에 대해 K에게서 어떤 지시를 받으려는 것이 분명했다. K는 그에게 손짓으로 물러가라는 신호를 보냈으나, 금발에다 머리통이 크고 아둔한 그는 그 신호를 잘못 이해하고는 종이를 흔들어대며 위험할 정도로 껑충껑충 뛰어 내려와 K의 뒤를 쫓아오는 것이었다. K는 너무 화가 나서, 쿨리히가 건물 바깥 계단에서 자신을 따라잡자 그의 손에서 편지를 빼앗아 찢어버렸다. 그런 다음 K가 차에 올라 뒤를 돌아보니, 쿨리히는 자신의 잘못이 무엇인지 여전히 깨닫지 못한 것 같은 모습으로 그 자리에 서서 떠나가는 자동차를 물끄러미 바라보고 있었다. 그 옆에는 수위가 나란히 서서 모자를 깊숙이 고쳐 쓰고 있었다. K는 아직까지 은행의 최고위급 직원 중 한 사람이었던 것이다. 그것은 그가 부인하려 해도 수위가 반박하고 나설 것이다. 더구나 그의 어머니는 그가 아무리 아니라고 부인해도 아들을 은행장이라 생각하고 있었는데, 그렇게 생각하신 지가 벌써 여러 해 되었다. 어떤 일로 해서 설사 위신이 좀 손상을 입는다 해도, 어머니의 믿음대로라면 그가 몰락하는 일은 결코 없을 것이다. 그가 출발을 앞두고, 법원과 연관이 있는 직원에게서 편지를 빼앗아 한마디 양해의 말도 없이 찢어버릴 수 있음을 확인한 것은 좋은 징조인 것 같았다. 물론 가장 하고 싶었던 일은 할 수가 없었는데, 그것은 바로 쿨리히의 창백하고 둥그스름한 뺨을 소리 나게 두 대 갈겨주는 일이었다.

해석되지 않는 문장으로 고발하는 허위의 질서

모든 문장이 '나를 해석해보라'고 하면서
어떤 문장도 그것을 허용하려 하지 않는다.
"Jeder Satz spricht: deute mich, und keiner will es dulden."

—아도르노의 「카프카 소묘」 중에서

'카프카적' 텍스트 : 가능하면서 동시에 불가능한 읽기

『소송』은 「변신」의 작가로 잘 알려진 프란츠 카프카의 미완성 소설이다. 20세기의 위대한 소설가 중 한 사람으로 평가받는 카프카는 생전에 세 편의 장편소설을 썼는데, 『실종자』(초판의 제목은 '아메리카')와 『소송』 그리고 말년에 집필한 『성』이 그것이다. 흔히 '고독의 3부작'이라고 불리는 이 작품들이 작가의 사후에 모두 출간되어 세상의 빛을 보게 된 것은 자신의 모든 유고를 불태워달라는 친구의 부탁에 호응하지 않았던 막스 브로트Max Brod 덕분이다(다만 『실종자』의 첫 장 '화부'와 『소송』에 나오는 비유담 '법 앞에서'는 별도의 텍스트로 생전에 발간되었다). 『소송』의 경우 브로트는 원고를 직접 편집해 1925년 초판을 선보였는데, 후기에서 카프카의 유언 내용을 처음으로 공개하면서 자신이 친구의 뜻을 저버리면서까지 출판을 결심한 이유를 이렇게 밝혔다.

내가 이런 결정을 내린 것은 단지, 그리고 오로지 카프카의 미출간 원고가 가장 훌륭한 보물들을 담고 있으며, 작가 자신의 다른 작품에 비추어 보아도 단연 최고의 작품이라는 사실 때문이다. 나는 비록 카프카의 마지막 부탁이 유효하다는 데 대해 전혀 이의를 제기할 입장이 아니지만, 내가 출판하는 이 책의 문학적, 윤리적 가치라는 그 한 가지 이유만으로도 결정적으로, 최종적으로, 그리고 어쩔 수 없이 이런 선택을 하기에 충분했다는 점은 정직하게 고백하고자 한다.

브로트는 작가 카프카를 세상에 알리는 데는 유고 중에서도 먼저 장편소설을 선보이는 것이 유리하다고 판단하여 『소송』을 첫 작품으로 택했다(이어 1926년에 『성』, 1927년에 『아메리카』가 출간되었는데, 『소송』은 출간되자마자 독자와 비평가 들을 사로잡으며 20세기에 나온 가장 중요한 작품 중 하나로 평가받았고, 작가가 세계적인 명성을 얻게 되는 발판을 제공해주었다). 여기에는 이 작품이 다른 두 작품과 마찬가지로 미완성이기는 하지만 보다 완결된 느낌을 준다는 점이 결정적으로 작용했던 것 같다. 이는 『소송』을 집필하면서 작가가 '마지막 장'을 미리 써두었기 때문인데, 다시 말해 카프카는 이 소설의 첫 부분과 끝 부분을 먼저 써놓고(첫 장 '체포'와 마지막 장 '종말'은 1914년 8월 14일 거의 동시에 완성) 중간 부분의 장들을 느슨한 연관 속에 비연속적으로 써나가는 집필 방식을 취했던 것이다.

　이 소설은 은행의 간부로 근무하는 주인공 요제프 K가 서른 살 생일에 갑자기 체포되어, 1년 동안 이상한 소송을 겪다가 결국 처형당하는 것으로 끝난다. 첫 장에서는 '체포'가, 마지막 장에서는 '종말'이 이야기되고, 중간 장들에서는 1년이라는 시간 틀 안에서 전개되는 사건들이 묘사되는데, '소송'을 당한 주인공이 종말에 이르기까지 여러 단계에 걸쳐 벌이는 절망적인 대결의 묘사가 주된 내용이다. 그러나 독자는 소설을 읽는 중에, 또는 책을 다 읽고 나서도 여전히 당혹감을 떨쳐버릴 수가 없을 터인데, 이는 마지막 책장을 덮는 순간까지도 여러 의문이 해소되지 않고 그대로 남아 있기 때문이다. 요제프 K의 삶에 뛰어들어 소송을 벌이면서 소설의 보이지 않는 중심축을 형성하는 '법원'의 정체는 도대체 무엇일까? 요제프 K는 무엇 때문에 법원에게 쫓기고 결국 처형까지 당하는 것일까? 이외에도 소설에는 하숙집에서의 심문, 가정집과 연결되어 있는 법정, 부패하고 음란한 법원 인물들, 은행 창고에서의 태형 장면, 의뢰인을 노예처럼 취급하는 변호사, 대성당의 신부, 채석장에서의 처형 장면 등 이성적으로는 납득하기 어려운, 그로테스크하고 초현실적으로 보이는 장면이 많이 등장한다. 반면에 독자의 시선은 제한되어 있다. 서술자(화자)는 분명하게 모습을 드러내면서 사건을 해석하거나 논평해주지 않는다. 프리드리히 바이스너가 지적한 것처럼, 이 소설에서 서술자는 대체로 주인공의 행동과 생각을 재현하는 '일의적一義的 시점'을 취하거나 '체험 화법'의 형태로 사건을 전하고 있다.

따라서 카프카의 다른 작품과 마찬가지로 이 작품 역시 작가의 실존적인 상황의 서술, 광기의 전체주의로 흘러가는 현대 관료체제에 대한 예견, 인간 존재에 대한 은유 또는 종교적 비유담 등으로 읽히며 여러 해석을 낳았다. 이 소설은 비인간화된 현대 세계에서 인간이 느끼는 소외와 불안을 묘사한 '카프카적'(kafkaesk. 몽환적이고 위협적인 분위기, 악몽과 부조리를 연상케 하는) 텍스트의 전형을 보여주면서 하나의 확정적인 해석을 거부하는데, "모든 문장이 '나를 해석해보라'고 하면서 어떤 문장도 그것을 허용하려 하지 않는다"는 테오도어 아도르노의 진단은 여전히 유효해 보인다. 카프카의 작품이 데리다, 라캉, 들뢰즈 같은 후기구조주의 또는 포스트모더니즘 이론가들의 주목을 받은 것은 우연이 아니다.

해석자들은 우선 작가의 자전적인 배경, 특히 약혼녀 펠리체 바우어와의 파혼 경험에 주목한다. 카프카는 이 작품을 1914년 8월 중순에 시작해 이듬해 1월 말에 중단했는데, 이 집필 시기는 그의 나이 서른 살 때로 소설 주인공의 나이와 일치한다. 무엇보다 카프카는 이 소설을 쓰기 시작하기 한 달 전인 1914년 7월 12일에 펠리체와 파혼을 했고, 이로 인한 심한 죄책감에 시달리고 있었다(카프카는 1917년에 펠리체와 두번째로 약혼하지만 몇 달 만에 다시 파혼하는데, 그가 이렇게 결혼을 기피한 것은 결혼 자체에 대한 부담감과 더불어 특히 소중한 창작활동이 위협받는 상황을 우려해서였다). 당시의 일기(1914년 7월 23일자)를 보면, 파혼이 있었던 베를린의 호텔 '아스카니셔 호프'가 '호텔 법정'으로 표현되고, 카프카 자신은 처벌받아야 할 '범죄자'이자 동시에 '재판관'으로 묘사되고 있다. 그의 일기에는 파혼으로 인한 죄책감, 자기 증오, 자기 처벌의 표현이 여러 차례 등장한다. 엘리아스 카네티가 지적한 것처럼, 카프카에게 있어 약혼과 파혼의 과정은 '또 다른 소송'의 성격을 띠는 것으로, 주저와 연기의 과정이며 정당화를 위한 소송 심리와 같은 것으로 여겨졌다. 한편 이 소설의 집필 초기인 1914년 8월에 유럽에서는 제1차 세계대전이 발발했는데, 서로 동맹을 맺고 전쟁을 일으킨 독일 황제 빌헬름 2세와 오스트리아의 황제 프란츠 요제프 1세가 소설에서 '빌렘'과 '프란츠'라는 감시인의 이름으로 등장하는 등 작품에는 우회적이고 은밀한 방식으로 1914년의 세계가 반영되어 있다. 당시 카프카 자신은 법률고문으로 근무하던 '노동자산재보험공사'의 요청으로 징집이 면제되었으나, 그의 일기로 미루어보건대, 자신이 사적인 삶에서는 물론 공적인 의무에서도 실패했다는 좌절감에 시달렸고 이를 극복하고자 『소송』의 집필에 더욱 매달린 것으로 보인다. 그가 자신의 삶을 변명해야 하는 압박감에 시달리면서 가진 '자신과의 대화'가 '요제프 K'와 '법원'(감시인 중 하나는 이름이 프란츠이다)의 대결이라는 문학적 형태로 발전했을 것이라고 보는 것이다. 따라서 이 작품이 자서전적인 소설이라고는 할수 없지만 자전적 체험을 배경으로 하고 있는 것은 분명하며, 특히 자전적 체험에서 나오는 '법정 비유'가 소설 『소송』의 핵심적 비유가 되고 있다는 점은 간과하기 어렵다.

그런데 이 소설에서 카프카는 누구에게나 닥칠 수 있는 소송을 요제프 K라는 어떤 전형적인 인물을 창조하여 겪게 함으로써, '소송'이라는 사건이 보편적인 인간의 실존적 상황에 대한 은유와 같은 것으로 나타나게 하고 있다. 소설에서의 '소송'이 이러한 의미를 갖는다는 것은 요제프 K의 삶에 돌연 침투한 법원, 아울러 이러한 소송에 근거가 되는 '죄'에 대해 살펴볼 때 더욱 확연해진다.

　소설에서 법원은 요제프 K와의 대결 구도에서 대척점을 형성한다. 요제프 K와 법원과의 대결이라는 관점에서 보면, 전체 줄거리는 크게 세 단계로 구분된다. (1) 법원이 체포, 심리, 감시인 파견의 형태로 요제프 K의 삶에 개입하는 단계('체포'에서 '태형리'까지의 다섯 개 장), (2) 법원은 모습을 드러내지 않는 반면에 요제프 K가 변호사, 화가, 조력자를 통해 주도적으로 법원과의 대결에 나서는 단계('숙부/레니'에서 '상인 블로크/변호사와의 해약'까지의 세 개 장), (3) 법원이 다시 모습을 드러내며 성당 신부와 K의 만남을 주선하고 경고를 하면서 K를 처형하는 단계('대성당에서' 및 '종말'). 그런데 이 법원을 어떻게 보느냐에 따라 소설의 해석이 달라진다. 일차적으로 이러한 법원을 개인에 대한 통제와 감시를 강화한 전체주의적 지배 체제를 예견한 것, 또는 실재하는 현대의 사법제도에 대한 풍자로서 읽는 것이 가능할 것이다. 이 경우 현대사회에서의 끊임없는 구속과 억압, 감금과 규제에 의해 속박되는 현실, '얼굴을 드러내지 않는 관료주의 체제'로 나타나는 부조리한 세상에서 개인이 겪는 무력감이 문제가 된다. 그러나 소설에 나타나는 법원의 세계는 현실에서의 사례와 유사성을 보이기도 하지만 완전히 일치하지는 않는다. 한편 법원의 세계는 주인공의 내면 상태와도 밀접한 연관이 있지만(특히 법원은 K가 원하는 정도에 상응하여 도처에서 모습을 드러낸다), 주인공의 내면이 투사된 것이나 환영에 불과하다고는 할 수 없다. 소설에서 법원은 감시자, 법정대리인, 판사 등이 존재하며 최고재판관에는 다다를 수도 없는 무한한 위계질서를 가진 하나의 '현실'로 묘사되고 있기 때문이다. 법정이 열리는 장소는 교외의 셋집들이 있는 곳이고, 법원 사무처는 공기가 탁한 다락층에 있다. 그러면서 법원은 피고인의 죄에 끌려서 감시인을 보내고 처형자를 보내 판결을 집행한다. 화가 티토렐리에 따르면 모든 것이 법원에 속해 있다(성당 신부도 법원에 속해 있고, 은행장과 이탈리아 사업가도 조력자로 등장한다). 그러나 문제는 이 법원에서 제기한 소송의 근거가 되는 법률조차 피고인에게는 알려지지 않았다는 것이다. 요제프 K는 왜 소송을 당했는지도 모르고, 처형을 결정한 판결이나 형벌의 적법성도 알지 못한다. 피고인은 다만 처벌을 통해서만 자신의 죄를 의식하게 될 뿐이다. 이는 같은 시기에 쓴 「유형지에서」라는 단편에서, 유죄 판결을 받은 병사가 자신의 죄목을 처형 기계가 그의 몸에 새기는 바늘의 고통을 통해서 비로소 의식하게 되는 것과 같다. 따라서 요제프 K가 숙부에게 말한 것처럼, 그것은 '평범한 소송'이 아니며, 이 법원의 소송에 휘말린 피고인은 결국은 유죄를 인정하며 파멸당할 수밖에 없다. 빌헬름 엠리히 같은 해석자는 "모든 것이 법원에 속해 있다"는 화가의 말을 근거로 '삶 전체가 법정'이며, 요제프 K는 비유담의 '시골 남자'처럼 자기 존재에 대한 인식에서 도피하고자 하지만 성공하지 못하는 인물이라고 본다.

한편, 심리학적인 관점에서는 법원이라는 것이 외부에 실재하는 것이 아니라 여러 권위에 의해 대표되는 가치와 규범들이 내면화된 것으로서 '죄의식'을 만들어내는 주인공의 '주관적 투사'에 지나지 않는 것으로 본다. 또한 세속사와 충동에 얽매여 '부정하게 된 자아'가 '순수한 자아'와 대결하다가 파멸하는 과정이 소송이라는 것이다.

종교적 관점에서는 법원은 궁극적으로 종교적인 권위가 체현된 것이라고 본다. 예를 들어 막스 브로트는 카프카의 두 소설 『소송』과 『성』에 구체적으로 두 가지 형태의 신성, 즉 '심판'과 '은총'의 세계가 서술되어 있으며, 요제프 K의 상황은 자신의 결백을 주장하는 구약성서 속의 욥의 상황에 해당한다는 것이다. 문학적 이미지를 종교적 메시지로 환원해버릴 위험이 없지는 않지만, 카프카의 텍스트가 유대교에서 전승된 '카발라' 텍스트와 유사하다는 점, 유대교에 대한 카프카의 지속적인 관심, 무엇보다 소설의 집필 기간 등을 감안한다면 종교적 함의를 간단히 무시하기 어렵다. 카프카가 이 소설에 매달린 것은 유대인의 회개 기간, 즉 신년(9월 21일) 한 달 전부터 시작해서 '욤키푸르'(9월 30일)라는 속죄의 날까지 이어지는 시기였는데, 신의 계명을 범한 존재인 각 개인은 이 기간에 열리는 하늘 법정에서 죽음으로써만 속죄가 가능하다고 한다.

'법원'에 대한 해석은 요제프 K의 죄에 대한 물음과도 연결되어 있다. K는 체포된 후 무죄 입증을 헛되이 시도하다가 결국 처형당하지만, 무슨 죄목 때문인지는 끝내 밝혀지지 않는다. 그럼에도 소설의 내러티브는 그의 죄가 명백하다는 것을 전제로 전개되어간다. 따라서 많은 해석자들이 소설에 나타난 요제프 K의 실질적인 죄가 무엇인지 추적해보고자 했다. 어떤 해석자는 이기적 삶, 즉 자신의 사회적 경력을 중시하며 가족이나 타인에 대한 의무를 소홀히 한 점이, 또 다른 해석자는 '순수한 자아'를 억압한 것이 요제프 K의 죄일 것이라고 보았다. 이런 점에서 요제프 K는 세속적인 자아에 몰두해 있지만 진정한 자아에서, 그리고 타인과의 관계에서 소외된 현대인의 전형을 보여준다. 소송에 임하는 그의 자세는 그것을 은행 업무처럼 취급하는 등 타산적인 논리에 매몰되어 있다. 그러나 심리학적 방향을 따르는 해석자들은 요제프 K가 무슨 구체적인 실책을 범했다기보다는 죄책감 혹은 '아버지 세계'에서의 '내면화된 형벌' 때문에 죄의식에 시달리는 인물이라고 본다.

이런 해석들을 보면, 요제프 K의 상황은 법률적, 도덕적인 기준만으로는 정의 내리기 어렵고 실존적 차원 내지 종교적 차원이 문제가 되고 있음을 추측케 한다. 이것은 카프카가 인간의 원죄 개념을 성찰하면서 잠언에서 밝힌 견해와도 상통하는 것인데, 카프카에 의하면 "인간이 처해 있는 상황 자체가 유죄"라는 것이다. 이러한 '죄' 개념은 종교적인 차원의 죄를 연상시키기도 하지만 인간의 실존적 상황에 대한 진단으로 읽힐 수 있다. 요제프 K의 '체포'는 자신의 실존적 상황에 대한 이러한 인식과 연관이 있어 보인다. 요제프 K의 주관적 시각에서 서술되는 소설의 첫 문장("누군가 요제프 K를 중상모략한 것이 틀림없다. 그가 무슨 특별한 나쁜 짓을 하지도 않은 것 같은데 어느 날 아침 느닷없이 체포되었기 때문이다.")은 그가 무슨 나쁜 짓을 저질렀는지에 대해서는 진술하지 않고 체포의 사실만을 강조한다. 그가 겪는 '체포'의 성격도 특이한데, 감시인의 말에 따르면 그가 체포된 것은 맞지만 은행에서의 직무를 그대로 수행할 수 있고, 일상이 방해받는 것도 아니다. 이러한 체포는 요제프 K 내면의 의식적인 측면과 연관이 있는 것이 분명하다. 다시 말해 그가 법원의 추적을 받기 시작하는 것은 자기 존재의 불완전성을 의식하는 것과 관련이 있는데, 이러한 '죄의식'은 어떤 법률의 위반, 또는 도덕적인 차원의 행위를 넘어서서 인간 존재 자체가 불완전하다는 인식에서 비롯되는 것이다. 체포 후에 그가 보인 행동, 즉 잠시 혼자 남게 되었을 때 침대로 가서, 다음날 아침식사를 위해 전날 저녁에 남겨둔 '사과'를 먹으면서 갑자기 자살 충동에 사로잡히는 것도 이런 해석을 지지해준다. 사과는 성서에 나오는 인류타락 신화의 '선악과'를 연상시키는 과일인데, 이것을 먹는다는 것은 요제프 K가 죄의식 내지 자신의 유죄 상태에 대한 예감에 사로잡혔으며, 이러한 종류의 체포가 죽음으로 귀결될 수밖에 없음을 암시한다. 실제로 소설에서 법원은 '내면의 투사'로서의 법원과 '객관적인 현실'로서의 법원의 이미지가 뒤엉킨 형태로 나타난다.

요제프 K는 이러한 체포에 제대로 대처할 수가 없다. 예를 들어 그는 하숙집 여주인에게 자신을 쫓아내야 할 것이라며 양심의 가책을 은밀히 드러내기도 하고, 같은 하숙집에 사는 뷔르스트너 양과 대화를 마치고는 돌연 비합리적 행동을 보이기도 한다. 그리고 첫 심리를 위한 법정에서는 법정을 공격하는 방식으로 자신의 불안한 내면을 외부 세계에 투사한다. 또 그는 뷔르스트너 양이나 법정 정리의 아내, 그리고 나중에 변호사 사무실에서 일하는 레니 같은 여인들을 자신의 일에 끌어들이려 하고, 변호사나 법원 화가의 도움을 기대한다. 그러나 어떤 것도 진정한 도움이 되지는 못한다. 소설에서 변호사 훌트(Huld. 독일어로 '은총'이라는 의미)는 오히려 자신의 고객('변호사의 개'로 묘사되는 상인 블로크)에게서 자기 책임성과 자율성을 앗아가는 존재로 그려지는데, '구원'과 관련해 교회에서 '은총'을 중재하는 성직자들이 갖는 위상을 풍자적으로 보여준다. 마르틴 부버는 요제프 K가 이중적인 의미, 즉 불완전한 존재로서뿐만 아니라 '체포'가 제기하는 요구를 외면하고 자신의 결백 주장에 계속 매달린다는 점에서 유죄라고 지적하는데, 이러한 비난은 정당하다고 볼 수 없다. 요제프 K는 '체포'를 계기로 자신의 삶에 대한 전반적인 성찰을 요구받지만, 소송에만 몰두할 수도 없고 소송에 몰두한다고 해서 실질적인 석방을 기대할 수 없기 때문이다. 화가 티토렐리가 그린 예심판사의 초상화에서 법의 공정한 집행을 의미하는 '정의의 여신'은 의미심장하게도 '사냥의 여신'과 같은 형상으로 그려져 있는데, 이 형상은 희생자에게 은총을 베풀기보다는 희생자를 가차 없이 추적해 파멸시키는 법원의 특성을 잘 보여주는 알레고리다. 실제로 티토렐리는 요제프 K에게 소송에서의 세 가지 가능성을 언급하지만, 희망적인 전망은 하나도 없다. 오히려 화가가 그린 '황야'의 그림에서 사용된 모티프(낙원 에덴의 두 나무를 연상케 하는 두 개의 희미한 나무 형체와 석양)는 낙원에서 추방되고 죽음의 위협에 처해 있는 인간의 실존을 암시해준다.

'대성당에서' 장에 들어 있는 성당 신부의 비유담('법 앞에서')은 요제프 K가 처한 상황을 다시 확인시켜주는 장치이자 소설 내용의 축소판이라고 할 수 있다. '시골에서 온 남자'는 법 안으로 들어가기 위해 먼 길을 와서 법으로 들어가기를 원하지만, 법 앞에 서 있는 문지기의 권위에 눌려 진입을 시도하지 못한다. 결국 그 남자는 문 앞에서 일생을 허비하며, 죽음의 마지막 순간에서야 법으로 들어가는 입구에서 흘러나오는 광채를 경험한다. 카프카 자신이 '성담聖譚'이라고 지칭했듯이, 이 비유담은 유대교의 전통을 생각나게 하는 일련의 요소를 담고 있다. 탈무드 등의 유대교 전설에서 '시골 남자'는 '암하레츠Am ha-Arez'라는 인물에 해당하는데, 단순하고 무지한 사람이라는 이 히브리어 단어는 '법을 제대로 모르는 사람'을 뜻한다. 유대교적인 전통에서 '법'은 결국 인간의 삶의 기준이 되는 신적인 계시 내지 율법/계명을 의미한다고 볼 수 있는데, 문제는 그 법의 입구는 열려 있지만 정작 접근할 수는 없다는 것이다. 이 비유담은 소설 내에서 신부와 요제프 K에 의해 다르게 해석된다. 요제프 K는 문지기가 시골 남자를 기만한 것이고 법으로 들어가는 것을 방해했다고 보는 반면, 법에 고용되었지만 그 내부를 알지 못하는 문지기는 그 사태에 책임이 없다는 것이 신부의 해석이다. 시골 남자가 법에 들어가지 못한 것은 문지기의 말을 진실한 것으로 받아들이고 아무 시도도 하지 않은 채로 세월만 허송한 그의 자기기만, 자기 책임성의 망각 때문이라는 것이다. 하지만 소설은 이에 대해 분명한 답을 제시하지 않으며, 비유담의 내용과 결말은 '시골 남자'와 요제프 K가 처해 있는, 전망이 부재한 상황만을 강조하고 있다. 따라서 '시골 남자'가 다르게 행동할 수 있었을 가능성을 따지는 것은 무의미하며, 그가 처한 역설적인 상황은 그가 벗어날 수 없는, 그의 죽음과 더불어 비로소 끝나는 상황이다. 따라서 이러한 비유담은 권위에 대한 맹신, 미성숙성에 대한 우화이기도 하지만, 무엇보다 인간 존재가 처한 역설적 상황을 묘사한 카프카의 '부정적인 신학'으로 읽힐 수 있을 것이다.

그런데 소설 자체와 마찬가지로 '법 앞에서'라는 이 짧은 텍스트 역시 간단한 이야기 구조에도 불구하고 쉽게 접근을 허용하지 않는다. 의미를 확정하기 어렵다는 특성으로 인해 이 텍스트는 특히 포스트모더니즘 내지 후기구조주의 이론가들의 관심을 끌었는데, 이들은 '법'이란 무엇이며, 시골 남자는 왜 법 안으로 들어가지 못하는가에

초점을 맞추는 전통적인 해석학과는 다른 시각에서 접근한다. 예를 들어 자크 데리다는 이 비유담을, 의미를 자극하면서 동시에 의미를 거부하는 카프카 텍스트의 사례이자 자신의 해체주의 이론을 잘 입증해주는 텍스트로 보았다. 데리다의 해체주의에서 핵심 개념은 '차연'으로, 어떤 단어나 문장이 확정적이고 고정적인 의미 맥락을 담지 못하고 그 뜻을 끊임없이 유예시키는 현상이다. 이 텍스트에서도 카프카는 '시골 남자'가 문 앞에서 기다리는 법이 도대체 어떤 종류의 것인지 더 이상 언급하지 않으므로 법의 의미가 확정되지 않는다. 데리다는 모든 형태의 법에 '보이지 않고 숨겨져 있는 것' 자체가 바로 법이라는 것이며, 모든 법은 '법이라는 이유', 다시 말해 자신의 발생학적 근거에 대해 침묵함으로써 법의 특성을 갖는다는 독특한 논리를 전개한다. 이 경우 법은 어떤 역사를 통해서도 구성될 수 없고 법에 대한 어떤 서사적 이야기도 가능하지 않다는 점에서, 제시될 수 없고 이야기될 수 없는 대상이다. 법 앞에 이른 '시골 남자'는 법이라는 것이 항상 모든 사람이 접근할 수 있는 것, 즉 보편적이어야 한다고 믿지만, 실은 그것이 제시되거나 재현될 수 없는 것임을 모르기 때문에 법에 접근하는 것이 계속 유보된다. 다만 법의 근원을 향한 욕망만이 지속되는데, 지금은 입장이 허용되지 않지만 나중에는 가능할 수 있다는 문지기의 말은 법 자체가 실상 금지가 아니라 '차연'의 계명임을 말해준다. 그런데 데리다에 의하면 카프카의 텍스트 역시 지시적인 성격이 결여되어 있다는 점에서 법의 변형에 다름 아니며, 카프카의 텍스트에서 기호의 사용은 '차연'을 잘 보여주는 사례라는 것이다. 결국 해체주의적 시각에 따르면, 카프카의 텍스트에서는 무슨 법이나 세계가 재현되어 있는 것이 아니라('기의記意'의 부재) 텍스트 그 자체가 곧 법인 것이다. 그러므로 텍스트 읽기는 가능하면서도 동시에 불가능한 작업이고, 독자는 법 앞에 있는 '시골 남자'처럼 텍스트 앞에 서 있다. 이와는 달리 라캉은 '법'을 좀 더 사회적이고 심리학적인 차원에서 바라보면서 인류 문화의 시초에서부터 작용하는, 권력과 제도가 갖는 힘의 상징으로서의 '아버지의 이름'과 동일시한다. 후기구조주의 그리고 라캉의 정신분석학 이론에서 출발한 한스 히벨은 카프카의 비유담을 '접근 불가능한 것에 관한 우화'로 읽으면서 '법'에 대한 추구를 욕망의 장소인 '그것(리비도)'에 대한 추구로 해석한다. 이외에도 '소수문학론'을 들고 나온 들뢰즈와 가타리는 라캉의 명제와 푸코의 담론 분석을 토대로 카프카의 텍스트에서 죄라는 주제가 반복되는 외양의 움직임 뒤에는 탈주의 공간 내지 욕망이 표현되었다고 본다. 즉 카프카에게 있어 글쓰기라는 것은, 오이디푸스적 가족 구조가 자본주의적 사회에서 생산적 욕망을 억압하는 상황을 고발하고, 법을 해체하며, 기호체계를 '탈영토화'하는 실험장이라는 것이다. 결국 '법'이라는 것은 어떤 초월적 세계를 지시하는 것이 아니라 어떤 내용물도 지니지 않는 '빈 형식'인 것이고, 법의 불가해성은 그것이 초월성 속으로 숨어버렸기 때문이 아니라 어떠한 내재성도 갖고 있지 않기 때문에 초래된 것이며, 법과 욕망은 동일한 것으로 간주된다. 이 짧은 '비유담'에 대한 이러한 다양한 논의들은 카프카의 텍스트에 접근하는 통로가 다양하면서도 난해함을 보여줄 뿐 아니라, 최근의 문예이론들에서도 카프카의 텍스트가 핵심적인 위치에 자리하고 있음을 말해준다.

소설의 결말은 어떻게 해석될 수 있는가? 요제프 K는 결국 자신의 정당성을 주장하는 것을 포기하고 서른한번째 생일 전날에 이루어지는 '처형'을 체념적으로 받아들인다. 마지막 장('종말')은 구성 면에서 첫번째 장('체포')을 연상시키는데, 생일이라는 시점, 두 명의 감시인/처형자, 연극적 장면, 뷔르스트너 양의 등장이 그러하다. 요제프 K가 공판에 나서 판결을 기다리는 사람처럼 검은 옷을 입고 처형자들을 따라나선다는 것은 그가 '종말'에 대비한 마음을 보여주기도 하지만, 그로테스크하게 이루어지는 처형의 순간에 자신이 "개와 같다"고 느끼는 것은 죽음을 통해서도 구원이나 해방의 계기는 주어지지 않고 '치욕'만 남아 있음을 말해준다. 인간 존재의 불완전성에 대한 인식이 구원을 가져다주지는 못하기 때문이다. 그리고 바로 이러한 점, 즉 주인공의 불안과 운명에서 인간 존재의 근본적인 불안과 부조리에 대한 통찰을 읽을 수 있다는 점에서 이 소설은 현대의 독자들에게도 여전히 호소력을 갖고 있다. 카프카는 1917~18년에 쓴 한 잠언에서 "우리의 책임과는 상관없이 인간이 처해 있는 상태가 유죄의 상태"라고 말했는데, 카프카의 작품에 나오는 주인공들이 겪는 경험은 필연적인 좌절의 경험이고, 이는 인간의 불완전한 실존에 기인하는 것이다. 결혼 등을 통해 시민적 삶으로 진입하고 정착하는 데 실패한 카프카는 그것을 개인적인 좌절로 보기보다는 인간의 불완전하고 모순된 실존(그의 표현에 의하면 "대지, 공기, 계명의 부재")에서 그 이유를 찾고 있다. 카프카의 소설 『소송』은 '소송'이라는 은유적 성격의 사건을 통해 인간 존재가 처한 이러한 부조리하고 역설적인 상황을 보여준 탁월한 문학적 착상이라고 할 수 있다.

카프카의 텍스트: 브로트 판과 패슬리 판

이 번역본은 1990년에 나온 패슬리 비평판(Franz Kafka: *Der Proceß*, Kritische Ausgabe. Hrsg. von Malcom Pasley, Frankfurt am Main: Fischer, 1990)을 원본으로 사용했다. 따라서 막스 브로트의 판본과는 차이가 있다. 브로트가 최초로 편집한 초판은 1925년에 베를린의 디 슈미데 출판사에서 출간되었는데, 브로트는 편집 과정에서 미완성처럼 느껴지는 요소들을 되도록 배제하고 가독성을 높이기 위해 원본 텍스트를 전반적으로 손질했다. 그 결과 문장 구조나 표현법 등이 일반적인 독일어 사용법에 맞게 상당 부분 수정되었다.

초판이 출간된 지 10년 만인 1935년에 베를린의 유대인 출판업자 살만 쇼켄Salman Schocken이 발행하는 첫 카프카 전집 중 세번째 권으로『소송』의 2판이 출간되었다. 2판에서는 카프카의 작품 세계에 어느 정도 익숙해진 독자와 학자들의 관심을 고려해 부록 부분을 첨가했는데, 특히 '미완성 장'들과 작가가 원고에 줄을 그어 지운 구절들을 다시 수록했다. 그러다가 1935년 말 쇼켄 출판사는 '유대계'로 분류되어 독일에서 문을 닫아야 했고, 미국으로 이주하여 뉴욕에 정착한 후 1946년에 2판의 텍스트를 사진 복사의 형태로 그대로 출간했는데, 3판 후기에서 브로트는 장들의 순서가 일부 카프카의 의도와 다를 수 있다고 언급했다. 그러나 학자들 사이에서는 이미 브로트의 편집 방식과 판본에 대해 의구심이 상당한 상태였기 때문에 작가의 원본에 충실한 비평판의 필요성이 더욱 커졌다. 결국 1961년 브로트가 소장하고 있었던 카프카의 육필 원고 대부분이 옥스퍼드대학의 보들리안 도서관에 넘겨짐으로써 비평판 발간의 길이 열리게 되었다. 당시『소송』의 원고는 옥스퍼드로 넘긴 원고에 포함되지 않고 브로트의 여비서 수중에 머물다가, 1988년 런던에서 소더비 경매를 통해 독일 마르바흐에 있는 독일 현대문학 아카이브에 소장되었다.

카프카 원고를 토대로 한 작품의 비평판은 1982년부터 프랑크푸르트 피셔 출판사에서 발간되기 시작했다.『소송』의 비평판은 편집진의 한 사람이었던 맬컴 패슬리의 책임편집으로 1990년에 발간되었는데, 브로트 판에서의 실수들을 극복하기 위해 누구나 알아볼 수 있는 철자의 실수 같은 사소한 것을 제외하고는 카프카의 원고가 그대로 편집되었다. 패슬리는 특히 장 구분에 있어 카프카 자신이 배열하고 간접적으로 암시하고 있는 바를 따랐다고 한다. 이후『소송』의 판본은 크게 '브로트 판'과 '패슬리 판' 두 가지로 나누어졌고, 그동안 카프카 문학을 전파하는 데 기여했던 브로트 판은 학술적인 면에서 비판을 받으면서 점차 패슬리 판에 밀려나는 추세에 있다. 그런데 문헌학적 연구가 진척되면서 최근에는 다시 슈트룀펠트 출판사에서 카프카 전 작품에 대한 이른바 '역사―비평판'이 시도되고 있고, 첫 작품으로 1997년 롤란트 로이스에 의해『소송』의 또 다른 판본이 출간되었다. 이 새로운 판본은 브로트 판이나 패슬리 판에서 시도된 완성 장과 미완성 장의 구분 그리고 각 장들의 배열이 확실한 것이 아니라는 판단에서『소송』에 속한 카프카의 16개 '원고꾸러미'를 각각의 '노트' 형태로 제시하면서 한쪽에는 많은 교정 흔적들이 그대로 남아 있는 카프카의 육필 원고를 사진 복사한 형태로 제시하고 그 옆에 원고를 해독한 것을 나란히 싣는 방식으로 편집자의 개입을 완전히 배제했다.

그러나 이러한 판본은 학자들에게는 의의가 있을지 모르나 일반 독자들이 소화하기는 어려운 판본이다.

『소송』은 우리나라에서 이미 여러 차례 번역되었고, 초기에는 '심판'이라는 제목이 사용되기도 했다. 소설의 주제나 결말을 고려한다면 이러한 제목도 작품의 의도를 반영했다고 할 수 있지만, 지금은 소설의 전체적인 의미도 잘 살리면서 독일어 제목에 충실한 '소송'이라는 역어가 어느 정도 정착되어 이 번역본에서도 이를 따랐다. 아울러 새로 작품을 번역하는 데는 지난 수십 년간 꾸준히 선보였던 국내의 여러 번역본이 많은 지침이 되었다. 그럼에도 불구하고 오역이나 원문을 제대로 살리지 못한 부분이 있다면, 그것은 역자의 몫이다. 카프카의 이 소설을 새로운 번역으로 선보일 수 있게 해준 문학동네, 꼼꼼하고 세심하게 교정 작업을 해준 편집부에 감사드린다.

권혁준

1883년	7월 3일, 당시 오스트리아–헝가리 이중제국에 속한 보헤미아의 수도 프라하에서 독일어를 쓰는 유대인 중산층 가정의 장남으로 태어남. 아버지 헤르만 카프카는 보헤미아 남부지방 보세크 출신으로, 사회적 신분 상승과 주류 사회로의 진입을 위해 프라하로 진출해 장신구 가게를 열었고, 어머니 율리에는 뢰비 가문 출신임. 카프카 아래로 다섯 명의 동생이 태어나는데, 남동생 둘은 영아기에 사망하고, 그 아래로 세 여동생, 즉 '엘리'라고 불린 가브리엘레, '발리'라고 불린 발레리, '오틀라'로 불린 오틸리에가 있었음. 카프카는 특히 막내 여동생과 친하게 지냄. 세 여동생은 후에 아우슈비츠 수용소로 끌려가 사망함.
1889~1893년	프라하 구시가지에 있는 4년제 초등학교(독일계 소년학교)에 다님. 독일계 학교를 다닌 것은 당시 프라하 상류층을 형성한 주류(보헤미아계 독일인들) 사회에 들어가기 위한 부모님의 조치였음. 카프카는 결국 '독일어 사용 유대인'으로서 전통 유대교에도, 기독교 세계에도 완전히 동화될 수 없었고, 프라하 주민의 대다수를 차지했던 체코인에도 속하지 못하는 '이방인'의 실존을 경험함.
1893~1901년	프라하 구시가지에 있는 독일계 김나지움에 다님. 이곳에서 평생의 지기로 지낸 중요한 친구들—사회주의적 지식을 전해준 루돌프 일로비, 같은 초등학교를 다녔던 시온주의자 후고 베르크만, 훗날 '노동자재해보험공사'에 카프카

를 추천해준 에발트 펠릭스 프르시브람, 막스 브로트를 알기 전까지 카프카와 가장 친했던 오스카 폴라크―을 만남. 이 시기에 카프카는 문학에 마음을 두고 몇 번의 습작을 했으나, 이때 쓴 작품들은 일기와 함께 유실됨.

1900년 여름, 체코 동부 모라비아 지방 트리시의 시골 의사인 외삼촌 지크프리트 뢰비의 집에서 방학을 보냄(독신으로 살면서 탈무드에 정통했던 외삼촌은 기인적인 인물로, 후에 카프카가 단편 「시골 의사Ein Landarzt」를 집필하는 데 영감을 줌). 니체의 저작을 읽기 시작함.

1901년 가을, 프라하의 독일계 대학인 카를페르디난트대학에서 학업을 시작함. 처음에는 화학을 공부했다가 바로 법학으로 바꾸는데, 한 학기 동안은 독문학을 공부하면서 미술사를 수강하기도 함.

1902년 가을, 뮌헨 여행을 하면서 그곳에서 독문학을 전공할 계획을 세우기도 하지만, 결국 가족의 기대를 저버릴 수 없어 프라하에서 법학 공부를 계속함. 10월 23일, 평생의 지기인 막스 브로트를 만남. 그는 카프카를 문단에 소개시켜 작품이 출판되는 것을 도와주었을 뿐 아니라 카프카 사후에는 유고들을 직접 출판함. 대학 시절 카프카는 헤르만 헤세와 귀스타브 플로베르의 작품에 감동하고, 토마스 만의 「토니오 크뢰거」에 매혹되어 문예지 『노이에 룬트샤우Neue Rundschau』에 실리는 그의 작품들을 관심 있게 읽음.

1905년 단편소설 「어느 투쟁의 기록Beschreibung eines Kampfes」 (보존되어 있는 카프카의 첫 문학작품) 집필 시작. 아울러 막스 브로트, 오스카 바움, 펠릭스 벨치와 정기적으로 교유하는데, 이들은 후에 프라하의 유대계 문인 그룹 '프라하 서클'을 형성함.

1906년	6월 18일, 막스 베버의 동생인 알프레트 베버의 지도로 프라하대학에서 법학 박사학위 취득. 가을부터 프라하 민사법원과 형사법원에서 1년간 법률 시보로 실습함.
1907년	단편 「시골에서의 혼례 준비Hochzeitsvorbereitungen auf dem Lande」 집필 시작(미완성인 이 작품은 몇 가지 형태로 텍스트가 전해지는데, A형태는 1906~1907년, B와 C 형태는 1908년 집필된 것으로 추정됨). 10월, 첫 직장인 이탈리아계 민간 보험회사 '아시쿠라치오니 제네랄리'의 프라하 지점에 취직하여 9개월 정도 근무함(카프카는 자신의 직업을 자주 '밥벌이'에 비유함).
1908년	3월, 문예지 『히페리온Hyperion』에 '관찰'이라는 제목으로 8편의 산문 소품을 발표함(카프카가 발표한 첫 작품인 이 산문들은 1912~1913년에 다른 소품들과 함께 카프카의 첫 작품집 『관찰Betrachtung』에 수록되어 출판됨). 7월 30일, 프라하 소재 '보헤미아왕국 노동자재해보험공사'로 직장을 옮겨 1922년 7월 조기 퇴직할 때까지 14년 동안 법률가로 근무함. 이곳에서의 업무를 통해 카프카는 관료기구의 무자비성, 산업체 노동자들의 위험하고 열악한 노동여건에 대해 경험하면서 자본주의 체제와 그 체제에서의 개인의 소외와 무력감을 통찰함. 당시 직장에서 카프카는 일에 열성적이고, 작품에서 풍기는 어두운 분위기와는 달리 성실하고 지적이며 유머 있는 사람으로서 평판이 좋았지만, 개인적으로 시민사회에 정착하는 것에서 정체성을 발견할 수 없었고, "꿈과 같은 나의 내면의 삶을 서술하는 것에 대한 의미가 다른 모든 것을 부차적인 것으로 만들었다"고 고백한 것처럼 문학을 자신의 삶에서 유일한 의미요 탈출구로 여기면서 밤늦게까지 글쓰기에 몰두함.

1909년	「어느 투쟁의 기록」의 일부인 「기도하는 자와의 대화 Gespräch mit dem Beter」와 「취한 자와의 대화Gespräch mit dem Betrunkenen」가 『히페리온』에 게재됨.
1910년	본격적으로 일기를 쓰기 시작하여 방대한 분량을 남김. 카프카에게 일기는 자신의 삶을 성찰하는 수단일 뿐 아니라 형상과 비유, 이야기 형태의 문학이었고 문학적 착상을 기록하기 위한 중요한 수단이었음. 5월, 직장에서 중간 법률 고문으로 승진. 선거 집회 및 사회주의 대중 집회에 참석하고, 동유럽 유대인 순회극단의 연극(1910~1912년 프라하에서 공연)을 자주 관람함.
1911년	10월, 프라하 시내 카페 '사보이'에서 동유럽 유대인 극단의 공연 〈배교자〉를 관람하고, 이후 유대인 극단 배우 이차크 뢰비와 친밀하게 지내면서 동유럽 유대인들에게 잘 보존되어 있는 종교, 문학세계, 카발라 등 유대교의 전통에 관심을 갖기 시작함. 가을, 아버지의 자금으로 여동생 남편의 석면공장 사업에 동업자로 참여하지만, 시민사회에 정착하는 데 유보적인 태도를 보여 가족들과 갈등을 빚음. 첫 장편소설 『실종자Der Verschollene』(브로트 판에서는 '아메리카'라는 제목으로 1927년에 첫 출간)의 집필에 착수하지만 이듬해 7월 200매쯤의 원고를 파기해버림.
1912년	2월, 이차크 뢰비와 함께 프라하에서 개최한 강연회에서 유대인 독일어(이디시어)에 관한 강연을 하며 '소수민족 문학론'을 설파함. 8월 13일, 막스 브로트의 소개로 베를린 출신의 펠리체 바우어를 처음 만나고, 9월 20일부터 활발한 편지 왕래를 시작함(이후 펠리체와 5년간 3백여 통의 편지를 주고받고 몇 차례 만나기도 했으며, 1917년 관계를 끝낼 때까지 두 번 약혼과 파혼을 함. 카프카는 펠리체와 교

제를 시작하면서 결혼을 통해 시민적인 삶에 정착하는 문제를 고민하지만, 그런 삶이 그의 본래적인 관심인 문학을 위협할 것으로 생각해 평생 주저하는 태도를 보임). 카프카가 작가로서의 인생에서 하나의 전환점을 맞은 해로, 9월 22~23일 하룻밤 사이 카프카의 문학 역정에서 '돌파구'로 평가받는 단편 「선고Das Urteil」를 집필하고, 새로이 『실종자』의 본격적인 집필에 착수하여 연말까지 첫 장인 '화부Der Heizer'에 이어 이후 다섯 장을 완성함. 11월~12월, 가장 널리 알려진 작품 「변신Die Verwandlung」을 집필함. 12월, 카프카의 첫번째 작품집 『관찰』(18개의 산문 소품)이 에른스트 로볼트 출판사에서 출간됨. 12월 4일, 프라하 작가 모임에서 「선고」를 낭독하여 재능 있는 작가의 출현을 알림.

1913년 3월, 베를린에 있는 펠리체의 집을 처음으로 방문함. 5월, 『실종자』의 첫 장에 해당하는 「화부」가 별도로 출간되고 (쿠르트 볼프 출판사의 표현주의 문학 시리즈인 '최후의 심판일Der jüngste Tag'에 포함됨), 막스 브로트가 발행하는 문학 연감 『아르카디아』에 「선고」가 실림. 11월, 펠리체의 친구 그레테 블로흐와 만나 서신 교환을 시작하고, 키르케고르의 저작들을 관심을 갖고 읽음.

1914년 6월 1일, 베를린에서 펠리체 바우어와 약혼하지만, 6주 후 (7월 12일) 베를린의 호텔 '아스카니셔 호프'에서 파혼함. 8월 1일, 독일이 러시아에 선전포고를 했는데, 카프카는 노동자재해보험공사의 요청으로 징집에서 면제됨. 8월, 장편소설 『소송Der Prozess』 집필에 몰두함. 10월, 세계대전의 암울한 분위기에서 단편 「유형지에서In der Strafkolonie」와 『실종자』의 '오클라하마Oklahama' 장을 집필함. 12월,

나중에 소설 『소송』에 삽입될 핵심적인 비유담 「법 앞에서 Vor dem Gesetz」를 집필해 다음해 별도로 출간함.

1915년　　1월, 몇 작품의 집필에 계속 매달리지만, 『소송』의 집필은 중단함. 파혼 후 펠리체와 처음으로 재회함. 3월, 서른한 살의 나이에 프라하 시내에 처음으로 자기 방을 얻어 독립함. 10월과 11월, 중편 「변신」이 잡지 『디 바이센 블래터 *Die weißen Blätter*』에 발표되고 뒤이어 쿠르트 볼프 출판사에서 '최후의 심판일' 시리즈의 하나로 출간됨. 독일 작가 카를 슈테른하임이 카프카의 문학적 자질을 인정하여 폰타네 상을 양보함으로써 1913년 출판된 「화부」로 이 문학상을 수상함.

1916년　　4월, 오스트리아 작가 로베르트 무질이 프라하에 와서 카프카를 방문함. 7월, 펠리체와의 관계가 회복되어 체코의 휴양지 마리엔바트에서 열흘간 함께 휴가를 보냄. 10월, 「선고」가 쿠르트 볼프 출판사의 '최후의 심판일' 시리즈로 출간됨. 11월, 펠리체와 뮌헨을 여행하면서 그곳에서 작품 「유형지에서」로 두번째 공개 낭독회를 가짐. 11월, 막내 여동생 오틀라가 제공한 프라하의 작은 집에서 6개월 정도 머물면서 작품집 『시골 의사』에 수록될 단편들(「회랑에서 Auf der Galerie」 「이웃 마을 Das nächste Dorf」 「황제의 전언 Eine kaiserliche Botschaft」 등)을 집필함.

1917년　　3월, 히브리어 공부를 시작함. 7월, 펠리체와 부다페스트를 여행하고 프라하로 돌아와 두번째 약혼을 함. 8월 9~10일, 처음으로 각혈을 하면서 폐결핵 증세를 보임. 9월 4일, 당시로서는 불치병인 폐결핵 진단을 받고 펠리체와 파혼하기로 결심함. 9월, 요양을 위해 오틀라가 작은 농장을 경영하는 북부 보헤미아의 취라우에서 이듬해 5월까지 8개월간 머물

면서 「세이렌의 침묵Das Schweigen der Sirenen」과 다수
의 '잠언'을 쓰는데, 이 시기에 나온 잠언들에는 죄와 고통,
희망, 참된 길 등 종교적 주제가 강하게 나타남. 12월 25일,
프라하에서 펠리체와 만나 두번째 파혼을 함. 같은 날, 오
스트리아 조간신문에 인간이 되는 길을 걸어온 원숭이 '빨
간 피터'의 이야기 「학술원에 보내는 보고서Ein Bericht für
eine Akademie」가 게재됨.

1918년   5월, 다시 프라하로 돌아와 직장생활을 계속함. 10월, 1차
대전 후 오스트리아-헝가리 이중제국이 해체되면서 체코
공화국(10월 28일)이 탄생함. 12월, 프라하 북쪽에 있는 셸
레젠에서 4개월간 요양함.

1919년   5월, 「유형지에서」가 쿠르트 볼프 출판사에서 출간됨. 9월
중순, 아버지의 반대에도 불구하고 셸레젠에서 만난 체코
의 유대인 수공업자 집안의 딸 율리에 보리체크와의 약혼
을 발표함. 이 약혼 역시 아버지의 반대로 1920년 7월 취
소하게 되는데, 이러한 갈등을 계기로 1919년 쓴 『아버지
께 드리는 편지Brief an den Vater』는 개인적으로 안고 있
었던 '부자 갈등'에 관한 장문의 기록물로서 카프카 문학을
이해하는 데 중요한 자료가 됨.

1920년   3월, 직장 동료의 아들 구스타프 야누흐가 카프카를 자주
찾아와 함께 산책하고 대화를 나눔(야누흐는 1951년 회상
형식으로 『카프카와의 대화Gespräch mit Kafka』라는 중
요한 자료를 출간함). 체코 출신의 기자이자 카프카의 작
품을 체코어로 번역한 밀레나 예젠스카와 서신 왕래를 시
작함. 5월, 두번째 단편집 『시골 의사』가 쿠르트 볼프 출
판사에서 출간됨(같은 제목의 소품을 포함해 14편의 단
편 수록). 12월, 슬로바키아 타트라 산지의 마틀리아리 요

양소에서 9개월간 지내는데, 이 시기에 우화적 단편 「귀향 Heimkehr」 「작은 우화Kleine Fabel」를 집필함. 이곳에서 동료 환자이자 의대생이던 로베르트 클롭슈토크를 알게 되어 친교를 맺음.

1921년   8월 말, 다시 프라하의 생활로 돌아가 약 2개월간 직장에 근무하다가 다음해 은퇴할 때까지 장기 휴가를 얻음. 10월 초, 밀레나 예젠스카에게 10년간(1910~1920년)의 일기를 모두 건네주고, 일기를 새로 쓰기 시작함. 이어 막스 브로트에게 사후에 발견되는 모든 원고를 불태울 것을 부탁함(1922년 11월에도 같은 사안을 재차 부탁).

1922년   1월, 불면과 절망으로 신경쇠약 증세를 보인다고 일기에서 토로함. 1월 27일, 체코 북부 리젠산맥의 슈핀델뮐레에서 3주간 요양하면서 마지막 장편소설 『성Das Schloss』을 집필하기 시작함. 2월 17일, 요양에서 돌아와 단편 「첫 고통Erstes Leid」 「단식 광대Ein Hungerkünstler」 「어느 개의 연구Forschungen eines Hundes」 등을 집필함. 7월 1일, 14년간 재직한 회사를 그만두고 연금생활을 시작함. 8월 말, 다시 신경쇠약 증세가 나타나 여름에 프라하 서쪽의 플라나에서 요양생활을 하면서 그곳에 있는 오틀라의 여름별장에서 거주함. 10월, 밀레나 예젠스카를 만나 『성』의 원고를 넘겨줌.

1923년   병상생활이 잦아진 상황에서 시오니즘에 더욱 열의를 보이며 히브리어 공부에 집중함. 4월, 학창 시절의 친구 후고 베르크만의 방문을 받고 팔레스타인으로의 이주 계획을 세우기도 함. 7~8월, 여동생 엘리의 가족과 함께 발트해 뮈리츠로 여행을 떠나는데, 이 여행에서 열다섯 살 연하의 마지막 연인인 유대계 폴란드인 도라 디아만트를 만남(카프카는 도라와 함께 텔아비브로 이주해 식당을 운영할 계획까지 세우지만 실행에 옮기지는 못함). 9월 24일, 도라 디아만트 와의 동거를 위해 거의 평생을 머물렀던 프라하를 떠나 베를린으로 이사하고, 단편 「작은 여인Eine kleine Frau」과 「굴Der Bau」을 집필함.

1924년 3월 17일, 건강 상태가 더욱 악화되자 막스 브로트가 카프카를 프라하로 데려옴. 마지막 작품 「여가수 요제피네 Josefine, die Sängerin oder Das Volk der Mäuse」를 집필함. 4월, 폐결핵이 후두 부위까지 진전되었다는 진단을 받음(점차 말하는 능력과 음식물 섭취 능력을 상실함). 남부 오스트리아의 비너발트 요양소를 거쳐 4월 19일 빈 북쪽 키얼링시의 호프만 요양소로 옮겨져 생애 마지막 시간을 보냄. 도라 디아만트와 1920년부터 친교를 가졌던 의사 로베르트 클롭슈토크가 카프카를 간호함. 요양소에서 마지막 작품집 『단식 광대』의 원고를 교정함(총 4편 「첫 고통」 「작은 여인」 「단식 광대」 「여가수 요제피네」를 수록한 이 작품집은 카프카가 막스 브로트에게 남긴, 모든 유고를 불태워 달라는 유언에서 제외되어 그해 8월 디 슈미데 출판사에서 출간됨). 6월 3일, 호프만 요양소에서 마흔 살의 나이로 사망하고, 6월 11일 프라하의 신유대인공동묘지에 안장됨.

문학동네 세계문학전집 발간에 부쳐

세계문학은 국민문학 혹은 지역문학을 떠나 존재하는 문학이 아니지만 그것들의 총합도 아니다. 세계문학이라는 용어에는 그 나름의 언어와 전통을 갖고 있는 국민문학이나 지역문학의 존재를 인정하면서 그것을 넘어서는 문학의 보편적 질서에 대한 관념이 새겨져 있다. 그 용어를 처음 고안한 19세기 유럽인들은 유럽문학을 중심으로 그 질서를 구축했지만 풍부한 국민문학의 전통을 가지고 있는 현대의 문학 강국들은 나름의 방식으로 세계문학을 이해하면서 정전(正典)의 목록을 작성하고 또 수정한다.

한국에서도 세계문학 관념은 우리 사회와 문화의 변화 속에서 거듭 수정돼왔다. 어느 시기에는 제국 일본의 교양주의를 반영한 세계문학 관념이, 어느 시기에는 제3세계 민족주의에 동조한 세계문학 관념이 출현했고, 그러한 관념을 실천한 전집물이 출판됐다. 21세기 한국에 새로운 세계문학전집이 필요하다는 것은 명백하다. 우리의 지성과 감성의 기준에 부합하는 세계문학을 다시 구상할 때가 되었다.

문학동네 세계문학전집은 범세계적으로 통용되는 고전에 대한 상식을 존중하면서도 지난 반세기 동안 해외 주요 언어권에서 창작과 연구의 진전에 따라 일어난 정전의 변동을 고려하여 편성되었다. 그래서 불멸의 명작은 물론 동시대 세계의 중요한 정치·문화적 실천에 영감을 준 새로운 작품들을 두루 포함시켰다.

창립 이후 지금까지 한국문학 및 번역문학 출판에서 가장 전문적이고 생산적인 그룹을 대표해온 문학동네가 그간 축적한 문학 출판 경험을 바탕으로 새로운 세계문학전집을 펴낸다. 인류가 무지와 몽매의 어둠 속을 방황하면서도 끝내 길을 잃지 않은 것은 세계문학사의 하늘에 떠 있는 빛나는 별들이 길잡이가 되어주었기 때문이다. 우리가 자부심과 사명감 속에서 그리게 될 이 새로운 별자리가 독자들의 관심과 애정에 힘입어 우리 모두의 뿌듯한 자산이 되기를 소망한다.

문학동네 세계문학전집 편집위원
민은경, 박유하, 변현태, 송병선, 이재룡, 홍길표, 남진우, 황종연

세계문학전집 023

소송

1판 1쇄 2010년 3월 15일
1판 17쇄 2024년 12월 5일

지은이 프란츠 카프카 | 옮긴이 권혁준

책임편집 이은현 | 편집 이승희 이도겸 | 독자모니터 김은희
디자인 엄혜리 송윤형 최미영 | 저작권 박지영 형소진 최은진 오서영
마케팅 정민호 서지화 한민아 이민경 왕지경 정유진 정경주 김수인 김혜원 김예진
브랜딩 함유지 함근아 박민재 김희숙 이송이 김하연 박다솔 조다현 배진성
제작 강신은 김동욱 이순호 | 제작처 영신사

펴낸곳 (주)문학동네 | 펴낸이 김소영
출판등록 1993년 10월 22일 제2003-000045호
주소 10881 경기도 파주시 회동길 210
전자우편 editor@munhak.com | 대표전화 031)955-8888 | 팩스 031)955-8855
문의전화 031)955-1927(마케팅), 031)955-1916(편집)
문학동네카페 http://cafe.naver.com/mhdn
인스타그램 @munhakdongne | 트위터 @munhakdongne
북클럽문학동네 http://bookclubmunhak.com

ISBN 978-89-546-1001-8 04850
      978-89-546-0901-2 (세트)

잘못된 책은 구입하신 서점에서 교환해드립니다.
기타 교환 문의 031) 955-2661, 3580

www.munhak.com

문학동네 세계문학전집

● 문학동네 세계문학전집은 계속 출간됩니다